慈悲客棧

連三月 著

U0028211

楔子

天元一一二九年，初秋。

百姓們沒有觀賞秋景，名士們亦沒有品蟹賞菊，此刻國土之上滿眼皆是遷徙逃亡的民眾。

華夏與魏國，是中原勢均力敵的兩個國家。兩國突然在邊境開戰，紛爭不止，於是，只能派出使者在邊境交界的長林山會晤。

這是一場曠日持久的談判，連續三日還未果，兩國陳重兵於邊境，戰事一觸即發。華夏兵營卻突發瘟疫，死傷極大。猝不及防之下，華夏只得重啟和議一事。和談的地點是兩國邊境長林山腳下的銀杏林子中。

此次會談中，最蹊蹺的莫過於魏國國君欽點了華夏國長樂公主列席。國師葉一城得知此事之後，關照她道：「你平日裡只能待在營中，若要見客，必有為師陪你去，切不可一人行動。」這位長樂公主並非皇室所生，因生父為國捐軀、母親早逝，先皇憐憫便接到膝下養育，不但保持了她生父姓氏的榮耀，又使她享有皇室公主所有的待遇，因此此次會晤眾人都十分緊張。長樂公主卻覺得大家過於緊張自己的安危，比起她一路北行至此，目之所及、耳之所聞的民間眾生疾苦，她覺得當年說書先生對葉一城葉宗師——「心中裝的是天下蒼生」的評價，真是沒有半點虛言，國家廟堂之中有這樣的人才是國之所幸、民之所幸，對比之下，自己的安危和如今的危機相比，更不算什麼了。

這位公主不知道此時邊境形勢對華夏極其不利，突如其來的瘟疫，讓談判的官員們焦頭爛額。自打在談判的地點落腳後，長樂公主再沒見過葉一城，她想託人傳話給葉一城問問情況，可想到他在探望受傷的將士們，自己還是少添亂，便作罷了。她每天除了去銀杏林子散散步和給遠在皇宮的小夥伴——登基不久的越之墨寫信外，便無所事事，只等著看三天之後兩國相見的時候自己能派上什麼用場。

三天之後的午後，她換上了莊重的廣袖禮服，梳好髮髻，乖乖坐在營帳裡等著葉一城帶自己去談判。來人卻是另一位官員，解釋道：「殿下，宗師還在趕過來的途中，吩咐屬下先為您引路。」長樂公主並未生疑，凝重地點點頭，起身上車。一路顛簸前行，她挑起車內的簾子，看著滿目的銀杏葉子，煞是燦爛。

這些時日，這位異姓公主對魏國國君欽點要見自己一面的事情，作了許多推論，一向守時的葉一城「還在趕過來的途中」。她十分明白這樣的外交辭令，於是在諸多推論中，她覺得可能性最大的只有這一種了——和親。

兩國交鋒，若是和親，這是投入成本最低、回報最高的事情。她閉了閉眼睛，想到了這一路走來她心裡覺得異樣的地方，幽幽地歎了一口氣，從手腕上褪下了一串紅瑪瑙手串，用白綢手絹包好，輕輕擱在了案上。這串紅如血的瑪瑙手串，是葉一城送她的唯一一件東西，她一直都戴著。若是真的要和親，不管對方高矮胖瘦，不管對方是否喜歡自己，她都要放下自己的感情。若是真嫁去魏國，葉一城便是她不能念想的人，她再也念想不起了。這手串留著只是徒增傷感和不切實際的念想，還是留在華夏國土吧。

長樂公主在隨從的攙扶下出了馬車，身後是華夏麾下三百軍士，他們已經停住了腳步，看見公主下車，忙半跪行禮，雙手交錯舉過頭頂，動作整齊劃一，道：「長樂公主安！」

她對著將士們輕輕抬手，道：「諸位辛苦了，請起。」她轉身，華服及地，旖旎的身影使得銀杏林子裡突然有了生氣。

此刻眼前便是魏國一方，魏國三百將士數排而立，手握長槍身著青色盔甲，不苟言笑。他們的正中坐著一位華貴的女子，那女子正在喝茶，端著青瓷的杯子喝完放在一邊的紅木托內，將視線緩緩回轉，落在了走過來的林素問身上，眼睛微微瞇了瞇，像是將醒的貓。

「這是魏國國君。」隨從對公主輕輕道。

長樂眼裡露出微微的詫異，很快她收去這樣的訝異，待到走近了微微屈膝行了禮，道：「魏國君安。」

「長樂公主？」女國君抬起手正了正髮髻上的珠串，問道，雖然臉上有了一些歲月的痕跡，可她的舉止神態和當年別無二致。

「是。」公主恭敬地答道，心想這個女皇帝倒也像模像樣，想起同樣是帝王的越之墨為了一塊桂花糕還要跟自己發脾氣，真是天壤之別，心中恨鐵不成鋼地歎了一口氣，順便更加慶幸華夏還好有葉宗師這樣的棟樑。

魏國女國君的嘴角勾起一抹意味深長的微笑，又打量了一番華夏國的公主，清了清嗓子道：「傳聞你的琴聲是華夏一絕，今兒倒是想聽一聽。」說著輕輕一抬手，魏國侍從便捧著一尾琴站了出來。

兩國交戰，雖是和談，卻是千鈞一髮地較真，魏國君王要見的只是華夏公主，史官看來足見魏國的誠意，但在魏國國君提出了這樣的要求後，公主身後的將士們皺起了眉頭，紛紛握緊了手中的佩刀。華夏國唯一的公主，在兩國和談之初要為魏國國君彈琴？這是下馬威，更是對公主的羞辱，公主的顏面便是華夏的顏面，是再清楚不過的道理。

這位長樂公主臉色並無惱怒之意，她心裡頭甚是清朗：若是能讓這戰事化解，她甚至都做好了和親的準備，如今別說是彈琴，跳一跳舞說兩段樂子，她也是願意的。面子這東西，向來是給別人看的，沒有裡子，充著胖子徒增笑耳，一旦有了裡子，這面子也就不那麼重要了。「傳聞向來不足為信。」先前行禮是輩分上的差異所致，如今她直起了身子。

魏國女國君的眼裡透露著有意思的神色，並未生氣，笑道：「不過一曲而已，公主未免太小家子氣了。」魏國將士的臉上浮現出一絲輕蔑的笑。

公主身後的侍從握緊了拳頭，魏國君從一開始就咄咄逼人，哪裡是來和談的，分明是來火上澆油的。

公主仍未動怒，相反，她還點了點頭，不置可否地說道：「魏國君所言極是，我自小生長在皇宮裡，這般年紀了，這是出門最遠的一回，難免小家子氣，請魏國君別和我一般見識。」隨從們鬆了一口氣。

女國君蹙眉若有所思了片刻，又道：「我差點忘記了，你只是被皇室收養，並沒有純正的血統。」魏國軍士的臉上流露的笑容更輕蔑了。

華夏有忍不住的戰士，手已落在了隨身的刀柄上。長樂歪了歪腦袋，又搖了搖頭道：「素問是長安人，流的是華夏的血，很純正。」不同於當年那次見面的尖銳交談，這一次長樂公主的回答顯然要淡定許多。

魏國君抬眼瞧了瞧她，目光又收了回去，端起侍從手裡的茶杯，用茶蓋浮了浮茶面，不緊不慢道：「看來葉師兄說的是假話了，他說這世上唯有長樂公主得到他的琴藝真傳。」

長樂被這「葉師兄」三個字酸了酸，對方停了停又繼續道：「這次見你，不為別的，是為了兩國的戰事。」

長樂收起心中的酸意，不疾不徐道：「是了，琴聲什麼的都不打緊，戰事才要緊。」

魏國君嘴角的冷笑漸濃，道：「琴聲怎麼就不打緊了？」她想起了那一夜，自己月下見到葉一城，問他：「我知道你心裡的那個人是誰，她沒有皇室的血統，比你小了二十二歲，她什麼都不會，哪裡比得過我？」

「素問的琴聲，是天下最乾淨的聲音。」清冷的月色下，葉一城淡淡道，「出了師門，如今你我，早無同門情誼，只有各自的天下蒼生，你要戰，那便戰。」說完他拂袖而去，不曾回頭，戀戀不捨的人從來只有她自己。

最乾淨的聲音？這六個字，在她腦海中盤旋，像是尖銳的刀子落在了她的心頭。她有天下無雙的琴譜，她會世間罕見的指法，她曾寒冬酷暑也不停歇地練習，難道她的琴聲不夠動聽不夠高雅不夠打動他？她不服氣。

魏國君收起思緒直起身來，走到長樂的身邊。太陽漸偏，山林的盡頭有一個男人，身騎白馬往這裡趕來。

「我今兒準備了兩件東西，一個是你剛見著的琴，另一個……」她輕一抬手，侍從頷首捧出了一只靈巧的三耳酒樽，「這裡頭裝著我辛苦求來的酒，這酒有個神奇的地方，喝下它的人，一炷香後，可以忘卻自己最心愛的人。世間的煩憂，不都是『情』字嗎，所以它的名字叫忘憂，本想贈給葉師兄，他沒有來，真是可惜了。本想聽你彈過琴，看他喝完酒，便送上我的第三份禮物，魏國大夫們治療時下瘟疫的方子。」

公主長樂明白了，她與魏國君之間的共同點便是都傾慕著葉一城，顯而易見的是葉一城並未垂青於魏國君。想到這裡她舒了一口氣，又想到對方千辛萬苦約自己來，真的只是為了彈一首曲子嗎？她的目光又落回到了那隨從捧著的琴上。

「這酒我來喝，這琴我來彈，那你還會給我方子嗎？」公主真誠地問魏國君。

魏國君一怔，帶著玩味的笑容打量著她，道：「自然可以。」說著她招了招手，那捧琴的侍從走上前來，她揭開了琴旗，一把伏羲五弦琴映入眼簾，她扯下一根頭髮，在眾人不解的目光中，將髮絲放在了琴弦上，轉瞬，髮絲斷成兩截，落在了銀杏葉子上。「還彈嗎？」魏國君冷豔的聲音響起。

公主長樂直直地看著琴，舒了一口氣，原來她並不需要和親，遠離故土。

「公主，請三思。」

「公主，我們不怕打仗。」

「公主，御醫們已經在研究方子了，相信很快就能研究出來……」

……

她側身看了看臉上寫滿關心的將士們，輕輕笑了笑，抬頭看了看直入空中的銀杏樹，那樹林的遠處，騎馬的男子更近了些，但她自然是看不見的。

「彈。」公主的聲音裡，沒有負氣，沒有膽怯，她走到那侍從托著的酒樽前，雙手捧起。

「喝了便會忘記你的心上人，你捨得？」魏國君笑道。

她沒有答話，仰頭便喝盡了樽中酒，嘴角噙著苦笑，搖了搖頭：「小女子忘卻心上人，是挺痛苦的，但是一個公主，忘卻一個心上人，裝下天下百姓，不是應該的嗎？我自小錦衣玉食，受皇家恩澤，百姓眷顧，如今到了回報他們的時候，與兒女私情無關，與我的血統身分有關。」她掃了一眼周遭的林子，挑了一塊平實的石面走去，盤腿而坐，整理好裙襬，抬起頭，衝不遠處的隨從道：「拿琴來。」

兩軍戰士不再言語，魏國的戰士們臉上原本嘲弄不屑的表情都已不見，屏氣凝神；華夏的戰士眼中滿是感動敬畏，他們直著身子，目光都落在坐在那塊石頭上的人身上。

葉宗師下月生辰，她原本準備了這首曲子送給他，大戰在即，這位忙得腳不沾地的宗師，恐怕也不會過什麼生辰了。這樣的會晤他避而不見，想必心中有些不忍，雖自己從未站在他的心尖上，但如今他們終於有著同樣的天下蒼生，在自己還最後記得他的時候，彈一彈琴，算是她愛情的絕唱吧，想來頗為悲壯。

長樂公主的琴是葉一城手把手教的，其中最獨特的指法叫作「指走偏鋒」。不同於尋常琴者彈琴時用指甲的正中觸碰琴弦，她的指法恰恰是用指甲右側的三分之一處觸碰琴弦，這本不是什麼難事，珍貴的是一整首曲子，每一個音都保持這樣精準的力度，因此她的琴聲是華夏一絕。

在彈出第一個音的時候，指尖傳來的痛遠比她想的要厲害。她不能停下來，瘟疫肆虐，最耗不起時間的是百姓，她的臉色平靜，額頭卻滲出密密麻麻的汗珠。

林中的鳥兒也不再叫喚了，秋蟬都已經噤聲，她的琴聲瀰漫在簌簌落下的銀杏葉子中。林子遠處越來越近的騎馬的男子似乎也聽見了，他仰起頭看了看四周，高揚起了馬鞭，加快了前行的速度。

她的指甲開始裂縫，琴弦上出現了一層血珠，十指連心，寸寸是血。

魏國君將茶杯擱了回去，她仔細瞅著公主的表情，努力聽著公主的琴聲，她怎麼也不明白，琴聲可以歡樂可以悲傷，乾淨到底是什麼？直到公主彈至此，她依舊沒法體會，乾淨……是個什麼東西？華夏戰士的眼眶中泛上了一層水霧，男子們抿著唇努力不讓自己發出聲音，跟著公主的老嬤嬤彎下腰去，半跪在地上，老淚縱橫……

公主此刻只覺得鑽心地疼痛，指尖發麻，在這首曲子需要以「輪指」來達到最精采的部分的時候，她咬著下唇努力不讓自己因為疼痛發出聲音。一隻小鹿探出了腦袋，瞧了瞧四周，然後輕輕走到公主的身邊，喉嚨裡發出了「嗚嗚」的聲音，慢慢地靠近，隨後坐了下來，將頭擱在她的裙襬上。

陽光漸斜，如火的光的盡頭，提劍而來的男子，無比驚訝地看著此時的情形，隊伍中有人認出了他來，輕聲道：「葉宗師……」

士兵們緩緩地讓出了一條道讓他前行，他的目光落在了公主滿是鮮血的手指頭上，目光中盡是心疼和憐惜。

公主眼裡只有琴弦，這輪指的角度和次數沒有絲毫偏差，琴聲幽靜。在收尾的最後一個音裡，她如釋重負地頓了頓，來不及抬起頭來，便閉上眼睛跌落了下去，那雙手鮮血淋漓，在銀杏葉子的襯托下，顯得格外鮮豔。

翌日，舉國同悲，這位異姓公主的事蹟被世人知曉，無不動容。不過，治療瘟疫的方子卻救了華夏兵營中患病的將士。她的「長樂」二字似乎不是為了自己，卻應了芸芸眾生。

相傳華夏西南方有座山，深山中有茂林修竹，竹林深處有位道行極深的術士，圓滾滾的，胖得厲害，常年穿著一件黑白兩色的衣裳，卻有種種能耐。他看著來人，笑得慈祥，將手邊的一杯新茶遞了過去，道：「你要求的，飲下這杯便可實現。」

來人並未猶豫，仰頭便飲下，身影便逐漸渙散開來，他悠悠然看著這樣的情形，笑了笑，自言自語道：「這一飲，是天下人，給你們的慈悲。」

第一盞茶·白夜祭

打有記憶的時候，我便無處可去，只能在這裡等待一個人帶我走出這平安鎮。

這是世間慈悲的人最絕望的時候才會見到的地方，三界輪迴的死角，只要你願意以命抵命，便可以真真實實地回到你最想回去的時候，求一個灰飛煙滅。我只求客人灰飛煙滅後的殘餘茶水，澆灌開茶臺上的曼陀羅花。曼陀羅花開，便會有一個人給我重來的機會，帶我去看那外頭的世界。

世人為果，我偏偏想求一個因。

我經營著一座樓，在人間的傳說裡，它被稱作——慈悲客棧。

莊九抬起渾濁的眼睛看著我的時候，我著實是有些失望的。這樣的醉鬼為什麼能見著慈悲客棧？他怎會有慈悲心？

抬手往壺裡注水，空氣中有嫋嫋熱氣，透過熱氣我與醉鬼莊九對視了一眼。人的眼睛裡能折射出內心的許多欲望，而莊九的眼神裡，除了無盡的悲傷外，已讀不出其他。

壺蓋下溢出熱氣，我在他面前依次放下三只手心大小的白瓷杯。

「慈悲飲，一飲放下江湖恩怨。」

「懂。」醉鬼點頭。

「慈悲飲，二飲忘卻紅塵疾苦。」

「懂。」

「慈悲飲，三飲不負人間慈悲。」

「懂。」

清水中的幾許茶葉緩緩舒展開來，這醉鬼的眼神隨之精神起來，他看著面前注了七分滿的第一杯茶道：「喝下……喝下三杯茶，真的能回……回到過去嗎？」

我低頭往自己的杯子裡添了些茶水，抬頭對他道：「能。」

醉鬼鬆了一口氣。

「以命換命，是慈悲客棧的買賣。」這茶是雨前的龍井，我執著茶盞衝他停了停，他若後悔，此刻還是來得及的。

醉鬼笑了笑，道：「拜……拜託你了。」

頃刻，盞中茶便潑在了烏金石的茶臺上，莊九的前半生，可見一斑。

1

莊九原本並不結巴。相反，他是長安城裡最出色的說書先生。所有聽客們對他的評價都是一致的：只有莊先生這樣的好口才，才能把這樣那樣的故事講得如此引人入勝。

莊九說的書很特別，既不是前朝歷史中的豪傑演義，也非書生小姐的花前月下。他講的，都是京城裡真實發生的離奇案件。有趣的是，每每講完，都能引領起京城百姓茶餘飯後的八卦娛樂新潮流。

從前京城裡每有重大的命案發生，百姓們總會無限猜測遐想，但屢屢因無法得知內幕，而導致眾說紛紜。那些案子在百姓看來總是不了了之，於是大家議論的焦點都集中在了對官府捕快的無能和世道險惡的不滿上，人心惶惶不說，還弄得朝廷名聲不好。

莊九講法的新意在於，他總是從殺手的視角開講，開場白總是類似「三月初三的那天下午，在下來到王富豪家門外，準備殺掉他」這樣的勁爆言辭，聽眾立即精神抖擻，很快就能身臨其境，屏住呼吸聽他一路講述那些跌宕情節。

明明是官府都束手無策的懸案，莊先生總能從大家想不到的角度還原當時的情景。聽的時候，來不及去猜想，散場後回味起來，起初覺得匪夷所思，再一想又覺得合情合理，每每回味起來，都不由得為莊先生的想像力拍案叫絕。

同行中很多人眼紅莊先生的炙手可熱，有些冷嘲熱諷，說莊九這是邪路子，用命案來吸引眼球，簡直是敗壞社會風氣。而更多的說書人則乾脆自己嘗試著模仿他，可總少了兩分真實，多了幾分浮誇，沒有那個味道。這一來二去，莊先生說書的風格便是獨一無二、無人能比了。

日子不長，說書人莊九便有了一個響徹京城的外號——「殺手莊先生」。

莊九是很滿意這個稱呼的，因為他本來就是個殺手，專門為朝廷處理一些見不得人的事，他見不得光，簡稱朝廷鷹犬。這一類人的存在，自然是得不到官方認可的，但是朝廷對他們的待遇著實不錯，除了每月發放俸祿外，還有車馬、服侍補貼的費用，比通過科舉獲取一官半職的讀書人的待遇要好得多。

這樣的一類人，通常都會有個其他職業作為掩護，可同類中沒有人像莊九這樣，把第二職業做得這麼高調的。

作為直接聽命於皇帝的殺手，莊九的殺人技術登峰造極，在同類中出類拔萃，得到了一致的認可。因此他接手的都是大案，而大案的酬勞自然也是最高的，莊九從未失手過。從技術層面上來說，莊九著實算得上朝廷最好用的一把殺人利刃。

但他也讓朝廷很頭疼，頭疼在兩個地方：第一是他的第二職業。朝廷自然曉得，莊九說的那些故事都是他娘的真的。一個殺手，把自己殺人的來龍去脈編成書，堂而皇之地講給全城的人聽，這種奇怪的愛好讓他們多了很多麻煩。

第二頭疼的才是上司最擔憂甚至隱隱恐懼的，因為莊九是一個沒有任何原則的殺手。

殺手這兩個字本身就帶著天然的神秘、陰暗的氣息，正如它與生俱來的氣質一樣，做這一行的人，殺人時再鎮定自若，做久了心理總會產生些變化，於是他們或多或少地給自己制訂一些規則，以防止自己的心在黑暗的殺戮中徹底沉淪。這些規則千奇百怪，有的很正常，比如不殺忠臣、不殺女人；有的則不太正常，比如不在月圓之夜動手，或者動手前一定要先吃隻烤鴨之類。

朝廷在這方面通情達理得讓人意外，也許他們認為恰恰是內心有準則的殺手才是好控制的機器，況且那麼多的殺手，這個是你的原則，未必是別人的原則，你不殺，可以找別人去殺嘛。

但是，莊九沒有任何原則。

親王高官？可以殺。

清廉之臣？可以殺。

婦孺弱小？可以殺。

熱血書生？可以殺。

無論給出什麼任務，只要價格夠高，他總是嘴角掛笑，點頭應下，然後完成，從來沒有婆婆媽媽地討價還價過。上頭一度覺得莊九是不是沉淪於殺人本身了，經觀察，沒有任務的時候，他悠閒自若，每天晃晃悠悠地去繁蒼樓說書，彷彿那才是他真正的身分一樣。

無欲則剛。一個沒有原則、沒有追求的人，是很難被看透的，特別是當這種性格出現在一個頂尖殺手的身上，會讓他的上司對他產生不可控的不安全感。

當年朝廷忍不住找他談心：「你當真沒有一點自己在意的嗎？」

莊九想了半天，認真地答道：「我喜歡在白天殺人。」

「為什麼？」官員問完之後，又自問自答道：「噢，白天殺人難度更高，因此更能顯示你的劍術高超，對不對？」

莊九搖搖頭。

「莫非因為晚上要說書？」

莊九笑道：「說對了一半。」他的笑中有些逗弄上司的意味。

「下午也可以說書啊。」官員分析道。

「那不行，那不行……」莊九立即擺擺手，不同於傳說中的殺手冷漠無情，不殺人的莊九十分隨和，「晚上殺人只能穿黑色的衣服。但是白天就不一樣了，白天可以穿不同顏色的衣服。」莊九一本正經地答道，看了看對方的反應，擔心對方不明白，很體貼地一本正經地補充了一句：「殺手，也應當愛美。」

官員呆滯了一瞬，然後用手將自己的下巴合上，眨了兩下眼睛，咽了咽口水，不可思議地搖了搖頭後，他的背後泛起一層寒氣。他決定再也不去探究莊九的內心世界了，只要他能殺掉要殺的人，說書就說書吧，他加快了離開的步伐，決定離這個瘋子遠一點。

莊九微笑地目送官員離開，自此以後，他白天殺人，晚上就變成長安城最豪華最熱鬧的繁蒼樓裡的頭牌說書人——莊先生，再沒人找他談心說事。

京城裡的老百姓只曉得，聽莊先生的書是難得的好樂子，這已成了京城一絕，外地人來了京城，倘若沒能聽上一場莊先生的書，跟沒能遠遠地瞅一眼皇宮一樣，那都是莫大的遺憾。

繁蒼樓的生意也越來越好，逢莊先生出場的日子，更是一座難求。這聽書的人愛看熱鬧，而說書的人更愛這樣人聲鼎沸的熱鬧，兩全其美得很。

莊九和他的蘇葉葉的第一次見面，自然是在這繁蒼樓。

2

很久以後，莊九仍能清楚地記得，遇見蘇葉葉的那晚，他說的書，講的是魏國來使自殺一事。

魏國和華夏相鄰，從前朝起邊境之間一直紛爭不斷，反正誰一時也滅不了誰，打一打，歇一歇，談一談，再打一打，百姓早已習慣。

只是前幾個月魏國難得地小勝一場，讓華夏吃了不大不小的虧，接著就大張旗鼓地派遣使者前來，據流傳出來的消息說，魏國要借這個機會讓華夏割讓三座城池！

消息一傳出，以長安書院為首的各家書院裡的熱血學子們集體蹺課，在使者到來的當天堵在城門抗議，倘若真要割地賠款，那可是一國的恥辱了。一時間，兩國議談之事成為全城百姓每天討論的焦點。

本朝的蘇丞相與魏國使者相見磋商，連續三天毫無進展。小道消息卻不斷流出：據說魏國使者倨傲無禮，據說對方口口聲聲稱三座城池只是底線，據說來使要求華夏公主和親……傳出來的消息一個比一個更讓人義憤填膺，華夏百姓莫不咬牙切齒，恨不得生吞活剝了此人。

讓大家意想不到的是，到了第四天早上，魏國大使被發現吊於使館房樑之上，並留下遺言說因為談判進行得不順利，愧對國家，所以乾脆自我了斷了。

這突如其來的消息讓大家莫不目瞪口呆，猝不及防。不過大家的第二反應也頗為一致：趕緊去訂繁蒼樓的座，聽莊先生怎麼講！

繁蒼樓果然第二天就在門口貼出了大幅通告，黃底黑字寫著莊先生於三日後，會開講這個案子。門口的木板上那巨大的告示上赫然寫著——魏國大使懸案：死，是態度，還是讓人添堵？！

這三天的等待裡，無論是學子官員，還是小販商人，茶餘飯後都就「態度」還是「添堵」討論得熱火朝天，不可開交。

三日後，繁蒼樓所在的西關街車馬均不許進入，只許行人走進去。儘管如此，街道上的人還是摩肩接踵，繁蒼樓門口有小販高價倒賣著座位的號，那價格自然是比直接從繁蒼樓買貴了好幾倍的。

這晚的莊九挑了件月牙白色長衫，頭髮梳得一絲不苟，眼神很是凌厲，在白皙的皮膚襯托下，格外深邃。他右手掂著扇子，漫不經心地一抬腳，剛剛邁入大堂，喝采聲幾欲掀翻屋頂。莊九心情大好，這樣人聲鼎沸的場面他心裡頭是喜歡的，只是面上依然一副平靜。

登臺後，莊九照例先拱了拱手，眾人都鼓起掌來，這掌聲、喝采聲隔了半條街仍能聽見。但是等莊九緩緩展開了扇面，樓內眾人便默契地安靜了下來，大家都知道，這個動作意味著莊九要開講了。大家都目不轉睛，不願意放過莊先生的每一個動作。

只一瞬間，場裡的氣氛便從極鬧變成了極靜，京城的說書人裡，也只有莊先生有這樣的掌控力了。

莊九將扇子輕輕放在身前的臺上，隨意捲起袖子，犀利的眼神橫掃了一遍場內，道：「魏國來使並非自殺，而是他殺。」這是他今天開場的第一句話，擲地有聲。

眾人目瞪口呆之餘，紛紛點頭，一臉期待，顯然對這個開場白十分滿意，心想果然沒白花這許多銀子買這頭場票，若是自殺，還來聽個大頭鬼？

「這十數年來，魏國在邊境沒有佔到分毫便宜，此次借我國江南水災之際，使出了陰損的招數，暫時小勝幾分，就已飄飄然起來，不知道自己是誰了，不過蠻夷之地，少些自知之明，也是可以理解的。」莊九冷笑一聲，言語表面客觀，實則立場分明，眾人對魏國的不屑也都表露無遺，莊九滿意地看著聽客們臉上的表情變化，自然而然地問道：「魏國派來大使，我們作為東道主，熱誠接待，是怕他們嗎？」

眾人皆搖頭。

「是我們缺兵少將，打不贏嗎？」莊九又問道。

眾人又搖頭。

莊九拿起扇子，展了一半：「那我們泱泱大國，禮儀之邦，這樣做，是為什麼？」

眾人先是點頭，又趕緊搖了搖頭，臉上寫滿茫然。

「是給他們臉！」莊九將扇面都展了開來，搧了兩下。

眾人頓悟，露出原來如此的表情。

莊九迅速將扇子合上，「啪」的一聲放在面前的几案上，道：「但是他們不要臉！」

「他們不要臉！」莊九那話音剛落，一個稚嫩的聲音在安靜的堂內響了起來，莊九一眼就找到了這個聲音的來源。第一排最佳視角的位置上，一個穿著桃粉色蜀錦小衫的小丫頭爬到了自己的椅子上，揮著粉拳舉過頭頂，一臉正經地附和道，那激動模樣，頗有些像為了屁大點兒事便成天在城門口抗議的熱血學子。

莊九說書的習慣，這裡的常客都很熟悉，在沒有得到他的示意下就議論開來，會影響他的節奏，莊先生可是很不喜歡被人打亂節奏的。從三天前魏國大使之死一直到剛剛，所有的節奏都是莊九在掌控著，聽書的人也樂於被他這樣掌控著，這個小妮子如此突兀地附和，如同行雲流水的曲子裡彈錯的音符，十分惹眼。

莊九掃了這個眼神清澈明亮的小丫頭一眼，十二三歲的模樣，從她聽書的位置和衣衫的料子來看，家境已超出了殷實的範圍，該是有權有勢了，這肯定是頭一回出來聽書，還不熟悉莊九的規矩。

這小丫頭邊上一位二十多歲的男子不滿地對她低聲叱道：「小姑娘，你懂不懂規矩，你家大人呢？吵死了！」

莊九沒有發話，端起茶杯不慌不忙地喝了一口潤了潤嗓子，似笑非笑地盯著這個小妮子，並不打算為她解圍。安靜的場中頓時有些尷尬，聽眾們剛被開頭吸引，忽然有人將莊先生的節奏打亂，萬一惹得莊先生拂袖而去，這頭場票的銀子白花了不說，回頭還怎麼將故事裡的情節作為談資講給周圍人顯擺？

一時間，所有人都將不滿集中在了這個不懂事的小姑娘身上。她也發現場面不對，胖嘟嘟的臉蛋上浮起了紅暈，本來小拳頭激情昂揚地舉在空中，這時候只能尷尬地鬆了開來，在空中晃了晃，緩緩放了下來，經過後腦勺兒的時候還撓了撓。接著她偷偷地瞥了一眼邊上說她的男子，噘著嘴巴哼了一聲，慢慢地坐下去，整了整衣衫，坐直了身子，將目光投到莊九身上，帶著躍躍欲試又極力掩飾的緊張。

莊九今日心情大好，並沒有計較她打亂自己的節奏，此時已擱回了杯子，心裡對這個小傢伙又明白了幾分：沒有大人陪著，看樣子是偷偷從家裡跑出來的。作為一個優秀的殺手，從細節分析人物身分已經是深入本能的習慣了，一口茶的工夫他便看透了這小姑娘，便也懶得為難她。

莊九搖了搖扇子，慢條斯理地繼續說道：「為何在下說他給臉不要臉？這就要看魏國提出的條件了。要想百姓安生，那就割地，若不割地，那就和親，不僅如此，他們還點了和親的對象，竟然是我國陛下最寵愛的君和公主！」

莊九說到這裡，閉上眼歎了口氣，合上扇子，在右手上輕輕一掂量，老看客們都知道，這是允許看客們開始評論的手勢，於是安靜的場內一下子就炸開了鍋——

「娘的！」一個客人罵道。

「他們魏國是個什麼東西！」最後一排客人的聲音也傳到了莊九耳裡，十分清晰。

「那可是我們華夏唯一的小公主！」

……

那小姑娘似乎有些不知所措，不明白為什麼剛剛自己也是這樣叫罵，卻被鄰座的人鄙視，這會兒群情激憤也沒人阻止。不過稍作觀望，她流露出「這氛圍才對嘛」的表情，似乎十分解氣，小臉憋得通紅，手握著拳頭，眉頭微蹙，卻不敢開口，似乎因為之前被訓心有戚戚。左顧右盼之際，那之前訓斥她不懂規矩的看客，拍了拍她的肩膀道：「小姑娘，你剛剛說得對，他們就是不要臉！」

她個子矮，坐在椅子上，腳夠不著地，被人這樣一拍又一肯定，她的臉又紅了起來，完全忘記這人訓斥過自己，一臉的開心得意，好似能融入這熱鬧的人群裡是很了不得的事情一樣，一低頭，使勁地晃悠了兩下沾不著地兒的腳。

臺上的莊九見火候已到，搧了兩下扇子，眾人立馬收斂了情緒，叫罵聲很快止息。莊九見此情形，懶洋洋地接著道：「你魏國莫非當真欺負我國無人？在下這樣想著，便提起了手中劍……」

莊九的語氣沒有任何煽動性，可剛剛平息的情緒又一次爆發了起來。

「不殺不能洩恨！」

「叫他們囂張！」

「不要臉的東西！」

…………

「那份遺書的內容便如傳聞所說。想必有不少人認為這人是我殺的，這遺書定是我偽造的了。」莊九輕輕一頓。

眾人還沉浸在剛剛莊九一路驚險萬分潛入使館的情節，下意識地紛紛點頭。

莊九悠悠歎口氣，不疾不徐道：「人，的確是我所殺，而那遺書，卻是真得不能再真，是魏國大使一筆一畫親手所寫！」

繁蒼樓鴉雀無聲，看客們都不知道莊九在賣什麼關子。

「畢竟這是魏國正使，若被義士刺殺，雖是死有餘辜，卻不免給我國朝廷招惹麻煩，魏國借機滋事，這豈不是搬起石頭砸自己的腳了？」莊九循循誘導。

眾人齊「噢」了一聲，目光緊緊追隨莊九。

「所以，」莊九瀟灑地一捲袖子，手掌重重拍在臺上，正氣凜然地說道：「我拿劍逼著魏國使者，讓他一筆一畫在我眼前親手寫下遺書，真得不能再真！」

「白紙黑字，即便魏國自己來驗，那也是親筆所寫無疑。魏國縱使狂怒如雷，卻也無可奈何。你派來使者自絕於此，可和我朝毫無關係！」

「怕是有人覺得，還要偽裝成自殺，不夠解氣吧……」看客中果然有人點了點頭。

「這點我豈能想不到？」莊九輕輕一笑。

眾人安靜了下來，那小妮子更是雙手捂著張大的嘴巴，眼珠瞪得溜圓，看著莊九的眼神裡充滿了震驚、崇拜和激動。

「在他上吊的房梁之下，在下沒有放上踮腳的凳子。」莊九搧了兩下扇子。

眾人先是一愣，有反應快的明白過來，立馬獻上由衷的掌聲。小姑娘支著下巴一臉認真，還在等著莊九解釋。

「明明是他殺的做派，卻只能接受自殺的結論。這才是在下想要讓魏國看到的結果。」

「在下這麼做的目的很簡單——殺他是我的態度，給魏國添堵是我的目的！」莊九說著將扇子猛地一合，微微一抬，小姑娘順著他扇子的方向望去，指著的正是堂內的那張告示——魏國大使懸案：死，是態度，還是讓人添堵？！

眾人順著他扇子的方向看過去，再轉過頭來，恍然大悟，原來這三天爭論的點不對，態度和添堵這兩者不是排他性的存在，而是並存的！哎呀，莊先生真是高啊！這票價值啊。

「我們華夏的地方，不是你想來就能來；我們的東西，不是你想要就能要；我們的公主，你是連想都不配想！」莊九的結語說得淡然，卻引得眾人叫好聲一片，前排的小姑娘更是興奮地鼓著掌，雙手拍得通紅也渾然不覺。

「殺人好辦，脫身卻難。辦妥了這些事，我必須全身而退，此時已到日落時分，人流漸多……」

那一晚繁蒼樓燈火通明，人聲鼎沸，熱鬧非凡，看客們一如既往地心滿意足。

莊九在客人們的掌聲中，翩然退場，堂後小憩，喝了杯茶，正要離開，卻見曲終人散的大堂內，那小姑娘正在和夥計耳語著什麼，見夥計一臉為難的模樣，小姑娘便從荷包裡摸出了一錠銀子遞給了夥計，隨即夥計又與她耳語了幾句，她滿臉興奮，使勁點了點頭，然後從椅子上跳了下去，顛兒顛兒地走遠了。

果真是個錦衣玉食長大的小姑娘，天真無邪得很。莊九搖搖頭，照著往常的習慣，在西關街上散了會兒步，才慢悠悠地往自己的住處去。他住在離西關街不遠的一處院落裡，鬧中取靜，這院落佈置得十分合莊九心意，院子的角落裡有桂花樹兩三棵，桂花樹下還有石桌、石凳子。

世間繁華千萬種，莊九唯獨鍾愛桂花的香氣，濃郁綿延，像極了他喜歡的人間繁華。

今夜，莊九走到院門口，倏地停下了腳步，臉色轉為嚴肅，稍一頓，覺得好笑又無奈起來，駐足了片刻，月色拱門下，踏入院落的腳尖換了個方向，走向了臥室對面的桂花樹。那樹下有個小小的人影，在樹影下踩著自己的影子玩兒。

是今晚坐在第一排聽書的那個小姑娘，他想起臨走前看見的那一幕，便全明白了。她正轉了個身，餘光看見了已經進入院子裡的莊九，烏溜溜的眼睛裡，有無法掩飾的欣喜和愛慕，面頰上的紅暈將她的靦腆和羞澀展露無遺。她小腳尖往前邁了一步，又縮了回來，抬起手晃了晃，然後笑了笑，低下頭去，腳尖輕輕點了點自己的影子。

莊九也不著急說話，索性背手打量著她，看她接下來怎麼辦。

小姑娘終究還是按捺不住內心的激動，她仰起頭看著莊九，她的皮膚在月光下晶瑩剔透，眨了眨眼睛，似乎鼓足了勇氣，才開口道：「好……膩（厲）害……」她的話語裡有微微的鼻音，和她的年紀作態相映成趣。

莊九在石桌旁緩緩地坐了下來，平靜地問道：「厲害什麼？」

「你……你好……膩（厲）……害……」小姑娘見他問自己問題，興奮又緊張，極力地想要與他互動，可又在刻意地控制自己說話的節奏，每個字都說得很慢，讓莊九覺得有些特別。她見莊九注視著自己，努力裝出不緊張的樣子，提高了音量，正色道：「我……下……次還會……來看……的……」

莊九點點頭，收回視線，沒有說話，氣氛又恢復了安靜。

小姑娘站在一邊，似乎想說些什麼來打破這樣的平靜，可又不知道說什麼，她的手指無意識地在石桌邊上畫來畫去，臉色倏地一紅，道：「我叫蘇……蘇葉……葉……葉。」

莊九算是明白了，這小姑娘原來是個結巴，還是個挺有趣的小結巴，他面色雖然平靜，可語氣中卻充滿了調侃的意味：「到底是蘇葉，還是蘇葉葉呀，小結巴？」

小結巴這個稱呼迅速染紅了她的耳根子，她抬頭瞪著眼睛，想要反駁什麼，可是和莊九的視線一撞，抿了抿嘴，一跺腳道：「是……是葉……葉……娘（兩）個……葉！」著急起來，結巴得更厲害了些，她似乎也意識到了這一點，一說完就轉身拔腿跑了，拐彎的時候，還踉蹌了一下。

莊九看著蘇葉葉幾乎是逃離的狼狽模樣，嘴角輕輕揚了揚，庭院重回安靜，月光灑滿地上，這院子在長安城的巷子深處，靜謐得有種說不出的寂寥。

莊九閉上眼，覺得今年桂花開得真好，聞了聞，清了清嗓子道：「出來吧。」

一個黑衣人悄無聲息地出現在石桌前，莊九打量了來者一眼，嘖嘖兩聲道：「石三，你從來不換衣服嗎？」

被叫作石三的人蒙著面，語調刻板地答道：「每天都會換。」

莊九搖搖頭：「你每天都穿同樣款式的衣服，還都是基本款的黑色夜行衣，不煩嗎？」

石三用之前的語氣回答道：「差事。」

莊九還要說話，石三搶先開了口，雖然語氣還是之前的平淡，卻多了幾分打趣：「好——膩——害。」

莊九撇撇嘴，有些無語：「說吧，這次要殺誰？」

「洛陽來京城的商人劉和，要求不見血、日落之前。」

莊九「哦」了一聲，表示應了，然後像是想起了什麼，對石三道：「你跟上頭說下，上次任務難度應該按甲等計算，少發的津貼下個月別忘了補給我。」

這次輪到石三有些無語了，愣了一下答道：「知道了。」說完轉身，猶豫了一下沒有立刻抬腳，而是繼續說道：「上頭也讓我告訴你一聲，別再惹麻煩了。今天這場書一說，明天傳遍全城，負責涉外的鴻臚寺的官員又要來訴苦了，接下來魏國肯定要鬧事。你收斂一點。」

莊九聽到這些話，心頭忽然生出一股厭倦，根本懶得答話，只是不耐煩地揮揮手，然後稍稍挪動了一下身子，換了個舒服的姿勢，抬頭看向夜空。

今天的月亮，真圓啊。

3

富甲中原的商人劉和，在進京城兩個月不到後忽然暴斃，此時距離魏國來使自殺一案已經過去半月有餘，頓時成為百姓最新最熱門的談資。莊先生自然沒有讓喜歡熱鬧的人們失望，繁蒼樓很快就貼出新書的頭場預告。

新書頭一場，票價昂貴得一如既往。捨得花三倍價錢只為聽頭場書的，不是死忠聽眾，就是對這些銀子毫不在意的富貴人家。讓莊九稍稍意外的是，他又在那個離自己最近的位置上看見了蘇葉葉。

小姑娘依舊穿著桃粉色的小褂子，耳朵後頭用絲帶盤著兩只髮髻，見到莊九出場，便挺直了腰板使勁兒地鼓掌，點不著地兒的兩隻小腳使勁兒地晃著，興奮和期待不遺餘力地展現著。

莊九說完這場，照例在後頭喝了一碗茶小憩了一會兒，正準備出門時，卻發現蘇葉葉逮著小二在說些什麼，似乎得到了滿意的答覆，她又掏出了一錠銀子遞了過去，夥計這才滿意地走了。蘇葉葉也一臉歡喜地跑出繁蒼樓，像一陣旖旎的粉色風。

莊九回到家裡時，又見到蘇葉葉站在院中的桂花樹下。跨過院門的腳徑直走向了石桌方向，只是他依舊沒有主動說話。

見莊九來了，蘇葉葉露出兩只小虎牙，月下明眸皓齒得很。這回她不像頭一次那麼緊張了，歪著腦袋衝莊九揮了揮手，可等莊九緩緩走近，她想說什麼，又緊張得開不了口。

莊九依舊不開口，似笑非笑地看著她。最終，蘇葉葉開口道：「你……你院子……裡桂花……真……香呀。」說著還深吸了一口。

莊九見她憨態可掬的模樣，想起她給夥計的銀子，溫和地問道：「小結巴，為了能在這兒見我，花了不少銀子吧？」

蘇葉葉一愣，十分尷尬，不知如何化解，臉色緋紅，左手纏著右手的手指頭，低下頭看著自己的影子，默不作聲。

蘇葉葉越侷促緊張，莊九反而覺得越輕鬆，他很喜歡這少有的放鬆，於是坐在石凳子上：「地方你也知道了，何必還要給夥計錢？若要找我玩，以後就來這棵桂花樹下好了。」

蘇葉葉瞪大了眼睛，一副狂喜的震驚，毫不掩飾，聲音有些顫抖，不可置信地問道：「真……真……真的嗎？」

果然是被訛了，莊九心中明白得很，可蘇葉葉完全沒有心痛的表情。莊九點點頭，然後一臉不解地問道：「你給夥計出手都是至少二兩銀子，還不如打賞給我呢，你知道說書有多辛苦嗎？」

蘇葉葉上齒咬著下唇，耳根都紅了，兩隻手指頭絞來絞去，好一會兒才平復心情，抬起頭再看著眼前的莊先生，目光中竟然流露出捨不得和心疼的神色，讓莊九心中暗自發笑。鼻下有桂子的芬芳，他心情格外舒坦。

安靜了許久，蘇葉葉主動挑起了話題：「你……講的……故事都是真……真……的嗎？」

莊九啞然失笑，這樣的問題，恐怕長安城裡有成千上萬的人想過。旁人腦中轉過這個念頭的下一刻，就會被「說書而已，再真也是編的」的常識給打消，只有蘇葉葉才會這樣正兒八經地問出來。

莊九想都沒有想，點頭道：「都是真的。」這樣回答她，莊九自己也微微有些詫異，與眼前這個小姑娘才見過兩面，自己就這樣坦誠相告，讓他身體裡屬於殺手本能的謹慎防備有些隱隱不自在。可是錦衣夜行終究敵不過衣錦還鄉啊，莊九轉念感慨道。

蘇葉葉的反應卻出乎莊九的意料，她嘴巴微微張著，瞪著眼睛似乎在思考著什麼，一會兒，她自顧自地搖了搖小腦袋，抬頭道：「怎……怎麼會那……那麼真？」

莊九忍不住俯下身，用食指指尖指著自己的鼻子道：「因為都是我幹的，我就是個殺手呀。」他說的字字屬實，而這回蘇葉葉卻咯咯笑出了聲，很快就意識到笑得太大聲，強忍著收了聲，瞪了莊九一眼：「你騙人！」

莊九也不氣惱，反而好奇地問道：「為什麼？」他倒是很想知道，自己說什麼都會相信的蘇葉葉，為什麼偏偏會懷疑這個真得不能再真的事實。

蘇葉葉歪著頭，一臉嚴肅地想了半天，認真地回答道：「喏，你……故事裡，殺手太……殘忍了。殺手應該……應該不會隨便殺人，他們殺……殺的都是……壞人！」說著她搖了搖頭，似乎很忌憚書裡的殺手殺人如麻，嘴裡唸唸有詞地嘟囔道，「不會的不會的——」

看著蘇葉葉認真又害怕的模樣，莊九打斷道：「那都是書上騙人的。」

蘇葉葉不死心地擺了擺小手，激動地回道：「我……我不是小孩子，別別別……誆我。」

莊九沒好氣地揶揄道：「殺手是不是只殺貪官污吏、惡貫滿盈的人呀？殺完了會在屍體旁邊寫上自己的名字，或者留下自己的標記？」

蘇葉葉一副理所當然的模樣，使勁兒點點頭。

莊九無奈地說道：「那是話本裡的俠客，小結巴。你當殺手是什麼？殺手也是要吃飯的，夥計跑腿、廚子做菜、戲子唱戲，所以殺手理所當然就是殺人咯，俠客可幹不了殺手這個行當，不夠專業。專業，你懂不懂？」

蘇葉葉點點頭，旋即又搖搖頭，眼神裡充滿好奇，猶如在聽莊九講書時的那般期待的模樣。莊九忍不住哈哈大笑起來：「專業的意思呢，就是厲害，什麼叫作厲害？就是手下無活口，手起刀落，『喀嚓』一聲……」說著做了個手抹脖子的手勢，蘇葉葉冷不防地縮了縮脖子，退後一步倒抽了口涼氣。

「所以呢，我是個厲害的殺手，白天殺人，晚上說書，只是差事，無關自己的喜好。」莊九講到高興處，說書的氣勢不自覺地擺了出來，說完最後一句話習慣性地想拿出扇子搧一下，手中空空如也，他才意識到這是自家的後院而非繁蒼樓。

蘇葉葉聽莊九這樣說，逕自興奮地繞著石桌走來走去，小眉頭緊皺，好像在思索什麼很難的問題。她轉了好幾圈，猛然停步，一臉得意地湊到莊九面前，帶著一絲挑釁的意味道：「你真的……真的是殺手的話，那你……你可有本事……讓我看看你的……武器呀？」

見莊九不說話，蘇葉葉挑起眉毛，說話也變得流暢了些，道：「果真是騙我的，哪有殺手沒有武器的，我說你誆不了我的。」

接著，黑夜中閃過了一道光。

無月的夜色下，如墨的院落中，說書大師莊先生，面色平淡如水，他立在桂花樹下，一手負在身後，另一隻手，執著那道光的一端。這是一柄韌性極佳的軟劍，劍身在月光下閃著逼人的寒光。

一劍在手，他是殺手莊九。

月下舞劍的殺手莊九。

這是他出師以來，第一次拔劍不為殺人。

莊九也不知道為何偏偏要在蘇葉葉面前證明自己，他腦海裡迴響著自己剛剛說的那段話：「白天殺人，晚上說書，只是差事，無關自己的喜好。」

很早他就明白，自己之所以和組織裡的人不一樣，是因為他不會被外物所影響。是的，他和尋常人一樣會笑、會疼，遇見難吃的菜會皺眉，任務太麻煩也會發牢騷，他努力地讓自己活得像個尋常人。但只有內心深處的自己明白，其實這些根本不會影響到他分毫，因為他不在乎，沒有在乎的人，也沒有在意的事，自然不會被外物所影響。

這樣沒心沒肺沒有任何牽掛地活著，不好嗎？莊九也曾仔細想過，卻不得要領。每天看著長安城裡的悲歡離合，卻始終無法體會，悲痛欲絕也好，喜不自禁也罷，是怎樣一種感受。所以莊九喜歡說書，喜歡在聽客們大起大落的情緒中找到一些慰藉，看著他們因為自己的故事笑，因為自己的故事哭，他覺得挺熱鬧。

這種壓抑和孤獨一點一滴集聚起來，好似硯臺中滴下的清水，越研越濃了起來，於是，桂花月下，幻化成這場舞劍，使得夜色四分五裂。他的身影似鬼魅飄忽，劍聲成了這夜最動聽的音符，桂花繽紛，卻沒有一片花瓣沾染在他的身上，香氣四溢，夜色正濃。

良久，莊九在劍術中收拾好了自己莫名焦躁起來的心情，他垂劍站在蘇葉葉面前，溫和笑道：「這回，你可信了？」

蘇葉葉呆在那裡，直愣愣地看著莊九，忘記用手捂著張開的嘴巴，顯然沒有從剛剛那一幕裡回過神來。她的眼神裡寫滿了不可置信，然後緩緩地蒙上了一層水霧，等到莊九坐在石桌旁，她的眼神裡流露出濃濃的驚喜和讚歎。隨即，她怯生生地向前挪了兩步，見莊九看著自己，然後又向他挪了兩步，在莊九的目光中，鼓起勇氣，伸出了右手，然後又縮回了四根手指頭，緩緩地用食指指腹，戳了戳莊九手中的劍面，咽了咽口水，抬頭正視正要喝茶的莊九道：「是……是真的耶……」

莊九眉毛抖了抖，垂眼看了看手中的這柄劍，它傳世已經超過三百年，能使用這把劍，本身就標誌著他在殺手界的崇高地位，如今這個丫頭竟然用「是真的」這三個字來評價它……這就好比潛心廚藝幾十年的大廚精心做了一桌拿手好菜，卻只換來食客的一句「熟了」的評價，真是無奈又鬱悶。

戳完了劍面，蘇葉葉的膽子似乎大了些，她湊得更近了，用兩根手指頭碰了碰，嘴裡嘖嘖感歎道：「這就是你說的……專業？」

這個真誠的問題讓莊九心裡好過了些，可下一句，讓莊九差點吐血。

「為了說書……你可真……真捨得下血本呀……」蘇葉葉抬起小臉頓悟似的，「難怪，你說你說書很辛苦，果然很辛苦。」

莊九哭笑不得，之前誆她的話，她都毫不質疑地信了，唯獨這句真話，她卻聽明了起來。莊九搖搖頭，隨手敲了蘇葉葉頭頂一個栗爆，丟下一句：「回去吧。」轉身便往屋子方向走。

蘇葉葉滿臉委屈地捂著腦門「噢」了一聲，耷拉下腦袋。

背對著她的莊九，臉上的表情，是彌足珍貴的舒坦開心。

蘇葉葉往院門走了幾步，忽然想起什麼，興奮地又跑了回來，朝屋裡「喂喂」喊了幾聲。

莊九關門前，見她一臉興奮地跑回來，然後將門輕輕地關上了。蘇葉葉的腳步聲在門前戛然而止了，隔著門，她試探著問了問：「你是要睡了嗎？」

莊九在屋內沒有答話，黑暗中，他用唇語說「小結巴」，然後搖了搖頭，不屑地笑了笑，不過是自己心情好，與她多說了幾句罷了，她又能有什麼不同？他可是從來不被外物所影響的。

莊九已有幾日不去說書了，晚上他坐在桂子樹下，喝著茶，下弦月升起的時候，院門口躥出了一團身影，莊九並不意外，繼續心無旁騖地喝著茶。

蘇葉葉來到石桌旁，那石桌上放著一個茶壺，一只杯子，莊九抬眼看她，她一臉開心的模樣，並沒有將上一回莊九閉門不見放在心上。

莊九依舊沒有主動開口，他倒了一杯茶，放在鼻下聞了聞，心中感慨這茶香雖好，卻多了幾分孤寂的味道，還是不如這桂子花香繁華，充滿人情味。

蘇葉葉顛兒顛兒地走到莊九對面的石凳子邊，然後窸窸窣窣地取出了一塊小巧的桃粉色的蘇繡手帕，裡面不知道裹著什麼，她期待地看著莊九道：「我……我給你個東西哦！」說完將這團東西往前推了推。莊九看了一眼，低下頭將茶飲盡。蘇葉葉見他不搭理自己，索性跪在凳子上，傾身向前，將它往莊九面前又推了推，直推到莊九眼皮子底下才作罷。

莊九雖然喝著茶，但餘光將她的動作都收在眼裡，不阻止，但也不說話。蘇葉葉見莊九不再喝茶，終於將目光落在了帕子上，趕緊從凳子上跳下，顛兒顛兒地轉到莊九面前，抬起莊九垂在腿邊的手，展開他的手掌，鄭重地把手帕放在他的手心裡，然後小心翼翼地慢慢解開，卻因為緊張，手帕的結解了半天還沒解開。

莊九也不同她計較，由著她，想這小姑娘看樣子是出身權貴，莫不是腦子一熱，偷了家裡的什麼稀罕物來給自己？到時候家長找上門來，傳出去可就是笑話了。剛想出言問話，額頭出汗的蘇葉葉終於解開了手帕，看著如此大費周章出現在自己眼前的東西，莊九無語凝噎，頗想吐一口血。

因為這精心包裹的帕子裡裝的是一小把松子。

莊九說書這些年，不是沒有聽客們送過莊九東西。年前蘇侍郎的三公子和王大將軍的獨子，在繁蒼樓就是因為打賞鬥上氣，前者打賞了五百兩銀子，後者更是送了一顆價值只高不低的珊瑚珠子，傳了好一陣子的閒話。

只是……現在莊九竟鬼使神差地端著這把松子，不知道下一步怎麼辦。

蘇葉葉見莊九沒有反應，笑著用手指頭戳了戳他，一副我就知道你會很驚喜的表情：「給……給……給你吃的哦！」

見莊九還沒有反應過來的模樣，恍然大悟地一拍腦門，自己取了一顆出來，然後費力地剝開了殼子，把松仁小心取了出來，再放回他的手心裡，如釋重負地道：「喏，你看，是……是……是這樣吃的，你學會了吧？」說完，忽然有些害羞，但故作鎮定地看了看周圍，然後扭頭往外走，越走越快，最後乾脆飛奔了起來。

蘇葉葉的身影消失在院門口好半天了，莊九還是捧著幾十顆松子沒動。

他除了說書之外，不喜歡和人打交道，覺得人太複雜太鬧心。他做殺手，是因為世人大多無趣，講的大多是廢話，不如拿劍說話，乾脆又直接。

蘇葉葉很單純很有趣，他可以放下戒備，所以並不排斥她。莊九想到這裡，才回過神來，撚起掌中那顆剝好的松子，端詳片刻放入嘴中。甘草味，果然是德芳齋兩錢銀子一包的高檔貨。莊九咂了咂嘴，心想，還挺好吃的，自己之前怎麼沒發現呢？

4

莊九的日子還是日復一日地過，只是今年，他覺得桂花開得很盛，走到哪兒都能聞著桂子香氣，甚好。

莊九只要說新本子，總能瞅見最好的位置上坐著蘇葉葉，如今她已經能完全融入說書的氛圍中，不會再像第一次那麼突兀，叫好、鼓掌都和其他的老聽客一樣完美地配合著臺上莊九的節奏。她的目光清澈單純，崇拜和興奮之情從不掩飾。

說完書，她都會溜到院子裡，站在那棵桂花樹下等著莊九。

可自打上回蘇葉葉送完松子後，莊九則有些頭疼，因為如今蘇葉葉都會送他些禮物。他有些後悔當時給蘇葉葉說「求打賞」的玩笑話，而這些禮物……一次又一次地突破莊九的想像。

送完松子之後的第二回，蘇葉葉拿出來的依舊是桃粉色蘇繡帕子，展開後卻是個巴掌大的金絲楠木盒子，做工精細，單是這個盒子就已經價值不菲了，蘇葉葉一臉賣關子的幸福：「你你……你……你猜！」

莊九坐在石桌旁沒好氣地說道：「小結巴，這回又是松子嗎？」

蘇葉葉搖搖頭，趕緊解釋道：「我回去想了一下，不……不……不曉得你是否喜歡吃松子，不過，這……這……這次你肯定喜歡。」說罷信心滿滿地打開盒子。那是白色暗紋絲綢盒囊，中間赫然躺著一只桃粉色的蝴蝶結！

莊九完全不知說什麼才能表達出自己複雜的心情了。

蘇葉葉一臉期待，跳到莊九面前：「怎……怎……怎麼樣，我我……我也有一個，你看——」說罷她扭過頭，今兒個她的髮髻上正別著同樣一只桃粉色的蝴蝶結，隨後她又轉過頭來道，「我們一人一個！」說罷她故作成熟地拍了拍莊九的手背，一副講義氣好姐妹的豪邁架勢。

莊九也不說話，只是拈起盒子放在眼前打量，似笑非笑地看著蘇葉葉。蘇葉葉被他看得有些心虛，低了低頭，半晌道：「我……我先走了！」說著就跑掉了。

「這樣就走了嗎？」莊九若有所思，把玩著精緻的小盒子，拿起桃粉色的蝴蝶結，在月下看了看，又漫不經心地丟了回去。

就這樣，蘇葉葉每次都會帶來她認為珍貴的禮物，比如一副皮影、一朵月季花、一只花風車……堪稱樂此不疲。雖然莊九每次都只是看一眼，然後淡淡地放在桌上，不置一詞，可蘇葉葉送禮物給他的熱情絲毫未減，她每次來的時候總是滿臉的期待欣喜。日子長了，莊九也習慣了這個古怪的小丫頭時不時地帶著她的「禮物」出現在自己面前。

轉眼已是深秋。

樹上的桂子已然快要落盡，掉在樹下還沒來得及打掃乾淨的那些殘花，散發出今年最後的香氣。莊九泡了一壺茶坐在石凳子上慢慢喝著，逐漸變得冷冽起來的秋風中，桂香如遊絲。

今晚講的是頭場書，那小結巴沒有出現在繁蒼樓。莊九轉念一想，那又如何？端起杯子，又喝了一口。

一壺茶莊九喝了一個多時辰，站起身來伸了個懶腰，院門口終於出現了那個熟悉的小小的身影。

莊九囁嚅了一下嘴唇，想說話，卻還是慣例般沉默了，月下的她一副不尋常的模樣，便又坐回了石凳子上。

往常總是活蹦亂跳的蘇葉葉今天走得很慢，耷拉著腦袋，眼角紅紅的，一副才哭過的模樣。蘇葉葉走到莊九旁邊，歎了一口氣，手指頭在石桌上胡亂畫著，聲音含糊道：「今兒……我……和爹爹吵架了。」

莊九鬆了一口氣，學著她結巴的語氣說道：「你……你……你這樣還跟人吵架？」

蘇葉葉咧嘴欲哭，又覺得好笑，似笑似哭地抬起頭，想要反駁，卻不知道怎麼講，於是又重重歎了口氣，委屈道：「那……爹爹罵……罵……罵我了……」說著她往莊九面前湊了湊，從袖子裡露出雙手給莊九看，「我本想……給他……一個驚喜，可我……我爹爹說我……不正經……」說著竟然有些哽咽。

月下的蘇葉葉蔥白般的十指指甲上染了紅色的蔻丹，愈發顯得白皙動人，這是時下姑娘們最流行的裝飾了。莊九對女兒家的東西自然是一竅不通，只是感歎地嘖了嘖：「就因為這點破事兒？」

「什麼……什麼叫……破事兒？我……我怎……怎麼……怎麼就不正經……啦？」蘇葉葉說著就小聲抽泣了起來，越哭越傷心，到後來乾脆伏在膝蓋上大哭起來，肩膀顫動，十分委屈的樣子。

莊九也不出聲安慰，自顧自端起茶杯。茶杯裡的茶早就涼透了，莊九沒滋沒味地喝了幾口，腦海中卻浮現出這些年來，他遇到的哭泣的人。

那些知道將要死在自己手裡的人，會跪在自己面前哭著哀求。

那些看到親友屍體的人，淚如雨下。

街邊的少年被同伴痛毆，委屈的眼淚無聲地流下臉頰。進城買菜的老農錢袋被偷，蹲坐在路旁，老淚橫流。

面對形形色色哭泣的人，莊九的想法很簡單：他們都是弱者，所以才會哭泣。流淚解決不了任何問題，而且哭起來的人往往會變得很醜——這一點讓他對哭泣這種行為有些輕微的厭惡。

莊九從來不為所動，這次也不例外。

他看著哭泣的蘇葉葉，冷靜地看著，他的書場，有著三千看客，可他的人生卻都在扮演著一個看客的角色，這次也不例外。

哭了好一會兒的蘇葉葉終於停住了，她抬頭看著一臉平靜地看著自己的莊九，並沒有索求他的安慰，重重地歎了今天的第三口氣，幽怨地說道：

「我好羨慕你啊。

「做殺手多好。

「隨……隨……隨便出去玩，想吃什麼就吃什麼……

「路……路……路見不平，就殺個人……

「晚……晚……晚上不想回家，就用輕功飛到樹梢上，看看月亮呀……

「噢，對了，你不是殺手，只是說書先生。

「但……但……但是說書也很好啊，半個長安城都會談論你的故事。

「總之都比我好……」

……

蘇葉葉越說越鬱悶，聲音逐漸低沉下來。莊九就這樣默默地傾聽著也不說話，直到蘇葉葉蹲在地上腿都麻了，才搖搖晃晃地站起來，拍了拍自己的小臉蛋，勉強擠出一個笑容，腔調卻帶著哭音：「爹爹說，以後不讓我晚上出門了……我……我走啦！」

說完，蘇葉葉滿懷希冀地看向莊九，卻只見莊九微微點頭，表示自己知道了。

蘇葉葉一步一步往院門蹭去，走到門口，忽然轉過頭可憐兮兮地問道：「除……除……除了……晚上，還……還還……能……在旁……旁……旁的時候見……見你嗎？」

莊九輕輕地笑了笑，說出的話卻讓蘇葉葉的眼淚瞬間掉了下來——

「不能。」

蘇葉葉抽著鼻子三步一回頭地看著莊九，莊九依然沒有起身，就這樣坐在石凳上，看著樹上那些殘存的桂花在夜風吹拂中一朵朵地離開枝頭。

一夜之後，桂子落盡，秋去冬來。

打那之後，蘇葉葉真的沒再出現。但繁蒼樓依舊人聲鼎沸，莊九說書的場子依舊是一座難求，一切似乎都沒有什麼變化。唯一不一樣的是第一排正中的位置上，每晚坐著不一樣的人，卻不再是一個穿著桃粉色衣衫的有些結巴的小姑娘。

莊九還是那麼懶懶散散地過著，偶爾練練劍，隔天去城南陳小五麵館吃吃麵，殺殺人，編編故事。直到初雪的那天夜裡，石三來了。

「之前一個月要殺十幾個，這回兩個月不殺一個，上頭也不怕我的手藝廢了？」院裡的桂花早就謝了，此時梅花剛開，莊九認真地看著樹上的花瓣，對石三有些漫不經心。

依然蒙著面的石三語氣還是那麼單調乏味：「這次不殺人。」

莊九轉過身，有些不太理解：「要聽書直接去繁蒼樓好了，我這兒也沒多的票。」

石三不理他，刻板地說道：「這次雖然不殺人，價格卻是三倍。」

「成交。」莊九答得斬釘截鐵。

「去蘇丞相家找個差事，只需要記下他白天在府上和哪些人見過面，他不在府上的時候誰去找過他就可以了。」

交代完任務，石三卻沒有立刻走，雖然蒙著面，眼神中的疑惑卻忠實地反映出他對這個任務的不解。

莊九嘿嘿一笑：「是不是覺得這麼好的差事，為什麼非得讓我來做。不服氣？」

石三想了想，老實地點了點頭。

「你們啊，都以為做殺手最重要的是功夫好，一個個每天把時間都花在埋頭練武上。這有什麼用？練得天下無敵去當武林盟主嗎？」莊九有些激動，一反常態地在不說書的時候嘮叨起來。

「再說了，練武這玩意兒是靠天分，你們練得那麼勤快也比不上我——算了先不說這個！你們就知道仗著武功好，半夜闖進去，兩刀砍死走人，一點美感也沒有。殺人應該是門藝術！

「潛伏、易容、偽裝、突襲，這些你們都覺得不重要，至少沒有手裡的刀重要。你看你，成天板著張死人臉，易了容也是一副生人勿近的架勢，誰敢找你做這個活兒？所以這個活兒找我是理所當然的嘛。」

石三莫名其妙地被教訓了一頓，也不生氣，微微偏著頭，眼神中流露出一絲揶揄，這個小小的改變讓他看起來突然變得有了生氣。等莊九說完了，他才不緊不慢地說道：「你今天，話有些多。」

莊九無語，因為他也發現自己有些失態了。

石三慢悠悠地說著，像是自言自語：「蘇丞相快要倒楣了。」

莊九有些奇怪地瞪了這個木訥內向的傢伙一眼，不談朝政，是他們這種人不成文的一個規矩，或者說是忌諱。政治鬥爭本來就複雜，朝堂之下，皇宮之中永遠都是暗流湧動，他們既然做了那柄藏在暗處的骯髒之劍，就沒人願意和這些事扯上更深的關係。

石三慢條斯理地繼續分析道：「和魏國談判一事，朝廷最終還是吃了大虧。雖然根源是兵事之敗，百姓卻只知道簽下和談條約的是蘇丞相。

「近些年來，每年加增科舉兩次，寒士學子躍龍門的機會大增，那些豪門大閥的勢力卻被擠佔，他們不敢對皇上表示不滿，卻視積極推行此策的蘇丞相為眼中釘。

「禮部劉侍郎的外戚在江南強佔太湖三千頃地一事，王大將軍獨孫當街殺人一案，這些事大理寺、京城府衙不敢管，蘇丞相卻連續三天上奏。他想做一個忠臣，卻做成了孤臣。」

莊九沒好氣地打斷了石三難得的長篇大論：「行了，這些事和我們沒有關係。」

石三住嘴，側著頭想了想，忽然冒出一句：「好的殺手沒有朋友。」

莊九挑了挑眉，聲音冷了下來，恢復了常態：「你今天，話也有些多。」

石三聳了聳肩，丟下最後一句話，消失在黑夜裡。

此時迎來了今年的第一場雪，初雪不大，卻是細細密密地下著。莊九輕輕揮手一彈，數朵梅花從枝頭落下，紅色的花瓣落在雪面上，猶如鮮血濺白布。

「你的那個小姑娘，是蘇丞相的獨女。」

想著石三臨走前丟下的這句話，莊九嘴角輕扯，自言自語地冷哼了一聲道：「她才不是我的小姑娘。」

5

三天後，莊九出現在丞相府裡。易容後的莊九，身上不復見說書人的瀟灑不羈，也不見殺手的陰鬱鋒銳，此刻的他，是一個卑微木訥、為了生計過活的啞巴花匠。

偽裝成一個啞巴，是十分符合莊九的個性的，他怕麻煩，而如此位高權重的將相之家，對說不出話的人尤為放心。

不說書的莊九，原本就不愛說話，世間的話，十之八九都是廢話。

這份工作倒是清閒，院子裡也沒有什麼名貴花草，不過有不少梅花，除了朝廷的事情外沒有任何愛好的蘇丞相，唯獨愛梅，不過這些梅花品種也都十分普通。

如今入冬，前任花匠莫名地生了一場「大病」，於是有了莊九來做活兒，不過活兒也不重，只是做些修葺花枝、除草施肥的例行工作。

莊九每天就侍弄著院落裡的各種梅花，倒也平靜。他不喜歡梅花，太孤芳自賞，讓人看著覺得孤獨，哪裡比得上他最鍾愛的桂花，繁華芬芳。這份工作，除了要穿破舊的衣服外，他覺得都還不錯。

那日午後，小雪初歇，難得太陽露了臉兒，天氣卻比陰雪天氣冷得更加厲害。莊九在管家的吩咐下到後院修剪梅枝，出於職業本能，他很快就感覺背後有人看著自己，於是裝作漫不經心地轉身，雖心有準備，可還是一驚。

飛簷穿過冰冷的太陽，長廊邊上，坐著一個穿著桃粉色褂子的小姑娘，耳邊兩只髮髻用粉色的飄帶繫著，她兩手搭放在膝蓋上的書上，眨巴著她的大眼睛，好奇地看著莊九，那模樣乖巧得很。見花匠莊九扭過頭來，目光也不躲閃，反而怔怔地和他對視了一番，然後友善地綻放了一個笑容。

蘇葉葉。

手中修剪的分明是梅花枝，怎會滿鼻子聞見的是桂花的香氣？莊九下意識地看了看手中的梅花殘枝，又抬頭看了看目光尚未移開的蘇葉葉，行了個禮。

這個端莊賢淑的大家閨秀蘇葉葉，和往常他見到的那個憨憨笨笨的蘇葉葉，唯一的共通之處便是她的笑，真誠又簡單。

下一刻，莊九毒辣的眼睛就看見了她膝蓋上的那本書根本就是放反了的，又聯想起自己記憶裡的蘇葉葉，心中笑了笑。

他彎下身繼續做活兒，天空中緩緩飄起細雪，耳邊聽見蘇葉葉軟糯的聲音：「呀，下雪了呢。」沒有人回應她的話，莊九抬頭見廊下的她，卻沒有絲毫的失落，早已經習慣了般。她坐在那裡，腳依舊搆不著地，一手握著書，一手手心舒展伸在半空中，身子微微向前傾，滿眼的歡喜。

一片雪花就在這個時候落在了蘇葉葉已經凍得微紅的鼻尖上，她自己也發現了，便一動也不動，眼珠滴溜溜地順著這片雪花的弧度落在自己的俏鼻尖上，眼珠子一下子靠近了眉心處，然後認真地看著這朵雪花在她鼻尖慢慢融化，隨即滿意地笑了。估摸著眼睛太用力一時間有些眩暈，然後使勁閉了閉，回過神來，又撞見了莊九的視線，她微微點了點頭，縮回手，繼續仰頭望著天空中的雪花。

莊九順著她的視線望向天空，心中覺得她甚是可憐，沒有兄弟姐妹，沒有朋友，說話也沒有人搭理，一片雪花的融化，都能讓她這般高興，而她自己面對這樣的孤獨，渾然不覺，讓莊九莫名地想起自己看著桂花落盡的那個夜晚。

一整個下午，蘇葉葉都坐在那兒，時不時地看看莊九在擺弄梅樹，時不時地再望望天，這些事無聊至極，她卻看得津津有味。日暮時分，管家到院子裡來，看見蘇葉葉正抱著書發呆，一臉憂色地說道：「小祖宗，又沒背書吧？等老爺回來小姐又得挨罵了呀。」

蘇葉葉噘噘嘴巴，輕輕將頭偏向一邊，擺出不願意搭理的模樣。老管家歎口氣勸道：「大小姐，你不想上元燈節出去玩了嗎？」這句話作用十分明顯，蘇葉葉又將頭偏了回來，然後舉起書，結結巴巴地唸了起來。等老管家搖著頭走遠，她才停止唸書，然後哼了一聲，甩了甩小腳。

第二天莊九繼續昨天的活計，蘇葉葉不再只是遠遠瞧著，走近了些，仔仔細細地瞧著那些修剪過後的梅樹，眼裡滿是尊敬，指著花蕾誠懇地對莊九說：「好……好好……漂亮啊！謝謝……謝謝你……讓它們這麼……好看！」

莊九算是明白蘇葉葉為什麼活得這麼容易快樂了。她的心思十分簡單，一片雪花，一朵梅花，她都能發自內心地喜歡，難怪人們說知足常樂。

聽見她的誇獎，莊九竟有些小小的得意，殺手的活兒有朝廷的嘉獎，說書的口才有長安遍地百姓的稱道，而這花匠的活兒，只有蘇葉葉由衷的肯定。

莊九朝她行了個禮，指著樹比畫了幾下，然後指指自己，再擺擺手，示意是這花開得好，並非自己的功勞。

蘇葉葉眨著眼睛打量著莊九，大大的眼睛裡閃過一絲愧疚，隨即小心道：「你是啞……

啞……啞巴對……對……對嗎？」不等莊九回答，她故作成熟地踮著腳拍了拍莊九的肩膀，帶著安慰的口吻道：「我……我雖然能說……說話，但是我是……是個小……小結巴，你別……別怕……」

花匠莊九憨厚地笑了笑，蘇葉葉有些高興，似乎是難得找到可以輕鬆聊天的對象，問道：「你……你……你知道繁蒼樓嗎？」

見莊九搖搖頭，蘇葉葉得意地說道：「我……我……我有個朋友啊，就在那裡說書，他可膩（厲）……害了，說的書可好聽……」蘇葉葉比畫了一下，模仿莊先生瀟灑揮扇的姿勢，花匠莊九繼續憨厚地笑。蘇葉葉見花匠莊九並沒有流露出不耐煩的神色，便更加興奮，磕磕巴巴努力給他賣力地描述著莊九說書說得多麼精采，有多少人為了聽他的書付出了多少代價。

於是莊九知道了蘇葉葉去繁蒼樓之前的一些事。

三年前，蘇葉葉在上元燈節時無意中聽說了這位莊先生，本想去聽，但聽說聽書是要給錢的，莊先生的書又是所有說書人中最貴的，而她那時候的錢不足以讓她坐到能看見莊先生的位置。蘇丞相一向覺得不缺吃喝的她要錢沒什麼用，所以她也沒有什麼零花錢。於是蘇葉葉開始偷偷攢錢，等她好不容易攢了許多錢，又發現她自己晚上是出不了門的，生生又等了半年，直到她聽說她爹會去江南治理災情的時候，心中等待了三年的花怒放了開來。

講到末了，蘇葉葉揮了揮白皙的小手道：「不過……我爹爹回來得……也是時候，我這些年……攢的錢都花得差……不多啦，也沒有……錢去坐最靠近他的位置了。」她攤了攤手，看著面露訝色的花匠，又急忙補充道：「不過……我跟他是好朋友，我可以去……他的院子裡，他院子裡……有很香的……桂花樹。」她努力想比畫那棵桂花樹，生怕花匠莊九不信，於是跳了跳比畫道：「有……有……有那麼高……比我還高……」

花匠莊九配合地點點頭，裝出一副羨慕的樣子，心中有些感慨，原來，自己頭一次見到她，是她處心積慮了三年的預謀。

真夠無聊，莊九暗想。不知道是指這三年的等待，還是指蘇葉葉本人。他有些不自在，於是指了指蘇葉葉丟在一邊的書本，又指了指大門的方向，意思是蘇丞相快回來了，你還不趕緊背書，又會被罵了。

蘇葉葉一驚，點點頭，拿起書本，不過這次沒有愁眉苦臉，而是歡快地拿著書跑進了書房，似乎提到她的好朋友莊先生，讀書也不是那麼可怕的事兒了。

在莊九眼裡，蘇丞相和蘇葉葉，這一對父女的關係倒滿有意思。

蘇丞相出門前會說：「讓葉葉趕緊起來，都什麼時辰了。」

蘇丞相出門後半個時辰，太陽終於出現。

蘇丞相回來後會說：「這麼早就睡下了？今天的功課完成了沒有？《女則》背了沒有？女紅做了沒有？」

蘇丞相說完這話，三更的聲音就在街邊響了起來。

平心而論，蘇丞相算得上良相，除了上朝看摺子議事外，就是對這個女兒的恨鐵不成鋼了，他從來沒有享受過什麼天倫之樂，他的世界裡好像只有百姓民生，沒有女兒的位置。

蘇葉葉似乎也沒有什麼不滿，她不知道父親和女兒的相處應該是什麼樣的，所以這種與生俱來的相處方式，她覺得是理所應當的。只是長大了一些，她的好奇心和叛逆心，在父親的嚴格家教之下，愈發明顯，與之對應的則是蘇丞相對她的愈發看不順眼。

莊九這邊，對於上頭安排的任務，他都一絲不苟地記錄著每天的訪客，記錄丞相的一言一行。從記錄的內容來看，蘇丞相並沒有結黨營私，白日很少在府，晚間登門拜訪的人少之又少。莊九覺得這任務真是有史以來最無聊的一回。

有時蘇丞相處理公務回來得很晚，蘇葉葉就會偷偷溜出去，若在院子裡碰到莊九，便會很熟絡很友善地和他打個招呼：「我去……去……會會……我那朋友！嘿嘿嘿！」語氣中有說不上來的得意，莊九總是回以一臉憨厚的笑。

夜色漸深，蘇葉葉耷拉著腦袋回到府上，懨懨的模樣像是受了什麼委屈，看見收工的莊九，也不像離開前那樣歡快，只是出於禮貌地點點頭。

花匠莊九就這樣冷眼看著，想她肯定去桂花樹下等自己了，但是那又怎麼樣？

「她又不是我的小姑娘。」莊九諷刺地想。

轉眼快到上元燈節了，天氣轉寒，梅花漸漸都開了，莊九變得忙碌了許多，更重要的是，任務要接近尾聲了。

蘇丞相風寒初癒，起床有些晚，卻仍舊堅持著上朝議事。蘇葉葉也一大早起床梳妝好了，桃粉色的綢緞紮著兩只髮髻於耳後，裹著桃粉色的斗篷，捧著暖爐站在門口恭送父親大人出門。

蘇丞相看見女兒「嗯」了一聲，算是打招呼了。蘇葉葉畢恭畢敬地站著，直到蘇丞相經過，她突然仰起頭，誠懇地說道：「爹爹，你……你……你……給我一點錢吧。」

蘇丞相停住正要跨出門檻的腳，皺起眉頭回望道：「家裡有吃有喝，你又要錢做什麼？」

蘇葉葉歪了歪腦袋，右腳蹭了蹭地上的雪，眼珠子卻看往別處，似乎在考慮什麼，最後冒出一句：「因……因為我……我喜歡……錢。」

連附近正在修剪梅枝的莊九聽見這樣的對話，都忍不住嘴角歪了歪，更不要提丞相身邊的老管家，大聲咳嗽一番才忍住笑。

蘇丞相無奈地歎了一口氣，道：「抄三遍《女則》，再抄三遍《女戒》，然後就跟管家要吧。鄧伯，少給點，女孩子家要什麼錢？」蘇丞相說完，懷著一種恨鐵不成鋼的心情搖搖頭出了門。

「謝謝爹爹。」蘇葉葉依舊低著頭乖巧地答應道，看見蘇丞相上了轎子走遠了，她跳著轉過身來，一臉乖巧的模樣對一邊的管家道：「鄧……鄧……鄧伯，給我錢……錢。」

管家鄧伯和藹地笑道：「大小姐你要多少錢？」

蘇葉葉愣了愣，咬著食指想了想道：「買……一串菩……菩提子你說要多少錢啊，鄧伯？」

老管家有些不解：「菩提子？你從哪裡見著的，大小姐？」

蘇葉葉一下子意識到自己要露餡了，變得更加笨嘴拙舌了：「就是……就是……反正我……我喜歡……鄧伯……我要買但是……沒有錢……錢。」

老管家也不再追問，溫和地說道：「大小姐，你看中了哪家鋪子的，喜歡哪一串，我幫你買了來，老爺可不希望你四處亂跑。」老管家對蘇葉葉了解得很，心想她一定是哪天偷偷溜出去玩要的時候看中了的，所以也不多問。

蘇葉葉眼看目的達到，滿心歡喜地回答了鋪子的地址，然後興奮地描述了一下她想要的菩提手串的模樣，又讓老管家複述了兩遍，確認無誤後，這才鬆了口氣，乖乖回到後院抄寫父親交代的功課。

寫字寫得無聊的時候，她就將小腦袋瓜擱在窗欄上看著外頭的雪，看在庭院雪地上覓食的小鳥，會流露出羨慕的眼神，然後晃晃腦袋，用手背揉揉眼睛，又回去賣力地抄。

蘇葉葉拿到菩提子手串的那天，她興奮地跳到修剪梅枝的花匠莊九面前，激動地問道：「好……好不好看？」

那是一串象牙白色的菩提子，莊九認真地看了看，點點頭，豎起了大拇指。蘇葉葉見得到花匠莊九的肯定，更是興奮，拔腿就往院子外頭跑。

莊九看著她消失在視線裡，搖搖頭繼續專心修剪枝椏，心中莫名有些煩躁。入夜時分下起了鵝毛大雪，他看著滿院的梅花，心煩意亂。

蘇葉葉還沒有回來。

等到三更響起，門口才躥出一個耷拉著小腦袋的身影，那身影瞧見花匠莊九，微微一愣，擠出一絲笑容道：「你怎麼這麼晚還沒有走呀？」

莊九指了指手中的工具，又比畫了一番，示意自己忘記了工具，回來取。這大半夜的取工具，取了有什麼用？這麼拙劣的謊言，說給旁人聽是不會信的，可蘇葉葉並未懷疑，她點點頭。這一點頭，震落了桃粉色斗篷鑲邊的貂毛上的雪花，她的鼻尖凍得有些發紅，抽了抽鼻子，鼻音愈發濃了些：「那……那……那你快些回去吧，太……太……太冷了。」

花匠莊九憨憨地點頭，蘇葉葉揮了揮小手道：「明……明……明天見……」

第二天，莊九見著鄧管家請了大夫去了蘇葉葉的房裡，不久後便聞到了滿院子的中藥味。聽見了鄧管家對蘇葉葉的唸叨，他眼前自然而然地浮現出了蘇葉葉坐在床頭裹著被子，一臉的不情願嘟著嘴巴卻不敢反抗的表情。傍晚的時候，蘇葉葉的窗戶打開了一些，露出了半張小臉，眼睛圓溜溜地看了看院子，目光定格在了花匠莊九身上，便露出喜意，探出小腦袋道：「你……你來。」

花匠莊九看了看周圍，確定這院子裡只有自己一個人，便走上前去，與她隔著窗戶。

「我……我講……講個故事給你聽啊……」蘇葉葉道。

花匠莊九不可思議地衝她眨了兩下眼睛。這小妮子才安生了大半天又開始折騰了，他可不願意讓她再折騰，指了指手中的花鏟，示意自己還要幹活，轉身欲離去，不想蘇葉葉有些急道：「不……不用你專門停下活，你……你……你聽我說就好。」

花匠莊九只好點點頭。

蘇葉葉推開了半扇窗戶，清了清嗓子，可嗓音還是很沙啞，語氣卻很興奮。她剛說了一句，莊九便下意識地停住了手中的活兒，抬頭望她。

她說：「魏……魏……魏國來使並非自殺，而……而……而是他殺。」她鼻音濃重，小臉十分嚴肅，說完這句，拍了拍窗欞，一本正經地看向莊九。

這是莊九與她頭一回見面的時候，說的那場書，她記得倒是很清楚。

於是莊九做活兒，蘇葉葉逮著沒人的時候，就開半扇窗戶，給莊九結結巴巴地說書。她說得很認真，一字一頓，有板有眼，關鍵時候還會學著莊九的模樣做些動作，讓人忍俊不禁。每天只能說一段，莊九只是偶爾抬頭衝她憨憨地笑著，除此以外也沒有別的回應，她卻十分滿足，每次莊九收工回家，她還戀戀不捨地揮手道：「明……明……明天見。」

這樣的一段書，她說了半個來月，終於她的風寒痊癒了，鄧管家只允許她在正午的時候坐在走廊裡曬太陽，除此以外還是不許她出門溜達，她這回聽話了些。今天終於講完了最後一段書，她趴在窗戶上看著收拾工具要回去的莊九道：「我病好了，就又能見著莊先生了，我聽完了再給你講啊。」這話雖然結結巴巴，可興奮的語氣卻是溢了出來。

莊九將工具包裹好，衝她點點頭。上元燈節，就快到了。蘇葉葉從窗戶裡探出半個身子，衝他像往常那樣揮揮手道：「明……明……明……天見！」莊九也揮了揮手，自然沒有告訴她，明天就看不見自己了，他的任務已經結束了。他懷裡揣著厚厚的一遝紙，仔細記錄著丞相府這些日子的動態，交上去後，就等著發酬勞了。至於之後會發生什麼，自己還能不能見到蘇葉葉……莊九想到這裡，內心譏諷的聲音道：她又不是我的小姑娘，見不見得到，又有什麼關係？一抬頭，蘇葉葉還趴在窗戶上，和自己視線相對時，甜甜一笑，又說了一遍：「明天見！」

莊九頭也不回地走了，聞著梅花香，他愈發覺得不舒服。這種孤傲的花有什麼好的，他莫名地討厭起來。

石三是在上元燈節的前一天晚上來的。

莊九接過一遝厚厚的銀票，滿意地翻了翻，見石三還站在原地，沒有要走的意思，道：「是不是覺得這筆錢來得太容易了？喏，改日請你吃城南陳小五的麵。」

蒙面的石三翻了個白眼，在黑夜中樣子頗有趣：「摳門。」然後想了想又道，「那要吃最貴的澆頭。」不等莊九答話，神色一凜，恢復了往日的語氣，「這回有個任務，需要你我配合。」

莊九坐在石凳子上，端起茶杯喝了一口，仰頭看了看積滿雪的桂花樹枝，等他繼續說下去。

「明天上元燈節，蘇丞相家宴，宴請他在長安的門生們。」

莊九沒說話，將茶杯端在嘴邊又喝了一口。

「不留活口。」

莊九再次喝了一口。

「府內其他地方交給我，你只負責殺掉蘇丞相，日落之前。」

莊九不語，繼續喝茶。

石三停了半晌，見莊九這副模樣，有些來氣，悶聲說道：「你愈發裝模作樣了。」

莊九握著茶杯，斜看了一眼石三。

石三見他滿不在乎的樣子，跺腳道：「你這茶杯裡的茶，在我來之前，就已經空了。」

莊九低頭看了一眼手中的茶杯，的確是空的。可就這樣低頭看著茶杯，也沒有抬頭的趨勢。他就這樣發著呆，直到脖子累了，才仰起頭來，石三早已經走了，院子裡空蕩蕩的，雪花飄落在杯沿上的聲音他似乎都能聽見，晶瑩剔透的六瓣雪花。他突然想起了同樣的雪花落在了蘇葉葉鼻尖上的情景，不由自主地輕笑出了聲，等意識到自己笑了，急忙將手中的茶杯擱回了石桌上。

莊九站起身隨意走了幾步，他頭一次覺著這個院子有些小，太悶。之前很中意這處院落圖的就是這兒幽靜，此刻卻怎麼覺得太冷清了呢？不如出去走走吧，就快到上元燈節了，街上一定是熱鬧的，莊九就這樣說服了自己走上街頭。街上熙攘的景象，小販們的叫賣聲，路人的談笑聲，讓他稍稍有些心安，直到不知不覺中，他走到了繁蒼樓前。

每年的上元燈節當晚都不設宵禁，整個京城熱鬧非凡。而繁蒼樓更是這個節日裡消遣玩樂的最佳去處之一，因為莊先生會在這晚重說一場上一年最受歡迎的書，今年當然也不例外。

他看見了早已經貼在門口的那張告示：年度經典重溫——昭覺寺連環命案之謎！黃底黑字，分外醒目。聽過的人還想再聽，沒聽過的人更是要聽，有些人為莊九的口才而來，有些人為莊九的做派而來，總之是一票難求。

風雪有些大，告示貼了好幾天，有些不太牢靠，此時一角被風吹起，似乎下一秒就會被吹沒了。莊九盯著這張告示看了許久，轉身走掉。入夜後的長安街掛滿紅燈籠，在熙熙攘攘的人群中，面無表情的莊九顯得格外落落寡合。街上人多，不時會被人撞一下，一向愛乾淨、討厭和人接觸的莊九竟不在意，就這樣繼續慢慢地走著。流光溢彩般的長安城，明晚上元燈節，會是一副怎樣熱鬧繁華的場面？

上元燈節一早，聽客們有些奇怪地發現，繁蒼樓門口的佈告換掉了，黃底上「魏國來使自縊之謎」幾個大大的黑字，取代了昨日的內容。不過對於普通的聽客們來說，這也許只是繁蒼樓新想出吊胃口的噱頭而已，反正莊先生的書場場都是經典，這個也不錯。這個小小的插曲，憑空讓長安城的茶樓飯館裡多了一些談資而已。

6

上元燈節當晚，出現在繁蒼樓的莊九穿了一身煙灰色的褂子。這顏色其實不大適合當晚的佳節氛圍，也不符合喜歡明亮顏色的莊九的一貫喜好。今兒之所以選了這麼個顏色，是因為時間太倉促，他回到自己住處後已經來不及換下裡外的衣衫，只好將外頭的那件換下。

畢竟內裡的衣衫上還有未乾的血跡，煙灰色的長衫可以遮擋些。

今天這場來的人特別多，也只有上元節這場年度重演，繁蒼樓才會破例出售站票。那些沒有買到坐票的只能站著，即使這樣，後面離得遠的人都只能單腳踮著站著，脖子伸得長長的往臺上張望。直至莊先生來，大家才安靜了下來。

最好的那個位置上坐著一個熟客，姓楊還是姓唐來著？常常來捧莊九的場，不僅自己來，還拉著狐朋狗友一起來。他見莊九來了，從椅子上站起來，雙手舉過頭頂喝了一個大采，在全場掌聲雷動中，莊九衝大家拱拱手。

一切都和他熟悉的場景一樣，莊九掌控著整場氣氛，掌控著整場的節奏，在人聲鼎沸中他不再孤獨寂寞，他是一個說書人，長安城裡最英俊的說書人。所有人都陶醉在他編織的精采故事裡，沒有人發現他的心神不寧。

天下沒有不散的筵席。縱使聽客意猶未盡，書說完了，大家也都紛紛離去。夥計依舊體貼地給莊九準備好了他常喝的茶。看著外頭的大堂，不久前還滿當當的，此刻卻空蕩蕩的，桌椅凌亂，茶盞橫放，樓裡的小廝正在打掃這一地狼藉。明明往常也是這樣，可今天卻覺得看著心頭煩悶。莊九端起茶杯，放在嘴邊吹了吹，一下子又沒了喝茶的興致，起身便往外頭走。這街上的人群比昨天更多，摩肩接踵，吵吵鬧鬧，一個行人不小心撞到了莊九，他瞪了那人一眼，繼續前行，腳步越來越快，不一會兒就回到住處。他的後院跟往常一樣安靜，連天空飄著雪花的聲音，都能聽見。

雪花紛飛，那棵桂花樹下，站著一個桃粉色的小姑娘。

莊九忽然鬆了一口氣。

正在踩著自己影子玩兒的蘇葉葉，聽見雪碎的腳步聲，興奮地抬起頭來，瞧見了進來的莊九，跺了跺腳，輕輕跳了跳，歡喜地搖了搖手，搖落了她斗篷上的少許積雪，月光灑在她的身上，鑲了一圈銀邊。

莊九莫名地心生厭惡，他曾經那樣討厭黑夜，只有繁蒼樓的燈火輝煌和人聲鼎沸才能讓他度過一個又一個無邊的黑暗。蘇葉葉的到來，曾經讓這個院子熱鬧過，可如今見著這般光亮的人，他的內心不可控制地排斥起來，眉頭鎖起，絲毫不想和她多說一句話，腳尖轉了方向往自己的臥室走去。

蘇葉葉即刻追上來，顛兒顛兒地跑在莊九後頭，小腳踩碎細雪的聲音讓莊九很是煩躁。她的聲音溫暖又甜美，結結巴巴地道：「我爹爹今兒辦家宴，我才能出來玩兒，本想去聽書，忘記提前買票，擠不進去，太陽沒落山我就來這裡等你啦。今兒是上元燈節，你看你看，我給你帶什麼來了！」一邊說著一邊攥住莊九的衣角。

莊九停住腳步，面無表情地回頭，低頭扯回了自己的衣角。

蘇葉葉並不生氣，她快跑了幾步，張開雙臂擋住了莊九的去路。莊九毫不掩飾自己臉上的戾氣，抿著嘴唇，停住了腳步，然後往邊上走了幾步，繞過她張開的雙臂。蘇葉葉不死心地又移動了幾步，仍舊擋在莊九面前，然後將手心裡的桃粉色的帕子托在莊九眼前，那帕子散開，中間赫然放著一串菩提子，她笑著道：「有……有……有一回我下午來找你，你……你……你不在，我回……回去的路上看見，我想……想……想你會喜歡。」

原來她抄了那麼久，抄那些繁冗的作業，心心念念想著要買來的菩提子，是為了送給自己。

「買了回來後，想送你，等了一會兒，也沒見著你回來……後來我……我有點事情，就耽擱了，今兒……今兒送你，你可以……可以戴在手腕上，好……好看的。」她明明等到了半夜，她明明因此生了風寒，卻在她口中輕描淡寫地抹了去。

莊九心念於此，心頭的厭惡感卻更重了，眉頭鎖得更厲害。他一把推開了蘇葉葉舉著的雙手，毫無提防之下，蘇葉葉身子歪了一歪差點滑倒，莊九像沒有看見一樣，鐵青著臉急匆匆地只想往屋子裡走。

在他推門的那一刻，蘇葉葉小聲地問道：「白……白……白天能見到你嗎？我晚……晚上不能出來呀。」蘇葉葉沒有執著於那串她花了很多心思得來的菩提子莊先生是否喜歡，莊九的拒絕似乎對她的心情沒有起到什麼影響。

莊九站定，轉身怔怔地看著她。

蘇葉葉見莊九突然不走了，看著自己，不適應地眨了眨眼睛，轉眼又笑了。可她雖然在笑，卻笑得有些惶恐，不知道今天的莊先生怎麼有些反常。

看著蘇葉葉的笑容，莊九突然覺得很好笑。他很想問她，小姑娘，你家裡人都死光了你知道嗎？想到這裡，莊九控制不住地笑出了聲，不顧蘇葉葉滿是疑惑的眼神，就這樣笑得直不起腰，月光下笑得滿臉猙獰。

不明所以的蘇葉葉看見莊九笑，也陪著他一起傻笑起來。

良久之後，莊九終於止住狂笑，笑容斂去，神色奇怪地瞪了一眼蘇葉葉，蘇葉葉的笑聲便戛然而止。莊九不待她說話，主動說道：「城南有一家陳小五麵館，我有時候會去那兒吃麵。」不等蘇葉葉回答，他進了門，狠狠地將門「砰」的一聲關上。

沒有點燈的屋子裡，無盡的黑暗吞噬著莊九，他能感覺到一門之隔的蘇葉葉躊躇地站著，能感覺到她興奮急促的呼吸，能感覺到她走了兩步，又回轉身來，片刻之後才歡快地跑著走了。

輕輕將門打開後，莊九看見門檻上放著一塊桃粉色的手帕，上面端正地擺著那串菩提子，在黯淡的月下看起來如此祥和乾淨。

蘇丞相滅門慘案舉國震驚，作客的門生、蘇家下人，統統死了。皇帝在朝堂上得知此事後大喊三聲：「國家樑柱被折！」就此哭得昏厥過去，這份悲戚，讓其他官員不由得流著淚感慨君主情誼真是感天動地啊，於是有些大臣也哭暈了過去。

蘇丞相一生為國家鞠躬盡瘁，雖然位高權重，卻是清臣。正因為如此，得罪了不少人，也算得上是位孤臣，朝廷之上關係好的同僚著實不多。皇上下旨賜予隆重厚葬，整個京城縞素三日。雖然葬禮無論規格之高，還是場面之大，都是近年少有的，但滿城飛舞的白紙、銅錢和前來拜祭的官員們悲痛表情下複雜的神色，依然無法遮掩這件事的弔詭氣息。

新政強硬推行不久，成效初顯的時候，蘇丞相連同門下得力門生們一同遇害，即使對朝堂之事不甚了解的平頭百姓也忍不住關上門議論紛紜：有的說是保守派氣急敗壞所以暗殺洩憤，因為新政從骨子裡侵害了這些高門大閥的利益；有的說革新派的目的只是為了爭奪利益，沒想到蘇丞相一根筋想要把新政推行到底，這下搞得自己腹背受敵。還有一些言論更是只能關緊自家房門，在酒喝得有些高了時才敢叨咕兩句：無論革新派還是保守派，都是在皇上允許的範圍之內鬥，既然朝中勢力已經重新建立起平衡，那兩派都討厭的蘇丞相自然在皇上眼中，就成了多餘的討厭傢伙……

最後這種觀點簡直就是誅心，平日大家聚集的街角茶樓裡，什麼八卦都能聽到，可關於蘇丞相的滅門之事卻少有人談論，誰知道接下來這件事的風向會如何？

頭七很快過去，事情變得更加耐人尋味。蘇丞相是一朝宰相，卻在光天化日之下，在天子腳下的京城裡，滿門慘死在了自己家裡。事後卻不見捕快滿城緝拿凶手，入夜之後的宵禁也如平時一樣安靜，只是幾天後菜市口低調地斬下幾顆人頭，並貼出詞句簡單的佈告，說是幾名匪徒為了劫財，才闖入府中做下這等大罪，現真凶已伏法，城中百姓莫要驚慌云云。

大白天跑去丞相府上打劫？而且就這麼三五個人？這個理由，任誰心裡都是不信的。但那又如何？百姓最善忘，哀悼幾日之後，城中壓抑的氣氛逐漸被八卦的好奇心替代，這可是一輩子難遇的怪案啊，茶樓裡因為這件事上觀點不同，而爭個面紅耳赤的事兒也不是一起兩起，不過畢竟是遙遠的廟堂之事，和平頭百姓之間的距離豈止是隔了一片深海？於是茶樓裡八卦的人們誰也說服不了對方。直到某天，有人感慨之餘說了句，這種事哪有什麼真相，你們又沒有辦法親眼所見。這句無心之語卻使大家恍然大悟，因為忽然想起談這種事，有一個人偏偏是最能讓所有人信服的呀——繁蒼樓莊先生。

可也奇怪，繁蒼樓這次卻沒有動靜。一向以改編當下熱點事件出名、速度極快品質極高的莊先生，卻足足有半個月沒有露面了，繁蒼樓也一直沒有貼出任何告示。

更奇怪的是大家也不著急，眾人的推測罕見的一致：繁蒼樓肯定是借此機會抬高票價，奸商！儘管如此，繁蒼樓門口的售票處，每晚仍舊有人蹲守，這是頭一回沒有確定新書具體何時開講，未來兩個月的票卻早早全賣光了的光景。

讓人失望的是，整個冬天，莊先生都沒有再出現在繁蒼樓。

被眾多聽客惦記著的莊九，不用再去丞相府當啞巴園丁，也不再去繁蒼樓裡說書，仍住在那個院子裡。夥計只知道，莊先生每天大部分時間都靜靜坐在院裡的那棵桂花樹下，喝茶，看雪。

要說不同，那就是莊先生愈發愛乾淨了，終日足不出戶，卻要洗好幾回手，更愛白色的衣衫，即使沾上一點兒的塵土都讓他如坐針氈。對打掃屋子的夥計，他的要求堪稱吹毛求疵，犄角旮旯裡落下一丁點兒灰塵他都能感覺到。

任由他再愛乾淨，也是徒然。莊九依然會覺得手上、衣上，甚至屋裡都有血跡。作為一個殺手，這樣讓他覺得很糟糕，卻無處遁形。

那串菩提子原本被他隨意地丟在了桌子上，可看了總覺得刺眼，於是順手放在枕頭下，可又總是夜不能寐；扔在書桌深處，總是忍不住拿出來把玩。最後莊九決定乾脆揣在懷裡，這樣既能感覺到它的存在，也不用總是看見它，這下子踏實了。

就這樣，殺人無數的莊九，懷裡一直揣著那串祥和又乾淨的菩提子。

繁蒼樓的掌櫃依舊每天來一次，既不提觀眾們期盼莊先生復出的熱情，也不提繁蒼樓最近生意的好壞，只是賠著笑臉聊些不打緊的閒話，喝上一杯茶就告辭。掌櫃人情世故極為練達，方寸也掌握得好，心裡雖然著急，面上卻不表露一分。莊九從說書開始就一直待在繁蒼樓，大部分原因就是欣賞掌櫃這種讓人舒服的做派。可眼下，他面上雖然一如既往地風輕雲淡，心裡卻七上八下慌亂得緊。

這是一個多麼好的素材啊。夜深人靜的時候，坐在桂花樹下的莊九會反覆地告訴自己，這個素材一定要好好地整理出來，是的，素材。

他並沒有做錯什麼，他本來就是個殺手，夥計跑腿，妓女賣笑，都是買賣罷了。他沒有為自己殺人，他和從前一樣。他反覆地告訴自己。

同樣，說書也是如此，自己是多麼喜歡說書啊，熱鬧的茶樓，聽客們期待的目光，如雷的掌聲，把眾人情緒掌控在手中那種愉快的感覺……這些都是多麼繁華和熱鬧啊。

莊九抬頭，院子裡一片寂靜，寒冬雖已過去，但春天還沒真正來到，桂花樹依舊光禿禿的，實在是不怎麼好看，這桂花再開還得等很久很久。

那晚之後，蘇葉葉再也沒在桂花樹下出現過。

莊九看著乾枯的桂花樹枝想，蘇葉葉這些日子過得怎麼樣？她如此笨，怎樣操持那樣大排場的葬禮？她只會嗚嗚地哭吧？不，也許不會，她爹對她那樣嚴格，她與父親並不親近……他又搖了搖頭，那是她唯一的親人，她又怎麼會不哭呢？

她哭起來的樣子實在不咋的，還是笑起來的時候好看，莊九想起初見她的時候，想起她在樹下等自己的時候，想起她為自己剝開一粒松子的時候，想起她因為花開得好感謝自己的時候，想起她在半扇窗戶裡模仿自己的時候……那些活生生的動人的情景繁華了他的回憶。但是她最後一次見自己的那天晚上，笑得一丁點兒也不好看！

想到這裡，莊九心裡莫名地湧上一股怒火，不知道對誰發洩，突然重重一掌擊在樹上，心中的悶氣彷彿也隨著枯枝紛紛墜下。莊九疲憊地靠在樹上，低頭看著沾滿枯枝碎屑的白衣，努力地想回想起那天的過程，他想給長安百姓帶來一場無與倫比的故事，在蘇丞相府，光天化日，他殺掉了蘇丞相，是的，他親手殺了蘇丞相。他想著座上三千的喝采，他想著聽客一擲千金的捧場，他想著繁蒼樓裡的熱鬧，可是他回想起來，卻什麼也不記得，像是被人抹去了那日的所有記憶。

他要重現那日的情形，他決定去一趟蘇府，不為旁人，只為說書。做殺手他很專業，作為說書人，他怎麼能對不起聽眾們的殷切期待呢？

莊九易作花匠的模樣，輕車熟路地找到了後院的小門，他穿過柴房，走過長廊，來到了蘇葉葉的院落。一地的殘雪，在灰塵中，髒兮兮的，醜死了。

正是在這棵梅樹旁，那小姑娘指著梅花道：「謝謝你讓它們這麼好看。」此刻梅花怒放的味道真是讓人生厭，莊九鎖著眉頭轉過身去。

廊下是灰塵滿地，那小姑娘乖乖坐在那裡，膝蓋上捧著倒置的書，她專心地看著鼻尖的雪花融化，抬頭友善地笑了笑。此刻簷下的銅鈴發出的聲音，怎麼帶著沙啞的聲音？真是難聽。莊九咂了咂嘴，轉了個方向。

窗戶半開著，那小姑娘得了風寒還不安分，偏偏要學莊九的作態努力地講著魏國來使的那場書。寒風吹過，那窗戶被吹得闔了又開，震落了飄上窗櫺的殘葉。

莊九情不自禁地抬腳要往屋內走，那個曾經住著她的地方是什麼樣呢？只一瞬，他便清醒了過來，止住了腳步。他沒有聽見過她的消息，這是好事。為什麼要探個究竟？他撓了撓頭，腳尖一轉，轉向院子外頭的方向。

突然身後傳來一個軟糯又結巴的聲音，那聲音讓他心頭一緊，嘴唇不可控制地浮起上揚的弧度。他猛地轉身，可身後卻空無一人，那搖晃的窗戶內並沒有人，也沒有人探出半個身子，充滿期待地說「明……明……明天見」。他分明就聽見蘇葉葉在叫自己，莊九不可置信地將這院子仔仔細細地又打量了一番，的確，是他自己聽錯了。他唇上的弧度漸消，轉身回去。

那個小姑娘對誰都是心懷善意，用自己最簡單的心思看待這個世界，於是覺得世界就那麼簡單地呈現在了她的面前。她父親死了，她應該要明白了，世界並不是她從前所見的模樣。這樣也好，莊九心想，面對空蕩蕩的院子，他轉過身去，罵道：好個屁！

有些東西，是要拚了命去銘記的，有些東西，是要拚了命去忘記的。對於蘇葉葉，莊九不知道是前者還是後者。

一個月前這裡的梅花待放只等主人宴客，轉眼這梅花依舊自顧自地開著，院子裡徒留著污濁的雪，枯碎的葉，吱呀的門，潦倒一片，不過是長安城的一隅。

7

第一聲春雷響起的時候，原本坐在書桌前的莊九猛地站起，然後無視還有些寒意的密密細雨，急匆匆地推開院門半奔跑著衝上了大街。院裡的夥計正端著煮好的茶準備送進來，見莊先生要出門，想提醒莊先生帶上傘的話到了嘴邊又咽了下去，因為莊九臉色鐵青，眼中滿是焦急，一反往日的溫和平靜，表情隱隱帶著殺氣，趕緊側身讓道，生怕誤了莊先生的大事。

街上不多的行人都打著傘，好奇地看著這個在雨中奔行的白衣青年男子。春雨綿細，潤物無聲，片刻之後，莊九身上的白衣便已濕透。

許是涼雨讓人平靜，他的步伐逐漸慢了下來，眼神也不再焦灼暴戾，任由這雨絲灑在自己身上。

路上偶有認出他的人，試著打招呼，莊先生雖然點頭應和，卻笑不出來。那個繁蒼樓的老聽客看著他白衣遠去的背影，不由得心內感歎，莊先生不愧是莊先生，連雨中漫步這種事兒都能這般風度翩翩，不像旁的人，渾身淋濕就和落湯雞一般狼狽。

一路前行，走過繁蒼樓，又路過丞相府。莊九皆目不斜視，沒有絲毫停留，像是這兩個地方從來都和他沒有什麼關係。一路緩緩走到了南城，穿過了兩條小街巷，最後在一個不起眼的門面前停下腳步。

陳小五麵館。店面外寫著這五個字的布製招牌看起來已經有些年頭，布簾已經發黃，邊上也有些破舊，被飄雨浸濕後怏怏地垂著，和店內清淡的生意真是交相對應。

顧名思義，這家麵館的老闆叫陳小五，不過陳小五現已不小，如今是個中年胖子。這家小店在偏僻的巷子裡既然能開十幾年，至少不難吃，還有幾樣拿得出手的特色麵，雖然離京城名吃之類的評價還差得遠。莊九很喜歡來這家店，這讓煮了十多年麵條的陳小五很是自豪，就憑這一點，陳小五麵館在周圍幾條街上頗有名氣。

此刻外面在下雨，又是下午時分，店堂內一個客人也沒有，陳小五也十分坦然地伏在桌上打盹。

莊九沒有急著走入店內，而是左右看了看，雨中的小巷裡空無一人，往日坐在屋簷下聊天的老人、街邊嬉戲的孩童都不見蹤影。莊九自嘲地笑了笑。

走進店裡坐下，挪動桌椅的聲音把陳小五驚醒了，他見是莊九，先是一愣，緊接著興奮地喊了一聲：「莊哥！」發自內心地高興。

「莊哥，這麼久沒來了，我還在想呢，怕你吃膩我這手藝了。」陳小五搓著手，滿臉憨笑。對於京城裡這個傳奇的說書人，他是真心喜愛和由衷敬佩。

放在從前，莊九會和他扯上幾句閒話，今兒卻十分沉默。

陳小五呵呵笑著，一邊手腳麻利地打開爐灶燒水洗菜，一邊閒聊：「莊哥，聽說你最近都沒在繁蒼樓說書了？」

莊九「嗯」了一聲，沒有接下話茬兒。

陳小五正從桶裡舀了一大瓢水到鍋裡，沒注意到莊九的情緒不高，樂呵呵地繼續道：「我也聽吃麵的客人說起，還擔心你別是病倒了，現在看你氣色不錯，鬆了口氣。對了，說起繁蒼樓啊，去年上元燈節我咬咬牙買了張門票，結果被老婆唸叨了整整一年。不過貴是貴，莊哥講的書就是好聽，夠勁！那天上元燈節，可真熱鬧啊，我婆娘在外頭逛街，我在繁蒼樓聽書，那人山人海啊，長安城就是好啊！」

陳小五手下熟練地幹著活兒，嘴裡不停地唸叨著。莊九的耳中反覆聽著「上元燈節」這幾個字，有些出神，腦中浮現起見到蘇葉葉的第一面，那時，她坐在臺下正中的位置，不合時宜地激動叫好。這畫面現在想來十分清晰，卻又恍若隔世。

這個溫室裡長大的姑娘，染了指甲就覺得是驚心動魄的大事了，哪裡會懂得人世間的險惡呢？蘇丞相死得不清不楚，皇帝事後表現出的態度那樣值得玩味。她一個小結巴，懂什麼？又該如何自處？

自己當時是怎麼對她說的來著？對，好像是這樣說的——「城南有一家陳小五麵館，我有時候會去那兒吃麵。」既然沒說是明天來，還是後天來，那自己怎麼能算是失約呢？可既然不是失約，為什麼還是會覺得很煩悶？

直到陳小五把一碗招牌銀絲麵端在桌上，莊九才收了神。

青花大碗裡盛滿乳白色的骨頭湯，細若髮絲的銀白麵條扭成一縷躺在碗底，看上去十分誘人。陳小五緊接著將一大勺滾燙的蔥油澆上去，本來安靜的麵碗裡猛然爆起一股香味，陳小五自信地將碗推到他面前：「莊哥，您慢用。」

莊九看著麵，愣了片刻，直到此刻，他才意識到一個問題，自己為什麼會忽然興起，冒著雨走了小半個城來到這裡？難道，就只為了吃一碗銀絲麵嗎？可自己並不餓啊。

在陳小五期待的注視下，莊九終於還是拿起了筷子。實誠的麵館老闆滿意地鬆了一口氣，莊九是他在意的客人，看著這樣的客人吃自己的麵，可是他最有成就感的時刻。

莊九吃得很慢，陳小五沒有在意，因為莊先生吃麵從來都是很優雅的。他擦乾手，坐回灶臺邊，像是忽然想起了什麼，笑笑問道：「莊哥，你覺得我的麵賣得貴嗎？」

莊九不知所以，默然地搖搖頭。這裡的招牌銀絲麵十三錢一碗，比起普通街坊五六錢一碗的陽春麵是要貴些，但真材實料，味道也好，平心而論真不算貴。

「對啊，我也覺得自己這買賣做得挺公道啊。」陳小五接著說道，「可前段時間遇到個挺有意思的事兒。」

「有個小姑娘，又不吃麵，就在門口蹲著，經常一蹲就是一下午。」

莊九猛然抬頭，手中筷子一緊，筷子上的麵斷了一截掉在湯碗裡，濺起了幾滴湯水到他的前襟，他也沒有在意。陳小五沒看他，自顧自地繼續說著：「開始吧，以為她是等人，沒在意。來的次數多了，我就琢磨，這是哪家的小孩子嘴饞，又沒錢？一碗麵而已，又不是什麼金貴的東西。我見她那可憐的模樣，就和她說，想吃我就給她下一碗，不收錢。」

「這小姑娘也真有意思，搖搖頭。第二天還來，還是蹲在門口，你說她不想吃吧，有時候又能看見她摸出銅板悄悄地數。」

莊九面無表情，可眼前卻不禁浮現出了蘇葉葉低著頭，蹲在麵館門口數著懷裡銅板的模樣。她活著，她還在長安城，她過得似乎不大好……可是這同自己有什麼關係呢？她又不是他的小姑娘。

陳小五說到這裡，忽然自顧自地笑起來，笑了好一會兒才止住，繼續說道：「你還記得開春前的那場大雪吧？小姑娘在門口又蹲了大半天，她穿得也不多，雪都快堆到膝蓋了。我怕她凍壞，就給她盛了碗麵湯，問她，小姑娘，你每天來這裡守著，到底是想幹什麼呀？莊哥，你猜她怎麼說的。」

莊九沒接話，既沒有搖頭，也沒有點頭，他抿著嘴，他不想知道，一點兒也不想知道。

陳小五沉浸在自己的話題裡，歎了口氣：「她說：『我要請我的心上人來吃麵！』」說著咂咂嘴，感歎道，「挺漂亮的一個小姑娘，怎麼就瘋瘋癲癲的呢？」

莊九抿著嘴沒有說話，靜靜地聽陳小五講著：「她看起來也不像是尋常人家的小丫頭，舉止言談透著一股大氣，街頭巷尾這般年紀的小孩我見多了，沒一個有這樣好的教養。不過也奇怪，要真是大戶人家的孩子，也不能天天就放著她出來做瘋事兒啊，對吧？所以啊，這個事兒我怎麼想也想不明白，琢磨著挺有意思。」

莊九朝門外望去，快到傍晚時分了，天色倒不暗，果然是冬天過去了，日照的時間也逐漸變長了，巷子裡雖然偶爾有些行人，卻依然冷清。莊九想像著蘇葉葉耷拉著小腦袋，在失望地等待了一天後，踽踽獨行在這條冗長的巷子裡，想她該是懷著怎樣的心情往回走的呢？可她連家都沒有了，又該回哪裡去呢？

陳小五沒有繼續講下去，或許這個對他來說，有趣的已經講完了。他轉身看爐子的火有熄滅的跡象，又開始忙碌起來，沒空再招呼莊九。

莊九沉默地吃著麵，吃得很慢很慢，直到麵湯逐漸冷掉，上面凝起一層薄薄的油花兒，那一碗麵依然剩下大半。陳小五忙裡偷閒看見了，苦著臉小心問道：「莊哥，是不是今天的麵不合口味？要不再給您來碗開胃的？」

莊九擺擺手，抬起手道：「結帳。」

他失落的眼神倏地定格在了巷子口，分明是春天，此刻卻是滿屋子的桂花香氣。

8

和莊九一樣，出現在巷子口的那個小姑娘也沒有撐傘。

莊九的腦海中突然想起了上元燈節的那日清晨，他穿上了最愛的月牙白的杭綢長衫，優雅地吃了富春茶社的清煮干絲，他緩緩地擦了擦嘴角，放下了不菲的小費，身後是小二殷勤的道謝聲。

巷子裡的小姑娘沒有盤著髮髻，也沒有穿著桃粉色的小褂子，她的頭髮散落在肩上，穿著麻布小襖。

莊九記得街上沒有一個人認出他是莊先生來，他對自己的易容十分自信，他走到蘇府的正門前，雙手遞給鄧管家自己的名帖。鄧管家看了之後，熱情地讓人招呼他進去。

冬天終要過去，雨水漸收，巷子裡漏進來一絲無力的陽光，那光落在了踽踽獨行的小姑娘身上，看起來似乎暖和一些。那小姑娘的視線落在了麵館裡唯一的客人身上，她的目光一頓，隨即加快了步伐。

莊九記得自己可以在蘇府裡隨意走走，於是他鬼使神差地走到了那再熟悉不過的後院裡，他看著那幾株梅花在雪中搖曳，星星點點十分可人。他記得日暮時分，身後有腳步漸近，那人的聲音溫和平靜，問道：「你也喜歡梅花？」

巷子裡的小姑娘帶著小跑，走到了麵館門前，臉上的雨滴正順著下巴滴落，她身上的那件有些肥大的不合身的麻衫，衣襟處有明顯的磨損痕跡，透出一股疲憊的頹氣。她的眼睛愈發大了些，好些日子沒有見，她清瘦了許多，臉蛋不再是從前的胖嘟嘟，下巴有些尖了。她喘著氣兒，看著莊九，笑了笑。

莊九迴避地將視線轉向了另一側，但是腦海中卻清晰地記得，他並沒有回答那個男人提出的問題，他轉過身，平靜地將來人打量了一番，沒有錯，和畫像上的一樣，他便是這個宅子的主人，當今的蘇丞相，蘇葉葉的父親。他略一點頭，作揖之際，出劍收劍，蘇丞相跌落在地上的時候，天色暗了下去，他的目光越過屋簷移到了長安城的天空。石三的任務應該開始了。他坐在長廊下，蘇葉葉最常坐的那個位置，等著掌燈時分。

很快，西關街上逐漸掌起了燈，接著整個長安街也亮了起來，但莊九身處的丞相府一片黑暗，燈火通明的長安城，他找不到回去的路。

蘇葉葉一如既往地並不在意莊九的冷漠回應，她走到了莊九視線的對面，輕輕道：「你……你不認得我啦？」

莊九冷漠地將視線移到了她的身上，沒有答話。

蘇葉葉迎上他的視線，笑了笑，她的嘴唇是笑的弧度，但是眸子裡卻蕩著一汪悲傷。

莊九抿著嘴，想要站起來，卻發現自己竟然動不了。

蘇葉葉沒有發現莊九的異樣，她吃力地挪開了一條板凳，爬了上去，跪坐著，緊接著從懷裡掏出手帕，放在桌上，一層一層地攤開。

正是這塊帕子，裡面總會出現一些稀奇古怪的東西，莊九從來都猜不到。

此時，映入眼簾的，是一些零散的銅錢。桂子香氣越來越濃。

蘇葉葉低著頭，目不斜視地數著，她數錢的樣子格外專心，一枚、兩枚……直到數出第十三枚銅錢，她微微鬆了一口氣，仔細地碼放在桌上，這才抬起頭微笑地看著莊九。

莊九垂下眼瞼，他不喜歡看她的笑。人的笑容之所以好看，是因為弧度和眼神相得益彰，而蘇葉葉的眼神裡滿是黯然，她身上溢出的孤獨和疲憊，讓莊九看都不敢看，這種不自在讓他如坐針氈，他很害怕自己會被這種情緒淹沒，所以莊九猛地抬起了視線，突兀地說道：「你還聽書嗎？」

這話一說出來，兩人都愣了愣。從前的交流，莊九從未主動問過她什麼，蘇葉葉也十分適應自己一廂情願的「交流」，莊九也在她的一廂情願裡落得個舒服自在。蘇葉葉緩過神來，認真地想了想，道：「沒……沒有錢啦。」

他想起蘇葉葉站在蘇宅門口送父親大人出門，要錢給自己買那串菩提子的情形。他心裡的煩躁變成了厭煩。她顏色暗淡，眸子無色，她生命裡的光，的的確確是自己親手熄滅的！

「你這一份，我……我請你啊。」蘇葉葉真誠地看著莊九，看了看擱在木桌上很久的筷子，她記得莊先生愛乾淨，於是從桌角的竹子筷筒裡抽出兩支筷子，仔細地用衣袖擦了擦，然後遞在莊九面前，結結巴巴地說道：「快……快吃呀。」她沒有提她的家事，她沒有提她在這裡等過多少個下午，她什麼也沒有提，和從前一樣，好像悲傷永遠是她自己的，只有歡喜才願意和莊九共享。

莊九皺著眉頭，他的鼻下滿是他最愛的桂花香氣，但此刻內心卻升騰起無法克制的厭惡。他看著蘇葉葉懸在空中的手，心想她這樣很煩人，他搖搖頭，示意自己不吃。蘇葉葉並不氣餒，她笑著將握著筷子的手，往前又伸了伸，道：「喏。」

莊九努力壓抑著厭煩，壓低聲音道：「我不吃！」

蘇葉葉的手懸在空中，怔怔地看著他，然後帶著寵溺的語氣道：「我……我說過，要請……請你吃……吃……吃麵的……」她並不放棄，她的手又往前伸了伸，執著地看著莊九。

她的目光依舊清澈，在這雙眸子裡，他的身形無處遁形，他實在無法克制心中的厭煩：「我不是說過我不吃嗎，結巴！」他抬手「啪」的一聲打開了蘇葉葉遞來的筷子，筷子從蘇葉葉的手裡落在了地上，蹦躂了兩下。莊九和蘇葉葉的目光同時落在了地上，然後不約而同地又抬起來，看著對方。

她的目光裡有一絲委屈，旋即被掩蓋了過去，又恢復了從前的模樣，道：「你……你不是喜歡——」

「以後不要再出現在我面前，結巴！」莊九打斷她的問題，提高音量道。他一向優雅得體，此刻卻怎麼也控制不住自己的情緒，他對她的厭惡溢於言表。

「我……我……」蘇葉葉的手指摳了一下桌角，她的眼眶裡蒙上一層水霧，下嘴唇輕微發顫，她想反駁什麼，卻一如既往地無法反駁。她說不出話來，然後蹣跚地從板凳上爬了下來，揉了揉發麻的膝蓋，直起身，默默地轉向門口。

她的身影緩緩地移動，快到門口的時候，身影停住了，她扭過頭來，怯生生地說道：「我……我也……想……像你那樣……口若懸河，我……我不喜歡你叫我結……結巴，我叫蘇葉葉……兩個葉……」略頓了頓，她見莊九沒有反應，繼續道：「我請你，吃了麵，就離開長安了……以後，以後也……見不著了……」她的語氣裡沒有生氣埋怨，平靜地說著。

莊九聽見這話，視線驀地轉向門口，他剛要開口，便看見一個鬼魅般的影子投影在蘇葉葉的身後，他本能地站了起來，接著便聽見布料被刺穿的聲音。被他殺死的人，劍刺進身體的前一刻，都會有布料破裂的聲音，聲音雖小，他卻可以敏銳地捕捉到，只是一瞬，他洞聽得無比清楚。隨後便是「砰」的一聲，蘇葉葉就在他眼前重重地摔在了地上。

石三，這個鬼魅般的影子是石三。

漏到巷子裡來的那縷光徹底消失了，滿室的桂花香，濃得叫人無法呼吸。

莊九第一次不夠專業，他應該一早就發現石三潛伏在此的。這一刻他反應了過來，這是石三的劍法，他一眼就認了出來，他們都是朝廷的一條狗。

石三看見莊九，冷漠地說道：「她只要離開長安，就得死。」石三仍舊黑衣蒙面，說話依舊毫無感情，莊九清醒地意識到這肯定是石三的任務，是上頭的任務。「你若不來吃麵，她也不會死得這麼早。」見莊九呆滯地站在那裡，他繼續道：「我已經夠成全她了。」石三向他點了點頭，這是他們從前收工前告別的方式。莊九見他轉身，腦中卻浮現出和此時毫不相關的一句話，那是某天夜裡，他曾對蘇葉葉說的話——「殺手也是要吃飯的，夥計跑腿、廚子做菜、戲子唱戲，所以殺手理所當然就是殺人咯，俠客可幹不了殺手這個行當，不夠專業。專業，你懂不懂？」

在石三背過去的那一剎那，莊九似乎動了一下，隨後石三渾身僵硬，艱難地轉過頭，神情複雜地看著莊九，莊九卻沒有抬頭，他的手裡只是多了一把近似透明的劍，劍刃上有血。石三自嘲地笑了笑，「砰」的一聲，重重地摔在了麵館門外。

莊九殺了同類，莊九在夜裡殺了同類，莊九在夜裡為了自己殺了同類。

莊九立即轉身，快速地衝到捂著喉嚨的蘇葉葉的面前，一把將她抱在懷裡。

蘇葉葉的指縫中全是鮮血，可她的目光依舊清澈，視線從莊九的劍上，緩緩移到了莊九眉目清秀的臉上，帶著一如既往的信任，一廂情願的愛慕，沒有仇恨沒有埋怨，一如當年月夜桂花樹下的靈動活潑。她的唇語囁嚅著，雖然發不出聲音，但莊九一下子就明白了過來，她說的是——好、膩、害。那是她頭一回單獨見莊先生的時候，說的話，分毫不差，卻謬之千里。

她抬起鮮血淋漓的手，想摸一摸莊九，努力抬起莊九的下巴的時候，想起了什麼似的，輕輕地搖了搖頭，然後垂了下去。

莊九一把抓住她垂落下去的手，貼在自己的臉頰上，蘇葉葉脖子上汩汩流出的鮮血，染紅了莊九最愛的衣裳。

莊九死死地摟著懷裡的小姑娘，只是半跪在地上，肩膀發抖，他很想說話，隨便說點什麼都好，他從前是那樣口若懸河，但是此刻他連嘴唇都張不開，他沒有聲嘶力竭地呼喚她的名字，也沒有慌亂地去找大夫。他是頂尖的殺手，他直面過無數次的死亡，所以他清楚地知道蘇葉葉死了，他的下巴抵著她的額頭，將懷裡的人兒抱著，緊緊抱著，想讓她靠近他懷裡的那串菩提子再近一些。

他在白天殺人，他在晚上說書，他殺人毫無原則，他說書只為聽聽人聲，他喜歡桂花因為那香氣濃郁芬芳，他努力地想融入一個百姓的人間，卻愈發清晰地感受到燈影幢幢下自己是那樣形單影隻。

好比一個窮人揣著價值連城的寶物，眾人都會恥笑他，連他自己都會恥笑自己……他不是厭惡她，不是排斥她，不是想要遠離她，他只是在她簡單乾淨的眸子裡，看見了最骯髒的那個自己，那個連自己也討厭的樣子。

可是蘇葉葉，站在他的心尖上，時而跳舞時而歌唱，直接地向他展現了世間最美好的一面，照亮了他這些年來一直黑暗的世界。

但是蘇葉葉，她死了。

暮色四合，來不及亮起燈光的麵館逐漸隱沒在黑夜中，從此，人間再無桂子香。

9

蘇丞相死的第二天，石三接到了另一個任務。這個任務無聊又簡單，但是價格十分高，他掂量掂量手中的金錠子，語氣呆板地問來人：「怎麼不是讓老九去做？」

那人笑道：「這人老九殺不了。」

石三微愣，一副你不了解老九的模樣，疑惑地問道：「還有老九殺不了的人？」

那人不理會他嘲笑的神色，吐出三個字：「蘇葉葉。」

石三頓了頓，跟蹤蘇葉葉，一個手無縛雞之力、說話都結巴的小姑娘，只要她有離開長安的想法，就動手殺了她。

無聊又簡單。

石三看了看手中的金子，遞給來人道：「我不接。」

那人也未流露出為難他的神色，伸手就要將那錠金子接過來：「你怕老九殺了你？」

石三驀地收回了手：「兩倍價錢。」

「一個小姑娘，不值那麼多。」那人面露難色。

石三既不辯解也不爭論，只道：「值。」

那人咂咂嘴，點頭無奈道了聲「好」。

石三又道：「先給。」

那人面露不耐煩，皺著眉頭道：「老三，你今天怎麼磨磨嘰嘰的，組織什麼時候欠過你們的錢？」

石三不理會他，加重了聲音道：「先給。」

那人悶哼一聲，只得道：「好好好。」於是又遞給他一錠金子。

石三看著自己手裡的兩錠金子，仔細地摩挲著，那人離開了，他的視線卻未離開金子，許久他喃喃自語道：「一錠她的命，一錠我的命，不貴的。」

石三跟著蘇葉葉已有一個冬天，他目睹了蘇葉葉最灰暗的時光。他看見蘇葉葉穿著寬大的喪服跪在父親的靈位前嗚嗚哭泣，她說：「爹爹，你怎麼不要葉葉了呀？葉葉不染指甲了，葉葉不再偷懶了，葉葉每天都要好好背書。爹爹，我從前太不懂事了，爹爹，我再也不要錢了……」

他看見那些八竿子打不著的自稱是蘇丞相的親戚來蘇府上討錢，蘇葉葉穿著喪服站在會客堂內伸出小手想要阻擋他們拿走其實並不值錢的擺設，她說：「你們別拿走，你們別拿走……」沒有人搭理她，她除了哭，什麼也不會。

他看見她坐在一夜之間就頹敗的堂內廊下，端端正正地抱著膝蓋看著院子裡怒放的梅花，後院的門發出了「吱呀」的聲響，她如同驚弓之鳥猛地一顫，猛地站起，便往自己的房間裡跑去，鑽到床上裹著被單不再出來。莊九走進了這間院子，而蘇葉葉此刻在被單下瑟瑟發抖。

他看見她笨拙地向路人打聽陳小五麵館，罕有人知道，問了三天，才勉強問出了個方向，直到找到陳小五麵館，花了整整五天的時間。那日大雪，她站在巷子裡執著地看著巷子口，直到天色全暗了，她才往回走。她有些冷的樣子，小身板單薄得厲害，她搓了搓手，嘴裡喃喃說道：「鄧……鄧……鄧伯，葉葉有點兒冷。」然後木木地看了看身後，半晌，她抬起手背擦了擦眼睛，邊走邊抽泣了起來。

春暖花開，石三在陳小五麵館外頭看見了來吃麵的莊九，他看見莊九對蘇葉葉的冷漠粗暴，難得地冷哼了一聲。直到蘇葉葉說出了那句「我要離開長安了」，他知道是時候動手了。他冷靜地站在蘇葉葉的身後，悄無聲息，然後抽出了隨身的佩刀，出刀的時候，他閉了閉眼睛，殺這樣的一個小姑娘太簡單了，簡單到他都不想看。他聽見蘇葉葉倒在地上的聲音，抬頭看見了莊九，只說了一句話，他就知道老九會殺了自己。

他背過身去，感覺到了莊九的劍風，他們都是朝廷的一條狗。

早晚都得死的事兒，他早就看得很開。一錠金子，結束自己的命，真的不算貴，配不上老九的手藝。石三倒在地上，閉上了眼睛。

蘇丞相的死始終沒有被改編成話本，莊先生再也沒有登過臺，繁蒼樓的客人們還是很想念他。

繁蒼樓的掌櫃還是找了新的說書先生，學著莊九的套路來講著城裡的傳說。開張的那晚，鬧了很久的看客們都來了，陳小五也來了，他只買了後排的票，人群中氣氛十分融洽，周圍的人們議論著莊先生曾經的風采。

「那年上元燈節，站票都賣光啦！繁蒼樓裡的人，比西關街上的人還多喲。」

「前年的中秋你沒來吧，莊先生一登臺，我邊上那位激動得暈過去了咧，還是我給抬出去找的大夫。」

「莊先生好好的怎麼不見了？」

陳小五沒忍住，對一邊的人道：「莊先生本來就不是個說書人，他是個很厲害的殺手……」

話音未落，周遭人哄笑起來：「你莫不是瘋了吧？」

「莊先生不是說書人是個啥？他說自己是殺手你還真信啊？三歲的小兒都不信的！」

陳小五臉憋得通紅，憤憤地坐下去不再說話。周圍依舊是人聲鼎沸，很多人都在懷念著莊先生，又或許他們懷念的並不是莊九，而是一個熱鬧。就像當年莊九喜歡熱鬧一樣。

新的說書先生登臺，大家便安靜了下來，可無論那個新來的說書人多麼竭力地模仿，客人們的反響卻並不好，喝采聲寥寥無幾，場面沉悶不堪。後排的聽客甚至聽到一小半就開始交頭接耳地議論起來。一個書生模樣的人歎了口氣，對旁邊的人發牢騷道：「這說的是什麼啊？真是連莊先生的萬分之一也沒……」講到一半，才發現身邊的人看上去有些邋遢，衣服上皺皺巴巴，頭髮也沒有梳理，他似乎沒有買到坐票，靠坐在欄杆上，只是不停地喝著酒。

那個邋遢至極的傢伙灌了一口烈酒，用袖子抹了抹嘴角，點頭贊同道：「說……說得……對！講的什麼……玩……玩意兒……」還沒說完，這醉鬼突然呆住了，因為他發現自己竟然結巴了起來，他竟然說不出一句完整的話，他曾經是長安城最出名的說書先生啊！

不再有潔癖的莊九從欄杆上跌落了下來，推開人群踉踉蹌蹌走到了外頭，在牆角處他控制不住地嘔吐了起來，想把五臟六腑都吐出來才痛快，可是卻不能如願，於是愈發難受。

他消失的這段日子裡，聽聞世間有一處慈悲客棧，可以讓人真的回到過去，彌補遺憾，可是只有天下心懷慈悲的人，才能遇到。他抬起迷離的眼，自嘲地想，天下最慈悲的人兒死在了自己的懷裡，自己如此骯髒，上天再有恩澤，也沒有理由眷顧自己吧。

莊九身後的繁蒼樓人影攢動，門口的馬車行人來往不斷。

他轉身想去買酒，不想抬頭見著一座樓，三丈木杆挑起大紅的燈籠，那牌匾上赫然寫著四個大字——慈悲客棧。

10

我的視線從烏金石的茶臺上離開，莊九的酒已醒，可依舊低著頭，看著那已經映不出畫面的烏金石茶臺不願移動。許久，垂在額前的劉海兒下面發出了聲音，喉嚨沙啞，滿室的悲傷：「如果我不曾見過光，一輩子都是可以忍受黑暗的。」

莊九抬起的眸子裡，毫無生氣。

我的食指點了點第二杯茶的位置，抬頭看著他道：「這一杯，有世間獨一無二的功效，飲下後能撫慰你心中的疼痛，若飲下後，你心意依舊，再飲下這第三杯茶。」

莊九輕哼一聲，執起第二杯茶，仰頭喝下，隨意丟在一邊道：「現在可以飲下第三杯了嗎？」

桌上是已經涼透了的竹葉青，我看著莊九，緩緩道：「這一杯飲下，便是沒有回頭路了。」

「我真的可以再見她嗎？」

我撿起一邊的灰色麻布，在烏金石的茶臺上擦了擦，等到莊九喝下第三杯茶，這裡會顯現出他重回過去直到灰飛煙滅的全部情形，我笑了笑：「這第三杯茶，是世間最毒的茶，它會讓你真的回到過去，你不會改變朝代歷史，不會改變百姓命數，你唯一能改變的是你自己的命。」

「怎麼改變自己的命？」

「送命。」我定定地看他，吐出這兩個字。以命抵命是慈悲客棧最特別的地方。

莊九神色一凜，嘴角微微一浮：「那麼多人的命葬送在我手裡，如今我竟能選擇自己的死法，老天憐憫。」他執起手邊的茶杯，衝我舉了舉道：「多謝姑娘成全。」仰頭飲盡。

莊九在我眼前瞬間消失，只是那杯盞從空中「啪」的一聲跌碎在了地上，隨即茶臺就顯現了那間陳小五麵館。

天街小雨，青石小巷，莊九掀開了陳小五麵館的布簾，中年胖子正伏在灶臺上打盹。莊九的步子極輕，陳小五睡得正香，莊九定定地看著他，嘴角竟露出了一絲放心的笑意。他轉身，將那髒兮兮的布簾子捲了起來，然後走到了可以瞧見巷子口的那張桌子旁，移開凳子，坐定。

陳小五從板凳移動的聲音裡醒了過來，他用手背揉了揉眼睛，打了一個舒暢的哈欠，未合上嘴，瞧見了坐著的莊九，露出驚喜的神色，道：「莊哥！」

莊九微笑地點了點頭。

「莊哥，這麼久沒來了，我還在想呢，怕你吃膩我這手藝了。」陳小五搓著手，滿臉憨笑。

莊九看著他熟悉的神態，答道：「怎會？」

陳小五聽莊九這樣一說，激動之情溢於言表，嘿嘿直樂，一邊手腳麻利地打開爐灶燒水洗菜，一邊說道：「莊哥，聽說你最近都沒在繁蒼樓說書了？」

莊九「嗯」了一聲，麵館還是那樣的麵館，對話還是那樣的對話，莊九的打扮還是那時的模樣，他的目光裡帶著一絲期待。

陳小五正從桶裡舀了一大瓢水到鍋裡，沒注意到莊九的異常，樂呵呵地繼續道：「我也是聽吃麵的客人說起，還擔心你別是病倒了，現在看你氣色不錯，鬆了口氣。對了，說起繁蒼樓啊，去年上元燈節我咬咬牙買了張門票，結果被老婆唸叨了整整一年。不過貴是貴，莊哥講的書就是好聽，夠勁！那天上元燈節，可真熱鬧啊，我婆娘在外頭逛街，我在繁蒼樓聽書，那人山人海啊，長安城就是好啊！」

和上次聽見這話不一樣的是，莊九並沒有顯現出不耐煩，而是輕輕點了點頭給予了回應，然後低頭從胸口處取出了一串白色的菩提子，戴在了手腕上，接著將袖子小心翼翼地放下遮好，他再抬起目光的時候，將視線定在了巷子口，陳小五將一碗銀絲麵放到他面前，他也不曾發覺。

細雨漸收，巷子盡頭的天空出現了一道若隱若現的彩虹，那淺淺的彩虹消失之際，一道笨拙的小影子投映了進來。莊九深吸了一口氣，死死地盯著，不曾眨眼。

他看見燈火輝煌的繁蒼樓最好的位置上，蘇葉葉揮著粉色的小拳頭，義憤填膺道：「他們不要臉！」

他看見寂靜芬芳的桂花樹下，蘇葉葉踩著自己的小影子，聽見腳步聲，抬起頭來，看著自己的那抹笑容。

他看見蘇葉葉捧著一把松子送給自己，卻擔心自己不會剝松子，示範地剝了一顆給自己看的認真模樣。

他看見蘇葉葉畢恭畢敬地站在門口送父親離開，說「給我一點錢」的情形。

他看見蘇葉葉托著那串菩提子攔住自己去路的樣子……

原來，他的生命裡也曾這樣美好過，託她的福，他見過光，那是他不曾有過的奢望，卻真真實實地出現在他的過往。

莊九的嘴角浮起了一抹真心的微笑。

儘管不是第一次看見蘇葉葉這副模樣，儘管心中早有準備，但是她越走越近，莊九的心還是揪了起來。

不合身的肥大的灰色麻衫，披散在肩頭的長髮，略尖的下巴，她走路的樣子還是有些笨拙，莊九終於聞到了恍若隔世的桂子香氣。

蘇葉葉也見著了他，面露欣喜，加快了腳步，濺起了水窪裡的水花也顧不上。她小跑著轉眼就到了麵館裡，喘著氣站定，剛要說話，莊九視線微轉道：「葉葉，你可以請我吃麵嗎？」他的聲音和煦得如同這個季節的風。

蘇葉葉的眼睛瞪大了一分，露出一絲驚訝，隨即欣喜地點了點頭，往莊九的桌子面前走了兩步，想了想，又折了回去，走到了陳小五面前的灶臺旁，側身舉著小手指了指莊九面前的那碗麵道：「他……他的那碗麵，算我頭上！」

說罷，小心翼翼地取出了一團桃粉色的帕子，那帕子的一角有些髒，她一臉認真地將這帕子放在了灶臺上，然後一枚一枚地往外數銅板。

莊九也不打斷他，陳小五樂呵呵地看著她數錢，打趣道：「小丫頭，你等了一個冬天，也數了一個冬天，一共十三個銅板，我看你每天都要數幾遍，比你還熟了。原來是為了請莊先生，我不收你錢。」

蘇葉葉抬頭搖搖手道：「不不，我……我……我請。」於是低頭，又重新開始數那銅板，直到確定十三枚無疑，她才舒心地點點頭，然後將銅板推到了陳小五面前。

陳小五看都沒有看，「呼啦」一聲將它們掃進抽屜裡，然後識趣地到了隔壁的那片店面去了。

蘇葉葉轉身走到莊九面前的桌子旁，吃力地挪開了長凳，緩緩地爬上來，跪在了凳子上，才和莊九的視線持平。她看了看莊九面前的那碗銀絲麵，喃喃道：「有些涼了吧？」

莊九低頭一看，麵上的熱氣漸消，結了一層薄薄的油花，像美人花了的臉，失去了那麼些生氣，賣相自然不如才出鍋的了。莊九搖搖頭道：「不礙事。」

蘇葉葉上身微傾，從那只有蟲洞的竹筷子簍子裡，取出了兩根筷子，用袖子抹了抹，然後將筷尖轉向自己，遞給了莊九。

莊九看著眼前懸空的筷子，微微一怔，他抬起左手，緩緩地接了過來，只是袖口似有若無地露出了他剛剛戴上的那串雪白的菩提子。

蘇葉葉的目光落在了莊九手腕的那串菩提子上，迎上了莊九的目光裡充滿了歡喜。她嘴角浮起的弧度和眼裡驟然綻放的光亮，讓桂子香氣撲鼻而來。

莊九頓了頓，接過她遞來的筷子，開始吃起碗裡的殘麵。麵早就冷了，油花凝在麵湯上，如同美人花了的妝容，和剛端上桌時讓人垂涎的賣相真是天壤之別，讓人根本沒有食慾，可是莊九起初只是小口地吃著，但是越吃越快，越吃越大口，越吃越認真。

一碗麵很快吃完，莊九吃得很乾淨，最後連麵湯都喝得一乾二淨。直到他輕輕放下筷子，一直沒有說話的蘇葉葉才呼出一口氣，彷彿完成了一個巨大的心願，臉上露出大大的笑容，堅定地說道：「我說過……要請你吃麵的！」蘇葉葉睜大眼睛自言自語地點點頭，然後她滿意地笑了笑，舒了一口氣，接著她蹣跚地從板凳上爬了下來，揉了揉發麻的膝蓋，直起身，衝莊九很努力地笑了笑，「請你吃完麵，我就要離開長安了。」說完，她轉身離開。

莊九的喉嚨滾了滾，他想多留她一會兒，哪怕能多說一句話也好。因為等一會兒，他們就再也見不著了。

「葉葉……」莊九發聲。

蘇葉葉停住腳步，轉過身來，目光中有小心翼翼的詢問。

莊九抬起了自己的左手腕，袖子垂落下去，露出了手腕上的菩提子，他說：「是不是很襯我？」

蘇葉葉目光中露出欣喜，轉瞬，那眸子裡溢出了淚水，無盡的悲傷落了下來。她抽噎了兩聲，似乎想說很多，最終卻只點了點頭。

莊九的視線偏了偏，外頭的光已經逐漸暗了下去，時間差不多到了，他原本想和她說許多話，想安慰她很多話，但是此刻卻覺得都不需要了，他招招手，像召喚一頭小獸，溫柔地說道：「葉葉，過來。」

蘇葉葉儘管有疑問，卻依舊聽話地走了過來。

莊九坐得筆直，調整著呼吸，他的目光輕輕越過蘇葉葉的肩膀落在門口，只一瞬，他看見了黑色的影子倏地出現，隨即，他躍過桌面，來到蘇葉葉面前，側身攬過蘇葉葉，用自己的身軀擋住了她的視線，右手輕輕將她的眼睛合上。

有刀聲刺入，他一早就曉得，他低頭看見石三的佩刀穿過自己的胸膛，露出了一小截，瞬間又縮了回去，他的嘴角露出鬆了一口氣的微笑，不曾發出一絲痛苦的聲音。

他右手仍舊捂著蘇葉葉的眼睛，左手似乎動了動，身後傳來石三重重倒下發出的聲音，他沒有回頭，也無須回頭。

莊九緩緩放下了右手，揉了揉蘇葉葉的小腦袋。蘇葉葉眨了兩下眼睛，不明所以地看著莊九，然後她的視線越過莊九落在莊九背後倒下的人身上，緊接著，她緊張地迅速將視線落在了莊九身上，探尋的目光往下移了移，定格在了莊九胸口汩汩流出的鮮血，顫顫地伸出了小手，摸了摸，看著指尖帶著溫度的鮮血，震驚地看著莊九。

莊九的鮮血從嘴角流出，他抬手擦了擦，那鮮血流到了他手腕的菩提子上，觸目驚心的紅，無法擦拭。蘇葉葉怔怔地看著莊九的動作，嘴唇發顫，她的小手緩緩地移到了莊九的臉頰上，莊九一把握住，衝她笑了笑。

「你……你也不要……葉葉了嗎？」聲音微抖，每一個字都顫在了莊九的心尖上。

莊九搖搖頭，安慰地笑道：「怎會？」他半跪在蘇葉葉的面前，視線與她很近，然後緩緩地靠近她的肩頭，將頭擱在她的稚嫩的肩膀上，嘴角流出的鮮血散發著桂子的香氣，他輕輕地說：「葉葉，別怕。」

莊九的手垂了下去，蘇葉葉一動不動如雕像般站著。許久，她仰起頭來，看了看四周，不知道是否聞到了桂子香氣，然後，她伸出手，拍了拍已經沒有熱度的莊九的背，像是哄孩子一般地說道：「不怕。」

11

三年前，上元燈節。

長安城，西關街上水泄不通，人們摩肩接踵，歡聲笑語一片，天空中綻放著盛大的煙火，歌舞昇平不夜城。

一輛馬車停在了西關街入口處，年過六旬的老者對車內的人道：「大小姐，前頭不能過去了，你得下來走了，不過你得答應我，不能亂跑，不然下回……」

「鄧伯，你……你……你放心。」桃粉色的車簾被迅速掀開，露出了一張迫不及待的小臉，圓溜溜的眼睛打量著這個熱鬧的街市，小妮子的頭上用粉色的飄帶盤著兩個髮髻，穿著桃粉色的褂子，乖巧極了，她看著兩邊的燈籠一直連到天上去，一臉的讚歎。隨即她挪了挪小身子，跳下馬車，臉上掛滿了笑容，她好奇地看著兩邊的小攤，看看這個，摸摸那個，流連忘返。

行至一個小攤子前，她的目光落在了一串雪白的菩提子手串上，她拿了起來，認真地看了看，見那菩提子上還有些紅色的點綴，如血般鮮豔，於是戴在自己的手上比了一下，歪著小腦袋問道：「這……這……這個多少錢？」

攤主是個中年胖子，此刻神色有些焦急，看見小姑娘這樣問，道：「隨便給點兒就成，我要收攤了。」

小姑娘面露難色，顯然不知道這個隨便給點兒該怎麼把握。

「你身上有多少錢就給多少錢，快點，我要收攤去聽書了。」攤主急匆匆地補充道。

小姑娘「哦」了一聲使勁點點頭，隨即掏出了一個粉色的帕子，在手心裡展開，然後雙手捧著遞到了中年攤主面前道：「都……都……都給你吧。」

攤主也不客氣，將銅板都倒在了自己的手心裡，數了數道：「才十三文？！」他剛想退回去，目光落在了遠處的人群裡，胡亂將銅板往兜裡一塞道：「行行行，十三文就十三文，我婆娘找過來了，我買的書就要開場了，你讓讓。」說罷胡亂地將攤子收拾了一番，從小姑娘身邊走過。

小姑娘站在原地，心滿意足地看著手裡的那串手串，不一會兒一個中年婦女來到了攤位附近，扯著嗓子罵道：「好你個陳小五，不做生意，就曉得聽書，這日子還過不過了？」

小姑娘好奇地看了看她，隨即視線又回到了手中的手串上，看見不遠處的那位老者，她舉起手中的菩提子手串，提高了音量道：「好不好看呀？」

那菩提子被她舉過頭頂，身後的繁蒼樓前車水馬龍，頭頂是一片熠熠生輝的夜空，熱鬧又繁華。

莊九再也不存在於這個世上，我的茶臺前空空如也，有些許灰塵，在初升的陽光裡奮力地翻騰。一夜未眠，我揉著眼睛，將壺中剩餘的殘茶都淋在了茶臺上。

烏金石的茶臺上有暗紋雕刻的花蕾，在遇到茶水後，那枝葉似乎動了動，如同餓了許久的小獸吃到了食物，散發了些許靈力，煞是可愛。它什麼時候才會開呢？要喝多少次聽了故事的茶水，它才會綻放出它真正的容顏呢？它是方的圓的，對我而言並不重要，我一心所盼的，是在它盛開之際，那個恰好出現的人，會告訴我我的前世今生，會帶我離開平安鎮，離開慈悲客棧，到我從前的世界裡去。

屋外人聲逐漸響起，隔壁劉婆婆拎著笨重的木桶往鎮子入口的那口井走去，後街醬菜店老闆的兒子揹著灰棉的書包路過我門前往學堂走去，王記酒樓的老闆娘吆喝著相公趕緊起來……我看著如同人間的集市，想起關於這座平安鎮的傳說——相傳，這座平安鎮是兩個男人為了他們共同心愛的女人所建，一個用了餘生的生命，一個用了畢生的帝王運勢，他們心愛的女子離開後，這裡變幻化去，如今又生機勃勃，充滿人間煙火氣，卻只能被長期生活在此的人們所見，找來的客人們無法得見，不曉得這鎮子這一次又是因為誰的故事，誰的愛重造起來，要換誰的重生？

霞光如同金色的網，密密麻麻地灑滿了平安鎮。一個眉眼俊朗的男子，雖穿著最普通不過的棉布衣衫，卻照亮了我這客棧的大堂。他站在門口，仰頭看了看，似乎默唸了一下，然後抬起腳跨了進來，衝著支著下巴想著今天吃甜豆漿還是鹹豆漿的我道：「住店。」

客棧一共三進，第一進是大堂，吃飯喝酒結帳都在這裡；第二進是吃茶的地方，用來接待對我最有用的客人們；第三進共兩層，二層是客房，一層是我住的地兒。

我這裡也不常來人，有時候鄰里來了親戚沒地兒住倒是會來借個地方，大部分的客人都是衝著茶來的。有時候故事看到一半累了便讓他們去休憩，一來就住店的，這人還是頭一個。

「一天十文，不算飯錢。」我理了理算盤，算盤珠子便劈哩啪啦響，揚起了珠子之間的些許灰塵。

「要住很久。」那人說道，不疾不徐，穩當得很。

「十天的話，八文錢一天，一個月的話，六文錢一天，不能再少了。」我一邊象徵性地撥弄了下算盤珠子，一邊借機仔細打量他。真是個有風度的男子，不只有漂亮的皮囊，還有種不可名狀的才氣。

「這錠銀子作為訂金，若是不夠，以後再補。」說著便將一錠銀子輕輕推到我眼前，誠意十足。我拿起來，放在嘴邊用虎牙咬了咬，這還是隔壁劉嬸教我的法子，咬得頗為齜牙咧嘴，但這銀子的確是真的。再看這投宿的客人，目光中有不可直視的尷尬，這種人雖然穿著普通，但舉手投足間有著見過世面才會流露出來的氣度，自然不會理解我這種視錢如命的人的境遇。

「你很缺錢嗎？」這人問得很誠懇，眸子裡有東西閃了閃，他身後的太陽剛剛升起，店內一片敞亮。

我瞇著眼睛懶懶地看了看他，並未覺得這話哪裡傷害到我，非常誠實地回答道：「錢，誰不喜歡啊。」我一邊領著他往裡走，一邊對他說道，順便還介紹了一下客棧的佈局，想他若是長住，知道些佈局也是好的，免得摸黑回來蹭著磕著賴我。

他認真聽著，偶有點頭，問道：「掌櫃的，怎麼稱呼？」

我停住腳步瞧了瞧他：「不瞞你說，到了這裡，大家都叫我掌櫃的，比我輩分高一些的呢，就叫我小掌櫃，你看著叫吧。」

他的目光略有思索，停留在我的臉上，我也懶得再解釋，畢竟這話像是我不願意告訴初次見面的他隨口扯的謊，而事實真的如此，不然我為何要那麼期待茶臺花開，那人的到來？

「對了，客官，你叫什麼？」我隨後塞給他一個燭臺，客房中要用。

他接過燭臺，先是一謝，隨即認真地答道：「鄙人姓葉，名一城。」

我四處看了看，轉身拿了茶壺和茶杯，塞進他懷裡，點點頭道：「喏，給你，葉一城。」

第二盞茶・紅綾燼

自葉一城入住後，再未有過旁的客官投宿，日子過得波瀾不驚，好在他給的訂金足夠，所以這些日子，我也給了他不少好臉色。

今日午後，我去隔壁劉婆那兒買了幾塊鬆餅，臨窗而坐，見葉一城回來了，便招呼道：「葉公子，這是小鎮特產，你拿兩塊吃吃去。」說罷大方地將盛著鬆餅的茶碟往他面前推了兩下。

葉一城看了看碟中的鬆餅，也不推辭，拉開長凳，翩翩然坐下，取了一塊，吃了一口，抬頭含笑道：「你方才叫我——葉公子？」

我用鬆餅蘸了蘸自製的蜂蜜，嗷嗚咬下一大口，聽他這麼問，一邊嚼著一邊點頭，直至咽下，才問：「難道叫你葉大哥？葉兄弟？還是葉大俠？」

葉一城愣了愣，又咬了一口鬆餅，簷下的銅鈴發出輕響，鼻下浮動著茶水清香，他一抬眼好似整個春天都綻放了開來：「我從前，做過幾年的教書先生，姑娘若不嫌棄，便稱我一聲先生吧。」

一聽他曾是個先生，我便匆匆放下了手中剛剛舉起來的半塊鬆餅，單手支著桌子，俯身靠近他，有些興奮地道：「你當真，當真是個先生？」

葉一城的目光裡閃了閃，含著期待問道：「是的，你有沒有被先生教過？」

我閉上眼睛搖搖頭，將剛剛放下的半塊鬆餅放到了他的茶碟中，道：「你真是個教書先生，那便太好了。」不等他發問，我繞過桌子，坐在他的長凳邊上，道，「我來這裡多時了，一直想找個有文化的人給我取個名字，你給掌櫃我取個名字，少收你兩天房錢。」

葉一城的目光先是暗了暗，偏過頭來又是笑意盎然，豎起五個指頭，帶著逗我的意思道：「五天。」

我一把按下他的手掌，咂咂嘴道：「你們搞文化的，談什麼錢呢，俗。」說罷我豎起一根手指頭道，「一天。」他的手欲抽回去，我一把摁住，補充道：「我原本並不想與你談金銀這些俗物，只是純粹想表達些心意，還請葉先生你不要拒絕！」

葉一城微微張著嘴，又緩緩合上，那隻被我摁住的手也不急著收回去，另一隻手拿起水壺，倒了半杯茶，慢悠悠地喝了一口，問道：「你可知道在下從前是教誰的先生？」

從第一回見葉一城起，我便知道這位舉手投足間透著無盡風度的男子定不平凡，但對我來說，只要不是茶臺花開的那個人，其他人都是枉然，因此，不管他多大來頭，我也不願意多花錢：「葉先生，葉先生，來，喝口茶。」我巴巴地拿下他手中的杯子，又給斟滿，道：「我看多了人的過去，您這姿態一看就不是普通人，越是不普通的人，越是視金錢如糞土。」

葉一城喝了口茶，有些無奈道：「我從前教過一個弟子茶道，不想她全都忘光了，哪有倒茶倒滿的？」

我見他自顧自地說話，立即道：「葉先生，那些都是窮講究，你快幫我取個名字吧。」

他捏著杯子轉了轉，將目光定格在我的臉上，嘴角輕輕浮起一絲苦笑，另一隻手抬起來，摸了摸我的腦袋道：「素問。」

「素問？」我輕一拍桌角，道：「好！好名字！先生不愧是有文化的人！」

葉一城露出喜悅的神色道：「你知這名字的玄妙？」

「不知道！」我有些激動地說道，見他搖頭喝茶，補充道：「就是因為不知道這名字有著何種意義，因此才覺得十分好！好，就叫素問。葉先生，你若是能解釋得十分通俗，便同我說說，這二字精妙在何處？」

葉一城放下茶杯，單肘支在桌邊，視線與我緩緩靠近，他的黑色眸子裡彷彿有時光的浮浮又沉沉，有明月的圓圓又缺缺，他的聲音好似燈火闌珊後的滄桑：「素問是華夏醫術之源，我一弟子，陰差陽錯得了怪病，我翻遍醫書，也未找到救她的法子，於是找到了民間傳說已久的——」

「好了好了。」我起身擺擺手，「不是說過要說我聽得懂的大白話嗎？你們這些做文化的，總扯些有的沒的。」我拎著空空的茶壺轉身急急往裡屋走去，願他看不見我已發燙的耳根。

葉一城似乎並未覺得我是因為不好意思才提前離去，他執著一盞燈，跟在我身後悠悠道：「素問，你平常的生意做得可好？」

這一問便挑起了我惡作劇的心思，我倏地停下腳步，猛地一回頭，果然撞上了葉一城微微吃驚的眸子，佯裝陰冷道：「來我這裡的人……都是不要命的。」

「原來這是傳說中的黑店？」葉一城若有所思。

我這性子便是遇軟則軟，遇強更強，心中冷笑一聲，才緩緩道：「葉一城，你有沒有覺得，我這店，除了你沒有旁的客人，你可知道我平常以什麼為營生？」

葉一城臉上並未流露出畏懼的神色，反倒是微笑道：「那你倒是說說。」真是挑釁的一把好手。

原本我對葉一城的印象十分好，放眼整個平安鎮，找不出第二個這等好顏色的小夥子。我想著自己身為客棧老闆也算有點產業，只需在他面前表現得好一些，便會有著無限的「說不定」，所以並不打算把這樁買賣的事情告訴他，怕嚇著他。沒想到這人竟敢挑釁我！既然如此，那便是面子之爭了，我怎能不全力以赴？

「我專門收人的性命。」說罷我「嗷嗚」一聲張大嘴巴，雙手也做出一副張牙舞爪的模樣嚇他，沒想到他竟然笑了，我木訥地放下手，「在這裡，除了我，都是鬼。」說罷我雙手合十舉過頭頂，眼睛緊閉，身體隨著雙臂晃了晃。這話顯然是我誇張了許多，但是也有一定的依據，來這裡的人既然願意付出生命，那灰飛煙滅之後誰知道會怎麼樣？

葉一城若有所思地點了點頭：「你膽子也真夠大的。」

我終於聽見他對我的肯定，心中覺得瞎扯了這麼多也是值了，笑道：「不過呢，你也不用怕，有我在。」

葉一城聽見最後三個字，眸子裡輕輕閃過不易察覺的憂傷，他笑了笑：「我從前，認識一個姑娘，與你一般大小，也愛這樣說些逞強的話。」

這話如潑在火焰上的一盆涼水，心裡嗞嗞地發涼，他這語氣中充滿了愛意。不過想想也是，他如此風度翩翩肯定很招姑娘喜歡，這個年紀才和我遇到，怎麼可能沒有些難以忘懷的過往呢？好在和他認識的日子並不多，壓著少許的失望，我好奇道：「你說的那個姑娘，是什麼樣的人？怎麼不在你身邊？」

這話像是說起葉一城心裡歡喜的事情一般，臉上的溫柔像是和煦的春日：「那是個很……簡單的小姑娘，曾經是我的弟子，可惜，我弄丟了她。」話音最後，他微微歎了一口氣。

這一歎氣就歎到了我心裡，我有些羨慕他口中的那個小姑娘，掛念別人也好，被人掛念也罷，都是這樣美好，於是便直言不諱地道：「我真羨慕你能有這樣一個掛念的人。」

「你不羨慕被掛念的人嗎？」葉一城問我。

我在院子中找了一處坐下，葉一城也不生分，與我一同坐在了青石板上。我托著下巴，望著院子中那棵高聳入雲的樹，就像羨慕這一棵樹一般，它能見到的世界與我所見到的定是不同的吧：「說了這麼多，我看你膽子也不小，也不怕告訴你。如今我是什麼都不記得了，不記得自己的過去，自己叫什麼，曾經做過什麼，通通不曉得了。但是我想，過去的世界裡，一定有值得我掛念的人，不曉得他們如今掛念不掛念我，但是我很想掛念他們，卻無從下手。所以，羨慕你。」

葉一城順著我仰望的方向望過去：「從前，我在一個學院裡待過，我的那個小姑娘，特別喜歡學院裡的一種樹。那樹叫作藍花楹，每到春天，兩排的樹上粉藍粉紫的花一開，就像一座座拱門，我看見她在那一座座拱門下奔跑、嬉笑、與人打鬧，好像永遠長不大。」

那該是一種怎樣的花呢？定與平安鎮的花不一樣吧，粉藍粉紫聽起來就很美的樣子。我看著一邊的葉一城，想他能與我分享過去的事情，也是個大方的人，拍了拍他的肩膀道：「等接我的人領我出去了，我便去你說的那個地方看一看。對了，到時候你有空記得招待我。」

葉一城沒答話，我望著他的側臉，心想既然他與我分享了他的過去，禮尚往來我也應當與他說些我的過去，可是我的過去我也不曉得，想來想去，便向他講起莊九的故事。

講完莊九的故事後，夜幕已至，如水般潔淨安寧。

「哪怕知道終有一天所有的悲歡離合都會離他而去，莊九仍舊願意為她化作無物。我想愛之所以美好，就是有這樣一股子堅韌執著的勁兒吧。」我將心裡的感慨說給他聽，這一刻我覺得有葉一城在挺好，有人說說話聊聊天真是不錯。

葉一城側身摸了摸我的頭頂，屋簷的一角滴了一滴露水，格外清涼。他聲音如墨：「是啊，人當有所執，才能有所愛，只是這執念有時候會害了人。不過莊九的蘇葉葉，也是值得他付出生命的人。」

「你會為心愛的人付出……生命嗎？」我帶著好奇問身邊的人，他卻笑而不語。我想這傢伙真是個葉公好龍的主兒。

「下一次，有客人來的時候，你可以叫上我嗎？」葉一城問道。

我想自己之前說了那麼多嚇他的話，他竟然不害怕，也算是條漢子，於是點點頭：「你若是得空，便來好了，反正閒著也是閒著。」

葉一城點頭：「我只是覺得一個人喝茶怪無聊的，在這個鎮子上，只認得你，得多謝你罩著我。」

我見葉一城如此客氣，便有些不好意思起來，連忙站起身來拍拍他的肩膀，豪氣入雲天地道：「放心，我肯定罩著你。」

葉一城的眉毛抖了抖，又歎了一口不知道哪門子的氣。

第二進的屋子裡，烏金石的茶臺邊，此刻坐著的是位美貌的婦人，有二十六七歲，眉眼間英氣十足，只是原本該黑白分明的雙目，此刻佈滿了紅血絲。她抬頭看了看我，勉強擠出一絲微笑，聲音裡壓著悲傷和些許怒氣道：「在下南信子，前來慈悲客棧，求一個人的下落，願付出一切代價。」即使在這樣的時刻，她的話語中也還是邏輯分明，語氣得當，當真是個臨危不亂的姑娘。

我起身燒水，又擦了擦烏金石臺，待到水沸，用抹布裹著壺柄沖泡紫砂大腹壺內的茶，輕輕搖晃壺身後倒盡茶水，再次沖泡後，蓋上壺蓋，室內已氤氳著悠悠茶香。我看著二樓駐足往這裡觀望的葉先生，他迎上我的目光露出些許讚許的意味，茶道？那些繁冗的步驟，似乎早已經流淌在我的血液裡，從我坐在這烏金石茶臺邊上起，那些茶道的功夫彷彿渾然天成，又或許我那不記得的曾經裡，得到過類似葉一城這樣有文化的高人指點。我衝葉一城點點頭，示意他可以坐過來，於是他負手匆匆走下樓梯來。

待壺中茶已好，我倒入公道杯，取出三只紫砂杯盞，逐一放在她面前，正要開口問她，對面的南信子浮起一絲悲哀的笑容道：「慈悲飲？」

我點頭。

她深吸了一口氣，端坐好，自己端起公道杯，往面前的紫砂杯內倒了第一盞道：「慈悲飲，一飲放下江湖恩怨？」

「是。」我點頭。

她斟起第二杯：「慈悲飲，二飲忘卻紅塵疾苦？」

「是。」南信子的身上散發著似乎是與生俱來的王者風範。

「慈悲飲，三飲不負人間慈悲？」她斟完最後一杯，輕輕擱回公道杯，抬頭定定看我。

「是。」我輕輕一笑，「既然你都明白，那就不需多言了。」我取過公道杯，往自己面前的茶盞裡添了些許，捏在手中，聞了聞，這是百年的古茶，配得起眼前的客人。我將茶水潑在烏金石的茶臺上，南信子的悲歡喜樂皆在這茶臺上了。

1

南信子和何凌蒼被皇帝指婚的消息一經傳出，以皇城為圓心迅速傳播開來，立即成為街頭巷尾茶餘飯後鴻儒白丁們的談資。

這南信子是鎮國將軍南遠山的長女，遺傳了她父親豪爽直率的做派，是出了名的張揚。這何凌蒼是當朝尚書何止成的獨子，繼承了老何家溫文爾雅的氣質，是閨中待嫁的千金名媛們的夢中良人。

而這兩個孩子的父親，一文一武，實是皇帝的左膀右臂。不過這些年來，這二位並不十分看得慣對方：南將軍覺得何尚書文縐縐的整天盡扯些有的沒的，何尚書覺得南將軍胸無點墨只知道打打殺殺。論家境權勢，這兩家子倒是頗為般配，可論起這兩家的性子，真是天壤之別，於是這樁婚事顯得格外有趣了。如今是皇帝御賜，同僚們紛紛最大限度地表示了討杯喜酒喝的迫切願望。

眼下長安城裡認識這兩人的同齡人分成了三派：

一派是站在南信子那方的——信子之美，不落俗套，三分的英氣，三分的雍容，剩下的就是從容瀟灑了，性格豪爽，豈是一般閨閣女子能比得了的？何凌蒼這小子不過多讀了幾卷書罷了，竟然能娶信子這樣的女子，不知道是哪門子的福氣喲。

一派是站在何凌蒼那方的——何凌蒼談吐不凡，溫潤如玉，騎射刀劍也都不在話下，十五歲那年憑藉一封治水摺子得到了聖上的賞識、前輩們的抬愛，如今也已是國之棟樑。南信子從小不拘小節被慣壞了，這種性子怎能輔佐一代良臣？

剩下的那一派，則是一方都不偏頗的——他們開了個賭局，賭這性格迥異且有過數次衝突的兩人，什麼時候分手。

這些圍觀議論的人，都是置身事外的看客，此刻真正迷茫憂傷又痛心不解的人只有一個——南樹。

南樹是南信子的胞弟，可他從小和何凌蒼走得十分近，稱兄道弟彼此欣賞多年。婚事傳出的當天下午，他特意告了半天假，偷偷去找何凌蒼，兩人並肩坐在何府後院的臺階上，微風徐徐，吹不盡他眼裡的哀怨。他聲音有些哽咽，對身邊的何凌蒼道：「我自打出生，就沒入過我爹的眼。」

何凌蒼拍了拍他的肩膀，還未來得及開導，南樹便情不自禁地接著絮叨開了：「我有個秘密，過了小半輩子了，不曾說過，今天我也不怕丟人，且告訴你。」他口口聲聲的這個小半輩子，也不過快十八年而已。

何凌蒼點點頭，並不打斷他。

「老南家的男子，都以戰死沙場為榮，我爹一生戎馬以此為榮你是知道的。我和姐姐出生那日，他正要趕去前線，郭嬤嬤讓他為我倆取名字，他看著滿院子的花開了，不但觀賞了一會兒，還找人打聽了，最後決定用這花作為我姐姐的名字，風信子便是我姐姐南信子的名字由來。」南樹哽咽了一下，喝了一口何凌蒼命人準備的酒道：「他要離開的時候，郭嬤嬤提醒他我的名字還沒有取，據說他不耐煩地環顧四周，抬頭看見院子裡的那棵樹，就這樣，我就有名字了。」南樹搖了搖頭，將眼淚生生地吞了回去，委屈道：「我一個讀書人，名字竟然是這樣來的，一棵樹，一棵樹你知道嗎？我的名字就是棵樹！」他的聲音帶著委屈憤怒，歸根結底是無盡的悲傷。

何凌蒼拍了拍南樹的肩膀。

南樹仰頭灌了一口酒，嗆了幾聲道：「這些年，我爹爹不曾偏向我一分。我考試成績再好，先生再誇獎我，他還是覺得我沒什麼用處，反倒是我姐姐打馬球、騎馬射箭，他歡喜得不行。唉，這些倒也罷了，他難得回家一次，遇到我和姐姐有分歧，他問都不問都是向著姐姐，從邊疆帶禮物回來，都是給姐姐的，好在我姐姐私下也分我一些……唉，這些不堪回首的往事，我不想和別人說，但是今天一定要跟你講一講。」

何凌蒼給南樹面前的空杯子斟滿，與他無言地碰了個杯，聽他說這些，客觀地回應道：「往日你姐姐對你的所作所為，我都是看在眼裡的。」

南樹聽他這樣說，抽了抽鼻子道：「從前在學堂裡她怎麼對我，你們是看得見的，家裡的那待遇，你們可瞧不著！我家裡不會有人幫我說話，也沒人敢幫我說話，全都向著我姐姐。我姐姐那性子你是知道的，她不但潑辣，而且很狡猾，你以後的日子……」南樹悲傷地搖了搖頭，放下酒杯，重重歎了一口氣道：「怕是不好過啊。」

何凌蒼剛要說話，南樹抬手阻止道：「行了，別說了，何大哥，你以後的苦我都懂，我們同窗這些年，我只是……很同情你。我這趟來，就是告訴你，以後，你和我姐姐有什麼分歧，我是不敢站在你那邊的。」

何凌蒼面露驚異，看了看南樹，南樹深吸了一口氣，久久才吐出來：「日後她要是有得罪你的地方，你多擔待，她畢竟是我姐姐，沒受過委屈，她……她其實也有好的一面。」

何凌蒼眼角裡泛著些笑意，道了聲：「哦？」

南樹一閉眼，一揮手，咬牙道：「罷了，她除了漂亮還有什麼好？這話說得太醉了，我回去了。」

何凌蒼從臺階上站起來，給他搭了把手，拉他起來，牽著南樹的馬，送他到門口，末了道：「這就走了？」

南樹翻身上馬，坐穩後道：「走了，我姐姐要是知道我來和你見面，說這些話，不知道又要怎麼修理我了。」想了想補充道：「她也修理過你，你是過來人，知道我的境遇。」

何凌蒼無奈地笑了笑，點了點頭。

南樹從馬上突然傾身下來，看了看四周，小心翼翼壓低了聲音道：「何大哥，不如你跑吧，有多遠跑多遠！」

何凌蒼笑意浮在了嘴邊，在南樹看來，甚是苦澀和無奈。何凌蒼配合他，拍了拍他的手背道：「這可是皇上御賜的婚事，我跑了，會連累你姐姐的。」頓了頓，「小舅子。」

南樹的嘴巴癟了癟，一副欲哭的模樣，直起身子，頭也不回地走了。

南樹剛回到府門前，南信子從野外打獵回來，手上倒提了一隻野兔，兩人在南府門口遇個正著。此刻信子披著火紅色的斗篷，穿著黑色的馬靴，從馬上翻身下來，一邊把弓箭遞給前來迎接的下人，一邊瞅著南樹道：「喝酒了？」

南樹借酒壯膽，罕有地衝南信子翻了個白眼，誰知白眼還未翻完，南信子一把將他拉住，沒好氣地訓道：「你如今愈發男人啊，喝得還不少，酒氣熏天的！」

南樹哼了一聲，抽出被南信子拽住的衣袖，提高了音量道：「我喝了，我就喝了，怎麼著吧！你平日裡笑我不喝酒不逛牡丹閣不夠男人，這回我喝酒了，你又訓我，你還是不是人？」

姐弟倆你一句我一句地邊說著邊跨進院子裡。初春三月，南府的風信子都開了，粉色白色滿眼是春色，微風正熏。

南信子接過郭嬤嬤遞來的白色汗巾，不顧自己額上的汗珠，將南樹按在院子裡的石凳子上，居高臨下狠狠地擦著他的臉道：「我怎麼就不是人了？」一邊使勁擦著南樹的臉，一邊又擦了擦自己臉上的汗珠，沒好氣地說道，「喝酒歸喝酒，喝完酒了自己騎馬回來，也沒個下人照應著，摔著磕著怎麼辦？」南樹雖然說不過南信子，但是聽了這話，覺得姐姐說的還是挺有道理的，於是也不頂嘴，默默地坐著仰著臉任由她擦著。

南信子見他終於乖了不再頂嘴，接著唸叨道：「你說你從小，騎射打獵樣樣不如我，沒有個男人樣子，也就這張臉和我比較像，若是磕著碰著了，哪還會有姑娘看得上你！」

南樹一聽這話酒氣沖頭，抬手推開南信子為自己擦臉的手道：「我才和你長得不像哩！」

南信子今兒心情大好，也不與他計較這個，接過郭嬤嬤遞來的熱茶，吹了吹遞給他道：「好好，你長得自成一派，好了吧，來，喝口茶醒醒酒。」

南樹點了點頭，似乎對這個「自成一派」的定位很滿意，接過茶杯喝了幾口，歎了口氣道：「姐姐，要麼你就放過何凌蒼吧，他也不容易，你們倆性子相差得太大，以後……」話音未落，南信子便將汗巾一把扔在了他臉上，南樹捧著茶杯一臉錯愕道：「我……我這不是為你好嗎？」

南信子臉色不大好看，俯身用食指戳了戳南樹的額頭道：「我看你這些年和何凌蒼鬼混的時間太長了，胳膊肘已經沒法往家裡拐了吧？你可要看看清楚，站在你面前的是你親姐姐。」

南樹挺起胸脯，擲地有聲地說道：「可他是我的兄弟！」

南信子驚愕地看了他一眼，轉眼笑了笑，不屑一顧地說道：「對了，爹爹來信了，說信子花開他就回來主持我的婚禮了，你方才那話待爹爹回來以後，一字不落地再說一次？」

聽南信子這樣說，南樹倏地從石凳子上站起來，因為喝了酒，臉色更紅了，道：「你明知道我這樣說會被爹爹打死的，還要我說，是什麼道理？」

南信子踱回到南樹面前，眼裡含著笑意，認真地問道：「你這話說得太懵懂，姐姐和你講過道理嗎？」

南樹想了想，認真地回答道：「沒有。」

南信子見他這副模樣，在他旁邊的石凳上坐下，喝了口茶，緩了緩道：「你那何兄弟，沒有告訴你，這婚事是他求來的嗎？」

南樹立刻答道：「沒有。」一頓，恍然大悟，驚詫萬分地看著南信子的臉道：「什麼？你說什麼？是……他主動求來的？」

南信子無辜地看了他一眼，點了點頭。

「瘋了瘋了。」南樹唸叨了兩句，然後幡然醒悟，指著南信子道：「你騙人，哈哈……」

一邊垂手而立的郭嬤嬤補充道：「是真的。」

郭嬤嬤是把這對兄妹一手帶大的老人，平日裡任由這姐弟倆打鬧玩笑，她自巋然不動，但只要一開口大家都會信服。南樹聽郭嬤嬤這樣一說，笑聲戛然而止，在風中有些凌亂。

南信子見他這副樣子，大廈將傾還要給上一腳的態度道：「對了，當初若不是你，我也不會和何凌蒼結下梁子，你那兄弟也不會落到如此境地，如此說來，還是你一手促成的。」說罷起身哼著小曲兒顛兒顛兒地走遠了。

誠然，南信子與何凌蒼，是有過旁人看來不可調和的矛盾，而這梁子的的確確是因為南樹結下的。南樹此刻坐在樹下的石凳上，半晌，抽噎了一聲。

2

南信子五歲那年，正式成為長安書院正大光明的女弟子，這樣的殊榮，都是託了她爹的福。

先說這個長安書院，乃是朝廷為了恩典臣子，由皇家創辦建立的一個書院，除了皇子們，朝中大臣、有功之臣、民間頂級富商的兒子們，經過篩選後都可以有幸來此讀書。

再說這南姓一族乃是華夏大族，三代武將。南遠山的祖輩都是戰死沙場的英雄，南遠山從一出生就註定要成為保家衛國的將軍。在接下來的人生中，他也一直是這樣做的，人生的大部分時間，都是在前線廝殺戰鬥。

髮妻為自己誕下一對龍鳳胎後不久，便撒手西去。他雖然遠在邊關，對於這雙兒女的培養，卻格外上心。南大將軍不覺得女兒家只能在閨房裡繡什麼勞什子花，毫不避諱地在眾人面前表現出一副「老子的女兒就是不一般」的態度，讓南信子從小地位就十分高。

皇上在看見南遠山難得的一封別字連篇的摺子裡專門提到了女兒的教育問題，哈哈大笑之後御筆一批，給了這位駐守邊關、將一輩子都獻給了邊境的鐵血戰神一個特權，讓南信子進入長安書院學習。

因此南信子作為一個姑娘能正大光明地進入書院學習，是除了前朝公主之外享有此待遇的唯一一位。

讓人覺得有趣的是，南氏姐弟倆從小接受的是一樣的教育，同樣的環境下，姐弟倆的性格卻截然相反。

南信子繼承了南遠山將軍豪邁爽朗、不拘小節的性格，喜歡舞刀弄槍，小小年紀就英姿颯爽，南將軍怎麼看怎麼順眼，於是就更加寵愛她。而南樹身為男子，卻文靜內向，進了書院後，書卷氣越來越濃，沒事就是看書習字。

南將軍凱旋，書院的院長、翰林院的曹大學士在他面前特意表揚了南樹小小年紀，作的詩已有模有樣了，將來一定能成為一代文臣。南大將軍聽此讚美不喜反怒，狠狠地瞪了一眼曹大學士，了解他的同僚趕緊岔開話題，誇獎道：「信子上回打馬球贏了。」南大將軍轉怒為喜，摸著鬍子哈哈大笑起來：「我老南家家風依舊！」

初入書院的時候，老一輩的先生們格外偏愛南信子一些。南信子的美中有三分的英氣、三分的雍容，剩下的就是瀟灑了。那些每天和臭小子們打交道的先生們，出於對女孩子的喜愛，擔心同窗們欺負她，十分照顧她。譬如用膳的時候，先盡著她；雨天她的僕人可以送她進入學堂，不用自己打傘；課結束得晚了，她的僕人可以打著燈籠來接她免得路不平磕著她……

這樣一來，原本就不知道該如何與女孩子打交道的弟子們，更得讓著她，離她遠一點兒。南信子除了和南樹一同上學下學外，其他的時候都是獨來獨往，她也不和誰套近乎。日子久了，眾弟子們也都習慣了她「特權」般的存在，起初偶爾有人會和她說幾句話，她待人也挺有禮貌，並未恃寵而驕，很快孩子們的防備就消解了。不久之後，南信子在男孩子的運動上比南樹更勝一籌，在打馬球上完全贏得了那些男孩子的認可。於是不消一年，她已經能和同窗們友好共處，成了他們的兄弟。

於是長安書院下學後的情形通常是，南信子將書本丟給南樹道：「今日的功課，你仿照我的筆跡隨便寫點兒。」

「你自己為什麼不寫？」

「太忙了，我去打馬球，今兒要和外頭的書院一戰，這事關乎長安書院的榮辱，不得有半點差池。」

「又打馬球……」

「你到底寫不寫？」

「寫……」

所以下學不回家的通常是南信子。

在如此和諧的環境下，有一個人格格不入——何凌蒼，何尚書的獨子，與南家姐弟同期入學。何凌蒼從小就比較老成，不大愛說話，更別說爬樹騎竹馬什麼的，他的詩詞歌賦、天文地理都是同窗中的翹楚，深得先生讚許，唯一能偶爾與之抗衡的便是南樹。南信子與他從未說過話，甚至一開始都沒有注意過他。

但是這樣兩個性格反差極大的小傢伙，卻結了仇。

南信子自認為是個活得愜意的女人，在自己不感興趣的事情上，從來不在意，譬如詩詞歌賦、彈琴煮茶，她從沒動過要弄出點成績的想法。當然那些她考得不好也沒有人怪她，更何況她來這裡讀書，考不考試都憑她興趣。

但在她感興趣的騎馬射箭上，她很努力，絲毫沒有因為無考試的壓力就自我懈怠，她都是以第一名的標準來要求自己的，而且做得的確很優秀，連打馬球都是書院的中堅力量。

南信子和何凌蒼結的仇就是在射箭課上，每人三支箭，南信子的第三支箭差一點兒就射中了靶心，這已經是所有人中最好的成績了。眾人投以了敬佩的目光，除了將頭撇向一邊面露不屑的南樹。

接著就輪到何凌蒼了，他穿著灰黑色的院服，脖頸處的皮膚十分乾淨白皙。南信子將弓箭遞給他，上面還殘留著她的手溫，他接過來的手上指甲修剪得很乾淨，他禮貌地道了聲謝，從箭筒中取出一支羽箭。而將頭髮於頭頂束成一個髻的南信子，並沒有關注這個和自己沒有什麼交集的同窗，她正要找人說話談談剛剛的感想，目光掠過何凌蒼，只是短短的一瞥，她就停住了眼神，這是一個非常標準專業的射箭姿勢。此刻那箭正在弦上，他目光平靜，專注地看著，待弓拉滿後，倏地一聲，那羽箭在眾目睽睽之下正中靶心，箭尾嗡嗡作響！

快、準、穩！

全場皆呆。

第一個打破這個場面的人是南樹，他一蹦三尺高，比自己射中靶心還要激動開心，大喊了一聲：「好！」這一蹦，蹦出了姐弟倆無法修復的裂縫；這一蹦，蹦出了南樹和何凌蒼的惺惺相惜；這一蹦，蹦出了南信子和何凌蒼的勢若水火。

南信子看著靶心上的羽箭，不可思議的目光轉到了何凌蒼身上，而她看見的是何凌蒼對自己成績理所當然的平靜眼神。何凌蒼似乎也感受到了她的眼神，風輕雲淡地回以一句「承讓」，然後將弓箭遞給了下一個同學。

南信子徹底愣住了，因為她一下子對「承讓」這兩個字沒反應過來。

下學回去的路上，南信子反覆思考琢磨「承讓」是個什麼意思，一抬頭見著平日裡沉默的弟弟竟然哼著曲兒，上前踹了兩腳，待南樹老實了，她又陷入了思考中。終於，在回去的馬車上，南信子不得不放下面子，踢了南樹一腳道：「姐姐問你一個事兒。」

南樹看著手中的書本頭也不抬地「嗯」了一聲。

「嗯，那個，承讓，是個什麼意思？」南信子乾咳了兩聲，看見南樹抬起的目光中充滿了不可思議的笑意，狠狠地瞪了他一眼，自己有些心虛，故作鎮定地問：「是罵我對不對？」

南樹的嘴角抽了抽，連連點頭道：「可以這麼理解。」

南信子鬆了一口氣一般，隨後哼了一聲道：「我果然沒猜錯！」

於是南信子在很長一段時間裡，她的生活主要內容分為：吃飯、睡覺、捉弄何凌蒼。原本她也不想用那麼簡單又粗暴的方式對待何凌蒼，起初還是頗費心思的。

用膳的時候，何凌蒼的飯裡會出現樹葉、石子、小蟲子等莫名其妙的東西。頭兩回何凌蒼面露吃驚，南信子得意地看著他的表情道了兩個字「承讓」，何凌蒼無奈地看了她一眼，不再吱聲。等到第三回，他就面不改色地將異物挑出來，繼續用餐。

上課的時候，何凌蒼發現好好的書偏偏少了兩頁，剩下的書頁被墨水塗得無法辨識，抬頭一看，左前方的南信子回過頭來，展開手中的灑金宣紙衝他笑了笑，那紙上寫著歪歪扭扭的兩個字「承讓」。第二天，何凌蒼換了本新書，沒有搭理她。

騎術的課上，何凌蒼發現同窗衝著他捂嘴笑。南樹騎著馬兒到他身後，把他背後不知道什麼時候黏上去的紙摘了下來，遞給他，憤怒地說道：「這肯定是我姐幹的，你不要放過她！」何凌蒼看著紙上畫了一隻烏龜，環視了一圈馬場，看見不遠處騎在白馬坐騎上的南信子。那日她穿著束袖的衣衫，黑色的馬靴，額頭用紅綢繫著，英姿颯爽得很，然後衝他笑了笑，用唇語說了兩個字「承讓」，何凌蒼雙腳一夾馬肚，揚長而去。

⋯⋯⋯

每一次的惡作劇，都以何凌蒼置之不理的態度結束。

南信子和何凌蒼的正面衝突發生在那日詩文考試結束後。天空下著瓢潑大雨，不想考這門課的南信子穿著紅色的衣衫披著白色的披風，撐著白色的傘，等南樹考完一起回家。

她之所以冒雨等南樹，源於昨天兩人鬧了些不愉快，父親從邊疆捎來的禮物中，都是給南信子的，南信子開心得不得了，渾然忘記了一邊羨慕嫉妒地看著她、不敢上前的南樹，等她發現了大手一揮道：「我的這些你隨意挑些去玩吧。」

誰知這句豪邁的話，反而讓南樹「哇」的一聲大哭了起來，這讓南信子有些手足無措。她最怕別人哭了，好言好語安慰了一陣也不見好，結果她這毛脾氣把自己給惹火了，乾脆站起來踢了南樹一腳跑了。

當晚郭嬤嬤來開解南信子，南信子才醒悟過來，其實弟弟一直挺可憐的，在家中也沒有啥地位，在唯一比自己強的詩文上，也未曾得到過爹爹的認可。爹爹只顧寵著自己，換位思考了一番，覺得自己著實不該踢他，太衝動。

次日兩人坐在馬車裡來上學，她幾次想和南樹搭話，南樹都捂著耳朵以「我聽不見」為由將頭偏向另一邊，所以一直到他們考試結束，南信子的懷裡都揣著她想送給南樹的禮物。

同窗們陸續地出來，他們見著信子都打了聲招呼甚至貧上幾句嘴，南信子一邊應和著，一邊踮腳張望屋內，這一瞧便見到南樹和何凌蒼說著話一同走了出來，好像在討論著剛剛的試題。南樹看見姐姐在等他，並沒有加快腳步的意思，反而是駐足和何凌蒼繼續聊著。南信子的笑臉在等待中慢慢冷卻了下來，同窗們也見著她要發怒的樣子，有好心的同窗用胳膊肘碰了碰南樹，提醒道：「樹啊，你姐姐喊你回家吃飯呢。」

南樹瞥了南信子一眼，繼續和何凌蒼說話，這無異於對著大火使勁搧了兩扇子，南信子的臉上此刻已經是烏雲密佈，誰都看得出來，南信子怒了。

剛剛經過壓抑的考試的同窗們索性也不急著回家了，南信子撐著傘，在眾人讓出的一條道中慢慢往前走，直到距離這兩人只有一步之遙的時候，南樹和何凌蒼才停止了交流，將目光移到了來人身上。他們倆的目光中傳達出十分一致的意思——有何貴幹？

南信子上前便是一巴掌拍在了南樹肩膀上，南樹一個踉蹌，還好被何凌蒼扶了一把才不至於跌倒。南樹站穩後，憤憤地對南信子道：「我同我何大哥說幾句話也不行了嗎？你還是不是人？」

南信子聽到「何大哥」三個字就氣不打一處來，她萬萬沒想到南樹敢頂撞自己，而且是當著自己仇人何凌蒼的面。她的臉色漲得有點紅，想要拂袖而去，不想拂的時候用力過猛，紅寶石的匕首「哐噹」一聲落在了青石地上，眾人都安靜了下來，南樹的視線落在地上，許久帶著憤怒和哭腔道：「你、你、你想要殺我？！」

南信子被他這個問話嗆得說不出話來，此刻更不會告訴南樹這是要送給他的了，彎腰撿起來道：「今兒我就用這個匕首取你狗命！」

不等眾人出聲相勸，南樹上前一步，惡狠狠又委屈不滿地道：「你竟然說我是狗命？你竟然說我是狗命？」反反覆覆也就這樣一句問話，再也說不出其他。

同窗們早就習慣了這對姐弟倆的相處模式，他們受到傳統的教育是「好男不和女鬥」，加上信子平常與他們相處得也很愉快，先生們也都偏袒著信子，這些同窗也都比較讓著信子一些，遇到事情也都站在她這一邊。

此刻已經有人解圍道：「南樹，你姐姐跟你開玩笑呢，哈哈哈。」

「南樹，你姐姐是女孩子，先生說我們大丈夫都要疼著女孩子的。」

「南樹，你別惹你姐姐生氣。」

「南樹……」

…………

南信子一抬手，示意大家不要說了，於是眾人都噤了聲，她才義正詞嚴道：「南樹，你還講不講道理？」

南樹面色倏地紅了起來，氣得有些哆嗦道：「道……道……道……道理？你說我不講道理？」情急之下，南樹一把扯過邊上的何凌蒼道：「何大哥，你……你評評理，你給評評理……」

人群中發出了不可思議的驚歎聲，大家都覺得南樹這回是破罐子破摔的勢頭了，沒救了，還要拖上何凌蒼當個墊背的，誰都知道南信子在長安書院裡的頭號敵人就是何凌蒼了。

何凌蒼面對南信子數次挑釁均已擺出「三不」的態度——不反駁、不應戰、不理會，但是這一回，他不置可否地對南樹笑了笑，點頭道：「的確喪心病狂了一些。」

眾人皆呆。

一向囂張跋扈的南信子，杏眼圓瞪，嘴巴微張，眼眶中竟然泛起了一層水霧，因為這一刻，她聽懂了「喪心病狂」這四個字的意思。

同窗們十分慌亂，平日裡從來沒見過她這副模樣，紛紛笨嘴拙舌地開始緩解氣氛——

「南樹，你忒不是東西了，連親姐姐都罵。」

「你姐姐喊你回家吃飯有錯嗎？你以德報怨，誠然不是君子所為。」

「南樹，你才是喪心病狂……」

……

南信子含著淚珠子，緩緩轉過頭來，瞪了一眼七嘴八舌的同窗們，一個字一個字地說道：「我南信子的弟弟也是你們可以罵的？！」

眾人又呆。

南樹一驚，原本憤怒的眼神一下子緩和了下來，夾雜著愧疚和害怕，道了個「姐」字。誰知南信子一轉頭，忍住了淚水，上前又是一推，南樹冷不丁地就被推倒坐在了地上，不解地看著南信子：「不是說不能罵我，怎麼還推我？」

南信子俯下身子用手指頭不斷戳著南樹的肩膀道：「那是他們不能罵你，你勾搭一個外人來欺負親姐姐……」

南樹結結巴巴地解釋道：「何大哥不是外人……那是我兄弟。」

南信子對這個「兄弟」二字嗤之以鼻地冷笑了一聲，不料臂膀被人一提，她一偏頭撞上了何凌蒼烏黑的眸子。何凌蒼迎上她的眼神，毫不退縮地說道：「你這樣不講道理，你家裡人知道嗎？」

南信子萬萬沒想到，從前他對自己一而再再而三的挑釁都置之不理，而這一次他竟然敢正面挑釁自己，她一把甩開何凌蒼的手，怒氣衝天道：「你說我不講道理？你說我不講道理？」說了兩遍，也說不出其他反駁的話，又羞又急道：「你才不講道理，你才喪心病狂，你住的那條街都不講道理都喪心病狂！」

南樹知道姐姐這回是真的生氣了，連忙從地上爬起來，站在兩人中間，對何凌蒼道：「都是我不好，不該連累你。」一轉身又道：「姐姐，都是我不好，我不該和他討論試題讓你等那麼久，也不該頂嘴，我就是看見那匕首有些害怕了，姐姐你不要生氣了。」

圍觀的同窗們立即配合地說道——

「誰都有年少無知的時候，信子你不要計較。」

「男人都是熱血的，不如你們女人細膩，信子你多擔待些。」

「何凌蒼定是剛剛考完腦子糊塗，信子你不要同他一般見識。」

「信子我家馬車內剛換了新的波斯毯，今兒坐我車送你回去。」

…………

南信子瞪著何凌蒼，何凌蒼也看著她，眾人的勸阻對這兩人沒有什麼作用。直到何凌蒼移開了目光，南信子覺得他終於怕了，這才滿意地舒了一口氣，轉身下了臺階，誰知身後飄來了何凌蒼輕描淡寫卻帶著笑意的聲音：「南府與我家，似乎是在一條街上。」

…………

3

從懵懂的稚童一路成長成青蔥的少年，與之伴隨著的是性別意識的覺醒，南信子的存在就愈發獨特起來，而戶部侍郎之子黃雲天對她的好感愈發明顯，並且成為這一期同窗畢業後每每聚會都會拿出來講的一段往事。

南信子與黃雲天很聊得來，相處一直非常愉快，除了兩人對詩詞歌賦都一竅不通外，性格上十分相似，打馬球配合起來也十分默契，是公認的金牌搭檔。黃雲天對南信子的表白，是在打敗了天玄書院獲得一年一度的馬球冠軍的慶功宴上。

黃雲天在家中辦了一場聲勢浩大的宴會，邀請了所有同窗。那是夏末傍晚，南信子換上了淺綠色的及地襦裙，白色的披帛，白皙的皮膚讓整個人顯得格外清爽乾淨。她與南樹一同到了黃府，與同窗們打了招呼，同窗們對她難得穿得如此女人表示了稱讚，當然這樣稱讚的人中，並不包括早她一點點到的何凌蒼。

何凌蒼穿著一件藕色的長衫，身後的天一半是火燒的雲，側身看了看南信子，目光在她身上停留了一下，隨即微微一笑，明眸皓齒好漂亮的一個少年。

南信子愣住了。

自打那次雨後學堂的爭執後，她也停止了捉弄他，兩人形同陌路很久了。這一回何凌蒼衝南信子笑了笑，讓南信子覺得有些蒙，臉微微有些發燙，本著自己也是講道理的人，於是回以莞爾一笑。何凌蒼抬腳便向她走來，讓她的小心臟「撲通撲通」跳得格外厲害。

「那日的棋局，你可解開了？」何凌蒼的聲音和煦又動聽，可惜從頭到尾都不是衝著南信子，而是衝著南信子身後的南樹。

南樹上前一步越過了南信子，接話道：「何大哥，我還是沒有想出破解的法子，今日宴會結束後，再戰一番？」

「你要戰，便戰就是了。」何凌蒼笑道，他的聲音讓人很舒坦。

被南樹擋住的南信子臉上羞得正濃，悶哼了一聲，正要出言挑釁，不想耳邊響起了一個軟軟的女聲：「蒼哥哥，這位就是你的好朋友南樹嗎？」

南信子對這聲嬌滴滴的「蒼哥哥」本能地扯了扯嘴角，不由得注意了一下來人。那女子長得和她的聲音一樣，嬌滴滴的，穿著粉色的衣衫，跟在何凌蒼的身後，露出了半張臉，對南樹怯怯地笑了笑。南信子內心冷哼了一聲，結果見南樹正要作揖答話，怒其不爭地上前給了他一腳，南樹「嗷」地叫了一聲，回頭正要和她理論，發現南信子已揚長而去了。

眾人在筵席上就座後，黃雲天端起酒樽道：「明年的冠軍，還是我們的！」同窗們大笑著應和，隨即他的目光落在了南信子身上，語速微微有些快：「所有的隊員中，我最要感謝的是信子，與你並肩作戰是我的榮幸，也是我夢寐以求的事情。」信子的笑容收斂了起來，眾人的眼神變得玩味起來，「信子，謝謝你，不但走進了長安書院，也走進了我的生命。」

南信子的臉一下子燒了起來，畢竟這年歲也懵懂地知道了一些，這番深情款款的話怕是黃雲天想了很久的。她心裡莫名不喜，站了起來，輕輕咳嗽了一聲：「不就是打了幾場馬球嗎，我怎麼就走進你的生命了？」

黃雲天並不生氣，笑道：「待你我畢業之時，我便會向南府提親，讓你真的走進我的生命。」一語驚人，在座的都倒抽了一口冷氣，沒有人瞥見何凌蒼嘴角的那一絲冷笑。黃雲天也不看眾人的反應，端著酒樽遙敬了南信子一下，仰頭喝下，空樽示意。

南信子丟下酒樽，翻了個白眼道：「你這樣，以後還怎麼做兄弟！」然後起身拍拍裙角走了，臨走之際，聽見黃雲天爽朗地哈哈大笑起來：「誰要同你做什麼兄弟？」

還留在席間的南樹便接了一句，不解地問道：「你怎麼這麼想不開？」

南信子回首要瞪他，卻與何凌蒼凝視她背影的眼神碰撞上了，迅速分開後，她看見了何凌蒼身邊的那個「嬌滴滴」，氣不打一處來，對身邊的僕人道：「備車，回府。」

那天晚上，南信子徹夜難眠，她從床榻上坐起來，走到院子裡，再從院子裡走到南樹的屋子裡，見南樹在睡覺，拍了他臉蛋兒幾下依舊沒有反應，好生無趣地又走回自己的院子裡，徘徊了一陣，又回到床榻上。如此往復好幾次，她腦海中揮之不去的是何凌蒼揚起的嘴角、溫和的眼神以及……那位「嬌滴滴」。她見案上的紅燭竟然浮現出了何凌蒼的臉，到了院子裡看著夜空的月亮竟然又是何凌蒼的臉，她閉上眼睛腦子裡依舊是那張臉……

次日南樹見到南信子嚇了一跳，信子的眼下烏青，頭髮有些毛糙，精氣神很弱，連衝南樹翻白眼都那樣有氣無力。

這樣的狀態維持了足足兩個月。

中秋那天，因為南大將軍仍舊守在邊關，一雙兒女也早就習慣。家中主事的郭嬤嬤照往常的風俗備下了晚膳，待南信子和南樹用完，便准許姐弟倆出去玩。

南樹仰頭賞月，吟誦了幾句詩，往常這時候都會被南信子踹幾腳，南信子最見不得別人文縐縐了，可這回南信子竟然坐在院子裡的長廊下，雙手托著下巴看月亮，時而發出幾聲詭異的笑聲，讓南樹毛骨悚然。

南信子就這樣心不在焉地到了集市上，心不在焉地買了一個集市上賣的皮影，心不在焉地要了一碗小餛飩，一抬頭愕然看見黃雲天坐在自己對面，吃驚地把小餛飩咽了下去，還未發話，黃雲天先開口了：「那日是我唐突了。」

一邊的南樹擱下調羹，抬頭笑著對黃雲天道：「你和『唐突』這個詞放在一起，不合適。」

黃雲天歎了口氣道：「小舅子，你總這樣嘰嘰歪歪的不好。」

南樹將碗推了一推，道：「別叫我小舅子。」

黃雲天咂咂嘴也不理會南樹，轉身對南信子道：「你這些日子總是走神，我曉得都是因為我。」

南信子目光游離地飄忽了一下，輕輕「啊」了一聲，隨即又開始低頭吃小餛飩。

「我已經和父親說了我的心意，父親說待你我畢業，便向你父親南將軍提親。」黃雲天將手放在桌上，想要握著南信子的手。南樹舉起空碗，對老闆吆喝道：「老闆，可否再添一碗？」攪了黃雲天的那隻手。

天空中突然「砰」的一聲綻開了一朵煙花，路人們都仰起頭來看。南信子被這煙火一驚，也要抬起頭，就在這一瞬間，她看見了人群中的何淩蒼，那麼多的行人，她一眼就認出了他。他也仰著頭看煙火，在收回視線的時候，也看見了木桌旁邊一隻手握著調羹的南信子，那煙火五顏六色的，在這兩人間流轉出五彩斑斕的光。

但是這五彩斑斕的光後，鑽出了一個身影：「蒼哥哥，你看那是南樹。」

南信子冷哼了一聲，將調羹往碗裡一放，起身便要走，黃雲天立馬跟著道：「你喜歡看煙火是不是？」

南樹也起身道：「姐姐，還沒吃完，別浪費。」

南信子看了一眼走過來的何凌蒼和「嬌滴滴」，沒好氣地回頭瞪了一眼南樹，然後又沒好氣地對黃雲天道：「對！」

黃雲天哈哈笑道：「我帶你看長安城最好看的煙火去！」

南信子吹了個口哨，不遠處的馬兒便走了來，她握著韁繩，看著黃雲天道：「出了這鬧市，我們比賽騎馬，你若先我一步到了城門口外那處石碑，我便陪你看一場煙火。」說罷便牽著馬兒往外頭走。

黃雲天並未騎馬而來，環顧了四周，只有南樹的馬在，便道：「小舅子，這馬借我一用。」

誰知一直一言不發的何凌蒼突然笑道：「何必勝之不武？」

南樹一本正經地補充道：「我說了我不是你小舅子。」

黃雲天不滿地揮手道：「不講義氣。」隨即便往家裡的方向跑去。

長安城門外不遠處有一塊石碑，石碑上有八個字「長治久安，天下大同」。待南信子到了石碑旁，見著的卻是另外一個人——何凌蒼。

何凌蒼看見南信子的時候，有些取笑地說道：「好慢。」

南信子環顧了四周，發現只有自己和他，不解地問道：「這不是南樹的馬嗎？」

何淩蒼反問道：「那又如何？」

南信子翻身下馬，馬兒便跑到不遠處去了。她抬頭看了看城牆上的月亮，突然道：「那位『嬌滴滴』是你什麼人？」她沒有和他那句「好慢」較勁，反而突然問了個不相干的問題。話音剛落，漫天煙火隨之綻放，五彩斑斕的雨線將這個夜晚點綴得如夢似幻。黃雲天策馬加鞭從城門口衝到南信子的眼前，似乎對自己這樣出場很是滿意，正要意氣風發地與南信子說話，看見了一邊的何淩蒼以及他的坐騎，怒道：「你這不是勝之不武嗎？」

何淩蒼翻身下馬，坦然地看著黃雲天無辜道：「我又不和你們比。」

黃雲天無言以對，趕緊下馬，走到南信子邊上道：「這煙火你喜歡嗎？」

南信子抬頭看了看夜空中還在繼續綻放的漫天煙火，她並不知道自己在那火光中的側影終於有女孩子的模樣了。

「我們南家世代出英雄，我是女兒身不能上場殺敵，卻是非英雄不喜歡的。你如今連我都勝不了，算什麼英雄？」南信子說了這句話，而後吹了一聲口哨，她的坐騎從不遠處噠噠地跑來。信子牽著馬兒，走在一片五彩繽紛的煙花雨裡，她覺得有人在看著自己，輕一回頭，看見了不遠處的何淩蒼，何淩蒼衝她舉起手優雅地揮了揮。她覺得心跳得厲害，好些日子沒有搭理他了，他竟然先自己一步到了這裡，雖然一副風輕雲淡的樣子，卻讓信子的心裡好生激動了一下，於是信子緩緩地舉起手也衝他揮了揮。

「蒼哥哥，你怎麼招呼不打就跑了，還好南樹帶我來，不然……」

信子的臉上一陣紅白，她倏地放下手，看見了「嬌滴滴」。她莫名的怒氣被這丫頭又一次點燃了，她騎著馬兒來到了何凌蒼的身邊，惡狠狠道：「我真是無比討厭你，無比無比討厭你！你害得我兩個月都沒有睡好覺，你總是莫名其妙！請你離我遠一點，再也不要出現在我的眼前！」她騎著白馬，紅霞飛在她氣嘟嘟的臉蛋上，古老城牆上的夜空是如雨的煙火璀璨。

她這一段話，讓所有人都蒙了，南樹和何凌蒼面面相覷不知所以。那位「嬌滴滴」弱弱地說了句：「好端端的，怎麼就這樣討厭蒼哥哥了？」

雖然自幼與這些男同窗們相處，被包容和謙讓的時候居多，但是南信子並不是會在女子中格外嬌柔的那種，相反，每每與女子們相處，她反而能展現出男子的氣概，喜歡照顧她們。此刻「嬌滴滴」說出這樣的話來，無異於火上澆油。南信子的臉發燙得緊，她握著韁繩的手微微有些抖，她的潛意識裡有一種好男不和女鬥的思想，可是此刻咽不下去那口氣。她掉轉馬頭來到「嬌滴滴」面前，若對方是個男人此刻一定要大打出手才好過，可惜對方是個女子，還是個弱女子，所以她格外隱忍著：「我討厭何凌蒼怎麼了？別在我面前一口一個『蒼哥哥』叫著，好煩！」她一臉厭煩倔強地將頭偏向一邊。

「我叫我蒼哥哥……怎麼了？」「嬌滴滴」並不示弱，繼續道。

「是啊，人家叫蒼哥哥怎麼了？」南樹附和道。

「我覺著也沒有什麼。」何凌蒼淡淡一笑。

南信子轉過頭對著何凌蒼狠狠一瞪，這一瞪，竟生生地瞪出了兩行清淚，這兩行淚讓何凌蒼猝不及防地神色一凜：「你這是？」

「姐姐，你哭了！」打小只有自己哭從沒見過姐姐哭的南樹慌了，一開始是驚奇，接著便是慌張，像見著了罕見的西洋景兒，他更大聲地嚷嚷了一句：「姐姐你哭了，哎呀，姐姐你怎麼哭了？」

南信子覺得自己這臉丟得已經無處可躲了，迅速用手背擦了擦臉，勒緊韁繩揚鞭就要撤，黃雲天趕緊上前拉住了她的韁繩道：「你這是怎麼了？我惹你煩悶了你罵我一頓好了，別哭啊。」

南信子無心與他理論，想要從他的手中抽出韁繩，誰知這一來一往，她在馬背上就沒有坐穩，身子一晃蕩就要落下，空中有一隻手，恰恰好地接住了她。南信子抬頭一看，撞上了何凌蒼如墨的眼睛。南信子立即站直將他猛地推開，握著馬鞭指著他道：「我就算是摔死了也不用你管。」何凌蒼鬆開手扭頭就要走，南信子又道：「何凌蒼你別走。」

何凌蒼頓了頓，正要回頭的時候，南信子說了這樣的一句：「何凌蒼，我喜歡你，已經兩個月了，我白天夜裡滿腦子都是你，天上的月亮、家裡的紅燭，連南樹同我講話我也會想到你，我想我是瘋了！」這話說得極快又極真，帶著她年少的衝動和直爽，讓長安城夜空中的煙火黯然失色。

「原來你這樣子，是喜歡蒼哥哥呀？」最先打破沉默的是「嬌滴滴」，「信子姐姐，你真的喜歡蒼哥哥嗎？」

南信子憋了很久的話說了出來，有著英勇就義的悲壯，她索性直面起這位「嬌滴滴」，冷笑了一聲道：「別姐姐、姐姐地叫，若是你也喜歡他，不妨比試一場，騎馬射箭你選一項，我輸了便把他讓給你，鐵定不再糾纏。」

南樹先是被姐姐的兩行熱淚嚇了一跳，接著又被何凌蒼英雄救美刺激了一下，再接著是被姐姐突然對何凌蒼表白擊得暈頭轉向，最後姐姐對這女子發出挑戰，他這一下子著實是緩不過來了，傻傻地愣著。當然，愣著的還有那位黃雲天。

何凌蒼一直是背對著南信子的，直到南信子向「嬌滴滴」發出了挑戰，他方才轉過身來，嘴角有些笑意，攔下那位「嬌滴滴」的話，不慌不忙道：「她若與你比女紅，你比得過不？」

南信子愣住了，心裡被什麼狠狠撞了撞，原來這個人是如此向著那位「嬌滴滴」，她心裡很難過，卻愈發表現得凶悍：「何凌蒼，既然你如此憐香惜玉，那你來與我比試好了，你贏了我，我便不為難這個女的。」

何凌蒼揚起嘴角，輕輕哼了一聲：「我為什麼要與你比？手下敗將。」

何凌蒼說的正是很久之前的那場射箭比賽了，那也是南信子不願提及的事情，這下一激，她便要發飆。南樹趕緊擋在兩人中間做和事佬，不想那「嬌滴滴」非要擠進來，仰起天真無邪的臉道：「信子姐姐，你真的喜歡我哥哥何凌蒼嗎？」

南信子「啊」了一聲，似乎沒有聽清楚，直言不諱道：「你哥哥？哪門子的哥哥？」

「嬌滴滴」面露羞澀，帶著些難言之隱的意思道：「我是何家二房所出，從小長在洛陽，最近才被接到了長安，都是大哥照顧……」

南信子聽了前半句再也聽不進其他的內容，臉上終於出現了兩個月以來的頭一回笑容，明眸皓齒耀眼得很。她揚起下頜，坐回到馬背上，騎著馬兒圍繞著何凌蒼走了三圈，目不轉睛地看著何凌蒼，臉上有收斂不住的笑容，像極了巡視自己領地的母獅子。等到何凌蒼忍不住抬起頭來的時候，她眼角滿是笑意地道：「何凌蒼，你是我的。」

在南信子離開的時候，身後的黃雲天哭著道了一句：「你娘咧！」

4

南信子在城外告白的那一晚之後，已經完全將何凌蒼當作了自己的囊中之物，她中午都會準備好兩份精緻的膳食，也不顧及旁人的目光，徑直坐在何凌蒼對面，將自己準備好的遞給他。何凌蒼通常會板著臉繼續吃自己原先準備好的，頭也不抬。

每每南信子換了一把新的弓箭都會給何凌蒼也捎一個，可是何凌蒼這些年只用自己原來的。

南信子下學的時候會特意去叫何凌蒼打馬球，雖然騎射成績很優異，但是何凌蒼從來不去打馬球，從前不，如今也還是不……

眾同窗見南信子對何凌蒼態度的轉變起初有些不能接受，日子久了也跟著起鬨，例如分組討論的時候會自動讓他倆在一組；何凌蒼發言的時候同窗們惡作劇地低聲叫著南信子的名字；下學的路上見著兩人免不了吹幾聲口哨逗趣幾句……何凌蒼始終板著臉從不解釋，而南信子便不一樣了，有時候覺得同窗們起鬨起得不錯，還會揚手道個謝，這讓大夥兒普遍認為南信子是個不錯的兄弟。

但是第一個按捺不住跳出來反對南信子喜歡何凌蒼的人，不是黃雲天，而是南樹。據說黃雲天那陣子每天酗酒，被黃老爺子打過很多回也不改，索性離家出走了，黃老爺子怒其不爭賭氣不找他，那是後話。南樹對黃雲天的事情自然不關心，但是他突然早起等姐姐一起上學，午膳也跟著南信子一起吃，晚上一下課便盯著南信子，即使南信子去打馬球，他也守在場外頭。直到南信子打了他一頓，他才道：「何凌蒼不適合你，他性子那麼慢，你又不喜歡，你只是咽不下去那口氣，所以才這樣執著，佛家有云放下我執……哎呀姐姐，別打了。」

從前南信子坐在屋前的長階上看月亮時會想著父親，後來便想著讓她怎麼也睡不著覺的何凌蒼，如今她惦記著何凌蒼的時候想什麼都帶著笑意，於是給爹爹去了一封家信。

南府的家信說來也別具一格，素來是南將軍的軍師將南遠山口述的東西，寫成一封字跡工整的信寄回來，然後由南樹將南信子口述的東西再寫一封字跡同樣工整的信寄過去，與行雲流水的字跡大相逕庭的是內容，譬如南大將軍的是「南樹那小子不聽姐姐話就削死他」，南信子的是「家裡一切女兒都能擺平爹爹不用擔心」之類的。

但是南信子偷偷地寫了這樣一封信——爹爹，何尚書家的小子，挺不錯，騎馬射箭都比我厲害，還會南樹都不懂的詩文，下棋南樹也不是他對手，要拿下。

言簡意賅。

半月後收到了南大將軍從邊關加急回來的信件，上頭歪歪扭扭地寫著一句話：他若負你，老子打斷他腿。

言簡意狠。

南信子對何凌蒼的溫柔關懷，一直沒有得到明確的回應，只不過兩人已然不再是敵對的關係，偶爾因為南樹的關係，還能和平地說上幾句話。雖然這話通常是「南樹在家否」「南樹的書本落在我這裡了，你帶給他」，諸如此類，但讓那時候情竇初開的南信子十分滿足。

到了畢業典禮的時候，發生了一件事兒，成了長安書院不朽的傳奇。

那年夏末，南信子十五歲，何凌蒼十六歲。不久前的殿試中，何凌蒼取得了第二名的成績，又受到院裡的先生們舉薦，儼然是朝廷中無人不知的仕途新星。朝中一品都來捧場長安書院的畢業典禮，何凌蒼作為這一期的弟子代表發言實乃眾望所歸。

在繁冗的禮節之後，何凌蒼正要發言，院落裡卻一下子湧進了二三十人，皆是訓練有素身著鎧甲的兵士，讓大家有些蒙。這些兵士站定後，讓出了一條道來，那道路的盡頭是著一身黑色鎧甲的黃雲天。

兩年沒有他的消息，黃雲天已然褪去了年少的青澀，古銅色的皮膚讓他愈發顯得成熟強壯了，他衝著老院長行了一個禮道：「弟子當年不是塊念書的料，所以離開書院後，去沙場歷練了兩年，好在在沙場上不曾給書院丟臉。這兩年裡愈發懷念書院的日子，算著今天是畢業的日子，得到南將軍特准趕了回來，望院長不記弟子當年的莽撞衝動。」

兩鬢早已經斑白的院長，心胸自然是寬廣得很，看著長大成人的桃李自然是感動的，笑了笑道：「趕上了就好。」

下頭那些認出了黃雲天的同窗們，要不是畢業典禮這種隆重的場合，恐怕早就炸開了鍋，眼眸裡都掩飾不住興奮和激動。

黃雲天一轉身，衝著昔日的同窗們拱了拱手，說了讓人倒吸一口氣的話——

「我回來了，一為畢業典禮能與大家一聚，二……」他古銅色的臉頰上有似有若無的紅色，頓了頓，「二為了南信子，當年城外一別，你說你愛英雄，如今我與你父親一樣，立志沙場，願意在馬背上為你打下一個一世平安。不管你是否記得我曾說過，畢業那天我會向南家提親的事，今天我請諸位做個見證，我，黃雲天，想要做你南信子的將軍，守護你一輩子。」

院落一角楊樹上的夏蟬叫得格外歡暢。

南信子今兒打扮得格外乾淨清爽，雖然穿著和男弟子們一樣的院服，可是這幾年她愈發長得水靈了，這男院服反而襯得她更加瀟灑俊俏，她的臉頰騰地一下子紅了起來。在她剛要發聲的時候，人群中的何凌蒼不疾不徐地起了身，不疾不徐地走向了老院長，然後不疾不徐地作了個揖，說道：「院長，是到晚生發言了吧？」

被黃雲天徹底打亂了畢業典禮節奏的人們，聽見何凌蒼這話，像是解脫了一般，這畢業典禮可是連聖上都十分上心的事兒，豈同兒戲？怎能胡鬧！

院長摸著鬍子不露聲色地點了點頭。

何凌蒼信步走到臺上，清了清嗓子，說道：「自蹣跚學步起，吾等蒙書院教誨，如今已有十年矣……」一句話便扭轉了剛剛眾人的措手不及，一下子讓眾多學子沉浸在這即將分別的悲傷氛圍裡。何凌蒼的發言並沒有賣弄文采，感謝皇恩，感謝恩師，更感謝同窗，說得熨帖自然，讓人動容。何凌蒼一句「以上，便是學生和同窗的感慨，還望前輩們以後多多關照」，讓那些古板的品階高的官員們紛紛感慨，這才是朝廷棟樑啊。

南信子不掩愛慕地看著何凌蒼，一回神，竟發現黃雲天已經坐在了自己身邊。她再抬頭看何凌蒼的時候，正巧與何凌蒼的目光對視上了，隨即她的耳根子就燙了起來。

何凌蒼並沒有講完就離開了，相反，他嘴角浮起了似有若無的弧度，用確保眾人都能聽見的聲音道：「信子，城南陳小五麵館，你想不想吃？」

這些年來，這兩人間若是有什麼互動，從來都是南信子主動，也不管對方什麼回應，何凌蒼的回應可以概括為沒有回應。如今他的這個話，當著長安書院所有的同窗、老先生們，還有朝中列席的所有官員的面，問得是坦坦蕩蕩、風輕雲淡。讓南信子體會了一把猝不及防，她只是本能地點了點頭。何凌蒼走到信子面前，道：「現在就走吧，你敢嗎？」

南信子這人有個特點，便是特別不服輸，這句「你敢嗎」，讓她冷笑了一聲，揚起臉道：「我南信子，還有不敢做的事情嗎？」說罷自然沒有顧及一邊已經欲哭無淚的黃雲天以及一臉驚愕的眾人，她邁開步子，同何凌蒼一前一後地走遠了，走遠了！

眾人一臉震驚地目送這兩人離開後，才反應過來，朝中大臣更是哭笑不得，片刻之前還感慨這未來的棟樑是多麼璞玉可雕，比起黃雲天來，他真真是變本加厲。而且他不但逆轉了黃雲天造成的影響，在撥亂反正之後，他那一句「信子，城南陳小五麵館，你想不想吃」真真是四兩撥千斤。

這位四兩撥千斤的主兒，卻在拐角處對從震驚轉為興奮的南信子道：「方才是為了解你尷尬，不用謝。」他翻身上馬，利索得很，「告辭。」一拉韁繩，便遠去了。

南信子繫頭髮的藏藍色飄帶被風輕輕吹起，她看著何凌蒼模糊在人群裡的背影，總算是緩過神來了，然後冷笑了一聲，自言自語道：「你不會是害羞了吧？呵呵。」

畢業典禮結束了，但是畢業典禮上的這一齣卻被人們口口相傳了下來。若干年後，南信子在茶館聽見長安書院的新一期的弟子們談論起這齣，自然已經是改得面目全非了。

「那日南信子在臺上發言，黃雲天帶了三百將士闖了進來，一見這陣仗，席間的何凌蒼，對，就是現在的何尚書，二話不說，拔劍就刺啊，活脫脫的英雄為美人，這畢業典禮就成了二人比武的場地啊，我爹當時也在場，他親眼見的，嘖嘖，你說那南府的姑娘該是怎樣的禍水模樣……」

而事實是，何凌蒼與黃雲天並未大打出手，並且在那之後的很多年，這一文一武的兩位真的成了朝廷棟樑，共護國泰民安。

那場畢業典禮後，南信子才曉得黃雲天離家出走之後，去投奔了自己的父親。在軍營中吃苦耐勞，深得南大將軍欣賞，在戰場上衝鋒殺敵毫不畏懼，兩年內已經立下數次戰功，南大將軍在皇帝面前也沒少誇他。他這次歸來，不僅僅得到了父輩們的原諒，還獲封了「明威將軍」的品級。

南信子對他獲得什麼品級並不上心，她對父親來信時對黃雲天的讚賞感到了隱隱的不安。黃雲天也不提愛意和親事，變著法兒找理由來找南信子，自己沒有空，便派人送些南信子喜歡的物件。這期間，剛剛畢業的何凌蒼被派去南方治水，離開長安三個月，而在鴻臚寺得到職位的南樹更是忙到每天腳不沾地，姐弟倆一起吃飯的次數屈指可數，他自然也沒發現姐姐的心思。

這年中秋，桂子飄香，黃雲天又上門了，不提對她的心意也不提親事，只是說且聚一聚，這中秋過完，他便要去邊疆了，末了還讓傳話的人加了一句「大家兄弟一場，權當餞行了」，尤其這「兄弟一場」四個字，讓南信子沒法拒絕。

於是設宴款待，邀請了些昔日還在長安的同窗好友及其家眷，這帖子自然也送去了何府，順便讓人打聽了一下，說何凌蒼的確近日要回長安，卻不知道確切的日子。她只好強打起精神，張羅這場晚宴。

南遠山一如既往地沒有回來，姐弟二人早已習慣，這回的中秋晚宴算是南府有史以來最熱鬧的一回，下人們忙活得也更賣力。早早回來的南樹接待著同窗們，天未暗，黃雲天也來了，帶了些家中大人備下的禮物，待到月上中天，眾人已經喝開了，講起從前捉弄先生的趣事，好像回到了年少時候。

酒過三巡，黃雲天取出了佩刀，遞給信子道：「信子，明兒我要離開長安了，下次回來也不知到什麼時候了。這佩刀送你，若你願意，這便是聘禮；若你不願意，這佩刀算是嫁妝。」說得進退得當，當真是沙場上歷練過，運籌帷幄得有模有樣。

信子還未答話，昔日的同窗便七嘴八舌說開了：

「信子，你何必屢次拒雲天於千里之外，你倆性格相似，他又愛慕你這些年，不曾變過心意。」

「那何凌蒼，你對他那樣，也沒見著他的回應，弱水三千啊，何必執拗於那一瓢，雖然那一瓢是長得挺好看，可雲天也不差啊。」

「信子，別的不說，你這馬上就十六了，你不嫁，朝廷可是要替你做主的，別到時候亂點鴛鴦譜，誤了你也誤了雲天……」

正說著，家僕來報：「大小姐，何府派人來說，何少爺今夜會到長安，但筵席是趕不上了。」

南信子倏地起身，打翻了酒桌上的杯子也不顧，對那家僕道：「備馬！」一轉身往自己的院落裡跑了去，耳邊只聽見南樹慢悠悠的一句：「哎呀，別衝動啊姐。」

南信子從房內取了幾年前父親從邊疆託人捎給自己的那把鑲著寶石的匕首，揣進了懷裡，走到門前翻身上馬，便往城門口駛去。她挑了人少的路，一路也算順暢，可是她的心裡卻擔憂了起來。

她與黃雲天是兄弟，在行事作風上頗為相似，但是這並不是她要做他妻子的理由，當然這些都不重要，只是席間有一句話敲醒了她。

華夏國有個規矩，若是女子到了十六、男子到了十八還未婚配，便由當地的戶部指派婚事，以免不婚嫁的男女過多，這一規矩竟然在民間長輩那裡得到了很大的認可和歡迎。南信子眼看就要到十六歲，父親不在身邊，母親早逝，她的婚事其實已經迫在眉睫，作為舉國上下最受矚目的將軍最寵愛的女兒，她的婚事不僅是百姓茶餘飯後的話題，更是讓朝野關心的焦點。作為和親對象，她的身分、長相都是沒的說的，如果不和親，那又該和文武哪派結好才好？

她不願意像個物件一樣，尋著條件相似的就給配對過去，她從前可以等，那些年她等了一句「你敢嗎」就已經好滿足，如今她等不了了，她想嫁給他，做他的妻子，和他生好幾個孩子。

她急了。

待她到了城門外的石碑前，心情緩和了許多。她站在石碑前，看著碑文上的八個大字：長治久安，天下大同。她想起數年前，她第一次對何凌蒼表白心意正是在此地。此刻夜空中沒有漫天的煙火，只有一輪圓月格外明亮，耳邊有風吹過樹葉沙沙的聲音，月下有個身影徘徊在石碑前。

待到長安城裡都逐漸安靜了下來，南信子聽見了遠處的車馬聲，她一隻手牽著坐騎，另一隻手握著那把紅寶石匕首，看著黑魆魆的遠方。不一會兒黑暗中出現了紅色的光點，那光點越來越亮，越來越大，車馬聲也越來越響，待車馬近了，領頭的人在火把的光亮中清晰了面目，正是幾月不見的何凌蒼，他黑了也瘦了，更添了幾分男子氣概。他看見南信子勒住了轠繩，眼神中透出一絲驚喜的色彩，南信子心中一喜，原本想了很多說辭，此刻卻一句也說不上來。

何凌蒼瞧了瞧她的一身打扮，道：「出門賞月？」南信子有時候覺著何凌蒼真是有趣，從前她捉弄他，何凌蒼躲著她，後來她不捉弄他了，反倒是他若和南信子交流必定會帶著幾分捉弄的意思，叫人哭笑不得。

南信子原本釐清了頭緒，想著如何跟他循序漸進地說明自己的意圖，可被他這話一捉弄，倏地抬起了握著匕首的手：「喏，給你。」

何凌蒼的眼神落在匕首上，想起了什麼似的，嘴角浮笑道：「喔，這不是你曾經用來取南樹狗命的匕首嗎？怎麼，今兒用它來取我的狗命了？」

一旁的隨從們聽得瞠目結舌，真不知道素來寡言的少爺今兒心情怎麼會這麼好，說了這麼多打趣的話。

南信子見他不明白，索性直入主題道：「這是我最喜歡的匕首，父親命最好的工匠為我打造的，算是我的嫁妝，你收下，娶了我。」說罷，她握著匕首的手又抬高了一些。

何凌蒼的笑容漸隱，並沒有伸手去接的意思，隨從們趕緊識趣地退下。

「我已經十五歲了，眼看就到了婚配的年紀，你也是知道華夏的規矩的，若是我再不嫁人，肯定免不了被配婚，到時候我逃婚是要連累爹爹和南樹的，所以罷了，我來向你求親，你娶我，是願意還是不願意？」她一股腦兒地說了這些，故意表現得理直氣壯，好像自己決絕果敢得厲害呢，其實小心臟直跳。

可話說完了，何凌蒼依舊沒有接過她的那把匕首，他依舊坐在馬上，聲音冷了幾分：「說完了？」

南信子抿了抿嘴巴，「嗯」了一聲，隨後將匕首往前頭又遞了遞。

何凌蒼俯了俯身，抬手用手背將近在咫尺的匕首給推了回去，不等南信子從吃驚中緩過來便厲聲道：「南信子，你看看你這樣可有一點點女孩子的模樣？」他的語氣雖然不急卻吐字清晰，「從前的那些事情倒也罷了，年少無知四個字倒是可以做做擋箭牌的，這些年在長安書院，那些禮義廉恥，當真對你沒有一點薰陶嗎？婚姻大事，你如此魯莽草率，不顧及自己身分，傳出去成何體統？」

南信子聽見這些話，徹底蒙了，從前何凌蒼與她針尖對麥芒可沒有上升到這個高度，這話說得傷了南信子的自尊，她憋著氣，聲音有些顫抖，像極了被雨淋濕了的紙老虎：「我喜歡你有錯嗎？我想要嫁給喜歡的人有錯嗎？」她沒有了先前的銳氣，問著這話似乎在抽離她最後的底氣。

「滾回去。」何凌蒼沒有絲毫憐惜的意思，面對她的問題，只吐出了三個字。

南信子深吸了一口氣，眼眶中早已經是淚花滾動，她卻使勁憋著，下唇被上齒咬得發白。她將匕首收回，翻身上了馬，掉轉馬頭之際，何凌蒼又道：「把眼淚擦乾淨，等老子上門提親。」

南信子正要抬手擦眼淚，聽到這話瞠目結舌、合不攏嘴，頓了頓，她擦了擦沒控制住掉下的眼淚，冷笑了一聲道：「何凌蒼，你剛剛說女子的矜持、女子的禮義廉恥嗎？你這要娶，我偏還不嫁了，告辭！」她俐落地一轉馬頭，想想不解氣，回頭還抱了個拳。

何凌蒼沒有追過去的意思，卻看著她直到消失的背影，嘴角始終勾著一抹笑容。

次日，黃雲天真的踏上了邊疆，在南府留下了他的佩刀，而躲在院落裡的南信子卻收到了一份特別的禮物。

何凌蒼託南樹轉交了一把弓箭給南信子，南樹將弓箭丟在南信子的房裡的時候，笑了笑道：「我何大哥終於要出手了……」

南信子自然沒有告訴他昨夜城外的一幕，故作鎮定道：「他出手幹嘛？」

南樹指了指弓箭道：「讓我給你這個，肯定是要與你決鬥了！哈哈哈。」

南信子起身拿起這把弓箭，仔細打量起來，這把弓箭比尋常的要小一圈，是給年紀較小的初學者用的，弓弦卻繃得依舊很緊，想必是主人一直愛護，她似乎想起了什麼，也不敢確定，偏了偏頭問南樹道：「他還同你講了什麼？」

南樹歪著頭，搖了搖，不一會兒像想起來什麼似的道：「我覺得，何大哥肯定可以取你狗命，哈哈哈。」說罷連蹦帶跳地逃了出去。一句玩笑話，這南樹竟然記了這些年，讓南信子搖頭苦笑。

是夜，南信子穿著白色的睡衣，坐在屋前的長階上，雙手托腮看著月亮，身邊放著那把弓箭。正想得入神，從院子外頭翻進來一個人，在南信子不可置信的眼神裡，他倒是落落大方得很，拍了拍袖子：「你家牆這麼好翻，早知道就早些來翻了。」

南信子衝來人翻了個白眼，提起那把弓便要往屋子裡走。

來人似乎早料到會有這樣的場景，並不慌張，對著她的背影不疾不徐地道：「年少時，為了引起我那位同窗的注意，我用這把弓箭練習了上千次，才能在那堂箭術課上，一次正中靶心。」這話溫柔地在兩人之間轉了轉，暗香浮動怕不過如此。

南信子終於停下了腳步，是的，再張揚剽悍的女人，一句情話足以讓鋼鐵繞指柔了，是以，女子，在心上人面前，都是紙老虎。

她垂手握著弓箭，在廊下轉身，月光灑在她的身上，也灑在庭院中央的男子身上。信子花開了落，煙火亮了暗，細雪碎了化，他倆的懵懂青澀到如今青春正當好，都在南信子這一側身回望裡頭了。

何凌蒼治水有功，皇上恩賜的時候，他求了一樁婚事，這婚事的對象正是南信子。雖然一語譁然，但南信子並不覺得意外，她去了一封書信給遠在邊疆數年未見的爹爹，滿心歡喜地開始準備婚事。

這些年來南府其實挺冷清，南信子的婚事一下子讓沉寂多年的府邸熱鬧了起來，家僕們忙得熱火朝天，南信子更是全心全意操辦著婚事：蘇州的繡娘、杭州的絲綢、揚州的胭脂……她每一樣用的都是最好的，當然，這裡頭有南樹這些年來的私房錢，都被南信子拿來花了，南樹一邊心疼一邊埋怨她道：「你這樣鋪張，爹爹回來定會說你。」

不久之後，南大將軍回了信，隨信又捎了很多給南信子做嫁妝的東西，比起這些，南信子為自己準備的是那麼微不足道，這些東西裡頭，一如既往沒有南樹一份。

南樹跑去找何凌蒼喝酒說起此事，何凌蒼安慰了他幾句，末了給了一遝銀票請他帶給南信子，隨銀票轉過去的還有一句話——「讓信子想買什麼就買什麼吧」。在南樹彆扭的轉述聲音裡，南信子心情大爽。

想著自己能嫁給心上人，而數年見不著的爹爹又要回來主持她的婚事，南信子和南樹每天都要貧幾句才甘休，好不熱鬧。

一轉眼便到了初春時節，南信子的婚期快到了，據說邊疆雖然戰事吃緊，南大將軍力挽狂瀾又勝了一仗，信子的爹爹就快回來了，院子中的信子花在風中搖曳生姿。

婚禮的前一天南大將軍還在趕回來的路上，信子一邊派人去城門外守著，一邊滿心歡喜地準備著。再繁冗複雜的禮數在她眼裡，也成了幸福的累積，滿心雀躍，詮釋著一個閨閣待嫁俏女子。

她的髮絲如同瀑布般，細膩光滑如綢緞，一邊掛著的嫁衣，上頭的風信子圖案是三十二位繡娘連夜趕製而成的，她的紅色珠串腰帶上的紅寶石是去年南遠山送給她的生辰禮物，滿屋子的紅色，喜慶極了。

南信子穿著白色的裡襯，端坐在雕花銅鏡前，在燭光中，襯得她的肌膚愈發白皙剔透。丫鬟為她梳著及腰的長髮，嬤嬤準備絞面的工具，大家都默不作聲，一心一意格外專注地做著手中的活兒。

南信子也未在意，她想著童年時候與何凌蒼的種種，不由得笑出了聲來，一抬眼，見鏡子中映著南樹的身影，他穿著黑色廣袖紅色滾邊的禮服，倒是英俊得很，可表情上毫無喜氣可言。南信子估摸著他一定為何凌蒼娶自己感到悲傷吧，故意逗他道：「你有這光景哭喪著臉，不如給你的兄弟何凌蒼報個信，現在逃也還來得及。」

南樹看了看周圍的下人們，丫鬟嬤嬤們如臨大敵一般都退了下去。南信子側坐過來，笑道：「安排去城外接父親的人可回來了？」

南樹沒有答話，也沒有別人答話。

南信子繼續問道：「爹爹這回給我帶的嫁妝定是不一般的，不過你要是喜歡，還是老規矩，我私下分給你，你不要像小時候一樣和爹爹鬧……」

喜房內一片紅彤彤，那金色燭臺上插著的紅色蠟燭燃燒得正旺。南樹走到那對蠟燭前，緩緩地從袖子裡取出了一支白色的蠟燭，在南信子難以置信的眼神裡，緩緩地點燃了白色的蠟燭，然後吹滅了紅色的喜燭，那垂落在一邊的紅色的蠟燭冒著一縷青煙，能遊走出聲音來。

南信子從紅木雕花圓凳上起身，緩緩走了過來，她拿起紅色的蠟燭，仔細地看了看，又放了下來。她看著窗外的院落裡隨風搖曳的風信子，半晌，將視線移到了南樹的臉上，她的眼神裡滿是悲傷，沒有一滴淚，聲音無比平靜：「信子花開了，爹爹說會回來主持我的婚禮的。」她頓了頓，「你看，信子花都開了呀。」

南樹握緊拳頭，可眼淚還是不爭氣地掉了下來，空氣中有他隱忍的抽噎的聲音。南信子罕見地沒有打趣他，她穿著白色的裡襯綢衣，還未梳成髮髻的長髮旖旎地披散著，她輕輕拎起裙角，緊緊地抿著嘴角，繃著臉，走出婚房，來到了院子中。

院子裡的風信子，被風一吹散落了不少花瓣，空氣中有若有若無的香氣，她坐在最常坐的那級臺階上。

她想著四歲那年，她騎著竹馬舞著小鞭子在院子裡玩耍，南樹在邊上認真地背著先生交代的詩文。父親沙場凱旋剛出現在院子門口，她便撲了過去，南遠山將她一把托起，讓她騎在肩頭，在院子中轉了兩圈，笑聲落在地上是這個院子最美的聲音。

她想著七歲那年，父親聽聞她即將要上騎射課了，從邊疆給她帶回了上等的棗紅寶馬，讓同窗們好生羨慕；而父親覺著男人不應當過分挑剔外在的環境，所以給了南樹一匹黑色的成年馬。那匹馬是他父親隨軍的馬匹，因為旅途太累年齡太大，到了中原後不久，便離開人世了，南樹還哭了一場。

她想著十歲那年，父親從邊疆帶來了一顆上等的紅寶石給她，說姑娘家的首飾可不要輸給旁人家的閨女，但那紅寶石實在是太純粹，碩大一顆十分耀眼，直到如今做了腰帶才派上用場。

她想著告訴父親自己心意的時候，父親回信的篇幅不長，字也不好看，卻是親筆所寫：「他若負你，老子打斷他腿。」

她想著告訴父親婚事的時候，他回信說：信子花開，為父會主持你的婚禮。

南信子的頭頂是夜空繁星，深藍色的格外深邃，她與父親相處的日子屈指可數，卻是那樣彌足珍貴。她記得父親說過：「信子，父親守護國家守護百姓，更是為了守護你，國若不寧，我的信子怎麼辦？」

她的父親是個大英雄，她的父親是她的守護神，她的父親打了一場場勝仗，給了她一個太平人間，可她的父親，再也回不來了……

南信子的眼眶突然覺得刺痛，她仰起頭，使勁不讓眼淚落下來，那淚珠在眼眶裡滾了幾滾，生生被憋了回去。

她一向得父親偏愛，因為性子隨父親多些。將軍戰死沙場，不是最好的歸宿嗎？她曉得這些道理，但是那種悲傷如網狀的刀片，覆蓋了她的全身，她抱著膝蓋，將下巴抵在膝蓋上。青石鋪就的南府後院裡，信子花開了一大片，黑色立柱長廊的盡頭，她縮在那裡，頭頂上是一望無際的夜空。

直到三更響起，府門外有爆竹的聲音，前院裡有人聲傳來：「皇上追封的聖旨要到了。」「還有兩個時辰，就是吉時了……」

………

新娘出嫁的前一天，按照風俗，新娘是徹夜不眠的，南信子，也的確一夜未眠。

她從石級上站了起來，揉了揉發麻的腿，不遠處坐在地上的南樹看見姐姐站起來，也忙不迭地站了起來，他臉上淚痕未乾。

南信子走到了南樹的面前，用袖子輕輕地擦乾了他臉上的淚跡，擠出了一絲笑容：「南樹，聽著，等會兒去前院接旨叩謝皇恩，代姐姐一併叩謝。吉時一到我便上轎，禮儀程序你聽郭嬤嬤的，不可出差錯。不要哭，不要哭……」信子略一頓，聲音更堅強，「戰死沙場，是我南家人的榮耀，上，對得起皇恩浩蕩；下，對得起黎民百姓，不要哭。」

末了，她往屋子裡走，又停了下來，扭頭對南樹道：「我這一嫁，雖不遠，卻也是何家人了，從此南家便只有你、只能你說了算，你也是姐姐以後的依靠，不要哭，堅強一點。」信子袖子裡的拳頭握得很緊，她的嘴唇有些許顫抖，臉上卻一派堅定與執著。

南樹早已被說得淚流滿面，不斷擦拭眼淚，直到南信子說完，他看著南信子的側影，雙手交錯，越過額頭，彎下腰深深地行了個禮，抬起頭來時淚水也止住了，可聲音還是顫抖的，卻極力想表示出鎮定：「姐姐，願你千秋歲裡，結取萬年歡會，恩愛應天長，多保重。」末了，他還是掉了淚。

南信子微微點了頭，旋即正色道：「請郭嬤嬤進來，絞面束髮。」

原來長大這件事，只需要一夜。

南信子在深閨中聽見了叩謝皇恩浩蕩的聲音，隨即鞭炮聲響起，終於要到良辰吉時了。她被蓋上了蓋頭，在喜婆的攙扶下一路走進鞭炮銅鑼齊鳴聲中。

這是民間最高規格的婚禮，她曾那樣專注於每一道步驟，如今卻無心感受任一道程序。她看不見何凌蒼此刻的打扮，只知道喜婆將紅綢的另一端交給了新郎，這一刻，她想停一停，掀起蓋頭再看看娘家滿院的風信子。

不消一會兒，那紅綢的另一端被放了開來，她瞅著蓋頭下面的地上，他的影子逐漸走近，然後握住了廣袖下她的手。那隻有力的大手覆蓋在她白皙柔軟的手上，然後攥在手心裡，領著她轉了個方向，之後在南府的門口，跪了下來，拜了三拜。

沒有叩拜天地，沒有叩拜高堂，沒有夫妻對拜。

從小倔強要強的南信子，在自己離開娘家的時候，被丈夫握著手，在第一拜的時候，使勁地咬著嘴唇；在第二拜的時候，使勁地睜著眼睛；在第三拜的時候，終於閉上了眼睛，讓眼淚一顆顆地掉了下來。

南信子在蓋頭下，握著何凌蒼的手，她的夫君，這一生，悲歡榮辱，她願意與他攜手，至死不渝。

人流之中，滿眼是喜慶的紅，南府正門屋簷上，是破曉前的濃豔絢麗，南信子一襲紅衣站在青石板上，那路一直延展到抬眼能看見遠處群山。

婚後的何凌蒼與南信子的生活，知道的人都目瞪口呆、不可置信，因為，這兩人竟然相敬如賓、相親相愛，別說打架，連吵也沒有吵過。

與公婆同住的信子，每日早起請安，每月陪婆婆去上香祈福，孝敬公婆上做得一絲不苟，對二房留下的那個女兒，也照顧得妥妥帖帖。因此公婆對這位兒媳加倍疼愛，婆婆在女眷面前提起兒媳也是讚不絕口。

每兩個月，公婆會提前提醒他們的慣例，何凌蒼會帶南信子回娘家住一段時間。

南樹在鴻臚寺任職，他為人溫和，脾氣十分好，又有擔待，改變了很多前輩對南家人只出武將的印象，兩年就升了一回。

南信子再回娘家，待遇比起過去更是有過之而無不及。南樹一早就吩咐下人準備姐姐愛吃的，她的房間也一直保持著從前的模樣，每天打掃。三人月下喝茶或飲酒，聊起上學時候的事，總是笑聲連連，偶爾南樹也會感慨地說起同僚的兒子背不出書，被書院裡的先生訓了，如今何凌蒼在先生們教訓後生的例子中熠熠生輝。

何凌蒼搖頭不信，南信子表示南樹說的是真的，因為她有時候去繁蒼樓小酌，聽見過隔壁桌的年輕後生們，嘲諷先生口中的優等生何凌蒼。譬如——

「我知道那人，何尚書的兒子，上次宴會上見著，他不怎麼講話，先生說他辯論起來口若懸河，肯定是騙我們。」

「他娶的是南大將軍的女兒，那女人才厲害，當年馬上射箭連發三箭，箭箭中靶心，這才是傳奇。」

「沒錯，我看那何凌蒼也不粗獷健壯，怎麼會有騎射先生說的那樣神？」

……

何凌蒼只好無奈地笑笑，三人的聊天打趣，平淡卻十分快樂。

夫妻倆私下相處的時候，何凌蒼和南信子雖然還是往常的性子，一個溫和沉靜，一個活潑開朗，卻又有著太多不足為外人道的樂趣。

那是夏天的傍晚，夕陽微紅，南信子洗完澡，擦乾了身子，穿著白色的棉布裡襯，腰間隨意地繫了起來，領口的鎖骨若隱若現。何凌蒼坐在院子樹下的竹椅子上看書，微風帶著暖意，見到信子出來，傾身給茶杯續了些茶。待信子趿拉著鞋子走近了，他將另一只竹椅移了移方向，然後伸出手，手心朝上，耐心地等信子晃晃悠悠地走近了。她自然地將手放在他的手心裡，舒服地坐下，另一隻手端起茶水，試也不試地喝了一口，溫熱果然正合適。

「今年的新茶夫人可滿意？」何凌蒼很少有什麼大起大落的表情，即使是夫妻間的調侃他也是一副雲淡風輕的表情，可恰恰如此，這調笑的話配著這副一本正經的臉，倒更添了幾分情趣。

南信子喝了一口，明眸一掃他的臉，然後笑道：「你泡得更好。」一邊拿起桃木梳梳著不滴水卻還是有些濕的長髮，「你又在看些什麼？」她探過身子去，瞧了瞧何凌蒼膝上的書。

何凌蒼將書蓋在了一邊的茶几上，自然地從她手裡接過梳子，輕輕扳過她的身子，為她梳理背後的長髮：「這些你看著又要頭疼，有什麼好瞧的？」

南信子側臉過來，頂嘴道：「頭疼歸頭疼，我也是念過長安書院的女弟子，本朝頭一個。」

何凌蒼嘴角揚起弧度，順著她的話道：「是是，南府的大小姐，詩詞歌賦似乎從未得過甲等吧？」

南信子一愣，將頭撇向另一邊，逞強道：「我有篇詩文也是得過乙等的。」

院子裡的葡萄藤上綠油油的葉子，十分祛暑，搖曳了兩下。何凌蒼輕輕笑了兩聲，不緊不慢道：「是，那乙等的詩文還是你逼著南樹寫的。」

南信子吃驚地轉過頭來：「你怎曉得？這事我從未和旁人說過。」

何凌蒼低頭輕輕地梳順那縷髮尾，回答道：「南樹想要借此讓你出醜，我不忍心，那詩文是我學著你的口氣寫的，讓南樹仿著你的筆跡再謄寫了一遍，拿給你交差的。」

南信子哭笑不得地罵了句南樹，又不解道：「你幹嘛只給我寫個乙等的，以你當時的才華，真是夠偷懶的，你自己的都是甲等。」

何凌蒼真誠地說道：「夫人，你這就冤枉我了，要學著你的口氣寫詩文，就已經很費力了，我還要寫出一個不符合自己水準的乙等的詩文，你不知道有多難呀。」

南信子這回可聽出來他又來取笑自己了，轉過身子抬手便要奪回梳子，何凌蒼輕輕一閃繞過她的手，將木梳放置一邊，滿眼都是笑意，輕輕拍了拍自己的膝蓋，示意她靠在自己的膝蓋上。南信子賭氣地扭頭不看他，他柔聲道：「乖。」南信子便順從地躺在了何凌蒼的膝上，長髮垂兩肩，隱隱露出剛剛滑落衣衫雪白的肩頭，她抬頭仰望著何凌蒼近在咫尺的臉，伸手摸了摸他的眉眼，露出滿足又幸福的笑容。何凌蒼為她拂去面容上的些許髮絲，緩緩俯身吻了下去。

夏日的傍晚，紫藤花下，歲月綿長，與他相好。

婚後第二年，夫妻二人打算要個孩子，何家二老十分欣慰，南樹更是激動地飛上了天，每過幾天，總會來何府探望，帶些南信子愛吃的，每次還擬了十幾個外甥的名字來，讓南信子和何凌蒼哭笑不得。

何凌蒼的仕途之路越來越順暢，南方治水、北方瘟疫，他都身先士卒。作為一個晚生，他的態度和能力都得到了前輩們的認可，無論在朝堂上還是在民間都有口皆碑。每每需要離京辦事，回來的時候，都會給南信子捎來一份當地的物件；每每有應酬去花街柳巷，何凌蒼也都是坐懷不亂的主兒，同僚們就會打趣他被家中妻子管得太嚴，何凌蒼通常是笑而不語。後來這話傳到了信子耳裡，信子反倒是很大方地對何凌蒼道：「有些應酬若是必不可少，你逢場作戲，我也不會怪你，只要你心裡頭有我便好。」何凌蒼擱下書本，將信子攬在自己的腿上抱住，刮了她的鼻子道：「夫人這是訛我。」

南信子笑出聲來，輕輕推了推他的肩膀道：「你若是同旁的女人逢場作戲，我心裡也還是不舒坦的，只是你我如今不再是小時候了，我曉得不能再任由自己的性子。旁人家裡都是三妻四妾，你待我一心一意，我是感激的，所以那些不舒服，獨自一人的時候，練練劍喝喝茶，想著你心上有我，是可以排解的。」她頓了頓，拿起何凌蒼垂在肩上的髮梢繞了繞道：「只要對你好的，我是你的妻子，理應為你著想。」

何凌蒼抬手輕輕捏了捏南信子的臉頰，將她往懷裡緊了緊道：「信子，你我既是夫妻，你心裡頭不舒服，我也不會舒服，我心裡有你，和其他女子即使是逢場作戲，我也是不願意的，做不來的。」

南信子只覺得和何凌蒼相處得越久，越愛他，她將頭輕輕靠在他的肩窩裡，蹭了蹭他的脖子輕輕道：「凌蒼，你喜歡小姑娘還是小夥子？」

何凌蒼輕輕一笑，將南信子橫腰抱起，往榻上走去道：「其實我不大想這麼快有孩子，怕他們以後分了你對我的心思，不過呢，如今只要見著你，總是會有各種心思……」

南信子在他懷裡笑得花枝亂顫，耳鬢廝磨到床笫之歡，滿室都是春光。

第二天，南樹又來何府吃飯，這次吃飯是南信子張羅的，她相中了戶部侍郎家的千金，想問問南樹的意思。見南樹抓耳撓腮沒有主見的樣子，南信子與何凌蒼對視一眼，笑著逗趣他，聊得正歡，來了一道聖旨。

聖旨的意思倒是很簡單，雁門關一戰，少一個軍師，聖上點名讓何凌蒼過去。

待到領旨謝恩完了，南信子還有些沒反應過來，她自出嫁後，就刻意地迴避有關戰場的話題，所以這聖旨讓她有些蒙。

南樹見姐姐神色不對，打破僵局道：「姐夫，你可要回來吃我的喜酒，哈哈哈哈……」

何凌蒼和南信子都沒有笑，所以南樹的笑聲逐漸小了下去，然後沒了。

何凌蒼拉過南信子的手，笑道：「我一直記得那次上元燈節，你對黃雲天說你喜歡英雄，後來他在你父親麾下從軍，表現那樣出色。他回來找你我是有些吃醋的，你如今是我的妻子，我也總覺得有些遺憾，沒有向你展現一下你夫君英雄的一面，如今有這樣的機會，再好不過。」

南信子另一隻手搭在他的手背上，道：「這個時候你還有心思說笑。」

何凌蒼一本正經地反駁道：「大丈夫就不能吃醋了？」

南信子無奈地瞥了他一眼，知道他這樣說是為了安撫自己，已是夫妻了，這點默契也總是有的。

何凌蒼摸了摸她的頭，疼愛道：「從文從武都不妨事，護國安寧更是護佑你的平安，信子……」

他的話還沒有說完，南信子抬手輕放在他的唇邊，沒有讓他再說下去。她心裡隱隱覺得不安，這話，她父親也說過。她微微搖了搖頭，勉強笑道：「凌蒼，這仗打完了，你可要回來參加你小舅子的婚禮。」

南樹見氣氛好轉，連忙打趣道：「這可不，他是我兄弟！」還拍了拍胸脯。夫婦二人側臉看他，哦了一聲，又繼續低聲說話了。南樹扯了扯嘴角道：「何大哥，你從前可是都把我當兄弟的，如今見色忘義，誠不是君子所為。」

何凌蒼抬起頭，滿眼的笑意，緩緩點點頭道：「哦。」

何凌蒼起程的那天，南信子送他到城門口，還是那塊石碑，石碑上有八個大字「長治久安，天下大同」，他們在石碑前告別。這日南信子披著火紅色的斗篷，穿著白色的騎馬裝，黑色的靴子，恍若回到了學院打馬球的時候，她一如既往的美。何凌蒼替她捋了捋飄到耳邊的髮絲，舉止溫柔，笑了笑道：「好了，這一仗打完了，我還要回來參加小舅子的婚禮，你在家操持這些，肯定辛苦，枕頭下面我留了婚後的私房錢，你拿著花。」

南信子懶得計較他的私房錢，握著他的手道：「我在這裡等你回來。」

何凌蒼點頭道：「好，最遲不過明年春天，風信子開了，我就回來了。」他說得風輕雲淡，拍了拍信子的手背，然後摸了摸她的臉頰，像溫柔的春風。

南信子一把抓住他要收回去的手，她想起父親的信，有揮之不去的夢魘，她說：「凌蒼，你一定要回來，我……」

不等南信子說完，何凌蒼將她攬在懷裡，輕輕地吻了吻。他自小是個德才兼備的優等弟子，從來都是禮儀教養極佳的典範，在大庭廣眾之下的親暱之舉，卻做得十分自然：「我愛你，信子。」不等信子反應過來，他便轉身離去。

南信子坐在馬上，看著自己的夫君漸行漸遠，直至消失也沒有離去。

自打何凌蒼走後，南信子就把全部的精力投放到了南樹的婚事上，她像是長輩一般，裡裡外外每一道程序，都做得十分精準。其間收到了何凌蒼報平安的信，信中說會回來參加南樹的婚事，作為兄弟和姐夫他義不容辭云云。

南信子曉得他怕自己想念他，故作輕鬆說這些，所以也讓南樹給他回信，說自己很忙，請他沒事別往家裡寫信了。

南樹和戶部侍郎的千金喜結良緣，婚禮前一個月，何凌蒼寫信來說邊疆戰亂，實在無法分身，南信子看完信對南樹道：「他寫這信其實沒有別的意思，就是告訴你，你倆也沒有那麼深厚的情誼，他還是愛我多一些。」

南樹嗤之以鼻道：「他還要寫信回來解釋，分明是將我放在心上的。」

姐弟倆又逗了幾句嘴，待到南信子一人的時候，那種落寞和孤單湧上心頭，像是夕陽後的夜幕吞噬了所有的亮光，她微微歎了一口氣。

南樹婚禮之後的三個月，何凌蒼都沒有來過信，南信子想著自己曾故作正經地和他說少來些信，自己很忙。其實忙完了南樹的婚事，她倒是一天天地閒了下來，偶爾去繁蒼樓喝個茶，聽莊先生說幾段書，陪婆婆去廟裡上香祈福，去南樹家裡蹭幾頓飯。她看著南樹夫婦倆相敬如賓，一邊甚為欣慰，一邊又愈發想念起他來。

終於，南信子耐不住了，逮著南樹，口述了一封家信去了邊疆，信裡的內容一句也沒有提及她的想念，話了幾句家常，唸了幾句南樹的不好，弟媳的懂事，末了說了一句：信子花要開了。

信是南樹去寄的，得知寄出去後，南信子的心情一下子又好了起來，起初她會叮囑僕人留意送信的郵差，後來不放心，索性隔三差五地去城門口等郵差，那幾個郵差也都和她熟識了。

等了兩個月，南樹帶著信來何府吃飯，南信子迫不及待地拆了信，心情激動忐忑，何凌蒼熟悉的字跡映入眼簾，信上問了些家裡的狀況，又問了些南樹新婚的情況，末了提到：信子花開，我就回來。窗外分明是鵝毛大雪，南信子覺得世界的花都要開了，興奮地以腳尖為圓心，轉了個圈兒。

在一邊圓木桌旁喝茶的南樹沒有看她。

南信子不再寫信，她生於軍人之家，自然曉得戰事繁忙，她滿心歡喜地等著春暖花開，悉心料理院子裡的信子花。

信子花開了，信子花落了……何凌蒼沒有回來。葡萄藤搖曳著夏天的味道，南信子叫來南樹去了一封信，信裡說了二老去南方過冬還未回來，叨叨了幾句南樹的不好、弟媳的懂事，末了夾了一片信子花瓣的標本，隨信寄給了何凌蒼。

南信子在葡萄藤下喝喝茶，繁蒼樓上聽聽戲，南樹府上蹭蹭飯，公婆不在身邊，和從前的同窗們偶爾有些來往，這年秋天一眨眼就過了。

冬天的時候，來了一位故人——黃雲天。

黃雲天送了名帖要來探望，南信子想起這位昔日的同窗，好些回憶盡在眼前，只是這記憶裡滿滿的都是何凌蒼。她想著何凌蒼其實早就吃了黃雲天的醋，還要擺出一副鎮定自若的樣子真是好笑。黃雲天邊疆屢立戰功這次回來免不了加官晉爵，南信子倒是為他高興，畢竟是昔日同窗還一起逃過課打過馬球，只是如今自己夫君不在家，男女之間也當避嫌才是，於是找了個理由，吩咐下人婉拒了。

下人回來後，小聲道：「黃將軍聽聞夫人身體不便，沒有立即離開，反倒是對著何府大門口抱了抱拳才離開。」南信子捏了捏眉心，揮揮手示意退下，別說黃雲天抱抱拳，就算踢踢腿，她也懶得搭理，她只想著她的夫君，什麼時候回來啊。

南樹拿著黃雲天帶回來的信給了南信子，南信子一展開信，看見了何凌蒼熟悉的字跡，當著弟弟的面大罵了一通黃雲天「手裡有我夫君的信，怎麼不早說，磨磨嘰嘰還是不是個爺們兒」。

何凌蒼在信中說染了風寒，如今沒有大礙，只是邊疆天氣不大好，不適宜調理身體，所以好得慢些，誤了歸期，等到來年春天信子花開，他再回來。

南信子既擔心又興奮，抓了些藥，又收拾了幾件衣衫讓南樹託人給帶到邊疆去。

春天的時候，她又收到了何凌蒼的信，信中說邊疆戰事吃緊他不便回來，家裡一切都請她料理。

邊疆戰事、身體不適、戰局調整……這些字眼不斷地出現在來往的書信裡，南樹的婚禮何凌蒼沒有來得及回來，南樹的孩子出生，何凌蒼依舊沒有回來，只是託人從前線帶了禮物。

南信子一邊沉浸在老南家有後了的喜悅中，一邊想著等何凌蒼回來，自己為他生幾個孩子才好。於是她一邊幫著弟媳帶孩子，一邊等著何凌蒼回來。

這一等，從外甥的呱呱墜地，等到了他的蹣跚學步。外甥第一句會說的話竟然是「姑姑」，讓南信子喜不自禁，南樹委屈道「莫不是我兒子以後也得站你那邊欺負我這個做爹的吧」，南信子將這話沾沾自喜地也寫進了信裡。

何凌蒼依舊沒有回來。

那個夏日的傍晚，高溫退去，南府的院子裡灑了些水降溫，熱燥的空氣中水汽和著泥土散發著夏天傍晚的味道。南信子來娘家串門，和弟媳有一句沒一句地聊著天。小外甥已經可以走得穩當了，便在各個房間裡走著玩耍，南信子去抱他用晚膳，肉嘟嘟的外甥手中捏著幾張紙舉著給姑姑，南信子將他抱起，一邊往飯廳走去，一邊隨手拿起來看。

這字跡再熟悉不過，不是何凌蒼的，是南樹的。南信子自幼怕與文字打交道，所以每每寫信都是南樹代勞，而外甥遞給她的不知道從哪裡翻出來的紙上，寫的正是她幾年前給何凌蒼的一封信，她給何凌蒼的信，每每都是自己口述，南樹記錄。

她起初微微一愣，有些不明白，皺著眉頭，緊接著她臉色變得慘白，俯身放下外甥，回頭便往書房走去，腳步有些亂，生平的那些教養克制著自己，不讓她因為驚慌、恐懼叫出聲來。她自嫁給何凌蒼後，性情變化極大，從未發過什麼脾氣，眼下撞翻走廊裡下人手中的托盤她卻沒有注意到，她顧不上也顧不得，她猛地推開了書房半掩的門，一腳跨入門檻內，扶著門她突然愣在了這裡。

傍晚的殘陽如血般灑在這間屋子裡，紅木的書架、莊嚴的太師椅、案頭的石硯……這幾十年不曾改變的擺設，在濃豔的夕陽下，似乎能將信子燒個乾乾淨淨。她的目光將屋子仔仔細細地掃了一遍，最後停留在角落裡紅木書架下方被打開了一半的抽屜上，泛黃的信紙凌亂地散在周邊的地上。

南信子使勁地將門推開個徹底，另一隻腳緩緩邁了進來，她在青石方磚的石板上站定，影子斜出門外一截，和著漸黑的夜色，如泣如訴。

她直了直身子，努力地吸了一口氣，提起裙襬，往那堆信紙走去。明明是近在咫尺的距離，她卻走得很辛苦，走到第三步的時候，她幾乎是跪坐了下來，雙手覆在膝上，她垂著頭，長髮垂過肩頭，遮擋住了她的側臉，誰也看不見她的表情。她的肩膀微微地聳動，像是瀕死的蝴蝶，翅膀掙扎著最後的舞動。她保持著這個姿勢動也不動，儘管那些信紙，就在她觸手可及的地方。

書房外是聽見下人通報一路狂奔而來的南樹，他煞住腳步，不敢邁進書房，不敢靠近姐姐，一如五年前她出嫁前的那一晚，他也是在走廊上那樣悲傷又害怕地坐著，守著不遠處抱膝坐在臺階上的姐姐南信子。

南樹看著南信子的背影，袖中的手控制不住地微微顫抖。五年前，得知父親死訊的時候，他是那樣的束手無策，他只知道第一時間找到姐姐，他似乎自小就習慣了聽她的，天大的事情，姐姐在，姐姐就是主心骨。五年前，在長廊下靜坐了一夜，長大的不僅是南信子，也有他南樹。但是現在，已經是朝廷棟樑，身邊有妻，膝下有兒的南樹，他比屋內的南信子更害怕。

不知道跪坐了多久，南信子突然半張開了嘴巴，大口地喘了好幾口氣，然後她抬起頭，迎著窗櫺裡漏進來的月光，傾身向前，從袖子中伸出手，緩緩地拿起了散落在地上的紙，屋外的南樹痛苦地閉上了眼睛。

在獨坐的光景裡，南信子的腦中浮現出很多疑問，不同於五年前面對悲傷的一片空白。若是這些信沒有到何凌蒼手裡，那何凌蒼給自己的信，又是怎麼來的呢？是了，南樹從小就有模仿筆跡的天賦，那麼這些信是他從什麼時候起開始模仿的呢？一年前？三年前？還是五年前？又或許，這些信其實都是真的，只是……只是什麼呢？她原本想如果自己可以想明白，想明白了就不用看這些勞什子的信了。月光漏在屋內的光，斑駁出的光影裡，見證了她從閨閣姑娘到為人妻子的成長。幾十年未變的紅木書閣內，這個跪在青石地上的女子，怎麼也沒有法子想個明白，她不敢想明白。

她——不——信。

她開始看信，從最靠近自己的信開始，她越看越快，一邊看著手中的信，一邊跪行到抽屜邊，再看抽屜裡的信，那些信件她只需看一眼，是的，看一眼就好了。她曾經將這些信放在枕下反反覆覆地看了多少次？她記得每一個筆畫，記得每一道折痕，怎麼會不記得裡面的內容？

她給何凌蒼去的信件，南樹這裡每一封都有。直到最後一封信看完，她負氣似的安靜地坐著，圍繞著她的一地信紙，像極了她華美的禮服的裙襬，散落滿地的是她五年的等待和猝不及防的撕心裂肺，在月下斑駁。

南樹站在原處一動不動，是了，他願意和黃雲天這樣用來去的信件哄著她，騙著她，至於後果，他沒想過。他長這麼大，頭一回騙姐姐，騙得心驚膽戰，騙得一往直前，騙得冷暖自知。他張口想叫一聲姐，卻發不出聲音。

南信子扶著書架慢慢地站了起來，似乎太用力，書架上跌落了好幾本書，她轉過身，看著門外廊下的南樹。她一步步地走過去，五年前她也是這樣一步步走近南樹，不同的是，五年前她眼睛裡有無盡的悲傷和隱忍的倔強，如今這眼神裡頭，沒有倔強沒有埋怨沒有不解，那是一種絕望，吞沒了悲傷吞沒了她所有的精氣神，像死去多年的湖。那個囂張跋扈、明媚張揚的南信子，在這一地的信紙中，再也回不來了。

南信子走到南樹面前，她抬手想摸一摸南樹，這時候她突然發現南樹的個頭比自己高了好多，她舉在空中的手，又徐徐地放下，她想開口，下唇囁嚅了幾下，終究還是沒有說話，然後，轉身拾級而下，她修長的身影在碎落一地的信子花瓣中漸行漸遠。

南樹想抬腳追她，卻動彈不得，他想說很多解釋的話繼續編織這個謊言。許久許久，他對著空蕩蕩的院子和一地的風信子說了兩個字：「姐姐……」他抬手用袖子擦了擦眼角，然後，又擦了擦，那聲音乾澀又沙啞，轉眼消失在了夏夜的繁華星空裡。

五年了，南信子乖乖地等著夫君回來已有五年了。她或許不該去窮究那些信，那樣她可以活在南樹為她準備好的劇本裡。南信子的頭髮徹底披散開來，如旖旎的黑色瀑布。她走在街道上，是的，正是這條街，那是何凌蒼曾經打趣的「南府和我家似乎在一條街上」的街。她走得並不快，但是腳下木屐卻走丟了，她裸腳這樣走著絲毫也沒有察覺，越走行人便越多，耳邊的喧鬧似乎無法感染她，在熱鬧的街市中，她是那麼格格不入。

她突然間開始流淚，直到這一刻，她終於哭了出來，那淚水如何也止不住，她也不用手擦，任由淚水在臉上肆意流淌，似乎還不夠，她開始發出低低的抽噎聲，慢慢地，這抽噎聲中淚越來越多，她的哭聲也變得嗚嗚起來。緊接著，她鬆開了咬著下唇的上牙，那下唇上有淺淺的牙印，她站定，握緊拳頭，顫抖著肩膀，張大了嘴巴，肆無忌憚地用盡全力拚了命地哭了起來，用盡了生平所有的力氣才能如此痛哭，也配得起這樣的痛哭，她毫無顧忌地哭著，身邊是繞道而行的人們，投以不解的目光。這長安城的街市上，是夜夜亮起的大紅燈籠，一直延續到天邊。

南信子哭著抬起頭，她看見天上的星星，她也看見眼前的燈火，只是眨眼間，淚眼矇矓裡她看見了慈悲客棧。

風信子每年都會開，花開待歸的人，永遠沒有來，她父親是，她夫君亦是。

第一盞茶已經涼透，她抬起一飲而盡。我正要說話，她衝我苦澀一笑道：「此生除非我信子放手，不管什麼因緣造化！掌櫃的，我只想求一個親眼所見。」說罷，她俐落地飲下第二盞茶，那茶盞被她放回茶臺，發出輕響，她說：「我願意付出任何代價。」這是戰士的背水一戰，也是一個女人的窮途末路。她眸子裡沒有輸不起的倔強，剩下的是能將我活活吞沒的絕望。

我抬手擋住了她要取的第三盞茶。

世間什麼最可悲？背叛、分離、死別……我想這些可悲的東西，莫不過是披著絕望的外衣，面具取下時，見到絕望猙獰的面目，便是人生盡頭處。

「信子小姐，我可以讓你到他離開人世的最後一刻那裡，但是，誰也不知道，他的最後一刻在哪裡，經歷了什麼，又或許，他還活著……」

南信子搖了搖頭，道：「無論哪裡，無論什麼情形，請你讓我回到那個時刻。」

「親眼見他，無論什麼情形，你也都只能灰飛煙滅，不能改變任何事情。」我輕輕道，雖然我知道她去意已決。

南信子苦笑道：「灰飛煙滅？」略一頓，喉嚨裡擠出幾個字，「我是不怕的。」

我緩緩移開遮在第三盞茶上的手，露出了已經涼透的茶面。耳邊有風吹過簷下銅鈴的聲響，顫顫地飄過人的心尖，我幽幽地對她道：「飲下這盞，回頭無岸。」

南信子嘴角輕揚，眼神裡是迴光返照的倔強，她定定地看著我，然後端起桌上的茶盞，一飲而盡，未啟一言。

我起身將剩餘的茶水潑在了茶盤上，那茶盤上很快就出現了邊疆的場景。看樣子，何凌蒼是死在了邊疆。

那是秋末的塞外，鋪天蓋地的黃沙和湛藍剔透的天空間綻放著一個血色的太陽，地上蒸騰著這個季節這個地域裡一日最後的熱氣，沒有風沒有人，空曠得緊。很快傳來由遠及近的馬蹄聲，那匹黑得發亮的馬桀驁不馴得很，昂著頭馬蹄有力，一路走過便騰起黃沙，牠似乎很不滿意背上的人，一邊用力地跑著一邊用力地甩著，想把那人甩下。

銀色的鎧甲，俯身單手握著的是此馬的鬃毛，從天盡頭駛來，是何凌蒼。溫潤如玉的男人，一旦做起有力量的運動，格外動人心魄。

他在馬背上坐得不大穩，幾次滑下又都翻身坐了回去，場面凶險，他的臉上卻看不出一絲驚慌。人與馬的搏鬥在天地之間更顯野性。他繞了好幾個圈，終究沒有摔下來，坐下野獸也終被馴服。他拍了拍馬，那馬緩緩停下，他側身對後頭招了招手，爽朗的笑聲一路傳來，皮膚黝黑的黃雲天疾馳而來，行至何凌蒼的身邊拍了拍他的背，粗獷的聲音道：「好傢伙，筆桿子好，馴馬也不輸我嘛。」

何凌蒼輕夾馬肚，掉轉馬頭，與黃雲天並肩而回，說道：「昨天暫時擊退了敵軍，那是他們的詭計，你看……」他開始分析起局勢，黃雲天不斷地點頭，那斜長的身影投在黃沙地上。

何凌蒼奉旨來做軍師，與魏國這場戰事的統帥不是旁人，正是他當年在長安書院讀書的同窗、和他還是「情敵」關係的黃雲天。兩人數年後的再見是並肩作戰，一文一武的朝廷棟樑，那些有著交集的過往，為他們的情意和默契打下了深厚的基礎。

兩人聯手已經數次打退了敵軍，這一次魏國增加了援助，卻詭異地退敗了。這讓不少將士大喜，而何凌蒼卻警惕了起來，正與黃雲天商量著下一戰的部署。

兩人下馬，黃雲天餵了馬幾口水，道：「那老子帶十幾個兄弟，夜襲他們的糧草，燒了他們，先讓他們自亂陣腳，你帶著軍隊等我信號，然後我們裡應外合，殺他個片甲不留！」

何凌蒼點點頭，摸了摸身邊剛剛馴服的坐騎道：「這法子確實好。」

黃雲天大手一揮道：「就這麼定了。」

何凌蒼見他簡單豪爽的模樣，想起了遠在天邊葡萄藤下的姑娘，這兩人脾氣可真是相近，搖頭笑了笑道：「話還沒有說完，別急。」

黃雲天不滿意地咂咂嘴道：「你跟南樹一副德行，說話不能一口氣說完？」說罷拿起酒袋仰頭喝了一口，遞給了何凌蒼。

何凌蒼順手接過來道：「夜襲的確不錯，可哪有將軍去夜襲，軍師帶領大軍的組合？今晚我去夜襲，你且派給我十個可信的人就好。」

黃雲天想了想，點點頭道：「成！」一頓，又想起來什麼似的，連連否定道：「不成不成。」

何凌蒼眼含笑意問道：「怎的又不成了？」

黃雲天咽了咽口水，道：「一旦你夜襲成功，放出信號，敵軍也必然知曉，我就算及時與你會合，也要一段時間。在這段時間裡，後路必定被封死，你們被鎖死在他們的陣營裡，人太少，必定寡不敵眾，危險太大。」

「所以我才要去，人少便於行動，你是一軍之帥，怎可不坐鎮？」

黃雲天伸手攔住何凌蒼急忙道：「聖上的旨意說，這一戰，勝了你便可以回去了，別出什麼岔子……」

「所以速戰速決，我思鄉心切得很。」何凌蒼輕推開他的手臂，打趣道。

黃雲天粗糙慣了，思維十分簡單直接，並未聽出來這話有打趣的意思，此刻急得有些眼紅：「是了是了，所以你不能出什麼岔子啊，我派旁人去執行這個任務。」

何凌蒼無奈地站定，看著他道：「你怎麼這樣磨磨嘰嘰？我這身手你還不放心？」

黃雲天也無奈了，急得解釋道：「我這是在質疑你的身手嗎？我這不是怕你出事嘛！」

「既然不是質疑我的身手，又怎會出事？」何凌蒼懶得理會他，翻身上了馬。

黃雲天見他不願意多說，急得臉紅脖子粗，聲音有些沙啞道：「你死了是小事，我家信子就要守寡了，你到底懂不懂？」

坐在剛剛馴服的野馬背上的何凌蒼，聽見這話，身子一僵，緩緩地扭過頭來，故作凶狠，咬牙切齒吐了一個字：「滾！」

是夜，明月大漠，三更響起，一支黑色的夜行兵，在領頭人的帶領下，悄無聲息地出現在魏國的糧草區中，訓練有素地分散了開來。很快一個糧草庫被點燃了，在守護糧草的士兵還沒有喊出救火的時候，如同夜空中一同綻放的繁星，所有的糧草倉庫火勢漸起，燒得氣勢宏大。

「有敵軍偷襲！」魏國將士很快反應過來，夜空裡響起了戰鼓的聲音，軍營中的動靜鋪散開來，天空中綻放出一朵信號煙花。

魏國的城門外，在那信號煙花綻開後，看似平靜的黑夜，突然動了起來，那些匍匐於山坡上的兵士們在黃雲天的一聲令下，整齊劃一地握著武器站了起來。

黃雲天明白這是分秒必爭的時候，那一門之隔裡是以一敵千甚至以一敵萬的他的兄弟。

魏國將領已站在城樓上，一邊指揮著戰鬥，抵死防守，一邊對身邊的將士道：「活捉偷襲我們的人，做人質！」

被選中的十人自然是武藝超群、忠心不二的精兵強將，眼下一分散，很快便被敵軍發現。那些英勇頑強、滿懷殺意的士兵沒有一個不用盡全力，雙方拚盡全力進行你死我活的爭奪，即使以少敵多，華夏戰士的臉上也沒有流露出絲毫畏怯。

「將軍說要捉活的！」魏國將士傳達著他們將軍的旨意。

大家心知肚明。

明月漸暗，耳邊只有兵器碰撞和彼此廝殺的聲音，何凌蒼知道攻城並非立竿見影，他必須支撐下去，十個人的命也是命。他對著人群中吼道：「黃將軍已在攻城，即刻便與我們會合！」他為了鼓舞士氣，不惜暴露自己，於是他的周圍多了數位攻擊他的士兵。

他的身手真好，哪裡還有當年書生的文氣，殺伐決斷勢如破竹。他身上雖有傷痕，但是周圍敵人接連倒下，他緩緩地殺出一條血路，想去幫附近的兄弟。

夜空終於被撕開了一塊，黃沙輕輕飛起幾縷金色的光，破曉時分，何凌蒼心頭一沉，天越亮就意味著對方可以使用更有利於他們的武器。他看見身邊的兄弟倒下了，他抬手奮力廝殺，想殺出重圍去救他。

縱使孤立無援，也要奮戰到最後一刻，他不死，戰鬥就不會結束。

突然，那東方的高地上，出現了一個不可思議的身影，棗紅色的馬上是一個白衣長髮女子，她揹著箭，單手握著弓，一騎絕塵，背著日出而來。

信子啊信子。

眾人被這突如其來的畫面打亂了，有士兵放慢了手中的廝殺，有士兵駐足抬頭仰望。那女子臉上的表情堪稱「神聖」二字，她白皙的臉龐上有著驕傲的決絕。她反手取箭，隨即鬆開了拉著韁繩的手，拉開了弓，再混亂廝殺的場景絲毫沒有擾亂她拉弓射箭的動作，第一箭射中了何凌蒼要去救的那個兄弟身邊的敵人，眾人還未回過神來，她再次拉開弓箭，第二箭射中了衝向何凌蒼的敵人，等到第三箭上弓，魏國將士們反應了過來。

天色已經破曉，太陽亙古不變，見慣了沙場廝殺。

南信子的第三支箭，射中了魏國的領軍頭目。

魏國士兵群情激奮，他們不再管她從哪裡來，也不再管她是多麼傾國傾城，戰場上，不是自己人，那就殺死！

南信子殺入戰場，此刻，她的箭筒中已經沒有了箭，她毫不猶豫地扔掉了弓箭，取出了懷中的匕首。那匕首柄上鑲著一顆紅寶石，那是她的嫁妝，她取出的動作乾脆又果斷。她側身閃過幾次敵方的突襲，身手敏捷絲毫不遜色於男子。

她面色沉穩，動作沒有絲毫的拖泥帶水，分明是頭一回上戰場，她老練得卻不像話。她眸子裡沒有對勝利的渴望，她的臉龐濺上了敵人的鮮血，人人都想突出重圍，只有她往陣中心殺過去。

華夏尚在戰鬥的將士受到了莫大的鼓舞，他們用盡全力做最後的抵抗。

她就快靠近他了，卻舉步維艱，這一面，她等了足足五年。

等何凌蒼一路殺過來，彼此終於只差了一抬手的距離。

隨著魏軍中一聲吶喊，一個士兵奮力而出，他舉起手中的長矛，對準了南信子的後背，何凌蒼大叫了一聲：「信子！」

南信子側身，她本可以躲過，但是她若閃過，那長矛直刺的便是何凌蒼。她的嘴角勾起一抹笑，那是她許久未現的表情，又是如此似曾相識。那晚在長安城外告白的時候，她也是這樣，帶著驕傲帶著愛意。她沒有側身，徹底拋棄了對自身安全的考慮，她直面何凌蒼，她緊緊地反握著匕首，抬手抵擋側方來的敵人，這是最後一個阻擋在她和何凌蒼之間的敵人。幾乎同時，那長矛刺進了她的後背，飛濺而出的是鮮紅的血，好在那些血沒有一滴濺在何凌蒼的身上，以背相擋，她做了最想做的事情。

她向前傾去，她終於倒在了她夫君的懷裡。

生者可以死，死者可以生，生生死死也不過是「情」這一個字。

南信子沒有回頭去看那個刺殺自己的人，她不覺得疼，她只覺得心滿意足。

她的父親是一個蓋世英雄。

她的夫君是一個蓋世英雄。

她自己呢？也是一個蓋世英雄。

何凌蒼抱著她，這樣鮮血淋漓的畫面沒能放慢戰場廝殺的節奏，這是敵軍不會放過的華夏的弱點，人群中有人喊道：「捉活的！做人質！」

看著懷裡奄奄一息的南信子，他看著霞光漫天的塞外天空，低頭對懷裡的人道：「信子，你與我，死在異鄉，可否？」

南信子想回以一笑，嘴角流出鮮血，她掃了掃四面的敵軍，又抬頭仰視著何凌蒼，緩緩地使勁舉起了手中的那把被她稱作嫁妝的匕首，然後答非所問了兩個字：「承讓。」她的頭偏了偏，靠在了何凌蒼的懷裡。

滿身是泥土和鮮血的何凌蒼，抱著自己青梅竹馬的妻子，他的下巴輕輕蹭了蹭她的臉頰，他單膝跪地，取下她手中的匕首，他轉身對不遠處的華夏戰士道：「多謝！」他舉起匕首，直刺自己的左胸口，他也不覺得痛，那刀柄上的紅寶石格外豔麗，他是南信子的夫君，怎麼會做一個人質做一個俘虜？他選擇的是以身殉國，以身殉妻，他怎麼捨得她一人死於異鄉。他抱著南信子，倒在了四面楚歌的戰場中。

城內的戰士未能突圍，除去犧牲的戰士，其餘的都以身殉國，毫不遲疑。

何凌蒼自然沒能再看見殺進城來的黃雲天，頭頂的那輪亙古不變的太陽倒是看見了，不過它見過的東西也太多了，它見過沙場的硝煙瀰漫，也見過樹下的兒女私情，當它看見一個將軍終於取得了這場勝利，卻在何凌蒼緊緊抱著的妻子南信子的屍體前放聲大哭的時候，它躲了起來，那是塞外數月不見的大雨。澆滅了兩國的戰火，洗淨了一地的鮮血，卻沖不開至死相擁的這對夫婦。

南信子，來慈悲客棧，求的是一死。

堂內恢復了往日的模樣，茶盞已冷，似乎從沒有客人來過，我看了看葉一城：「若你是何凌蒼，你會如何？」

葉一城怔怔地看著空無一物的茶臺，緩緩道：「自然同他的選擇一樣。」

我點頭應著：「若我是南信子，也會做出和她一樣的選擇。」

話音剛落，葉一城看著我的眼神裡有無盡的悲傷，似乎濃得化不開，他突然伸手摸了摸我額前的頭髮，然後一把將我摟住，聲音微微有些發顫：「那樣，很疼啊。」

我對他這突如其來的舉動又驚又喜，一時間不知道該如何是好，於是有些僵硬地抬起手拍了拍他的背，安慰道：「信子的死只是一瞬，況且是死在心愛的人懷裡，我想也是幸運的。」

葉一城不但沒鬆開反而將我摟得更緊了，他的手摸著我的後腦勺兒，說道：「笨死了。」

我對葉一城的確有著不可忽視的好感，即使在得知了他有了心上人之後，雖然我無意表達，對他的態度的確卻好了不少，可是我這脾氣最恨人蹬鼻子上臉，於是推開了葉一城道：「抱也讓你抱了，說我笨是不是太過了！」

葉一城的眼眶中似乎有些濕潤的樣子，無奈地搖了搖頭道：「好好，你不笨，我笨。」

這話說得還像話，我拿起桌臺下的抹布擦拭著茶臺，問他道：「你來這鎮子到底幹什麼來了？怎麼見你成天無所事事，跟對街的劉老四家的兒子似的。」

「找人。」

「找人？平安鎮這麼大點的地方，很好找的，怎麼這麼久了，你還沒有找到？」我停下手中的活兒，問他。

葉一城主動幫我洗刷茶具，無奈地笑了笑：「找到了告訴你便是了。」

我突然有些後悔問他這樣的問題，想著他找到了便要離開了，這裡又剩下我孤單一個人，連個說話的伴兒都沒有。不過，他心裡頭有著那個小姑娘，即使留在我身旁又能如何？我想或許是這世上我只認得他的緣故，才會對他產生依賴，若我等到了來接我的人，告訴我前世今生，便不會這樣黏人了。這樣一想我心中便十分舒坦，起身道：「我去鎮子後頭的河邊洗點衣服，你要不要一起？」

葉一城略有不解：「天已經黑了，你還要洗衣服？」說完又改口道：「那去吧。」

我有些歡喜地領著他走向鎮子後頭的那條小河，小河水聲潺潺，白天的時候聚集著淘米洗衣的人們，大家交流著家長里短好不熱鬧。有一回我抱著木盆去洗衣服，想和她們搭上幾句話，可總也插不上嘴，有些遺憾。其實我很喜歡這條小河，河邊有桐樹，但是我似乎並不具備主動結交朋友的能力，因此，每次都會在太陽落山後拖著木盆來洗衣服，怕別人成了我的尷尬，也怕自己成為別人的尷尬。既然葉一城願意相隨，我自然是歡喜的。

那條小河倒映著天上的月光，連波浪都閃閃發光起來，一片安詳。

我指著河流看不見的盡頭對葉一城道：「這河的盡頭一定格外熱鬧繁華，你呢，是不是從那麼繁華的地方來的？」

葉一城陪我擰著衣服，笑道：「是啊，很是熱鬧繁華，你想出去看一看嗎？」

我使勁點了點頭：「自然了，你在找心裡頭的那個小姑娘，也許這河水盡頭的熱鬧繁華處，有一個人像你一樣在找我。」葉一城沒有說話，那河水流淌的聲音格外清晰，此時此刻我竟然生出些難兄難弟的感覺，「若你沒有找到那個小姑娘，便在我店裡住著吧，若找我的人接我離開，那我就把這個店交給你，你也不至於太孤單。」

葉一城附和道：「這倒頗像是難兄難弟。」

難兄難弟？概括得不錯。既然他一心一意對待他要找的那個小姑娘，我想那便有事說事了，笑著問道：「葉一城，已經一個月了，你還要住嗎？」

葉一城低頭看我，迎上我的目光回以一笑，他抬起手放在我頭頂上，正在他想要揉一揉的時候，我迅速地抬手擋了擋道：「喂，我就直說了，你要是想繼續住下去，就得再給錢了。」

他頭頂的桐花悉數開放，我從未覺得河畔如此美麗過。可是他的話卻不那麼討喜：「我沒有錢了。」

空氣中迴盪著我咽下口水的聲音，我想了半天，想他再好看再善解人意終究不是我的，於是決定直入主題：「在我店裡住是要錢的。」

葉一城的目光終於移到了我的臉上：「看不出你還是個計較金錢的人。」說罷還撇了撇嘴，對我似乎有些失望的樣子。

原本我想著可以寬限幾日容他籌錢給我，沒想到這讀書人還真是給自己的窮找了個清高的藉口。「我倒是不大計較金錢，但是我店裡生意繁忙……」說到這裡，我看了看腳下所站的地方，我想這個時候一個客棧掌櫃的能站在河邊洗衣服閒聊，的確和生意好搭不上邊，況且打葉一城住進來直到今日，的的確確真真切切沒有第二個客人。此時此刻兩人無言，竟徒增了幾分淒清的色彩，我清咳了兩聲道：「雖然並非門庭若市，但我也是個生意人，不談錢，談什麼？」說著有些心虛，瞪了他一眼道：「你若沒有錢，就……」「滾」這個字，在喉嚨裡滾了滾，終究咽了下去，因為我瞅見了他手腕上的一串紅色瑪瑙，道：「就拿這個抵債吧。」說罷我輕輕指了指，眼睛卻有些不好意思地瞥向別處，怕他不明白，又往前戳了戳，補充道：「喏，就那個。」

葉一城順著我手指的方向瞧了瞧，然後抬頭看我，見我點頭，他猶豫了一下，聲音莫名地複雜，眼裡似乎還帶著笑意：「這個不行。」見我面露不喜，補充了一句道：「這是她送給我的。」

我拎著已經擰得差不多了的衣服，抖了開來，使勁甩了一甩，衣服縫隙裡的水珠一瞬間都湧了出來。這個夜晚，美麗得如同樹上的桐花，幻化成無數帶著月光的光點。

葉一城的目光更堅定了：「這個……真的不能給你。」那萬千水滴瞬間散了去，葉一城的聲音在這樣的畫面裡，沒有任何的突兀感，只是他的下一句，讓人莫名要掉下淚來，「那個人，是我的心上人。」

心上人？哦，心上人。我一早就曉得，何必說得這樣直白，在我面前如此放肆地表達恩愛真的合適嗎？我扔下了手中的活兒，擦了擦手背，他倒是懂事地抬起木盆，亦步亦趨地跟著一道往客棧方向走去。平安鎮的那條街上，漏著天空中的一束月光，待我走進那束月光中，他走了上來，小心翼翼地問道：「素問，你有心上人嗎？」

我多想有個心上人，多想知道愛一個人想念一個人的滋味，我的曾經是一張沒有畫面的畫卷，乾淨得慘白。我抬了抬目光，瞪了他一眼，道：「我才不要什麼心上人。」說完拔腿就走。

葉一城，沒有再跟上來，站在那束夕陽的光裡。他如果是那個可以帶我走的人多好呀，可惜，他已有了心上人。

第三盞茶・青雲霰

1

蘇菁是一路聽著這樣的八卦趕回長安，參加韓未冬的婚禮的。

「韓大小姐當年是不錯，家世好，長得好，待人接物更是沒話說的。可這些都是當年的事了，一失足啊，千古恨啊。」

「可不是，韓家一貫低調，這回嫁女兒這麼大的陣仗，鬼曉得韓家千金這三年到底去哪裡了。」

「也不知道這宋少卿看上了她哪一點，一表人才，可惜了這小夥子。」

……………

蘇菁未回府，她從娘家趕回長安的當天便是韓未冬婚宴的日子，所以她命馬夫直奔韓家。

寒冬臘月，地上的積雪鋪了一層又一層，眼前一片白，韓府門口的石獅脖子上繫著的紅綢格外醒目。她出了馬車，與迎上來的韓未冬的貼身丫鬟葉兒點了點頭，便輕車熟路地往內院走去。一路是張燈結綵的喜慶，大紅的喜字隨處可見，已有客人陸陸續續前來，堆著極致的笑容說著最圓滿的話，僕人們忙得不亦樂乎。這些情形落在蘇菁的眼裡，只覺他們十分多餘，又或許……是自己十分多餘。她一路急行，直至韓未冬閨房外的院子，卻驟然停住了腳步。

她與韓未冬足足三年未見，這三年裡，她很想知道韓未冬的消息，卻不能打聽，但心底裡的那份惦記卻是真真切切的，此時此刻，那人就在房內，她卻近鄉情怯了起來。

院子的每一個角落裡，都洋溢著婚禮的喜慶，樹枝上的紅綢，屋簷下的燈籠，窗櫺上的喜字……蘇菁眼眶一熱，那房裡的人，可喜歡這般的情景？這一路的閒言碎語，都是在為那位新郎宋少卿不值，冷嘲熱諷地說著韓未冬的命真好……蘇菁卻倔強地認為，這樣聲勢浩大的婚禮都配不上屋裡頭的那位。

推門而入便見滿眼的紅，榻上被褥、官窯瓷器、漆器妝奩……隨處可見與之般配的大紅喜字，擠得讓人喘不過氣來。丫鬟們都在外頭候命，房內只有背對著房門坐在梳妝檯前的新娘，她分明穿著紅色的嫁衣，卻是那麼格格不入。

獸爪底座銅雀鏡裡，呈現的是一張初施粉黛的臉，女子的臉上有著與年齡不符的端莊和沉穩，她此刻微微低著頭梳著髮梢，連蘇菁走近也未發覺。

待到蘇菁在她身旁站定，她握在手裡的梳篦停了停，轉身抬頭看向來人，原本沉靜深邃的目光，起了波瀾，雖稍縱即逝，卻都落在蘇菁眼裡。蘇菁本沒有提前告知韓未冬自己的行程，韓未冬看見從天而降的她並不吃驚，彷彿蘇菁的到來在自己的意料之中。

「未冬，你當真要嫁他？」沒有三年後再見的噓寒問暖，沒有風浪過後的相擁而泣，沒有物是人非後的互訴衷腸。一切來得那麼急，所以蘇菁問得那麼不見外，那麼開門見山。

韓未冬的目光落在蘇菁的額頭上，那裡有一道淺淺的傷痕，若不仔細看，也看不見，隨後她答非所問道：「喜宴上有你最喜歡吃的桂花糕。」空氣中傳來了遠處的嗩吶聲，吹的是民間喜事必備的曲子，那些鼓著腮幫子搖頭晃腦的樂手恍若在眼前。

蘇菁剛在門外咽下去的眼淚，這一刻又湧了上來，她單膝跪在韓未冬的身旁，拉起了韓未冬的手，想說些什麼，問些什麼，卻毫無頭緒。她急匆匆地趕來，一路都在想著如何抄近路，對馬夫發火，向丫鬟抱怨，快馬加鞭連家都未回，身上穿著幾天的衣服風塵僕僕也顧不上了。如此千山萬水、翻山越嶺地見著了，她竟無言以對了。

韓未冬任由她緊緊握著自己的手，清晰地感受到她細微的顫抖，韓未冬別過臉去，目光透過窗戶，似乎能將韓府的一切都收入眼底。「要認輸。」她的語氣裡沒有委屈憤懣，沒有憎恨不甘，就像此刻空中飄舞的雪花，悄然落在喜氣洋洋的韓府裡，落在車水馬龍的西關街上，落在華燈初上的長安城裡，卻不會再有一個人，為她走在積雪的長街上。

2

韓未冬自幼便是眾人口中誇獎的標杆，小到她的簪花楷書，大到她的待人接物，無一不是長輩們心中的完美楷模。她從出生起就詮釋著「得體」二字，五歲而乖，十歲而聰，十五而甜，十六歲的時候，她的父親升遷為從二品中書侍郎，上門求親的媒人意料之中地踏破了門檻。

華夏女子到了適嫁的年齡，挑選中意的夫婿便是舉家上下一等一的大事了。好在華夏風氣日益開化，男女婚前也都能見上面，譬如讓條件相當的未婚男女經媒人的介紹，約定個地方喝一喝茶，目的是讓彼此見一見，以免掀開蓋頭看見的是和媒人所描述的天壤之別的人。這種見面的方式起初規模並不大，但架不住效率高後患少，迅速流傳盛行了起來。

十六歲的韓未冬，非常坦然地接受了人生的必經階段，連八十歲的祖母拄著拐杖也加入到了為心愛的孫女「擇夫」的浩蕩工程裡。通過韓家主母、祖母的層層篩選，在媒人的安排下，韓未冬三天兩頭地要去喝一喝茶。這導致她在很長的一段時間內，聞茶色變，蘇菁當年倒是沒少以此打趣她。

從前韓未冬很少出門，一個月也就見兩回髮小❶蘇菁，陪家中女性長輩上上香，平日裡待在家裡看看書、賞賞花、做做女紅，有時候幫著母親接待幾回父親同僚的女眷，十六年如一日，倒也沒有覺得不妥。

❶意指從小一起長大的同性玩伴。

自打開始出門「喝茶」，她便多了個樂子，記下對方的一些有趣的事情，待到閒了，和蘇菁賞花餵魚的時候添些私房話。

這些喝茶的對象，也有些格外讓人難忘的對白，譬如：

「我吃茶只吃雨前龍井，這是我的習慣，你須得記牢……」

「我並非如父母媒人口中所說的那樣，婚後我也不可能就你一房，肯定要納妾的，這事兒我得提前說清楚……」

「你嫁了我，在生兒育女前，地契上是不能加你名字的，這個你能理解的吧……」

「我只願找一人花前月下吟詩作對，我素來討厭金銀那些俗物，嚮往毫無束縛的生活……」

這些頭一次見面便說的話，自然是止增笑耳。蘇菁特別喜歡聽韓未冬說這些，在韓未冬懷裡笑岔了氣是常有的。

蘇菁家裡老祖母七十大壽這天，韓未冬一早就到了蘇府。蘇菁見她來，一臉神秘地拉著韓未冬便進了閨房。韓未冬再明白不過這表情背後的意思了，果不其然，待到只有兩人的時候，蘇菁壓低聲音，帶著一絲興奮八卦起來：「你知道劉大人的女兒劉思喬吧，得了相思病！」蘇菁向來沒有賣關子的耐心。

這位劉大人的千金性子要比韓未冬更安靜，偶爾在筵席上碰見，她也不和同齡人應酬，清冷得很，讓人怎麼也不會把「相思病」三個字和她聯繫在一起。韓未冬臉上浮上一絲吃驚，十分滿足蘇菁的心情，蘇菁接著道：「你知道害她得了相思病的是誰？」因為興奮，她的語速也加快了一些，懶得等韓未冬回應，繼續道：「你可知道洛陽富商的長子夏至？」

洛陽夏家以做絲綢生意出名，不但銷往全國各地，最厲害的是他們家是皇室絲綢的唯一供應商，所以即使不在京城長安，官員商人們也都聽說過夏家的名號，韓未冬想了想點了點頭。

「就是他！」蘇菁站起來倒了一杯水喝下，彷彿憋著這樣的八卦費了她不少心思，「說劉思喬陪她母親上香的路上見過他一面，然後就害了相思病！」說著咂了咂嘴，「相思病不是該我得才對嗎？」蘇菁笑著自我打趣起來。

韓未冬比蘇菁長了兩歲，兩人家境相似，可性子卻是天壤之別，一靜一動，蘇菁從小就沒少闖禍，儼然一個假小子。的確，這種有違大家閨秀風範的「相思病」，是她這樣的人才敢得的。

「夏至突然來了長安，你可知道為什麼？」蘇菁自問自答道，「我都打聽了個七七八八，他娘去世了，他爹把從前養在外頭的幾房女人都接進了門，可憐他娘還未過六七呢。」韓未冬撚起一顆蓮子，那時正好是夏天，樹上知了叫著，池塘裡荷花開著。韓未冬這些年在母親組織的夫人聚會上，沒少聽這些富商官僚家中的秘聞，她並不覺得吃驚，一臉專注地剝著蓮子。

「夏家嫡長子夏至和他爹從小就關係很差，他娘生前一直要培養他，也是名正言順的事，可惜他太不爭氣了，尋花問柳，沒少禍害姑娘，遠不如那些外頭女人生的庶子有出息，所以你看他也不爭家產，和他爹嘔氣之後乾脆離家出走來了長安。」蘇菁興奮地說著，緩了口氣，接過韓未冬遞來的茶杯喝了一口茶，揮了揮手繼續道：「他來了長安很快就和那些紈絝子弟公子哥打成了一片，吃喝玩樂如魚得水，出手是一夜千金的闊綽，身邊狐朋狗友更是數不勝數。」終究是旁人的家長里短，增加些有趣的談資而已，事不關己自然是不知冷暖的，韓未冬沒少聽紈絝子弟敗家的例子，所以也未曾有什麼震驚波動。蘇菁一股腦兒說完，想起來什麼似的，問道：「未冬，你明兒又有茶局？似乎是那個宋少爺？」

韓未冬點點頭，又見蘇菁一臉替自己委屈的神色，語氣平靜道：「總是希望能快些尋著合適的成婚才是，自我赴茶局以來，祖母寢食難安。」

蘇菁嘴巴噘得老高，一臉不樂意道：「我後年也十六歲了，到時候我爹娘肯定和你爹娘一樣給我安排這些，我定是不會去的！」說著有些憤然，好像明天赴茶局的不是韓末冬而是她一般，「我的人生不該這樣，我要的婚姻也不是這樣的！」

韓末冬咽下蓮子，見她人小鬼大的模樣，忍俊不禁道：「那你要的，是什麼？」

蘇菁左手握著空拳，狠狠落在右手手心裡：「愛情！我要的是愛情！」

韓末冬沒忍住輕笑出聲：「是害相思病的那種嗎？」

蘇菁急得臉紅，捶了兩下韓末冬道：「我可不是開玩笑的，他日我若遇到了中意的男子，一定不惜一切代價嫁給他！」她捲了捲手中的帕子，「末冬，我總覺得這茶約啊，就像是集市上的小販和客人談好價錢，然後這買賣就成了。我可不甘心自己像集市上的東西被人挑來選去，你難道甘心嗎？」

韓末冬見遠處有丫鬟急匆匆朝她們走來，顯然是筵席將開，站起身，長話短說地解釋道：「門當戶對是最穩妥的做法，避免了很多不必要的矛盾，兩人的生長環境類似，以後的分歧也會小很多。你呀，也不必把婚姻想得那樣悲觀。既來之則安之便是。」語落，丫鬟便來請二位去中堂。韓末冬和蘇菁挽著手抬腳出門。此時已是六月，荷花池裡一片粉白，池邊柳樹翠綠喜人，高空之上是大片大片的白雲，看不見盡頭。韓末冬微微抬頭，看著遼闊的蒼天白雲，忽然想著自己的人生，不過是從這個宅子，到另一個宅子，一眼望得到盡頭，不由得有些怔怔失神。

紅燭高堂，福壽無雙，老人家的壽宴總是不熱鬧不成局的，可這樣的熱鬧，總是讓人在散場時心有戚戚，好似一場歲月的狂歡，叫囂著主人數十年來的不易和驕傲。客人們都離開了蘇府，兩姐妹又依依不捨說了些話，韓未冬才與蘇菁道別離開。

很多年後，韓未冬依然無比清楚地記得那天晚上，自己離開蘇府時的所有細節。

3

夜色如墨，月上中天，蘇府正門簷下的燈籠氤氳著紅色的光，有兩隻飛蛾繞著亂撞，石獅子的頭頂上也被灑了一層光圈，蘇府門口的街上一片寂靜。韓未冬穿著藕色禮服，裙子的下襬上繡著的是碧綠的荷葉，她靜靜地站在石獅子下，耳邊能依稀聽見府內後院池塘裡的蛙聲連天，吵得讓人有些心煩。

車輪輾在石板路上的聲音由遠及近，打斷她的胡思亂想。韓未冬站了一會兒，覺得膝蓋有些發麻，便迎向馬車的方向去，可馬車經過她身邊卻依然沒有停下的意思。韓未冬想著許是馬夫未瞧見自己，便小跑了兩步，輕聲喚道：「陳伯，我在這裡。」說罷輕輕扣了扣馬車的外壁，馬車果然立即停了下來。馬夫轉身探出腦袋，露出一個詢問的神色，韓未冬定睛一看，發現這馬夫不是自家的陳伯，有些發蒙，緊張地後退了一步。

韓未冬立刻意識到是自己認錯人了，臉瞬間漲得通紅，正待解釋，卻忽然見到馬車內的簾子動了下，緊接著一隻修長的手拿住了布簾的一角。那是一隻她從未見過的漂亮的手。白皙的手指纖細修長，看上去十分有力，緩慢掀起布簾。這隻蒼白單薄的手，大拇指上偏偏戴著一只烏黑的墨玉扳指，韓未冬就這樣眼睜睜地看著那隻手掀起了簾子。

簾子後是一張年輕男人的臉，車廂裡光線很暗，天上的月光勉強能勾勒出他的輪廓。韓未冬看不太清楚他的長相，只是感覺停留在自己身上的目光並沒有敵意。那人目光稍稍在韓未冬的臉上定格了一瞬，說道：「姑娘，可需在下送你一程？」這聲音如烈日下的泉水，沁到人心裡去了，這話的內容分明有些不合時宜的輕浮，但他緩緩問來，竟讓人生不出一絲反感。韓未冬只是愣愣地看著車廂裡那個男人，月光照在他的側臉上，竟生出些不真實的好看。

見韓未冬並不回應，那男子也不急，就這樣在車廂裡安靜坐著等她說話，丫鬟葉兒的聲音從遠處傳來，打破了此時異樣的沉默：「小姐，蘇小姐一定要讓我捎些蓮子帶回去，這就耽誤了……」

韓未冬猛然回過神來，頓覺自己這樣十分不得體，立即鎮定下來，移開落在那陌生男子身上的視線，輕輕屈膝行了個禮，道：「夜色太暗，認錯了車，耽誤公子了，抱歉。」說罷便頭也不回地往身後自家馬車走去。

那輛被認錯的馬車卻並未立即離開，那男子溫和的聲音從身後傳來：「不妨事兒。」

韓未冬沒有再回頭，也沒有搭腔，鎮定地走向馬車，心裡卻在反覆回想著那男子說出的這幾個字。平常周圍的人都不是這麼說話的，卻偏偏覺得他的兒化音加得很別致，特別有韻味。越想，越覺得他的聲音好聽，有點意思。

丫鬟葉兒攙扶她在車上坐下後，小心翼翼地問道：「小姐，你怎麼了？」韓未冬有些錯愕，反問：「什麼怎麼了？」葉兒有些激動：「剛剛小姐你自個兒笑得很開心。」想了想，生怕她不理解，打了個比方道，「像蘇小姐那樣。」

韓未冬故作鎮定地收起嘴角的弧度，不再接話茬兒，身子輕微挪了挪，靠著窗邊坐了下來。也許剛剛有些耽誤，馬夫急著回府，等她坐穩後，便向前趕去，片刻就趕上了那輛依然慢慢前行的馬車。韓未冬聽著外面的聲音，知道兩輛馬車馬上就要並行而駛，情不自禁地抬起手，微微掀起車簾的一小角，只能看到旁邊馬車的車輪滾動，然後趕緊放下手任由剛剛露出一條小縫的窗簾垂下。只是這麼簡單的一個動作，她的額頭卻生生出了淺淺的一層汗。

「小姐，明兒下午，宋家公子約了喝茶，可今兒睡得要比平常晚些了。」葉兒倒是沒有發現韓末冬的異常。

「不妨事兒。」韓末冬心不在焉地敷衍道，突然想起了這幾個字，正是先前那位公子在得知自己認錯車後的回話，嘴角不由自主地撇了撇，自己說得怎麼就沒有人家說得好聽呢？

次日午後，忽然狂風大作，明明一炷香前還是晴空萬里，轉眼間便下起了暴雨，雨點劈哩啪啦地打在瓦片上、庭院裡，整個府裡都是嘈雜的風聲雨聲，皺著眉頭正要出門的韓末冬卻莫名地舒坦起來。

「這雨下得這麼大，喝茶改日再約吧。」韓末冬打開室內的窗戶，隨意半倚在窗前的軟榻上，伸出手開心地捕捉那些砸在窗簷上粉身碎骨的雨滴碎片，濕潤的空氣裡夾雜著泥土的味道，格外清新。

葉兒見小姐如此說，探頭出去看了看天，不光烏雲密佈，還隱隱有悶雷傳來，確實不太好出門，她低低歎了口氣，轉身對跑腿的下人吩咐了幾句。

韓末冬邊悠閒地剝著蓮子吃，邊隨意地翻看詩文消遣，剛讀完兩三篇，眼角餘光瞥見跑腿的下人小跑著回來，在門邊對葉兒低聲說了幾句，接著葉兒臉色一變，點點頭轉身進了房內。她還沒來得及開口，韓末冬猜到多半和今日約好的茶局有關，本來的好心情頓時煙消雲散，心裡騰地生起一股煩悶之氣，無奈地將手中詩集往桌上一扔，歎口氣道：「是不是娘親絮叨著讓我去？」

葉兒沒有直接回答，只是好言委婉勸慰道：「小姐，你可知那位宋家的少爺，午膳沒用便提早去了茶樓裡等你，此時也被雨困在了茶樓裡。」見韓未冬滿臉惱色，又小心開解道：「小姐，這夏天的雨也是一陣一陣的，現在雖大，等下說停便停。既然那位宋家少爺誠意十足，我們不如等雨停了便去好了，也別枉費了人家一番心意。」

葉兒在旁邊說著，韓未冬卻面無表情，專注地剝手中的蓮子，沒有像之前那樣去掉蓮心，而是直接丟進嘴裡，仔細嚼了半天才咽了下去，蓮子清香，可不去掉蓮心則味道極其清苦。只是韓未冬卻好像在想著什麼走神了，彷彿沒有感受到一點苦味，臉色如常。葉兒知道小姐此刻心情極為不好，很快收聲閉嘴，房間裡沉默得只聽得到窗外傳來的雨聲。屋內的安靜讓葉兒有些委屈，她實在不知一向並不排斥茶局的小姐今日為何如此抗拒，左思右想後終於打定主意，準備拚著被夫人罵一頓，也要去替小姐回絕下午的這場茶局。此時的韓未冬臉上終於有了表情，是一種茫然又無奈的神色，旋即又恢復平靜，看了看窗外的雨，衝葉兒輕輕點了點頭。

葉兒得到小姐的首肯，如釋重負，歡天喜地地重新張羅起韓未冬的行程。待到韓未冬換好了蘇絲長衫，梳好了簡單的髮髻，插上一支步搖後，外頭的雨果然已如葉兒之前所說的那樣小了許多。她接過遞來的二十四股墨荷雨傘，上了自家的馬車，直往繁蒼樓去了。

繁蒼樓是長安城裡最好的茶樓，老闆也格外會做生意，晚上，這裡是最好的聽書地兒，而太陽落山前，這裡則是喝茶的最好去處。頂樓專門設有包廂，可容納兩三人或者數十人的包廂皆有，佈置得也頗為雅致，雖然包廂的費用極高，但是茶好環境也好，若不提前預訂，當天來，是坐不進包廂裡頭的，東邊臨窗的包廂，可見湖光山色，更是需要提前好幾日預訂的。

宋家的少爺，訂的便是臨湖景的包廂，其誠意可見一斑。

車在繁蒼樓下停穩，葉兒趕忙先下車撐著傘服侍小姐。韓未冬看著長街盡頭那道漂亮的彩虹，心情好了一點，揮了揮手示意葉兒雨已經停了，用不著再打傘了，再看了一眼雨後難得一見的彩虹美景，攏了攏長髮，低頭淺笑著走進樓中。彼時彩虹的光亮照在她側臉上，襯著嘴角若有若無的一抹笑意，這等光景卻是自己不知的。

韓未冬來過繁蒼樓幾次，算不上輕車熟路，但也不陌生，擺手婉拒了想要上來領路的小二，徑直往頂樓走去。有些日子沒來繁蒼樓了，韓未冬發現樓內的裝飾已換過，房門前擺著的一長溜盆栽裡的花也開了。頂樓一共只有一左一右兩間包廂，都是臨湖的好位置。韓未冬卻停下腳步，看著兩邊都緊閉著的房門，皺起眉頭。

到底是「白露」還是「穀雨」來著？韓未冬有些恍惚，葉兒之前在馬車上告訴過自己，只是自己當時好像在走神……想到這裡，耳邊驀地躍出昨夜男子的聲音，雖四下無人，她的心還是一下子拎了起來，臉色發燙。她趕緊定了定神，打量了一下左右兩扇房門，稍一思忖，走向左邊，輕輕在「白露」包廂的門上敲了一敲。

片刻後木門就被人從裡頭拉了開來，從裡面移開木門的手極其漂亮，而大拇指上赫然戴著一只墨玉扳指！低垂著視線的韓未冬不可思議地抬起頭來，昨夜月色清淡，他又在車裡，看不大真切，此刻雨後初晴，陽光正好，她這才發現，眼前的男子竟是這樣好看，眼前這男子用玉扣束起了一半長髮，個頭比她高了許多，微微低頭，目光才能與韓未冬抬起的眼神對上。他的眼神倒是和昨夜時一樣，先是微微一愣，接著笑意變濃，輕聲問道：「你來啦？」

韓未冬說不出是高興還是什麼，只覺得心跳得厲害，還好平日裡養成的性子讓她習慣了喜怒不形於色，所以倒沒太失禮，使勁眨了眨眼睛，按捺著內心的驚喜，卻怎麼也遮不住嘴角淺含的笑意，微微行個禮道：「讓你久等了，抱歉。」

男子若有所思的神情一閃而過，卻沒有說什麼，側身請她進了包廂內，隨後輕輕關上了門。韓未冬走到窗邊，窗外是雨後接天蓮葉無窮的碧色，心裡頓時無比清涼舒爽，再瞧見臨窗的榻上放著一只茶壺和一只杯子，杯子裡的水早已經涼了。看樣子他的確等了許久，她心裡著實有些過意不去。

男子從邊上的架子上取來一只白色瓷杯蓮花茶托，放在自己對面的茶臺上，拎起茶壺，斟了七分茶，道：「夏日悶熱，我要了壺荷葉茶，你喜歡喝嗎？」

韓未冬坐定後，點頭道：「喜歡。」說罷，有些懊惱地攏了攏裙襬，她有些後悔今天葉兒準備衣服的時候，自己就做了甩手掌櫃❷，出門的時候也沒好好照照鏡子，也不知道這身衣服自己穿著好不好看。

男子往自己面前的杯子裡也續了一些，悠然問道：「長安城可有什麼好的去處？」

韓未冬隱隱覺得哪裡有些不對，但那男子身上有種親和之感，雖然話題起得有些意外和自來熟，卻不讓人有排斥之心，想了想道：「你可知這繁蒼樓日落後，會有先生說書？這裡的說書先生，是城裡最好的。」

男子點頭表示贊同：「我看啊，那莊先生，不光是這城裡最好的，應該是華夏最好的。我已捧了好幾天的場子了。」說著隨手拿起桌邊的摺扇，輕輕打開了兩節，復又合上，顯然是在模仿

❷意指什麼事也不操心。

莊先生的神態，別有一番風味。

韓未冬歪著頭認真地看著他，素來是大家閨秀做派的她，流露出小女兒的神態，多了幾分異彩，讓對面的男子目光不再移去。韓未冬這才意識到自己的失態，低聲道：「城外有座南山寺，山腳下的素麵很好吃。」她不像蘇菁那樣活潑好動，去過的地方統共就那麼幾個，如今讓她介紹長安城的特色，還真有些為難。

男子「嗯」了一聲，沒急著找話題，端起茶杯喝了一大口，待杯子擱回，忽然笑著說了一句：「真巧啊。」

這看似突兀的話，兩人都心知肚明，韓未冬想著昨天晚上認錯了馬車遇見的人，竟然是今日茶約的宋家少爺，真真是巧，點頭道：「誰說不是呢。」

「明日去吃一碗素麵？」他自然而然地問。

韓未冬不曾抬頭，順其自然地回：「好。」

「明日下午，繁蒼樓門口見？」他又道。

韓未冬仍舊不曾抬頭，還是剛剛的音調道：「好。」

外頭的湖裡一隻青蛙從荷葉上「撲通」一聲跳進了水裡，韓未冬側臉望去，正好迎上了夕陽的餘暉，她下意識地用手擋了擋眼睛，瞇著眼睛回望過來，碰上了對面人的熱烈目光，有些靦腆地笑了笑。

「在下夏至，姑娘怎麼稱呼？」

這話猶如給了韓未冬一記悶棍，筆直的脊背突然一顫。她心裡一驚，馬上意識到自己肯定是走錯包廂了……

她故作鎮定地低頭抿了一口茶，心中卻是翻江倒海起來。和他聊了半天竟然不是約定的人？其實細細想想，從兩人之間第一句對話起，就應該意識到不對才是。更誇張的是，自己竟然還和他定了明天的約會……對了，這個夏至的名字怎麼這麼熟悉？

一時間百般念頭纏繞在心頭，韓未冬低頭蹙眉想著，感覺有些頭疼，既然發現千頭萬緒一時間怎麼也理不清，索性放在一邊好了，那又怎樣呢？所以再一抬頭的時候，她的表情已經恢復成了雲淡風輕的模樣，淡淡道：「我叫韓未冬。」說完似乎想到什麼，忍不住微笑起來，補充了一句：「真巧啊。」

一個是夏天，一個是冬天，果真是好巧啊。

「我是洛陽人，來長安不久。」夏至說道，聲音不高也不低，卻偏偏讓人覺得他說什麼都好聽得很，「洛陽的小吃不比長安城裡的多，還是長安好。」

夏至本就是一身落落大方的氣質，韓未冬在他面前只覺得很是親切，兩人間的氣氛一下子便更舒坦起來。韓未冬有些不好意思地說道：「長安雖好，但我也不常出門，知道的未必有你多。」邊說著邊抬手為他斟茶，露出一截如藕般的手腕，好奇地問道：「洛陽的氣候比長安好些吧？」

「你們長安人聊天時總喜歡先從天氣聊起？」夏至笑著打趣，見韓未冬臉色一紅，才正色道：「沒什麼大不同，只是天黑得更晚些，秋天風沙小些。其他的，我倒不覺得哪裡好。你若有機會去洛陽……」他頓了頓，搖頭解釋道：「我這次來長安並不打算再回去，所以也招待不了你，如今只能腆著臉讓你來盡地主之誼了。」

夏至，洛陽，不打算回去。

韓未冬終於確定眼前這人是誰了，想起蘇菁那日與自己在閨房中談論的八卦對象竟活生生坐在自己對面，感覺真是有些微妙。隨即她毫不生分，順著話頭問道：「看來你這是離家出走，才來了長安？」

夏至跟著唸叨了兩遍「離家出走」這四個字，先是點頭，然後爽朗地笑了起來：「可不是，離家不歸，出走他方，你總結得可真在點子上。」

韓未冬和不同的男子喝過很多次茶，不是心不在焉便是強顏歡笑，唯獨這次的誤打誤撞，讓她竟然生出了些許留戀些許期待。夏至沒有問她為何出現在這裡，韓未冬也沒有問他是獨自喝茶還是等友人赴約，兩人這樣對坐在席間。窗外的十里荷花開得正好，兩人的目光都落在一隻停在荷花上頭的蜻蜓上，湖水悠悠，待收回了目光，遇上了彼此的目光，會心地笑了笑。

「離家出走，好玩嗎？」韓未冬開口問道。見過韓未冬的人，都會覺得她的言談舉止詮釋了四個字——大家閨秀。當她問出了這樣的問題，讓對面的夏至心頭微蕩，她的舉手投足間生出了幾分旁人看不見的率真和可愛。

夏至合上杯蓋，便口若懸河開了：「倒是十分有趣的，這次去了京都、金陵，最後來了長安，本想近日再一路往北，總覺得有些戀戀不捨，於是又多待了幾日。我本想多逛逛，可在長安結識的狐朋狗友，只熟悉這裡的牡丹閣萬花樓流金坊，好生沒意思。」說到這裡，夏至突然打住，他又拿起了杯蓋，把玩了一下，來掩飾自己微微的不自在，內心真想狠狠抽自己兩個耳刮子，竟然在她面前說自己逛窯子！他分明只想和她多聊幾句，怎麼竟這樣口無遮攔，他的話音戛然而止，眼睛看向窗外。

韓未冬長在深閨，但這些煙花場所的名字，從蘇菁的坊間八卦中沒少聽說，因此，她並不像外表所表現的那樣陽春白雪，見夏至臉頰上浮現出一絲尷尬羞澀，心裡卻被他這樣的侷促撞了撞。

一個男人，只有在心動的女子面前，才會表現出難能可貴的侷促。

不過在對於男人逛窯子的事情上，韓未冬和蘇菁不是沒有討論過，「見過世面」的蘇菁態度十分激烈，認為士可殺不可辱，將來自己的那位膽敢逛窯子，她便敢做寡婦。韓未冬的態度倒是淡定許多，她雖活得循規蹈矩，但是包容性極強，男子的尋花問柳固然不好，但是逢場作戲總是不可避免的，她看得很開。

「長安的姑娘好看，還是洛陽的姑娘好看？」她執起茶盞，手腕往下壓了壓，靠近嘴邊輕輕抿了抿。

夏至顯然沒有想到她不但沒有臉紅嗔怪，竟然還能問出這樣的問題，一來幫自己解圍，二來也化解了這樣的尷尬。他脫口而出道：「當然是長安的姑娘。」說完又覺得不妥，又連忙補充道：「我說的不是煙花之地的姑娘，我是說長安的姑娘很好看。」見韓未冬含笑看著自己，他又覺得這話還是補充得不夠明朗，於是提了幾分音量，道：「我的意思是你好看。」

這話落在了夏日的傍晚，終於讓對什麼都風輕雲淡的韓未冬紅了臉。夏至本想再補充幾句，結果自己也紅了臉，這樣的甜言蜜語，他從前沒少說過，這回卻突然生出了少年的緊張和忐忑。

韓未冬撫了撫髮梢，將杯盞往裡頭推了推，直起身來。夏至也跟著起身，想開口問話，卻又不敢多說話，怕哪裡再說錯了。韓未冬似乎一眼能瞧見他的心思，走到了移門邊上，單手搭在門框上，側出半張臉對身後的夏至道：「明天見了。」移門發出輕輕的摩擦聲，她走出門外，回過身來，又輕輕移上。

她自然不知道屋內的夏至直愣愣地看著她走，直愣愣地看著她合上門。他的表情由緊張變成了微笑，隨即他用力轉了個身，然後對著窗外笑出了聲。

坐在馬車內回府的韓未冬腦海中思考了許多，她回顧了一番遇到他的情形。他好聽的兒化音就暴露了他不是本地人，今天從進屋子起那只放著一杯茶盞的茶臺，她更該意識到自己是走錯了的。可是夏至的話，那句「你來啦」的開場白，將他的企圖心表現得遊刃有餘，蘇菁曾和自己說的那些關於他的話，可以聽個三分，夏至的確是個情場老手，可是那又怎樣呢？夏至也對自己動了心。

韓未冬下了車，走回自己的閨房中，便迎來了母親的詢問，她懶懶地回道：「今兒和蘇菁逛了逛，忘記去了。」韓未冬從未爽約過，所以母親聽了這話有些吃驚，不等母親問話，她又補充道：「和這位宋家公子，沒有什麼緣分，罷了吧。」韓未冬雖然溫順，但並不代表她沒有主見，母親也並非死板的人，聽女兒這樣講，並未懷疑，只是歎了口氣，半晌才有些失望地點了頭道：「就依你吧。」

夏夜已至，韓未冬獨坐在獸爪底座銅雀鏡前，她突然想起了蘇菁前不久和她說的話：「你甘心就這樣赴一次又一次的茶局，將自己嫁了嗎？」甘心又怎樣，不甘心又怎樣？韓未冬嘴角浮起一絲苦笑，那些花前月下的兒女情長不過是話本子裡的，有幾個人能遇上，遇上了窮折騰一番又有幾個好結果？萬般皆是命，半點不由人，所以人應該學會認命，不是嗎？

韓末冬走向窗口，輕輕推開了半扇窗，抬頭望著天上剛剛捧出的一輪圓月，想著夏至的那張臉，她豁然開朗起來，這樣說來，自己的命不是很好嗎？她開心地笑了笑，衝著月亮眨了眨眼睛，千里共嬋娟，原來是這樣的意思。

她心頭是有些歡喜的。

4

次日清晨，韓未冬起了個大早，她出現在蘇菁床榻前的時候，蘇菁嚇了一跳。韓未冬挑了件看似簡單實則也很簡單的夏日墨荷襦裙，綰著半層長髮，不過一件淺綠色的披帛點亮了整體的氣色。

「未冬，我們約了嗎？」蘇菁迷糊地看著她，揉了揉眼睛。韓未冬和蘇菁認識這些年來，要是想見都是提前幾日約了的，這樣的突然來訪，竟是頭一次，讓蘇菁猝不及防。

韓未冬揉了揉她的頭頂，然後看了看窗外，丫鬟識趣地退下，帶上了門。她低聲道：「我遇上了一個不錯的公子，沒有和家裡說，今天下午我和他約了出去逛逛。恐怕以後免不了出去逛逛，我都說了是和你出去逛，你記著，可別說漏嘴。」簡短的兩句話，讓蘇菁的嘴巴張開了半天也不曾合上。

儘管韓未冬十分理智地表達了她的訴求和訴求的原因，但是這個信息量過於龐大，蘇菁記得不久前她還和自己說「既來之則安之」的理論，轉眼她竟然看上了一位中意的公子，這公子竟然還不是家裡安排認識的，這些放在韓未冬身上，是多麼不可思議。

等到蘇菁緩了過來，韓未冬便簡單講述了一下兩人相遇相識的過程，只是隱去了夏至的名字。大大咧咧的蘇菁自然也忽視了這個細節，她先是激動地搖了搖韓未冬的肩膀，隨即又抱了抱她，接著掀開被褥光著腳下了床榻，興奮地走來走去，好像迎來突如其來的愛情的是她一般。想了想，她從梳妝檯的抽屜裡翻出來些許細碎的銀子，遞給韓未冬道：「未冬，這些你拿去。」

韓未冬有些感動道：「我平日裡比你花銷少多了，我有積蓄。」

蘇菁想想也是，便隨意將這些擱在了一邊，然後拉起韓未冬的手道：「那位公子能遇到你這樣的姑娘，真是他八輩子修來的福氣。」

韓未冬被這話逗樂了，末了，她隱下笑意道：「何嘗不是我的幸運呢？」

愛情來了，從來都是兩個人的幸運。

下午時分，韓未冬如約而至，她剛出馬車，夏至便迎了上來，興沖沖地道：「聽說在南山寺可看見長安城的全貌，不如我們吃完了素麵，就上去看看？」

韓未冬笑著點了點頭，夏至才發覺自己因為她的赴約有些欣喜若狂，有些失態，輕聲咳了咳道：「那個，你路上來得還順利不？」

韓未冬點頭道：「順利。你呢？」

夏至其實一早就來了，自然沒有好意思告訴韓未冬自己的迫不及待。兩人並肩而行，韓未冬撐著遮陽的油紙傘，保持著恰恰好的距離，少一分太親暱，多一分又太疏離。夏至隨口說著些近日聽見的街坊傳聞，逗得韓未冬時不時地低頭輕笑。

坐車也需要半個時辰的路程，兩人竟然一路聊天，走了一個多時辰，生生走到了南山寺的腳下，也不覺得累。

青山幽幽，山腳之下，有處不顯眼的茅棚，那棚子裡隨意放著四五張桌子，已有兩桌的客人，不遠處就停著豪華的馬車。夏至感慨道「好吃的不怕路遠」，韓未冬笑著說是。她從前和母親上完香，會來這裡吃一碗，每每到了月初月中，定會門庭若市，如今是夏天，也不是上香的時候，所以人來得少些。

待韓未冬和夏至挑了個陰涼的位置坐下，她便要了兩碗觀音麵。兩人正在等著，那兩桌剛吃完的客人中，有位女子十分扎眼，穿著胭脂紅色的紗裙，紅唇在白皙的臉上格外醒目，給夏日的午後平添了幾分熱烈。她的目光落在了韓未冬的這桌上，突然嫵媚地笑了笑，原本與她說話的同行男子，也止住了話頭，順著她的目光望了去，似乎說了句什麼逗樂的玩笑，她捶了捶對方的肩膀，嬌笑著向韓未冬這桌走來。

韓未冬並不認識這樣的女子，從她的談吐穿著以及與這些人的交往上來看，韓未冬能猜出幾分她的身分，目光中卻無任何輕視。看著對方姍姍走來，韓未冬充滿了疑惑，略一想，她便看了看一邊的夏至，夏至也看見了走來的女子，臉上寫滿了侷促不安，於是那女子臉上的笑意更濃了。

她無視一邊坐著的韓未冬，徑直走到夏至的身旁，抬手親暱地拍了拍夏至的肩膀道：「我說夏公子，昨兒怎麼沒來牡丹閣，叫我們姐妹們好等。」

夏至的肩膀往後微微閃了閃，這位女子似乎並不在意，另一隻手也搭了上來，繼續道：「嫣兒姐姐可是等了你一個晚上呢，你看長安城那麼多公子哥兒，可沒誰能讓嫣兒姐姐動心呢，你可不要辜負了。」說罷，她才注意到一邊的韓未冬，目光毫不避諱地死死打量了一番韓未冬，充滿了不屑和輕視，轉身對夏至道：「夏公子的口味變得如此清淡，還真是始料未及。」

韓未冬的臉上沒有不悅沒有氣憤沒有一絲漣漪，這句話的前一刻她的表情是什麼樣，這一刻還是什麼樣的。夏至忙不迭地推開了擱在他肩膀上的兩隻手，有些尷尬地道：「以後我不會去了。」

這個姑娘目光一驚，不可思議地尖聲反問道：「夏公子，是我這話得罪你了嗎？怎的好端端的說這樣絕情的話……」話音一轉已經帶上了哭腔，隨即她便瞪著韓未冬，覺得一定是當著韓未冬的面，夏至才會說如此狠心的話，咬著嘴唇狠狠瞪著韓未冬。

韓未冬從竹筒裡抽出一雙筷子，抬頭看了看她，隨後又將目光落在了一邊的夏至身上。夏至的臉上寫滿了愧疚和忐忑，見韓未冬看著自己，十分不安地正要說話解釋。韓未冬終於開口，緩緩道：「夏公子，你陪這位姑娘去邊上聊聊吧，站在這裡，擋著了我的風。」沒有對那位女子的輕視和不屑，她輕描淡寫的幾句話卻是四兩撥了千斤，十分得體，還給了夏至足夠的臺階下。

夏至連忙起身，這位姑娘囁嚅了幾句竟無從反駁，看了夏至一眼道：「今晚上嫣兒姑娘推了所有的客人，只等夏公子，您可別傷了人的心。」說罷拂袖而去。女人只有在喜歡自己的男子面前，賭氣才能得到重視，若是這個男子對你沒有心，你賭氣，反是給了他和你斷了關係的理由。

夏至站在茅棚外頭，背影寫滿了侷促不安。他回過頭來，看著韓未冬，然後撓了撓後腦勺兒，尷尬了半晌，像是個做錯事情的孩子一般，咧開嘴不知道是要笑還是要說話，反而讓韓未冬嘴角忍不住浮了浮，輕輕道：「麵好了，快來吃。」

夏至連忙點點頭，走回了桌旁。韓未冬遞上了一雙筷子，接著道：「這澆頭是現做的，很新鮮，嚐嚐看是不是比你從前吃過的好吃些。」

夏至接過筷子手腕頓了頓，又點了點頭，將筷子併攏對齊，然後低下頭，垂著的劉海兒擋住了韓未冬看他眼睛的視線。韓未冬也低頭用筷子夾起了幾根麵條，隔著一碗麵，她竟然看見了夏至往麵碗裡掉落了幾滴眼淚，這一齣讓她陡然一驚，手中的筷子懸在了空中，她有些驚詫，有些惶恐，轉瞬，她又有些心疼他。

夏至沒有抬頭，繼續吃麵，起初只是小口，後來變成了大口。等他使勁地吃完了，眼前便是韓未冬及時遞來的絹帕，他接過來，擦了擦嘴巴，又擦了擦眼睛，終於抬起頭，帶著一如既往的風度和笑容道：「帕子髒了，我回頭送條新的給你吧。」

韓未冬單手撐著下巴，認真地注視著他，答非所問道：「我，不大喜歡你這樣對我笑。」清風拂過她的髮絲，她的笑容像是十里荷花綻放，寧靜卻不平庸，身後綿延的青山方能襯得上如此的嘴角輕彎。

這兩人從一開始到前一刻為止，都在刻意保持著熟悉的朋友的關係和假象。韓未冬的這話出自真心，是她頭一回開口對他說自己的喜好，讓夏至有些眩暈，有些忐忑地問道：「我笑起來，似乎都是這樣啊……還有不一樣的嗎？」

韓未冬點點頭，眨眨眼，微微翹起嘴巴，有些不大高興的樣子道：「這樣的笑容太過完美了，多了幾分防備，少了幾分真心。」她的語氣有些許的嗔怪，又有些許的不滿，最終化作了女子特有的羞澀，垂下了眼簾。

你看，女人啊，無論閨閣淑女還是煙花烈女，但凡有些和身分不相稱的作態，定是吸引人的。

兩人行至山中，山間綠樹成蔭，蟬聲幽幽，陰涼愜意，一路至山頂的南山寺，已是日暮時分，寺廟飛簷處是大片大片的火燒雲，一直燃到視線盡頭。

夏至與韓未冬並肩跪在佛前，仰頭望著慈悲俯瞰眾生的佛，然後又看了看對方，從認識到如今，不過兩個日落的光景，卻一眼看懂了對方的前半生；而那高高在上的佛祖，望見的是座下善男信女的後半生，所以笑得很慈悲。

兩人從寺廟中出來，韓未冬引著夏至走到西邊敲鐘的空地處，從這裡可以俯瞰整個長安，她指了指腳下的一片，詢問道：「好不好看？」

夏至從她身後不遠處走近她肩旁，先將視線落在了她的臉上，然後移向了她手指的方向。他來長安好幾回，從未見過它此刻的模樣：被晚霞籠罩著的長安城，山腳下的炊煙嫋嫋，一派安居樂業、國富民強的景象。長安，從骨子裡透露著一種驕傲和大氣，一如身邊的這個女人。

晚風習習，吹散了夏日的熱氣，他轉過身看著韓未冬，突然道：「我走過不少地方，遇過不少人，但是……過得很……很荒唐。」此刻她的髮絲被鑲上了最自然的金邊，她的美沒有侵略性，那種由內而外因為自信散發出來的氣質，有著顛倒眾生的資本。

韓未冬並未出言打斷他，仰著臉來看他，帶著肯定帶著期許帶著和他一樣的愛意，鼓勵他繼續說下去。

「我曾覺得，若是真心愛一個人，是多麼束縛和折騰的事情，我想著只要有著這副皮囊，口袋裡有著這些銀票，隨時可以買來陪伴自己的人，總不至於孤單寂寞，直到今天，我才發現那些歲月多麼可憐可悲，我……再也不想過那種荒唐的日子了。我遇到你，未冬……遇到你，真是太好了。」說到末了，夏至的聲音有些哽咽，然後他自嘲一般苦笑了下。

韓未冬聽他說完，緩緩抬起手，衣袖滑落露出白皙的手腕，她靠近他，輕輕撫摸著他的臉頰，認真中帶著一絲俏皮道：「你的這副皮囊，我可是很喜歡的。」

夏至被她這調皮的話逗樂了，忍不住笑出了聲，抬手覆在她撫摸著自己臉頰的手背上，孩子氣地說道：「不想你竟如此好色，以後若是遇上長得比我好看的公子，豈不是要尋花問柳？」

韓未冬「噗哧」一聲也笑出了聲，抬起另一隻手，刮了刮他的鼻子道：「就算我尋花問柳，也還得讓某個公子為我守身如玉，不接待旁的客人呢。」她嗔怪地撅著嘴。

夏至一把攬住她的腰，她雙手順勢勾著他的脖頸，仰頭專注地看著他，殘陽灑在山間，灑在林中，也灑在了這雙人的身上：「那個……我從此再不會踏進煙花之地半步，我從前……」他還要繼續說，韓未冬卻將手指輕輕放在他的嘴唇上，微微低頭，用額頭蹭了蹭他的下巴道：「你從前，歡喜的不歡喜的、荒唐的不荒唐的，都成就了今天的你，你不必為此向我解釋和道歉，我遇到現在的你，和你的感受一樣，只覺得真是太好了。」她輕輕背過身去，看著最後一線夕陽，「我遇到你之前，以為自己會平和安好地過完這一生，不敢奢望那些情生意動的美好，總覺得是不屬於自己世界裡的東西。你來了，讓我的人生變得這樣生動美好，這是我的幸運，謝謝你來了。」西邊的盡頭是燃燒殆盡的紅得發黑的火焰，一行白鷺青雲直上拉開了一片夜色。

夏至傾身向前，他的手穿過她的腰際，從韓未冬的背後緊緊將她摟住，下巴輕輕擱在她的肩膀處。他輕輕蹭了蹭她的臉，她笑了笑，夏至抱得更緊了：「謝謝你，未冬。」千言萬語，他最終只說出了這五個字。

韓未冬被夏至牽著手，她看見他臉上有孩子般滿足的笑容，覺得格外幸福。她雖沒有愛過其他男子，可並不笨，在對人性的了解上，是同齡人中少有的成熟，所以她付出了愛，並曉得什麼樣的回應才是真的愛。

她面對人生泰然自若，她面對愛情欣然接受，她心懷感激，她聰明，更智慧，這便是韓未冬。

兩人一路行至山腳下，如墨的夜色在長安城的上空暈染開來，分別之際，已經商量好了接下來的打算。

親。

韓未冬回去向長輩們坦白心意，夏至即刻起程回洛陽，向父親說明此事，準備好聘禮前來提親。

分別之處和韓府隔著兩條街，夏至取出一支白玉荷葉簪，簪尾刻著字，遞給韓未冬道：「這是我昨天與你分開後買的，上頭刻著你的姓氏。」這樣量身訂製的簪子定是通宵達旦做成的，可他卻隻字未講。

韓未冬接過披著月光的簪子，低頭一瞧，便看見那簪尾處，果然刻著「韓」字，指腹可以感受到凹凸的刻痕，她沒有推辭，落落大方地收了下來，道：「這便當作你給我的聘禮吧。」

夏至看著她收下，又聽她說這番話，覺得再多說也只是不必要的客套。他想伸手拉一拉心愛之人的手，又顧忌這是在街上，靠近韓未冬的家，怕給她帶來不必要的麻煩，只好作罷，翻身上馬，坐穩後，篤定地說道：「你等我。」

韓未冬點點頭：「我等你。」

他們的身後是青磚灰瓦的舊宅子，參天古樹的樹葉碎了月光，流轉在空氣裡的是輕巧的夏花香氣。只有他們倆是靜的，那些穿過他們的行人和車馬，隨著街燈蔓延到下個路口、再下個路口……

5

韓未冬很快就被關了禁閉。八十歲的祖母聽見「夏至」這兩個字就已經氣暈了過去，母親一邊扶著祖母，一邊痛心地看著跪在堂屋中間的韓未冬，父親的手杖敲裂了他足下的青石磚。韓未冬跪得筆直，沒有哭，一臉的平靜，和從前一樣。

堂屋內只剩下了她和案上紅紗罩著的燈，父母親的爭吵聲時不時地傳來。韓未冬看著案上的紅燈，那火苗跳得正歡，她又抬頭透過窗櫺看向天上的那輪皓月，她想著他和自己看著同樣的月亮，真好呀。

從小乖巧溫順的韓未冬，受到了家法的懲罰後，依舊恭順溫良，早起請安，睡前請安，不管父母是否回應，她一如既往。

從一開始的不解、責罵到後來的冷漠回應，韓母率先耐不住了，她先是哭著絮叨著她這幾天又打聽到的一些關於夏至的風流往事，接著痛心疾首地指責韓未冬的少不更事與不知深淺，面對韓未冬不卑不亢的一句回應——「從前的那都是過去的事情，他待我一心一意，我願意嫁給他」，最終只能總結為韓未冬被豬油蒙了心，走夜路撞了邪。

韓母甚至請來了法師、道士、和尚回來開壇作法驅邪，但在韓父的喝斥中最終沒真的搞出太誇張的鬧劇。無奈之下韓母以淚洗面好幾天，終於想到了一個法子，從蘇家請來了救兵。

華夏民風較為開放，男女自己認識決定走入婚姻的也不少，韓家也不是死板保守的人家。若是獨女韓未冬私下中意了某位男子，只要是身家清白的孩子，他們也不在乎門第差異。只是這夏至名聲實在狼藉，是長輩們眼中不折不扣的「火坑」代表。

長輩們知道女兒與蘇菁交好，這個時候也只能找最信任的人來開解，並且得保守這個秘密，否則傳出去對姑娘家的名聲影響太大。

蘇菁來了，她只聽了韓母的幾句交代，小臉變得煞白。韓母見她緊張焦急的模樣，想她定與自己所想的一樣，心中有些寬慰，拉著她的手連連囑咐：「一定要把她從火坑邊上拉回來！」蘇菁有些懵懂地連連點頭，接著推開了韓未冬的房門，沒有人看見她合上身後的門時，嘴角的笑容。

韓未冬見來人是蘇菁，努努嘴道：「幫我倒杯水。」

蘇菁「唉」了一聲，顛兒顛兒地倒了一杯水來，雙手遞給了韓未冬。見韓未冬慢條斯理地喝著茶，一向對好友最熟悉的蘇菁知道她雖然看上去溫柔乖巧，但心裡已然是下定了決心，終於忍不住低聲問道：「你不會……準備私奔吧？」

韓未冬眼睛一亮，心中暗自感慨這閨中密友果然沒讓自己失望，點點頭。

蘇菁使勁咽了咽口水，她這樣說是本能反應，以為韓未冬會猶豫分析，這麼大膽不羈的想法，韓未冬竟然如此平靜地承認了！蘇菁半晌緩過來道：「太……太刺激了。」然後灌了一大口水，正經地說起話來，「我見你找到自己喜歡的人，很是高興，但是夏至，他真的值得你託付嗎？」

韓未冬道了聲「值得」，便緩緩向她講述了兩人相遇相識的過程，她說得很平靜，但是甜蜜之意卻洋溢在字裡行間。

蘇菁聽她說完，卻是一副難有的大人模樣，她只問了幾個問題：「你當初跑錯了喝茶的包廂，他定知道你是跑錯了，卻老到地將你迎了進去，讓你一錯再錯。你想過他起初對你，只是對一個長相漂亮姑娘的一貫反應嗎？」

韓未冬回道：「想過。他與我一見鍾情，本就是被對方的樣貌氣度吸引，誰的一見鍾情不是如此？見到漂亮中意的東西，條件恰當，自然會想著下一步的親近。若他當下告訴我走錯了，便難有後來的交集，於他於我，都是憾事。」

蘇菁想了想，似乎被她說服，又問道：「那位為難你的煙花女子，你怎麼不讓夏至幫你出頭，好好羞辱她？他是不是憐香惜玉，怕得罪過去那些相好的？」蘇菁到底有些意難平。

韓未冬搖搖頭：「那個煙花女子，也非夏至的相好，說些不得體的話也是她那身分做得出來的，我置什麼氣。如果我對夏公子來說，只是簡單的漂亮女子，他會處理得十分周到，說幾句玩笑圓場的話，他混跡煙花場所這麼些年，難道不會說嗎？恰恰是他的手足無措，才顯得珍貴。他若真的是如你所說的憐香惜玉，說的那句『以後不再去了』，並非給那女子聽的，是給我聽的，憐的是我的香、惜的也是我的玉。」

「冬兒姐姐，你說的那些我都覺得對，只是，他對你的百般在意，不就是因為對得不到的東西，才格外花精力的嗎？」蘇菁反問道，她似乎對這位夏至之前的印象著實太差，所以問題也問得格外尖銳一些，「不過是前一天見面，他第二天就能準備好羊脂白玉的簪子送你，真真是出手闊綽，可這不是遊戲花叢多年的老手常用的手段嗎？」

韓未冬靠在榻上，移開杯蓋，又放了回去：「他遇到我之前，遊戲花叢的經歷，讓他知道如何討我歡心，這不是很好嗎？他遇到我之前，就已經是洛陽富商之子，送我的簪子符合他的身分背景，談不上闊綽，只是在他能力之內的禮物而已。」她直起身來，給蘇菁捏了捏肩膀，一如既往地溫柔道：「那些過去，是無法改變的，在旁人看來好像十惡不赦似的，卻仍舊有它的好處，他對我體貼照顧，他願意與我共度一生，其實比我更需要勇氣。不必覺得我在這段感情裡，吃了很大的虧，他應該感恩戴德燒香拜佛才是。其實他的出現，已經是我的幸運了，有生之年，能遇到一個讓自己心動的人，他又恰好愛著自己，是要感恩戴德的。我韓未冬和他夏至，不僅僅感恩對方，更要感恩老天的安排。」

韓未冬是不喜多言的性子，如今和蘇菁說的這些長篇闊論，是兩人交往以來屈指可數的了。

蘇菁一邊擔心那曾經流連花叢的夏至會辜負韓未冬，一邊又為韓未冬找到心動的男子歡喜高興，聽了韓未冬的這番話，她心中的欽佩之情油然而生。她從前與同齡的姑娘們聚會，常常會交流近來讀的書聽的段子，有一陣子長安女子風行讀《女尊》，那裡面講著什麼樣的女人才是強大的女人，要如何成為強大的女人二十一條等，大家說起來都頭頭是道。但是今兒見了韓未冬面對夏至、面對自己感情的心態、處理方法，她從骨子裡被徹徹底底地征服了。

原來，真正強大的女人是這樣的。

「你們私奔吧。」蘇菁拍著韓未冬的手背，總結陳詞。

轉眼楓葉飄紅，夏至未至，兩人當初分別得急，韓未冬也沒顧得上問夏至的洛陽住址，但是夏至是曉得韓府地址的，說好的兩月期限他沒有來，也沒有來一封信解釋，韓未冬臨著小楷字帖，心神有些慌。家中長輩們對自己的態度還是一貫的強硬冷漠，今年韓未冬的生辰也沒有給她操辦，韓未冬不吵不鬧，雙方都擺明了各自的立場。

初雪的早晨，韓母一臉冰霜地進了韓未冬的閨房，開門見山道：「夏至的爹死了，如今夏家亂作一團，個個都在爭家產，哪裡還顧得上你？對他們這種紈綺子弟來說，錢財比什麼都重要，你就醒醒吧。」說罷韓母扭頭便走。

午膳過後，蘇菁連斗篷都沒有披便來了，進屋時眉毛上的雪還未融化掉，她合上房門，急匆匆道：「夏至的爹死了！」

韓未冬點點頭，聲音有些低落道：「我聽母親講了，他家裡果然出事了，否則也不會誤了約期。」停了停，語氣裡滿是關心和擔憂，「不知道他怎麼樣了，家裡的關係那樣複雜，應不應付得來。」

蘇菁感慨道：「你竟一點不擔心他不會來？」說著坐在了韓未冬的榻邊，擔憂道：「你父母對他態度如此強硬，怕是他來了信，也到不了你手裡，你的情況他也不知道，你有沒有想過什麼法子？」

韓未冬無奈地歎了口氣道：「我也是這樣擔心，想他來了恐怕也是見不到我的。」只一頓，她站起身來，從妝奩裡取出兩張銀票遞給蘇菁道：「你得幫我一個忙。」

蘇菁聽她與自己耳語後，吃驚之餘不得不感慨自己的這位髮小當得起「智勇雙全」四個字了。

繁蒼樓喝茶視野最好的包廂其中一間被包了足足兩月，出手自然是闊綽的，更讓人意想不到的是，包下後也不見有人來喝茶，只吩咐小二：若有一位洛陽夏公子來，便迎進去。

去包下那包廂的自然是蘇菁，這只是韓未冬計畫的第一步，而蘇菁在計畫裡的執行力堪稱完美。

不出一月，繁蒼樓的小二來報，蘇菁要等的人來了。蘇菁趕了過去，與夏至核對了身分後，便三言兩語將韓未冬的近況告訴了他，讓他儘量待在這裡，以便聯絡，末了感慨了一句：「你能找上我家未冬真是八輩子修來的福氣。」不等夏至回話，蘇菁便趾高氣揚地往韓府去了。

韓未冬聽見夏至來了長安欣喜萬分，趕忙問道：「他看起來還好嗎？」

蘇菁攤手道：「我從前又沒見過他，哪知道他如今這模樣是好還是不好？」喝了口水又道，「接下來怎麼辦？我已經讓那小子待在繁蒼樓不要亂跑了，都聽你的指揮！」說罷揮了揮手，儼然一副大將風範。

韓未冬已經收起了欣喜的情緒，走到窗邊看了看外頭的天色，現在已經是臘月，天色暗得格外早一些。她又走到門外，對丫鬟說道：「今晚不去用膳了，你準備些點心來。」葉兒應聲退下，不一會兒便佈了些點心，識趣地退到門外去了。韓未冬關上門，打量了屋內一圈，拿起妝臺上的紅色雕花漆器首飾盒子，又拿起一邊的胭脂，轉過身來，對蘇菁道：「你的外衣、斗篷借我。」

蘇菁一愣，很快就明白了過來，迅速脫下了自己的外套，又拿過韓未冬手裡的胭脂盒子打開看了看，搖了搖頭道：「這胭脂化開，還是不像血。」她環顧了四周，然後拿過韓未冬手中的漆器盒子，韓未冬還未阻止，她便很快很準地往額頭上磕去，發出了一聲悶哼，額頭上便流下了血來，她不去捂著額頭，反而安慰道：「不妨事，是外傷，劉海兒遮一遮便看不見了，過兩年就好了。」

韓未冬半張的嘴巴久久合攏不上，眼睛裡蒙上了一層水霧，感動得說不出話來。

蘇菁指了指自己的外衣和斗篷道：「快穿上走吧，事不宜遲。」

韓未冬覺得此刻說再多只是多餘，她點了點頭，迅速換上了蘇菁的外衣，披上了斗篷，戴上了貂絨毛邊的帽子，取出早就準備好的金銀細軟揣進了斗篷裡。待一切準備就緒，韓未冬看著旁邊微笑看著自己的蘇菁，眼淚又湧了上來，上前握著她的手道：「菁菁……」

「走吧，未冬，我多羨慕你，能有這樣一個人，可以讓你奮不顧身。」無須祝福無須叮囑，蘇菁那時篤定她會擁有最完美的愛情。

「我走了。」韓未冬低聲哽咽道，然後一狠心放開了手，壓了壓斗篷的帽子，走出了門外。

丫鬟葉兒上前道：「蘇小姐，我幫你喊車夫來。」韓未冬加快了步伐，頭也不回地衝著後頭的丫鬟擺了擺手，葉兒果然停住了腳步。

韓未冬低著頭，兩邊石燈柱裡透出的光照著肆意飛舞的雪花。穿過長廊的時候，她用餘光瞥見了飯廳裡的燈光，父親似乎沒有回家用晚膳，祖母一直臥床養病，那裡用餐的只有母親一個人，渾然不知屋外的情形。她心裡一緊，眼睛有些酸，然後加快了步伐，腳下的雪破碎的聲音格外響亮。行至側門的時候，她停了停，轉了轉腳跟，想打量一番這自幼生長的園子，卻只敢看看腳下一方被月光照亮的積雪地，然後一咬唇，腳跟轉了個方向，走出了家門。

6

那一夜群星隱去，一輪皓月獨懸空中，點亮了大雪紛飛的長安城。

那一夜繁蒼樓外，依舊車水馬龍，繁蒼樓最受歡迎的莊先生，講的是一齣新戲文：洛陽富商夏和之死。

韓未冬自然顧不上留意說書的戲文，她在熙攘的街上走得很艱難。待到繁蒼樓外，還未上去，便有一人從暗處的巷子裡，走到了燈光下，那人披著墨色黑狐大氅，頭髮束起，在紛紛揚揚的大雪裡，散發著由內而外的貴氣，他的右手大拇指上戴著一枚墨玉扳指，在呵氣成白煙的冬夜裡道：「你來了……」

韓未冬收住腳步，抬眼看他，幾月未見，沒有猜忌沒有生分，有的只是幾分不捨幾分想念和愈發濃烈的愛戀，衝著他如釋重負地笑了笑。他的眼眶卻生生地紅了起來，快步上前，不顧周圍的人流，一把將她拉到了自己的懷中，他說：「我帶你走吧，華夏這麼大，去哪裡都可以，只要和你在一起，好不好？」

韓未冬從他的懷裡抬起頭來，雪花落在他挺拔的鼻梁上，他的眼睛那樣深邃，像是那看不透的黑夜。他比幾個月前清瘦了一些，黑了一些，她有些心疼，衝著他點了點頭道：「出來不易，所以只帶了一些便攜的首飾和銀票。」

夏至在女人身上從來都是一擲千金的，這還是頭一回有個女人，心甘情願主動拿出了積蓄，圖的是和他廝守終身。他的眼眶濕潤了，拉起她的手，放在嘴邊呵了呵氣，道：「我去了幾封信給你，杳無音信，想你這裡定出了周折，所以處理完父親的葬禮，我便來了。」

「那後續的事情……」韓未冬擔心地問道。

夏至知道她的擔心，雙手捧起她的臉，認真地注視著她，一個男人對女人的愛戀，眼睛最騙不了人，思念、惦記、愛慕都會融入裡頭，摻雜不了一絲的雜質。他搖搖頭，阻止她繼續說下去：「隨他們去吧。」他只擔心雪天路滑，趕來的時間太久，他只擔心少一天見她……

「對他們這種紈絝子弟來說，錢財比什麼都重要」的話猶在耳畔，她想起出門前母親在飯廳用餐的孤獨身影，母親阻止自己與夏至的婚事，不過是擔心自己會過得不好罷了，她自然明白母親的用心，此時此刻，她對家人的愧疚又少了幾分。

連夜離開長安城是他們重逢後的第一個決定，站在長安城外的石碑前，韓未冬仰頭看著風雪中的碑文，上頭刻著八個大字——長治久安，天下大同。她想著下次再見這塊碑文，她與夏至兒女應該成行了，不曉得到時候又是一副什麼光景。

夏至扳過她的身子，傾身直視著韓未冬，一本正經道：「未冬，你願意為我離開生長這麼多年的地方，我夏至記在心上，離開前，我想與你說幾件事情。」

雪花落在她長長的睫毛上，她微微眨眼，點了點頭：「好。」

「我是母親一手帶大，父親因為母親的家世背景一直有些忌憚，在外頭養了幾房，也不敢帶回家裡。母親從小寄太大希望於我，我卻怨她在父親面前太過軟弱，於是我心存叛逆，與父親關係極差，更別說打理他的生意，只是使勁花他的錢，讓他煩心生氣才覺得爽快。在母親過世之前，我與父親一直交惡，母親除了哭也沒有旁的法子，父親對她似乎更是厭煩。母親去世，我十分難過，這世上真的疼我的那時只有她一個，而我卻因心性未定也沒有順著她的意，讓她含恨而終。不想母親屍骨未寒，父親竟張羅著將外頭幾房妾室和妾室所生的孩子，通通接回了府上。我氣得不輕，與他理論，自然是不歡而散。我安葬完母親，便離家來到長安。來了長安，便是夜夜笙歌……」夏至頓了頓，有些愧疚道：「外頭對我的那些傳聞，恐怕也都是真的，我的確很荒唐，或許傳聞的還不及我荒唐的二分之一。我那時候並不覺得名聲有什麼重要的，呼朋引伴過得好不熱鬧，也不指望能娶到一個喜歡我這個人的姑娘。直到遇到了你，未冬，我曉得你父母阻撓的理由，那些都是為了你好，我真後悔從前的荒唐，讓你我如今過得波折，害你受了這些委屈。」夏至的聲音有些哽咽，握著韓未冬雙肩的手有些用力，他停了好一會兒，深吸了一口氣道：「未冬，你從前喜歡我，不在乎那些流言蜚語，如今我告訴你，那些流言蜚語大半都是真的，你若不想跟我一起走，我便送你回去，你也不用覺得對我有什麼愧意。但是，未冬，聽了這些，你如果還願意和我一起走，我定會全心全意待你，等到來日你父母氣消了，我帶你回來，定跪下向他們賠個不是，補一個明媒正娶給你。」他說完這段話，頭低垂了下來，額前的劉海兒擋住了韓未冬看他的視線。

雖然只有一瞬，卻似乎過了很久，韓未冬輕輕歎了一口氣。夏至聽她歎氣，緊張地抬起頭來，嘴唇囁嚅了幾下，終是生生咽下，目光裡的愛意卻能將眼下雪花融化，那種帶著濃濃的愛意、不捨，甚至是祈求的眼神，成了冬夜裡最美的風景。韓未冬踮起腳尖，張開雙臂，將他緊緊摟住，在他耳邊輕輕道：「你說你母親是這世上唯一疼你的人，以後，還有我會疼你愛你。你說你從前的荒唐，落在我耳裡，只有無盡的心疼，從此以後，我再也不許你過那些糊塗日子，你可否答應我？」她鬆開手，站穩，抬頭看著夏至。

夏至眼眶裡泛起淚花，倏地匯成了淚水，他不停地點頭，那淚水便一粒粒地滴下，韓未冬嗔怪道：「你看你，一個男子漢，在我面前，哭過好幾回了。」說罷抬手幫他擦著眼淚。

夏至將她緊緊抱住，斷斷續續道：「因為你讓我覺得前所未有的安心和溫暖，讓我覺得這個世界是那麼美好。未冬，我愛你，謝謝你，我好像遇到你，才曉得什麼是愛。」

韓未冬寵溺地拍了拍夏至的背，輕聲道：「那你可不能後悔帶我走，要一直這樣愛我哦。」

夏至連連點頭，問道：「你是想往北，還是想往南？」

韓未冬想了想回道：「我想去你曾經去過的那些地方看看。」韓未冬自出生起，就未離開過這座世人都豔羨嚮往的華夏都城，她看著近在咫尺的夏至的臉，用額頭蹭了蹭他的下巴。

臘月冬夜，大雪瀰漫，道不盡的蜜語甜言，看不透的夜色未來。

人這一生的劫難啊，一開始大都不會露出它的本來面目，通常，它會披著驚喜、美麗、動人的外衣，翩然而至。

私奔的日子，帶著一種皎然出塵的驚豔，綻放在韓未冬的生命裡。韓未冬從未體會過如此轟轟烈烈的愛情，不，她的人生裡，總是一帆風順波瀾不驚的，無論是愛情還是其他。

原來同樣是冬天，同樣是雪飄千里，不同的地方景色又是不一樣的，窗含山嶺的千秋雪，千樹萬樹的梨花開，獨釣江雪的蓑笠翁……韓未冬漸漸隱去大家閨秀的穩重端莊，多了幾分難得的童真，她與夏至同騎一匹馬上，夏至從後頭將她結結實實地攬在懷裡，常常是行一陣歇一陣，挑上最好的客棧住一陣。夏至說廣陵四月柳絮飛的時候，就像這鵝毛大雪，不過那裡春光十里，總是分外暖和的。於是他們便打算去那二十四橋明月夜的廣陵看一看。

有了目標，旅途就更增了樂趣。夏至總是能最快地找到當地最美味的小吃，最有趣的玩意兒。無論這個地方夏至是否來過，他總會用最短的時間融入進來。他喜歡聽些戲文，於是每到一處，但凡有戲文，他都會買上兩張最好位置的票，當地方言的戲劇，韓未冬聽不大懂，可見著身旁的人如癡如醉的模樣，總是有發自心底的歡喜。

冬末的時候，天氣回寒，兩人便待在客棧裡，夏至燒著炭火，韓未冬在一旁的書桌上寫著字。她的愛好和她的人一樣安靜，從前在家的時候，父母發現她的天賦後，便不惜一切地培養她，她的文房四寶總是最好的。如今在私奔的路上，夏至自己雖然對這些沒什麼興趣，卻會給她找來極好的硯臺、墨塊、宣紙。在這文房四寶裡，韓未冬最講究的便是墨塊了，一直用的是前朝松煙香墨，研開一小塊便是二兩黃金，一字千金所言不虛。每每寫字，夏至總會上前幫她研好墨，韓未冬總會打趣道：「旁人是紅袖添香，我這裡是藍顏研磨，倒也不錯。」她每次寫完，都會捧著來向夏至顯擺，夏至將她抱至腿上，兩人端著這字，韓未冬便開始說哪個字寫得好，哪個字用墨不均，說到最後灑金宣紙便落到地板上去了，只是增添了兩人耳鬢廝磨的閨房之樂。

這樣未語先羞的樂子總是見縫插針地存在於他們生活的每一天、每一處，好像永遠看不見盡頭。儘管那個時候，來了一個人，給這樣的日子，帶來了些許漣漪。

那日夏至出門去買當晚的皮影戲的戲票，兩人約著等會兒在南街的一處館子嚐嚐當地的特色菜餚。韓未冬梳洗好後，正要出門，那院子門外站了一個女子，戴著白紗斗笠，小二尷尬地賠著笑。

他們所住的雖然是客棧，卻是鬧中取靜的一處四合院，這位天外來客讓韓未冬有些疑惑。她示意小二退下，待到眼前女子取下斗笠，映入她眼簾的是一張極其精緻的臉，裝飾也十分考究，多一分嫌花哨，少一分又太素淨，看樣子在衣著打扮上下了不少功夫。

「我叫嫣兒。」在韓未冬打量完她後，這位嫣兒小姐，也打量完了韓未冬，開口自我介紹道。

韓未冬覺得名字有些耳熟，卻一時間想不起。

嫣兒見她面露疑惑，繼續道：「我尋了你們一路，準確地說，我是尋了至公子一路。」她沒有用姓氏冠上稱呼，而是用了名，關係已經點明。

韓未冬站直了些，微微一笑，點了點頭，示意聽見，可並未答話。

「我是長安牡丹閣去年的花魁……」說這話的時候，她的聲音上揚了一些，而眼神卻不再看著韓未冬，有些閃躲，「至公子是我的……是我的恩客。」

韓未冬依舊含著恰到好處的笑看著她，還是沒有搭話。

「他說過要幫我贖身。」嫣兒繼續道。

韓未冬眨了兩下眼睛，點點頭。

嫣兒見她始終不動聲色就有些急，語氣有些快：「我等了他很久卻沒有來，只是派人送來了贖身的銀票。」說到這裡的時候，她的眼神死死地落在了韓未冬的臉上，嘴角浮起自信的弧度，「我並不和你爭，我不用做什麼正室，只想著跟著他，伺候他便好。我……找了你們很久，才找到這裡。」說罷，她便衝著韓未冬跪了下來，哽咽地道了一聲「姐姐」。

韓未冬低頭看了看她，並沒有俯身扶起她，往邊上移了兩步，才緩緩道：「那贖你的銀票，是我讓他託人送的。但因他曾是太多人的恩客，所以我也懶得去搭理是幫哪一位贖身的，你要謝就謝他是洛陽富商之子，有的是幫人贖身的資本和底氣，若是用你最珍貴的一輩子來報答這個舉手之勞，倒有些划不來。」

嫣兒聽見韓未冬這話，身子微微一動，轉了個方向，面朝她，不肯甘休道：「我不求名分，不想與你爭什麼，我只想伺候他，我……」

韓未冬雖然維持著應酬時候才會有的笑容，眉頭卻蹙了蹙，這次她不再挪開了去：「我們兩人，他只想著伺候我，從前伺候他的人太多了，他遇到一個讓他心甘情願伺候著的人，所以分外珍惜。」

嫣兒的面色極為複雜，隨後她還是站了起來，撣了撣膝蓋上的灰塵道：「我認識他已有五年了，我從前在洛陽的時候，就認識了他，他到了長安，雖然流連煙花之地，但最放不下的人只有我一個，否則，也不會只為我一個人贖身。」但凡愛上了同樣的男人，急了的一方，總會拿時間的長短來為自己增加籌碼，殊不知，只要愛了，什麼時間長短，什麼知根知底，通通不過是個幌子。

韓未冬的客套笑容裡增加了幾分冷靜，她自幼生活在宅子裡，也見多了周圍女眷們的宅鬥，雖然沒有實戰經歷，但是第一眼看見這位不速之客，她便本能地知道她是為了什麼而來。世間無往不利，商人如此，女人，亦是如此，只不過商人的利是錢財，女人的利是情愛：「我想你誤會了，他本要幫許多人贖身，只是我們趕著去下一個地方，加上……不怕你笑話他，他的錢財出入如今都是由我管理的，為你贖身只不過是先後順序，讓你有些誤會，我倒替他有些不好意思。」

嫣兒的眼眶倏地紅了，女人總以為男人離開了自己，自己就是他生命中最想而不得的珍貴，可惜男人總是貪戀下一處的美景，即使懷念也不過是過眼雲煙的一瞬而已，她在煙花之地，哪裡不懂得這樣的道理，只是當著這女人的面，她被如此赤裸裸地揭穿，又羞又惱又傷心，於是升騰起爭強好勝的那股子氣：「他不喜歡吃甜食，他喜歡看戲，他不喜歡女人穿素色的衣裳……喏，就像你現在穿的這個顏色，他喜歡美豔耀眼的衣裳、首飾、女人……都不是你這樣的。」她生生忍下淚，說得又快又有力，生怕韓未冬聽不清。

韓未冬沒有低下頭打量自己的衣衫，她終於流露出一絲不耐煩：「我無意與你爭辯所謂男人的愛好，愛這種東西，本就有千萬種的理解，我只曉得我們對彼此都是沒有任何要求的，只要是那個人，穿什麼樣的衣裳、戴什麼樣的首飾、吃什麼樣的食物，都是不重要的。」見嫣兒還要說什麼，她提起裙子，繞過她走了出去，經過她的時候，她輕聲道：「我趕時間。」嫣兒何嘗不知道，能說出這些話的女人，對她們的愛情，是多麼自信。恰恰是不被激怒的不耐煩，讓她自慚形穢之餘更多的是惱羞成怒。

那晚的皮影戲，依舊是最好的位置，韓未冬與夏至並肩而坐。直到戲散場了，夏至還有些意猶未盡地拉著韓未冬說著戲文，兩人就在街邊喝了兩碗豆花。喝到一半，韓未冬想了想，還是決定將這件事知會於他，聲音中沒有一絲挑釁和訓斥的口吻道：「今天，有一個叫嫣兒的姑娘來找你，你不在。」

夏至手中的調羹陡然一頓，抬起頭來，驚愕道：「她？她來這裡做什麼？」

韓未冬見他茫然又震驚的模樣，笑了笑道：「你幫她贖身，她說想要伺候你。」韓未冬本不知道夏至幫她贖身的這一齣，可也能理解他善良多情的性子。

夏至的臉色有些蒼白，連忙道：「未冬，當初答應幫她贖身，是因為認識多年了，後來就託朋友幫她贖身，並非對她念念不忘，我沒有告訴你，是怕你誤會，我……」

韓未冬專心喝完了最後一點豆花，理解地笑了笑道：「你提前知會我一聲，也不至於今兒被人說得手足無措，讓我吃了虧。」她的聲音帶著幾分撒嬌的味道。

夏至急忙站起，走到她旁邊，小心翼翼地拉著她的手，見她沒有掙脫，微微鬆了口氣，知道她沒有真的生氣，愧疚地說道：「念著她與我認識已久，託人幫她贖身，給了朋友銀票後，便將這件事情忘記了。除此以外，我與她並無半點交集，她來尋我，我並不曉得，你覺得我有沒有必要再找到她，與她當面說個清楚？」夏至像一個初出茅廬的毛頭小夥，而韓未冬彷彿才是個情場老手。

韓未冬寬慰地笑了笑，搖了搖頭：「我們明日便起程去下一個地方吧。」

那不過是一絲漣漪轉瞬又歸於平靜了，誰讓那時候他們愛得真切。

7

他們用了一年多的時間，到了金陵。金陵與長安，一南一北，都是流露著王者氣息的城。夏至從前來過這裡幾回，所以一到這裡便找到了前朝富商青城揮的莊園，包下了最好的院落，與韓未冬小住。

但是這一處住宅的選擇，卻讓兩人發生了第一次分歧。不，與其說是分歧，不如說是爭吵，從前也有分歧，但一會兒就能達成共識。在來金陵的途中，兩人的行李落了一個，那一個裡頭正是韓未冬習字用的文房四寶，再折回去尋也沒有尋著。於是到了金陵城，夏至頭一件事兒便是幫韓未冬補齊了一套文房四寶，花去了十幾張銀票，夏至自然是眼都不眨，從前韓未冬也是如此，可如今她抱著文房四寶有些惆悵。這一路吃穿用度都是最好的，兩人帶著昔日的積蓄，並沒有收入，所以剩下的錢財雖然不少，但也不多了。青氏莊園本身住宿就不菲，更何況又是包下最好的院落。韓未冬提出換一處城裡好些的客棧，不用住在這裡。原本這院落沒有預訂是住不到的，夏至添了些價錢賠了幾句好話，才算住下，聽見韓未冬要換一處地方，不免有些不高興。

韓未冬看他冷著的臉，委屈地將文房四寶推給他道：「這些其實都可以不要的，你拿去退了，我便與你在這裡住著。」她其實是心疼錢，卻表現出倔強的模樣。

夏至見她頭一次和自己紅臉，心中也過意不去，一把將她拉進懷中道：「我寧願當了我的墨玉扳指，也不會將你的寶貝去換什麼旁的東西。」夏至手中的墨玉扳指是他母親留給他的，他一直很珍惜。

男女之間的爭吵，只要有一方說上一句暖心的話，便沒有過不了的坎兒。韓未冬聽他這樣一說，眼眶一紅道：「我們還未到廣陵，盤纏雖然有餘，可不得不開始算著過日子了，總不能和從前一樣。」夏至將她摟得更緊，連連說好。他從前花錢如流水，韓未冬也是不知柴米貴的深閨小姐，這樣體己的話，讓他更是感動。

感動之後還是一如既往的過法，韓未冬看在眼裡，心裡卻隱隱有些不大安穩，又怕說出來會有爭執，陪他看戲聽曲也心不在焉，後來索性不去了，躲在家裡寫字。夏至起初見她心不在焉，也說上幾句，後來見她留在家中習字，便不再多問。兩人之間變得不再像從前那樣多話。

金陵待了兩個月後，兩人起程去了廣陵。廣陵西湖瘦園林美，夏至便尋著一處依湖而建的客棧，照例租下最好的房子，韓未冬怕再增口角，便未言語。這個時節，正好也是荷花開著，此刻離他們初識已經有兩年了。她臨著窗看著那粉白的一片，身後的夏至沏好茶，走到她身後道：「未冬，我初見你時，也是荷花開的時候，我那時從來沒見過能比花還好看的女人。」他說得那樣簡單直白，卻又是那樣真誠。韓未冬輕笑了一聲，抱住他穿過自己腰際的手臂，將頭擱在他的肩上道：「詩詞中讀了那麼多次廣陵，來到了這裡，果然百聞不如一見，我們就停在這裡吧。」她的聲音輕柔，情真意切。

夏至將她摟得更緊，「嗯」了一聲。

然而這麼美的廣陵，他們的相處時光卻不似從前般溫柔。韓未冬對夏至一如既往的花錢方式有些微詞，乾脆選擇了避而不見，於是他們常常是一個出門，另一個留下來習字。直到有一天，夏至很晚回來，興奮地對一旁的韓未冬道：「未冬，既然我們已經決定留在廣陵，我尋了個生意做做。」

韓未冬其實早就想讓夏至尋個事情做做，一來是一路顛簸，沒有決定定居何處；二來她考慮到夏至是個男子，總有男子的主張，她開了口讓他自尊心受到了傷害反而給兩人增加了嫌隙。聽他如此說，舒了一口氣，拉過他的手，極盡溫柔道：「你無論做什麼，我都會全力支持你。」

因廣陵和蘇州靠得頗近，蘇州絲綢的生意他便打算打理，從前雖然並不過問家族生意，可耳濡目染也懂得一些。韓未冬取出了行李中的一只漆器盒子，那盒子裡放著她以備不時之需的私房錢，她連著盒子一起放在了夏至手中，笑著道：「你可莫要怪我藏了私房錢。」

話音剛落，夏至便將她摟進了懷裡，聲音哽咽道：「未冬，我何德何能能擁有你？」

韓未冬揉了揉他的臉頰，額頭抵著他的額頭道：「我們這算不算患難夫妻？」

夏至笑道：「既然是患難夫妻，日後你夫君再飛黃騰達，也是個懼內的主兒。」

那時他們住著廣陵城最好的客棧，吃著廣陵城最好的早點，喝著廣陵城最好的茶水，「患難」二字不過是私奔的日子裡別樣的點綴，他們，終究把生活想得太容易了一些。

夏至的日子果然忙碌了起來，韓未冬習字時候的心情卻與往常不同了，她習慣點著紅燈習字等他回來。有幾次竟然睡著了，夏至回來便輕手輕腳地將她抱回榻上，她迷迷糊糊地醒來，總覺得那樣甜蜜。

可惜再好的景也會敗給「不長」兩個字，嫣兒的到訪讓韓未冬焦躁心煩起來。

這一次嫣兒沒有戴著白紗斗笠，因此她一路走來無數男人為她駐足回頭，她站定在韓未冬面前時道：「我們又見面了，韓姑娘。」這一次，她顯然是有備而來。

韓未冬心中感慨了一句「陰魂不散」轉身就要離開，但是嫣兒的一句話，讓她驀地停住了腳步——

「也只有你這樣出身的姑娘，才會相信浪子回頭吧？」嫣兒站在這裡帶來的許多疑問，都會觸動韓未冬的心。而這樣的一句話，卻直指人心。「我在城西萬花樓，重操舊業，我想你這樣出身的姑娘，是不屑與我這樣的人說話的，更不用說共處一室了，可我想念他，即使沒有名分，能陪他哪怕片刻，也是好的……」

韓未冬終於轉過身，她的臉上有不加掩飾的厭煩和怒意，語速有些快：「你口口聲聲說我這樣的出身無法理解你，你說得並不錯，我的確沒法理解你，且像你說的那樣，不屑與你說話。所以請你，不要再來了。」韓未冬心中一緊，她只惦記著三日前夏至起程去蘇州，還未回來。她轉身回房，只聽見嫣兒的聲音——

「若世上真有浪子回頭，我們這生意還怎麼做呢？」

如鯁入喉，疼痛難忍。

那晚大雪，夏至踩著打更人喊著三更的聲音搖搖晃晃進了門。韓未冬並未休憩，她也沒有練字，最後一塊墨也用完了，她撚著筆尖，明知道他來了，卻只頓了頓。夏至見她沒有抬眼，聲音帶著一絲厭煩問道：「今晚怎麼沒有習字？」

韓未冬本想問他這麼晚喝得這麼醉去了哪裡，又凝於顏面，便任性地丟下手中的毛筆，冷冷回道：「墨用完了。」她其實想問他去了哪裡，怎麼這麼晚才回來，又覺得問出口很沒有面子，索性與他賭氣起來。

「不是只有松煙墨才配得上你的字嗎？」夏至腳步有些踉蹌地走到案前，他似乎沒有看出韓未冬的心思。

韓未冬覺得這話裡有刺，壓著的怒火騰騰燃燒，抬起頭反諷地笑道：「對。」

夏至一愣，遂點點頭，揮手道：「罷了罷了，你本就是那樣出身的姑娘。」

這話和嫣兒所說的如出一轍，韓未冬氣得滿臉通紅，從椅子上站了起來道：「沒有那松煙的墨，就是配不上我的字。」

夏至淒冷一笑：「如今我已供不起你這樣的吃穿用度了。」

這話莫過於火上澆油，韓未冬想著當年兩人決定私奔，錢財花銷都是一起的，後來他要做生意，她也是傾囊相助，何來他供著自己？不僅如此，這話還夾雜著對她的不滿，當年的疼愛憐惜早已不見蹤影。

「那三艘貨船，都被人燒了。」夏至從懷裡摸出一壺酒，仰頭喝下。原本指望著這三艘貨船的絲綢運出去，貨幣便兌現了，如今悉數被燒了……難怪夏至借酒買醉，韓未冬心裡生出憐惜，走上前去想要安撫他，夏至卻抬手將她推開，又灌了些酒。韓未冬心中歎了一口氣，體貼他心情低落煩悶，於是又走上前去，幫他脫了外頭的狐皮大氅，不想這衣服的衣襟處竟有女人的胭脂，再仔細一瞧他的脖頸處竟也有女人的紅色胭脂。韓未冬的腦海中浮現出嫣兒的那句話「若世上真有浪子回頭，我們這生意還怎麼做」，她生生退了一步，狐皮大氅掉在了地上也渾然不覺。

夏至見她退了幾步，悲傷地笑了笑道：「如今算得上一貧如洗了，你還要松煙的墨嗎？」

韓未冬站定，看著眼前醉醺醺的夏至，又瞥見他身上的兩處胭脂，太陽穴突突直跳，目光卻冰冷起來。她緩緩地從頭上取下那支白玉簪，冷笑道：「不是沒有錢了嗎？拿這個去當好了。」

她不笑的時候，就有一種讓人不敢輕犯的氣場，此刻故意笑得冷漠，便使得兩人之間的距離又拉開了一步。

夏至聽她這話，見她遞過來的簪子，酒已醒了一大半，他的眼神中充滿了不可思議：「你要當了這支簪子？」問完這話，他的不可思議已轉化成了憤怒，他的拳頭握得很緊，胸脯起伏不定，在韓末冬眼裡那麼英俊的側臉，如今卻只剩下幾分扭曲。

韓末冬不答話，可遞著簪子的手依舊懸在空中，眼睛定定地望著他。她的首飾所剩無幾，唯一常戴著的便是這個定情髮簪。但是此刻除了氣憤之外，他們誰都沒有空閒去回憶這支簪子第一次出場的情形。隔了許久，韓末冬依舊倔強地懸著手，夏至從鼻中發出了冷冷的哼聲，一抬手狠狠接過了那支白玉簪子，重重地道了一聲「好」，便拂袖而去。

韓末冬看見他決絕的背影，心口一陣絞痛，捂著胸口就近坐了下來，眼淚不爭氣地落了下來，比起從前爭吵拌嘴時的傷心，此刻更多的是憤懣。他憑什麼如此趾高氣揚，他憑什麼如此決然而去，他憑什麼這樣對待自己？歸根到底，她氣他不考慮自己的感受，她恨他如今對待自己判若兩人。她並不想要那塊墨，她只想看他是不是在乎自己，所以故意拿出了他們的定情信物激他，想要的不過是他傾身上前的一個擁抱罷了。該死的他，如今竟然連這些都看不出來，不，或許他看出來了，偏偏捨不得給。

韓末冬看了看門口，沒有動靜，從前吵架他甩門而去，也不過是站在門外罷了，她還可以看見他投影到窗戶紙上的身影，如今門外空空一片，他當真拿著簪子走了？韓末冬更生氣了。她走到門口，使勁地打開了門，望著空空如也的走廊，狠狠甩上了門，「噔噔噔」地跑上閣樓，推開窗戶，路上空蕩蕩的只有雪花紛飛，她使勁將窗戶關上，快步走回椅子旁邊，重重坐下，一側身，她看見鏡中自己那張焦躁不安又憤怒的臉，一下子震住了。眉宇間的愁容，彰顯著她內心的不安，相由心生、相由心生……她掩面痛哭起來，她韓未冬從什麼時候起變成了這副樣子？

從前她是多麼淡定從容啊，夏至被那樣的她吸引，眼下呢？她身上美好的東西都被她曾經最不屑、最討厭的東西取而代之了，難怪夏至對自己不再耐煩，不再殷勤，可是這一切都是自己一個人的錯嗎？難道這副模樣沒有他的一份「功勞」嗎？想到這裡她哭得愈發傷心起來。

屋外大雪紛飛，她想起私奔的那夜，也是這樣的大雪，而心境卻是天壤之別。從前以為可以相看不厭，一輩子的清明靜好，如今才曉得，天上的月亮一天一個樣都會看膩，更何況是人呢。

那一夜她聽了徹夜的雪花落地，瓣瓣有聲，悉數落在了她的心上。她想著近年來的口角冷戰，她不得不承認，她與夏至其實並不合適，雪花再美，也流露不出荷花的香氣。她哭乾了淚水，夏至也沒有回來。

她在廣陵等了他足足六個月，從大雪紛飛等到荷花開滿瘦西湖，他都沒有音訊。這客棧最好的院落她也住不起了，可擔心他回來了自己不在，又會錯過，於是換了間很小的客房，她當了那尊紫泥硯臺，付了租金，餘了些錢，勉強度日。

從一開始的憤怒，到後來的不解，接著又化為了傷心，最後變成了一種執念，她想見他，不為和好，不圖以後，只要當他的面，說上一句「一別兩寬，各生歡喜」就天各一方好了。她要和他當面告別，狠狠地告別！

那日客棧門口來了一輛馬車，車上下來了一位婦人，韓未冬開窗時正好瞥見。那婦人下車站穩後，也往客棧上方看了一眼，這一看，兩人便對視上了，接著便是未語淚先流。

韓母找到了她，進了她的房間，關上門便是劈頭蓋臉的一頓訓斥：「你這住的是什麼地方，你每天又吃些什麼，你這身上的衣服怎麼這般舊！你怎麼瘦得不成人樣！你這過的是什麼糊塗日子啊！」罵著罵著便哭了。

韓未冬坐在床邊默不作聲，卻止不住眼淚直流。她本以為能過得只羨鴛鴦不羨仙，對如今的狼狽困窘是羞愧更悲傷。

韓母待到罵了個痛快，才正色道：「我來，是接你回去的，不管你願意不願意。那個夏至，本就是個浪蕩子，改不了本性，我好不容易打聽到這裡……」韓母諷刺一笑，笑得心疼又不屑，「這裡有處萬花樓，我從花魁那兒打聽到你的地方……」她好不容易止住的淚又滾了下來，「那個花魁與夏至是舊相識，竟然追到這裡，在你眼皮子底下，你當真不知道嗎？！」

時至今日，聽見這樣的話，韓未冬本能地還想為夏至辯解，可話到嘴邊，她又說不上來了。她想起夏至曾經說過等到他日帶自己回家，跪下向她的父母認錯，補一個明媒正娶給自己，那些話她都記得，在翻來覆去的夜裡她都念著，可是眼下這冷冷的房間早就凍僵了她的心。母親出自名門，一輩子潔身自好，活得格外體面，竟然為了尋找自己的下落去了青樓打聽……對母親的愧疚，對夏至的責怪、失望一瞬間交織在了一起。

「隨我回去吧。」韓母沒有說自己一路來的艱辛和委屈，最終匯成了這句話。

韓未冬怔怔地看著母親，她的眼睛裡不復當年的神采，那悲傷和辛酸匯成了浮上眼眶的眼淚。

韓母見她如此，似乎早有預料，無奈心酸地笑了笑：「我想你恐怕還不夠死心，所以，我帶了她來。」

韓未冬猛地一驚，那驚喜竟生生將先前的悲傷都掩蓋了去，可推門而入的，是一襲豔色長衫的嫣兒。她的如墨長髮盤著當今最流行的髮髻，她神采飛揚地看著韓未冬。

「韓姑娘，到如今，你還信浪子回頭嗎？」她的笑容充滿了勝利者的姿態。看著韓未冬的表情有些憐憫，她開門見山地只說了這一句話。

韓未冬正了正衣衫，站了起來，儘管是在蹩腳的小房間內，面對衣著華麗的嫣兒，卻絲毫不遜色，竟生出了幾分悲壯的色彩：「他若是真的放下我，不會對我避而不見。」

嫣兒輕笑出聲：「你是要見到他，才肯死心？」

韓未冬沒有說話，一瞬間她已然覺得自己有些悲哀有些可憐。

嫣兒又道：「那我便叫他來見你好了，只是不知道這會子他醒了沒有。」說罷，她一轉身就要離開。

韓未冬深深吐了一口氣，有了這句話便足夠了，她緩緩抬起眼，看著她的背影道：「不用了，我與他，已經沒有什麼好說的了。」

她曾經為了自己所愛，放下了所有的顧忌，以為能掙到一個和當初一樣的美好結局，事與願違，這四個字到頭來原來是她讀過的最傷心的成語。愛情沒有了，可她還有些自尊需要維護，她什麼時候會卑微到去向一個煙花女子求自己愛人的下落？

人啊，要學會認命，更要學會認輸。韓未冬終於明白，她奮不顧身的這三年，輸得一敗塗地。

世間的哀傷，莫過於心死，對韓未冬來說，最大的哀傷，莫不過心不死。所以她離開的時候，並不悲傷，好比一地的灰燼終於被雨打風吹去，圖的是個乾乾淨淨。

8

韓未冬坐著自家馬車，快到長安城的時候，風吹起車簾，她又看見了那塊石碑——長治久安，天下大同。她想起在這塊碑前她對夏至的許諾，那句「從此以後我來疼你」的話，真是諷刺至極。

此時已是秋天，她仰起頭看見秋高氣爽的天空，狠狠地閉上了眼睛，待到調整好了呼吸，坐直了身體，她一定要將一切都忘記，那個人根本不配，連在她記憶裡存在的資格都不配！車子行至西關街了。西關街依舊人聲鼎沸，前來城外接自家小姐的葉兒道：「小姐，那個繁蒼樓的莊先生也不說書了，可惜得很。」韓未冬筆直的身子絲毫未動，她想——這樣也好。

安靜地回到長安後，韓未冬沒有去和故人們相見，韓家長輩對她並未多加責怪，對外只說韓未冬身體不適，去了老家休養，但是私下裡，又開始幫她張羅起了茶局，好像一切又回到了當年，這三年，不過是一場夢。

唯一讓韓未冬有些意外的是，她要赴茶局的第一個對象竟然是宋一寒。她吃驚的不是這宋一寒年紀輕輕已經是鴻臚寺少卿，而是當年與她一再錯過的這位宋少爺，怎麼三年來沒有娶妻？韓未冬已不復當年年輕，況且三年的空白，少不了閒言碎語，她挑選的餘地自然不如當年，原本韓家就中意宋一寒，如今媒人上來說起親事，自然歡喜。

見到宋一寒的時候，是在湖邊的一處涼亭，秋風習習別有一番滋味。韓未冬見了他得體一笑喚了一聲「宋少卿」，那位宋少卿便笑逐顏開，他的身上並無半點平步青雲的傲氣，舉手投足之間教養也極好。韓未冬從他身上，看見的只有四個字——門當戶對。

在兩人第二次茶局的時候，韓未冬便打算告知宋一寒這三年的經歷，她並不覺得有什麼見不得人，誰沒有愛過一個人呢？只是結局不大好罷了。如果她要與宋一寒走入婚姻，率先要做的便是坦誠，她可以避諱旁人，她不想對以後的枕邊人有所隱瞞。

「我這三年，其實並不是去老家養病……」她說出這樣的開場白，不想宋一寒卻舒心地笑了起來，她有些不解，「好多人都很好奇，你不好奇嗎？」

宋一寒為她添了茶水，搖搖頭，緩緩道：「你願意跟我這樣說，我已別無所求，謝謝你，韓姑娘。」他仍舊恪守禮節地稱呼她為韓姑娘，「好在我這三年，十分忙碌，生怕自己年紀大，從江南治水回來後，擔心找不到夫人孤獨終老，所以多謝韓姑娘及時出現。」他能將她的擔憂三下五除二地化解。韓未冬凝視著他，好像看見了三年前的自己。

能走到一起的人，都是彼此的幸運，沒有哪一方虧欠，沒有哪一方被佔了便宜，這才是愛情的基礎吧。韓未冬衝他笑了笑，那是一種放下防備的笑容。她側身看了看滿湖的秋色，太陽正要落下去，紅得各種層次。她想愛情本身是沒有錯的，任何時候都不能放棄愛的能力，眼前的這個人，是值得自己愛的。既然如此，她願意用所有的智慧去經營接下來水到渠成的婚姻。

寒冬臘月的婚禮儘管距離他們初識不過兩三個月，依舊不妨礙這婚事如火如荼地進行。她恪守著女兒、未過門媳婦的本分，和母親著手準備自己的婚事，有條不紊地進行著。原本對這門婚事有些微詞的婆家，在和韓未冬的幾次接觸中已然放下心結，對這位未來的媳婦也是點頭稱讚。

儘管前來參加宋、韓兩家婚禮的賓客懷著各種心思，但絲毫不能否認這是一場找不到半點差池的婚禮。韓未冬在宋家的明媒正娶中，昂首挺胸地走入了自己的下半生。

那是千山萬水之後的放下，她自詡放下得很徹底，面對流言和生活都能釋然一笑，先相夫以後再教子。荷花終有再開的時候，荷葉終有再綠的時候，時光一定會敗給兩兩相忘。

韓末冬應對起這場婚姻來，顯然十分得心應手。宋一寒忙於政務，她便當好賢內助的角色，堪稱如魚得水。她操持著一大家子的生計花銷，打理著田地住宅，時不時地組織幾場丈夫同僚夫人們的賞花喝茶聚會。隨著娘家父親右遷，夫君不斷被重用，那些婚前的風言風語已然殆盡，取而代之的是對她持家有方的讚賞，以及夫人們都以能參加宋夫人的聚會為榮。

她依舊會隔三差五地練字，宋一寒知道她的喜好，她的筆墨紙硯依照她在娘家的習慣延續了下來，用的通通都是最好的，她最喜歡的。宋少卿空閒的時候便安靜地待在一旁看著韓末冬行筆，有時候興趣來了，便上前握著她的手，寫上幾句，同樣是小楷，可他的筆法更飄逸一些，字落在紙上又別有一番情趣。

宋一寒沒有應酬的時候，晚上都與她一起用餐，桌上說些白天的趣聞，韓末冬也會說些從夫人們那兒聽來的閒話。宋一寒從未因為那些是婦人們之間的瑣事流露出不耐煩的神色，時而打趣幾句。夫婦二人即使吃個尋常的晚餐，也有舉案齊眉的濃情蜜意。

倘若宋一寒白天應酬，晚上回來晚了，總是輕手輕腳地回到自己的房裡。和衣躺在榻上等他回來的韓末冬，會從淺淺的睡眠中醒來，有時候她懶得下榻幫他寬衣解帶，左手支著下巴側躺著瞧他躡手躡腳的模樣。他轉身見她醒來，便能放開些手腳，走近美人榻，韓末冬騰出些位置讓他坐下，他笑著捋一捋她額前的頭髮，輕聲道：「以後別在這裡睡，躺到床上蓋好被子才是。」

韓末冬笑著點頭，以後卻還是一如既往地這樣等他。他一邊彎腰將她橫著抱起，小心翼翼地放在床上，一邊閒話著些瑣事。宋府的內宅裡，主人的房內留著一盞油燈，那油燈的光影裡有夫妻二人的低吟淺笑。

宋少卿待韓未冬是極其體貼的，他似乎比同齡男子要成熟得多，更不用說對比自己小一些的韓未冬了。儘管韓未冬在外人看來是多麼得體懂事的樣子，在他眼裡總是需要照顧的孩子，這番疼愛落在周圍人的眼裡，滿滿都是豔羨。

紅塵之美有著多張面孔，誰說平淡如水的相敬如賓，不是其中一張呢？

轉眼荷花又開了，宋家宅內卻沒有池塘，宋少卿說夏天最煩知了、青蛙叫喚。韓未冬想起多年前她從蘇菁的宅子出來的那個夜晚，聽著蛙叫嫌煩，如今得償所願，誰說不是上蒼恩賜，怎能不倍加珍惜呢？

那日午後，宋少卿託人傳話回來，說日暮時分會接她去赴宴。宋少卿倒是個別具一格的主兒，凡是可以帶著家眷的筵席，他都會帶著韓未冬，外人笑他懼內，他都一笑置之。次數多了，韓未冬倒是先開口：「同僚們打趣你懼內，我聽了不大舒服，以後的筵席，我還是少出現些才好。」韓未冬對於拿捏丈夫人事關係的尺度，有著與生俱來和後天耳濡目染的優勢。

宋少卿將她拉到腿上坐下，抱著她有些不悅道：「我堂堂男子，被人說懼內就覺得自己懼內，也太沒出息了！」一見韓未冬又要解釋，忙哄著她道：「好了，你夫君哪有工夫介意這些？你以為我是怕你白日在家操持家務枯燥煩悶？是我覺得那些飯局實在太過枯燥繁冗，又推脫不了，才找夫人來陪我一起受罪的。」宋一寒總是這樣體貼，即使是為對方考慮，也是不露痕跡地恰到好處。

這樣的細節數不勝數，韓未冬搧著團扇徐徐展開了僕人送來的信箋，想著是赴怎樣的宴會，要配怎樣的衣服首飾，她的理智聰明，都留給了她的婚姻，用心地經營，不想有半點差池。信箋上宋一寒俊朗的字體映入眼中，她起初是一驚，隨後便咬住了嘴唇，胸口有難掩的起伏，她的另一隻手扶著大理石桌邊，不知道用什麼樣的方式來表達看見信箋上內容的心情。她轉身站起來，疾步往美人榻走去，她從前偏愛靠在上頭看書，宋一寒說那種慵懶的樣子真是迷人，而此刻，她只想找個物件靠一靠。等她靠著坐下，才發現自己的手腕有些微顫，信箋早已掉在了地上，上頭赫然寫著：今晚酉時，洛陽來的夏氏商人長子會宴請我們，同席的還有劉尚書、陳侍郎。

她原本將這些已經埋藏至記憶深處，她費盡一切力氣只想著要好好過好現在的生活，與那段往事徹底斷開，只是這一瞬，洛陽、夏家、長子，這六個字，打翻了她持續至今的安穩心情。那些往事在內心深處翻騰著，韓未冬鎖著眉，抿著嘴，她連想都不願意想，那個人不值得自己懷念，他當年的不告而別，就已經是最直白的恩斷義絕了，是啊，浪子怎麼會回頭呢？他傷害了她最真誠最純潔的感情，他還怎麼配讓自己想起？！這些年，她是不甘的，她是氣憤的，但她執著地認為，這些情緒，是脫離了愛的，到了最後，僅僅是執拗著一口氣而已。

去，還是不去？等到她狠狠地平復了心情，立即開始思考這個問題。如果去，她遇見了他，該以何應對？或寒暄，或賠笑……總之她做不出不識大體的事情，也不願意糾纏自己那段不堪回首的往事。可是她怕自己掩飾不好，露出情緒上的波動怎麼辦？那段她覺得荒唐的往事，在旁人看來算是名副其實的「醜聞」，便是坐實了的。

若是不去，旁人覺得奇怪不說，宋一寒會作何感想？當年她有心向宋一寒坦白自己這三年的去向，宋一寒沒有讓她說下去，她便順勢不再說了。那時候並不覺得不妥，如今經營婚姻這些日子，她明白兩人過日子，不能再只想著自己，她的臉面是夫君的臉面，是宋家的臉面。本以為與那人再也不會遇到，可誰想到後會竟然有期。

韓未冬倒了一杯茶，一飲而盡，這是上等的雨前龍井，她的最愛。再環視家中，書桌上放著她最愛的鶴臨池塘紫石古硯，邊上擱著松煙荷香墨塊，紅木雕紋筆架上懸著的是湖州銀鑲斑竹羊毫筆，這些種種，處處能見他對她的用心。她的婚姻美滿，此時此刻萬千感慨湧上她的心頭。

韓未冬閉上眼睛，將青瓷茶杯擱回桌上，她的指尖白皙又乾淨。她向來識大體，識大體的核心就是能看透問題的本質，這件事情上，她要照顧的並不是自己的感受，而是她最在意的人的感受，這個人自然是她的丈夫宋一寒無疑。

一旦明白了這個核心，她便決心要去赴宴，而且要打扮得光彩照人。還有一個時辰便是酉時，宋一寒的馬車便會像往常那樣來接她，她要做的只有兩件事情，一件是選一套最合適的衣服，一件是平復自己的情緒，任何情緒那個人都不配得到！她要表演的是相敬如賓、舉案齊眉的夫妻恩愛！

宋家的馬車本是十分樸素的，等韓未冬過了門，宋一寒特意為她備了一輛裝飾豪華的馬車，說是平日裡她自己用車的時候方便。韓未冬其實明白，他是為了自己不在女眷中丟面子，婚姻一來二去，總歸是一個人賣好，一個人識相，也就可以圓滿了。

今日韓未冬特意吩咐馬夫備好這輛馬車在門口候著，等到宋一寒換下官服，稍作打理後，兩人方才上了車。

待到確認韓未冬坐穩後，宋一寒才對馬夫道：「西闢街，繁蒼樓。」這六個字，讓被宋一寒握在手心裡的韓未冬的手微微一顫，轉瞬又平靜了，只是指尖有些冒汗。

「我記得頭一回約你，便是在繁蒼樓。」宋一寒似乎沒有發現她的異樣，他提及他們本該早點遇到的那次茶局，言語中並沒有責怪的意思，皆是恩愛夫妻間回憶起年輕往事的感慨。也正是那次的陰差陽錯，有了她和那個人的碰面，韓未冬端坐著，輕輕笑了笑，沒有答話。

宋一寒似乎沒有注意到她的勉強，又或許她沒有流露出什麼異常，他繼續道：「我記得那次我用過午膳便去了，後來還下了一場大雨，我覺得無聊，便在窗口看雨，直到雨漸漸停了，我擔心你找不到路，便想下樓去迎——」

「洛陽的富商，為何來我們這裡，還要請我們用晚宴？」韓未冬動了動身子，止住了他的話頭，問道。

宋一寒沒有起疑，聽她這樣問，便答道：「鴻臚寺的對外人脈，想必是夏家看中的，順便也打點一下新上任的朝內幾位官員。」

韓未冬點點頭，挑起一邊的車簾，剛剛挑起一絲縫隙，又放了下來，心中的不安還是隱隱襲來。直至西關街，車子減速，她的心卻逐漸加速了起來。宋一寒先下了車，馬夫放好車榻，他伸出手來，攙著韓未冬下了車。

門口一位白皙清瘦的青年握著扇子迎了上來，熱情道：「宋少卿與宋夫人夫妻恩愛，果然是名不虛傳啊，小弟看了自愧不如，若是給小弟媳婦看見了，恐怕日子就要散夥了！」商人便是商人，嘘寒問暖的客套尤為拿手，儘管握著扇子，渾身上下卻和斯文沾不上邊，「小弟是夏家老三夏明，大哥已在包廂內等待諸位了，二位隨我來。」

繁蒼樓的後頭還有個院子，那四合院鬧中取靜，地段極佳，是宴請賓客的首選之地，價格自然不菲。今晚整個四合院都被夏家包了場，自然沒有閒雜人等。

韓未冬與宋一寒保持著半步之遙，可手卻被他牢牢牽著，耳邊是宋一寒與夏明間的寒暄，只聽其聲，可說了些什麼，韓未冬卻一個字也沒聽進去。她在意的是今日的裙子選得優雅卻不呆板，袖口和腰際處的刺繡出自上等的繡娘之手，剪裁用的也是長安城裡最好的師傅，更不用說衣服料子。她的頭髮綰成了一個髮髻，只戴著一朵絲絹做的粉荷，足以以假亂真。她已為人婦，端莊大氣自然是最要緊的，這個年紀的女人的美，已然是要從內散發出來的從容優雅。她自忖沒有一絲的不得體，她還是當年的韓末冬，那個人高攀不起的韓家大小姐。

踏著不規則的細碎石子鋪成的路，院內已經點好了燈。正中央的那間屋子裡，劉侍郎夫婦、陳尚書夫婦都已經到了，正和一個男子說著些什麼，看起來聊得正歡。那男子側著身子，旁邊站著人，距離又遠，面容看得並不大真切，只是那個輪廓似曾相識，韓末冬的下頜往上抬了抬，挺直了腰背，繼續前行。

直至要進入廳堂時，夏明搶先一步跨入，高聲叫道：「大哥，宋少卿夫婦來了。」正巧，夏明站定擋住了韓末冬的視線，讓她無法直視那人，光影幢幢之間，她見著那人作揖抬起的右手上，赫然戴著一只墨玉的扳指！

9

那人的影子往他們的方向快步走來，客氣地作揖道：「宋少卿宋少卿，久仰久仰！」隨即輕轉身體，夏明識趣地移開，那人又道：「宋夫人，更是久仰！」他直起身子，爽朗一笑，做了一個入座的手勢，又請了劉、陳兩家入座。他周旋在諸位官員之中，不見緊張，舉手投足間流露出一個成功商人的氣度，直至他坐下，斟滿酒舉杯之時，韓未冬方有機會仔仔細細地打量他。

她的目光始終落在對方的墨玉扳指上，洛陽夏家長子、墨玉扳指……都是那個人的標籤，眼前人的輪廓與他極其相似，年齡也十分相仿，眉眼之間也的確相像，可是……不是他，她看了又看，先前一路提著的心，一切的擔憂，此刻如釋重負，她輕輕舒了一口氣。但這樣的舒坦，只有一刻，很快，她又想起了宋一寒信箋上的內容：夏家長子。她耳邊響起剛剛夏明見到他們的時候口口聲聲喊的大哥，不對，夏家的長子，是夏至才對，他怎麼會是夏家的長子？

剎那間那些資訊如潮水般湧來，有蘇菁對她說夏家家世複雜，有韓母告誡她夏家老爺子一走子孫們都在忙著搶家產，有那個人當年流露出一些與兄弟間疏離的點滴……她腦海轉得發昏，卻忘記了自己一直看著這位夏家長子愣愣出神。

「宋夫人可是出了名的賢內助，有機會得讓賤內好好向您討教才是。」夏家長子端著酒杯站起身來，似乎也注意到了一直看著自己的韓未冬，他的笑容親切，是逢場作戲的高手才能練就的恰到好處的表情。

韓未冬猛然回神，端起酒杯，迎上他的目光，正色道：「都是宋少卿懶得管我罷了，哪裡是什麼賢內助，比起在座的姐妹，可差得遠。」比起這位善於見風使舵的商人，韓未冬也算得上見過八方風雨，這種場合，看似捧場的話，稍不留神就會成為日後交際的芥蒂，所以她輕輕一句，推杯換盞間化解了。她笑不露齒，側身以袖遮杯輕輕飲了一口，又坐正了身子，不再盯著這人看了。

等到酒過三巡，那些夏家想打聽、想試探的都已經聊得差不多了，氣氛便輕鬆了一些。話題不知怎麼扯到了新入長安的一位刑部官員身上，據說是立了大功，破了多年江洋大盜的案子，才得以提拔入京。

劉侍郎的夫人便來了精神，她道：「那個官員如何我不曉得，只是他的夫人倒是得意得很。」劉夫人出自官宦之家，雖然品級比起另外兩位有些低，但自視甚高，覺得「血統」純正，對那些沒有官家背景出身的人，素來有些排斥和不屑，「那日我們聚會，她將她官人的事情顛來倒去說了好幾遍，誰不知道，她官人能入京做官，是歪打正著罷了。」

夏家子弟來了興趣，男人對家長里短並不感興趣，感興趣的是家長里短背後的利益走向。劉夫人見眾人來了興趣，便笑著繼續道：「那江洋大盜打家劫舍的事沒少幹，只是被抓了之後，供出了多年前的案子，才引得朝廷注意。」她鎖住眉頭，看了看宴客的主人，突然道：「哎呀，這和你們家還有些關係。」她拍了拍腦門，恍然大悟道：「夏家夏家，沒錯，洛陽夏家，做絲綢生意的……」劉夫人顯然有些失態，那種夫人間聚會的八卦勁兒拿了出來，道：「你們夏家是不是還有一個男的？還是嫡子！」

「嫡子」二字一出，眾人都不再出聲了，氣氛一下子降到冰點。韓未冬後背一涼，而其他人似乎都曉得今兒的這位並非嫡子，這話戳了人的痛處。劉侍郎冷冷呵斥道：「帶你出來應酬，婦人家亂嚼什麼舌根！」這是給夏家長子一個臺階下，說罷他斟滿杯中酒，抬手遙敬了一下那位長子。

夏家長子看見他舉起的酒杯，立即隱去臉上的尷尬，他不會因為女人的一句話翻臉，這麼愚蠢的事情，可不符合一個成功商人的處世原則，哪怕真的戳到了他的痛處：「劉夫人說的，怕是和我知道的，是同一樁事情。」他要討好這些官員，可以送珍貴奢侈的禮物，可最好的莫不是讓他們覺得欠自己一個人情，這一點上，他反倒是希望對方得罪自己的。

劉夫人見他不但不怪罪，反而接上了自己的話題，對自己消息的真實性愈發自信，又嗔怪地看了看丈夫，怪他剛剛當著眾人的面訓斥自己：「那個人的名字，叫什麼來著，我反倒不記得了！」她揉著太陽穴想得認真。

「夏至。」夏家長子平靜地回答道。

「對，夏至！」劉夫人附和地肯定道。

韓未冬面色平靜，卻悄悄地將手從桌面上移到了桌下，她再確定不過自己的手在發抖，但是她不能讓人看出來，特別是不能讓一邊的宋一寒發現。她把手縮進袖子裡，死死抓住了腿上的裙子，努力地克制著，臉上卻端著跟往常一樣的笑容，優雅得體。

「夏至的確是家父的兒子。」夏家長子不再避諱，如果要得到這些官員的認可，他必須變得無堅不摧，與其眾說紛紜，不如借此機會說個「官方版本」，況且這位劉夫人既然如此好奇又好說，這次宴會結束，自己接下來的話，定能借她之口傳出去。他的聲音一下子變得有些悲痛起來，「家父生前一直很重視他，可惜……他不大懂事，唉，家父生前對他也是恨鐵不成鋼。」

眾人不再說話，默契地將時間騰出來讓他說他想說的話。

「他一直尋花問柳，過得鋪張奢靡，為了女人一擲千金，是常有的事情，從家鄉洛陽，到都城長安，他的紅顏知己，數不勝數。」夏家長子儘量用客觀的語氣說道，但言辭間卻絲毫不客氣。

劉夫人立即附和道：「沒錯，我出閣前，他來過長安，那時候聲名狼藉我便有所耳聞了。不過後來，他好像消失了一陣子，恐怕是去別的地方花天酒地了吧，這種人的性子，是改不了的。」劉夫人也醒悟過來這位夏家長子和夏至之間，有著不可調和的矛盾，於是眼疾手快地讓自己站了隊，應著他的話添油加醋地說道。

「唉，真是家醜了，好事不出門惡事行千里啊。」夏明搖頭感慨道，比起他大哥的成熟老練，他那做作的樣子落在韓未冬的眼裡，一陣反胃。

夏家長子搖搖頭，一臉痛惜，接著弟弟夏明的話頭道：「他這日日花叢的性子，怎麼可能改？最後死在女人手裡，我們雖然痛心，卻不意外……」

死了？死在女人手裡！

韓未冬猛地一驚，目光如刀子般落在了夏家長子的身上。夏家長子看了一眼韓未冬，似乎很滿意這樣一語驚人的效果，繼續道：「父親屍骨未寒，他卻背井離鄉，不知道找了哪位相好的，又去了何處，我們一直尋他，畢竟他是夏家嫡子，想請他回來主持大局。」一旁的夏明點頭稱是，夏家長子遺憾地搖了搖頭，「夏家除了做絲綢生意外，還有些當鋪，一年多前，有人來當一枚墨玉扳指，正巧那日我在當鋪，見著那枚扳指，一下子就認出來是夏至的東西，於是抓住那前來當鋪的人問了個究竟。」

韓未冬尖銳的目光瞬間分崩離析，變得不可置信起來。

「那人是盜賊團夥的一員，奉命來當鋪當了贓物。說這贓物的主人，被他們殺了，扒了身上的狐皮大氅，見他手上的扳指成色很好一併取下了。那時候正是寒冬，等我們趕到的時候，那屍體還能依稀辨得出他的樣子，他只穿了一件單衣，身上的錢財都被賊人搶了去，一副潦倒的模樣……」

「夏當家的怎麼說他是死在女人手裡？」劉夫人已經渾然天成地改口，好奇地問道。

「因為那賊人來當的，還有一件東西，是半支白玉簪子，他至死右手的手心裡都死死握著一支白玉簪子，那賊人搶得心急，便將簪子的簪尾生生掰斷，可他手裡的那半截還刻著一個『韓』字，為了不知道哪位紅顏知己連命都不要了，不是死在女人手裡，是什麼？」夏家長子說得遺憾又悲傷，末了竟生出了幾絲哽咽，「那時胞弟夏明還小，父親剛剛去世，夏家偌大的家業，我苦苦撐著，為的是夏家這個姓氏，這些年來被人誤會，被人說三道四，也已經司空見慣了……」他哽咽得說不下去了。

「不容易啊。」劉夫人一邊感慨，一邊掏出帕子擦了擦眼角。

韓末冬坐得依舊筆直，臉色卻是慘白的，她的手絞在一起，在腿上發著抖。突然一隻大手覆蓋住了它們，宋一寒溫暖乾燥的手心讓她魂不守舍地看了他一眼。

「是不是今天的酒，酒勁大了些，早就關照你不用喝，何必逞強？」宋一寒心疼的目光讓席間婦人投來讚賞的眼神。

韓末冬只是本能地搖了搖頭，笑了笑，她笑得很不得體，笑得很慘澹，她自己沒有發現，又或許她發覺了，也沒法控制。

眾人又說了些散場前的話，隨後便歡快地散了，夏家長子將他們一一送至門口。韓未冬不知道是如何走到門口，又是如何坐上自家馬車的，直到馬車車輪緩緩轉動，她才發現身上出了一層密密麻麻的汗珠，而額上的汗珠一滴又一滴地順著下頜流了下來。

她一把握住了身旁的宋一寒的手，彷彿用盡了全身力氣，宋一寒的身上有些酒氣，卻是她覺得自己活著的唯一憑證，她微微張口，喘著氣。宋一寒抬起另一隻手，極盡溫柔地將她的頭擱在自己的肩膀上。馬車依舊行著，因為路面不平稍有些顛簸，車外是蛙聲一片。

「那時候我在繁蒼樓的二樓包廂等你，待到雨小了，我便起身出來想迎你……」那是他們來時的話題，被韓未冬打斷過，宋一寒卻在這一刻續上了，「我在二樓走廊，見著一位女子，撐著二十四股墨荷傘，從車上下來，待到簷下，她徐徐收了傘，待傘上的水滴了滴，又踮起腳來，往樓上望了望，背著彩虹走了進來，讓我頭一次覺得《詩經》不是騙人的：蒹葭蒼蒼、窈窕淑女。她沒有走對包廂，可惜，我沒來得及阻止。」

這話像是抽離了韓未冬最後的一絲力氣，她整個人都癱軟地靠在了宋一寒的身上，她說不出話來，只是呼吸聲音更重了。她就是沒有力氣，從前那種骨子裡的驕傲精氣神兒已不知蹤影。

宋一寒是將她橫著抱回內室的，他將她小心地放在她最喜歡的美人榻上，想要來點燈的下人被他揮手攔下了。韓未冬雙手摟著他的脖子，臉上寫著的是無法掩飾的無盡悲傷，她眼中的悲傷似乎能將這黑夜吞噬了，她說不出話來，對著宋一寒搖了搖頭，然後又搖了搖頭，她想要表達給宋一寒的意思很簡單，只有三個字——不要走。向來對她言聽計從的宋一寒，卻無情地將雙手鬆開，然後抬手理了理她額前凌亂的碎髮，接著輕輕地俯身上前，溫柔地吻了吻她的額頭，最後他在黑暗中轉身，轉身之際極盡輕柔地說道：「這一夜，你自己熬過來。」她抬手想抓住他的手，或是衣袖也行，卻什麼也沒有抓住，只聽見房門輕輕合上的聲音，那無邊的黑暗洶湧而來，她抬頭看著灑進來的月光，咬著嘴唇，眼淚噴湧而出。

原來他並不曾背叛他們的感情，夏至……這個出現在她最美好季節裡的男子，有著最乾淨的孩子氣般的笑容的男子，他的一切都栩栩如生地浮現在韓未冬的眼前，她與他最後的聲嘶力竭，不是他們不懂愛情，而是他們的愛情沒法脫離與生俱來不愁吃穿的環境，他們誰都沒有錯，只是緣分盡了，而徒留的愛情只會讓他們彼此折磨。韓未冬努力地想坐起來，卻渾身乏力，她想著與他的最後一面，她說的那些絕情的話，她連一個笑容都沒有給他，誰會知道，那是他們最後的告別啊……她恨自己，如果一早知道那是一場生離死別，她最起碼可以與他說上幾句體己的話啊。那麼寒冷的天氣裡，他至死都不放開他們的定情信物，他怎麼那樣傻！韓未冬寧願他活在嫣兒的萬花樓裡，她寧願相信浪子不會回頭，寧願恨他怨他逼著自己忘記他，至少，至少他是活著的呀！她的眼淚無法停止，她取過榻上的帕子，捂著臉，不顧她這些年來端莊優雅的形象，蜷成一團嗚嗚地哭著……

可她又想起了宋一寒與她的對話，他其實一早就知道她這三年來的經歷，他一早就知道，可他生生等了自己三年，他說他三年來忙於治水多謝韓姑娘出現，那樣拙劣的謊言她竟然天真地沒有懷疑。他即使治水也可以結婚生子啊，可是他真的等了自己三年，他從未因為這三年怪過自己，指責過自己，他對自己……是那樣好。想到這裡，她又痛恨自己又心疼起宋一寒來。

紅塵再斑斕，誰知道那豔麗的色彩下受了多少罪和孽呢？

等到韓未冬坐直了身子的時候，她看見銅鏡中映出的並不是自己哭花的臉，而是一座樓，上書四個大字——慈悲客棧。

10

坐在我面前的韓未冬雖然淚眼婆娑，神態舉止卻流露出大家閨秀的風範，她看著我和我們之間的茶具道：「我真的可以回到我最想回到的那一刻嗎？」

從未在我接待客人時說過話的葉一城，破天荒地開了口：「韓姑娘，這世上的命一早就是定好的。有些時候，順水推舟才是智慧。」

我不大懂葉一城的話，但是似乎韓未冬有些明白，她紅著眼眶在葉一城的身上停了停，囁嚅了一下嘴唇，終究沒有回話。

我們之間的三杯茶已經涼透，韓未冬傾身上前，三指執起茶盞，自嘲一笑：「慈悲飲，一飲放下江湖恩怨。我韓未冬居深閨多年，哪有什麼江湖恩怨？」她側身飲盡，放回茶盞，執起第二杯，自言自語道：「慈悲飲，二飲忘卻紅塵疾苦？」她苦笑著說道：「紅塵本無罪，疾苦的是人心，關紅塵什麼事呢？」她抬手飲下，卻怔怔地看著我，自問自答道：「素問姑娘，你有沒有因為一見鍾情而奮不顧身地愛上一個人？我有。你有沒有因為時間的早或者晚，而無法愛上一個真正好的人？我有。你有沒有因為執著於眼前的黑暗，忘卻了身後的那片光？我有。」她突然笑了起來，笑著笑著又哭了。我很想告訴她，我很想體會她的心情，只要有人願意來接我，但是那個人，他一直沒有來。

韓未冬執起第三杯茶盞，看著我道：「慈悲飲，三飲不負人間慈悲？」我並不答話，抬頭看了看懸空的紅色燈籠，燈籠光圈下的她掩面哭泣，我想她從頭至尾並未做錯什麼，而命運本身不就是充滿了陰差陽錯嗎？人間的慈悲，不過是大徹大悟之後的放下罷了。韓末冬指縫裡滿是淚水，抬起頭來：「我想求一個了斷。」她終於抬手飲盡了盞中的茶。

對於韓末冬的強大，從她的故事裡，我已經有了充足的了解。看著眼前已經消失的人，我很好奇她的所謂了斷。葉一城將壺中的殘茶都灑在了茶臺上，看著我道：「我也很好奇。」

烏金石的茶臺上，起初並無變化，再定睛一瞧，發現畫面呈現的正是晚上。

烏雲緩緩移開，天上的一輪圓月顯露了出來，照亮了紅色牌匾上黑色的大字——蘇府，府內隱約傳來說話聲、笑聲。一位老僕人打著燈籠給身後的人引路，待到門口，老僕人身後的人對他低語了幾句，微微頷首，老僕人點點頭，待那人提著裙子跨過門檻才彎腰退下。那人行至門口處石獅子旁，借著燈籠的光，輪廓逐漸顯示出來的正是韓末冬。

韓末冬抬頭回望了一眼蘇府，目光回落在了石獅子上，嘴角浮起了一絲苦笑。她終於發現自己回到了一切開始的時候，她使勁捏了捏袖子中的手指，微微的疼痛感讓她狠狠地鬆了一口氣。她緩緩閉上眼睛，往前走了幾步，隨即停下，然後她又回頭看了看蘇府門口的石獅子，再轉過身子，望著黑暗的巷子的方向。她的馬車，應該是從那個方向駛來，和若干年前一樣，然後……然後有了她和他的陰差陽錯，有了她和他的千帆過盡，有了她和他的陌路同途……

韓末冬希望那巷子裡行來的馬車能快一些，又最好……慢一些，她此刻還是當初涉世未深的小女兒模樣，可是懷揣著的是一顆歷盡滄桑的心。她想最美不過初見，她想那時一個年少一個無瑕，她想那時候……多麼美好啊。

黑魆魆的巷子盡頭傳來了越來越近的馬車聲，車輪的聲音好似滾在她的心尖上，韓末冬垂著的手一下子攥住了她的裙子，她的手在微微發顫，目光卻死死地盯著那聲音的方向。在黑暗與燈光交界處，駛來了一輛馬車，她一眼便注意到那車夫並不是她韓家的，剎那間她的眼眶蓄滿了淚水。

她清晰地記得挑起車簾戴著墨玉扳指的那隻手的主人，拉開包廂門引她入座的笑容，南山寺下他坐在她對面埋頭吃麵時偷偷滴落的眼淚，站在長安街市送她的白玉簪子，長安城外石碑前他們倆決定要共度一生的擁抱，旅途中的兩人一馬，他與她街邊喝的那兩碗豆花……他與自己的一切，她通通記得，在這一刻回憶放肆地浮現在眼前，她終於站在了與他初識的路口，是孽是緣是劫是難？只有她自己心裡頭明白，明明天差地別的兩個人，可因為愛，卻死死地糾纏在了一起，燦爛如煙火，可逃不過的是灰飛煙滅。

馬車越來越近，越來越近，她驀地上前了一步，她好想看一看那車中人的臉，哪怕只有一眼，那張她拚命要忘記的臉，正是那張臉，笑的、哭的、生氣的，點亮過她的人生。雖然那一段人生並不都是甜蜜恩愛，可她是多麼想念，她誤會了他，帶著埋怨和倔強離開了他們的那段感情，可是如果沒有那個誤會，她也清楚地知道她與夏至，是走不到永遠的。儘管她明白那些道理，儘管她已經從開始到結局走了一遭，可她還是想他。

她張開了口，卻無法發出聲音。那馬車終於行至她的前方，一瞬間就擦身而過，她面向著這輛車，眼睜睜地看著它靠近自己，行過身前，那車窗的簾子只是隨風動了動，沒有人從裡面掀開簾子問她是否需要搭車，不過眨了兩下眼，那車子便駛過了，駛過了她這一生……她猛地轉身，面向它的背影走了兩步，終究還是握緊拳頭站定了。她望著那輛馬車勻速前行，聽著馬蹄聲漸行漸遠，終於，她的另一種人生消失在了拐角處。蘇府門前又恢復了夏夜的平靜，隱約聽見了內府裡的聲音，韓未冬站在黑夜中，似乎連影子都能流出淚來。

天上的黑雲遮住了月亮，她聽見身後傳來的馬車聲，抬手擦了擦眼淚。韓府的馬車停在她的身後，丫鬟葉兒攙扶她上車坐穩，才吩咐車夫繼續前行。此時韓未冬的臉上看不出什麼異樣，葉兒絮叨道：「小姐，蘇小姐一定要讓我捎些蓮子帶回去，這就耽誤了……」韓未冬點了點頭，葉兒繼續說道：「明兒下午宋家少爺約了喝茶……」韓未冬突然笑了起來，那笑容在昏暗的車廂內有一點苦澀有一點無奈有一點寬慰，終於她開口道：「你跟宋家少爺說一起用午膳，城西有處館子不錯……」

她受老天恩賜有了一個選擇的機會，然而她最終的選擇只想做個了斷，她的了斷一如她強大的內心，從根源上狠狠掐斷了。都說初見最美，她的選擇是求了一個不見，真真是乾淨俐落。但這乾淨俐落裡，有多少心酸、無奈和悲傷，的確是不足為外人道的。

韓未冬看著被風吹起的簾子，那穿過簾子的風讓她想起了宋一寒，她與他雖未有驚濤駭浪般的激情，卻是相濡以沫的恩愛。她不覺得自己虧欠他，如果硬說要補償，她願意還一個先來後到給他，也還給她的命運。她終究還是認了輸，這個輸不是因為當年她回到長安覺得與夏至情斷於此，而是她終於曉得命運之線雖亂，卻有各自的軌跡，強求來的不是輸給似水年華，而是用盡全力相愛後的突然無力，各自放手，給各自一條生路的迫不得已。

她認輸了，也終於認命了，可是命運原本就是簡單而美好的。她不願再折騰，誰說這場疲於奔命的愛情裡，受罪的只有她一個呢？

我看著身邊的葉一城，他將小泥爐上的紫砂壺裡蓄滿了水，又往爐上小心翼翼地添加了一些炭火，不知道從什麼時候起，他已經成了這個客棧不可分割的一部分。他側身見我看著他，開口道：「你以為什麼是順水推舟？」

我搖了搖頭，感慨道：「我以為她會選擇……至少，也會和夏至做一個告別，而不是人生不如不見。」

「或許這才是最好的告別。」

小泥爐上的水慢慢沸騰起來，葉一城往紫砂壺裡添了一些水，蓋上壺蓋，看著我道：「你以為什麼是慈悲？」

我經營這家客棧的這些日子，從未想過這樣的問題，慈悲的含義太廣，我想既然我這裡能給人提供重來的機會，這恐怕就是最好的解釋了。

葉一城見我不答話，又道：「我從前做的大都是力挽狂瀾的事情，總有或多或少的理由。臨了，到我自己身上，卻覺得順其自然才好，所以一次次地給了那個小姑娘很多誤會，最終錯過我的姻緣。力挽狂瀾不是不好，而是應該用在最恰當的時候，可很多時候，面對命運的饋贈都會忽視，所以才有了後來的奔波拚命。說到底，是我不夠智慧罷了。」

他前頭講的那些話，我需要回味個幾天才能明白，可是最後一句話，我一下子就懂了：「你不夠智慧沒有關係，正如你所說，我也有些笨，這樣我們才能相處得融洽不是嗎？」

葉一城看我對他寬慰地笑，轉移了視線：「你有沒有想過，一輩子待在這裡——」

「怎麼可能？」我迅速打斷了他的話，揮了揮手，「雖然接我的人沒有來，但終究是要來的，說不定啊，下一個客人便是他了。」

葉一城抿了抿嘴巴，說了兩個字：「也好。」

第四盞茶・月生花

人生就是一場永恆的萬萬沒想到。譬如眼前這個客人，毫不認生地沏茶斟茶，最後遞給我一盞茶道：「請。」喧賓奪主卻一副理所當然的模樣。

我按下他的手腕，嘴角浮起不屑的笑容道：「我才是這裡的話事人！」

來人微微一愣，順勢放下了茶，皺著眉頭，轉向後頭的人，疑惑地問道：「葉宗師，什麼叫話事人？」

葉一城的目光落在我邊上的位置上，我便下意識地挪了更多的空地兒給他，他坐過來，對我道：「素問，好好說話。」

我撇撇嘴，心想昨兒我剛看的話本子裡講了一個民間組織的頭頭如何出人頭地，最終成為話事人的故事，看得我熱血沸騰幾乎一夜未眠。幻想著自己在不知道的過去裡，或許也是一個刀光劍影裡出來的話事人，為了躲避江湖恩怨所以才躲在了這裡，越想越覺得真。早上起來眼下雖然一片烏青，可精神抖擻，但還沒有從昨天的故事裡出來，所以面對眼前的這個客人時，蹦出來的詞彙也頗多江湖味道。聽了葉一城的指點，我清了清嗓子道：「我是這裡的掌櫃的，安分點。」

對面的人冷不丁笑出聲道：「普天之下莫非王土，你區區一個掌櫃的，了不起哦？」

「莫非的也是王土，你是王嗎？」遇到比我還會抬槓的，我內心深處就會燃起絕對不服輸的勁頭，直指著他的腦門道：「你這生意我不做了！」

「你敢！」他拍案而起，怒目圓瞪，右手推開我指著他腦門的手，左手手指索性戳起我的腦門來。

「我是這裡的掌櫃的，我有什麼不敢的？」眼光一瞥，見一邊的葉一城正扶額歎息，想這些日子讓他白吃白住竟然不來幫忙，真是氣煞人也，所以女人啊，關鍵的時候還得靠自己。我雙手握住他戳我腦袋的手，毫不猶豫地一口咬了下去，果然聽見他哇哇大叫起來，狠狠推開我，我一個踉蹌險些摔倒，還好被葉一城一把扶住，算他還有些良心。

「葉宗師，你看她啊！吵不贏就咬，氣死人了！」被咬的人一邊甩著膀子，一邊對葉一城抱怨道。

葉一城終於發話了：「素問，好好吵，別咬人。」

「你怎麼還跟以前一樣向著她！」那人氣急敗壞得很。

我站穩了腳跟，懶得理會他「好好吵」的玄妙所在，就這個不討喜客人剛剛的話聽來，他似乎不但認識我，似乎還和葉一城有些交情：「我說葉一城，你認識這個不討喜的？」

「你叫宗師什麼？宗師的大名也是你叫的？我看你在這裡待得老糊塗了！」不討喜的客人撩起袖子指責我道。

「你才老，你個老不死的！」我這個不知道自己到底多大的人，其實挺害怕「老」這個字的，我立即拉過葉一城問道：「葉一城，我老不老？」

葉一城目光十分篤定道：「不老不老，誰有你年輕？」我想他蹭吃蹭喝這些天，這個時候正是他表達謝意的絕佳時機。

不討喜的客人聽此，目光中滿是不可思議，生生往後退了兩步，不可置信地道：「葉……葉宗師……你……你怎麼……」

我正要反駁，看見了烏金石的茶臺之上，那朵曼陀羅花，竟然綻放了！我不可置信地推開烏金石臺上的茶具，定睛死死瞧著，不得不肯定，它的確真的開了。我曾經無數次幻想過，這朵曼陀羅花開的時候，是怎樣的情形，但是萬萬沒想到，如此神聖關鍵的時刻，竟然有這樣一個不討喜的人出現：「你知曉我的過去？」

「廢話！」那人索性蹲在了座位上，將頭偏向一邊不服氣地哼了一聲。

「那你是誰？從哪裡來？為什麼現在才來找我？」我俯下身子，一把托起他的下巴，毫不客氣地問道，此刻的動作全是本能的反應，因為我曉得這個人會給我一切的答案，在我心心念念等待答案揭曉的日子裡，生了近鄉情怯的猶豫。我有著怎樣的過去？平淡或激蕩，還是寥寥幾句便可以帶過？

不討喜的客人站直了身子，一把捏住我的臉頰，不客氣地道：「你都叫素問了，你想起來多少了？」

我扭過頭去看著葉一城，這個名字拜他所賜，原來這個不是他才華橫溢的靈機一動，而是無可奈何的借花獻佛？葉一城顯然不敢與我直視，目光望向別處，我決心不放過他：「葉一城，那個什麼素問是你什麼人？」

葉一城轉過臉來，平安鎮的雪紛紛揚揚，他的睫毛那麼長，向我眨了眨，眨得人心頭一顫，他的臉上突然瀰漫開來的溫柔能將外頭的大雪融化：「素問，是我的心上人。」

臉頰上的疼痛感一下子減輕了，我顧不上以牙還牙，徑直走到了葉一城面前，不可置信地看著他。這是多麼英俊的一張臉啊，我曾經和這張臉的主人對座飲茶，湖畔並坐，品茶賞月，而此刻，他一字一頓地告訴我——素問，是他的心上人。心頭湧起萬般情愫，我緩緩地問道：「素問，當真是你的心上人？」

葉一城溫柔的目光落在了我的臉上，輕輕閉了閉眼道：「是。」

我一把推開面前的葉一城道：「好一個葉一城，你竟然給我取了一個你心上人的名字，來慰藉你的思念與愛慕，天天叫著素問，你可真是個變態啊。」果然，我發飆後，葉一城和不討喜的客人都愣住了，面面相覷後囁嚅了一下嘴唇，竟都說不出一個字來。我見他們面露尷尬和羞愧，才算出了一點氣，走到烏金石茶臺邊上，匆匆倒了一盞茶，仰頭便飲下，沒錯，我喝的正是客人應該喝的那杯茶，就在我反應過來的一剎那，葉一城將原本屬於我的茶，潑在了烏金石臺上——

1

越之墨從小就沒有一點身為皇子應有的幸福感，這其中大部分原因歸於他的妹妹林素問。皇子的妹妹當然就是公主，但林素問這個公主卻有些特別。從她居然姓林而不是皇族的越姓，便知她並不是越之墨的親妹妹，不過這絲毫不妨礙林素問從小的待遇，她比他這個正牌皇子更受寵。

生父為朝中大將，在邊疆為國捐軀，母親難產而去。林素問剛一出生便失去父母，本是大不幸，不幸中的萬幸是得到皇后的憐愛。一紙特諭，林素問被接到了宮中撫養，不但吃穿用度皆是按照公主的待遇，與真正的皇子越之墨一樣，皇上還特准保留了生父的姓氏，所以她雖不是皇上親生，這種種特殊待遇都證明勝似親生。子嗣本就不多的皇上，更是對這個唯一的「女兒」寵愛有加。所以越之墨從有記憶起，腦中就有了一個明白的認知：這個妹妹比自己重要。

因此，當八歲的越之墨第一次看到有人一副理所當然的樣子教訓七歲的林素問時，心情很複雜，有些不服氣，有些抱不平，有些發自內心的感激，同時還有自己未曾察覺，僅僅是藏在潛意識裡的，對那人膽量的佩服。

而林素問人生中第一次被人訓斥，頗有些無辜。多年之後，林素問依然對當時的場面記憶猶新，早已沒有絲毫的氣憤，唯一的遺憾就是沒有能被多訓上幾句。

那時林素問才剛滿七歲，這天她屁顛兒屁顛兒地一路跟著越之墨到了郊外的一處園子。那是皇室專用的球場，越之墨剛剛學會打馬球，癮頭十足，每天都會跑來打。偏生他又喜歡顯擺，在林素問面前吹噓騎馬如何好玩，過分得瑟❸導致的直接結果就是引起了林素問的極大興趣。

於是，越之墨在林素問又哭又鬧地發了一通脾氣之後，不得不同意帶她一起去馬球場。玩——當然，可不敢讓父皇知道自己悄悄帶她來這種地方玩。

皇族越氏的先祖是在馬上打下的江山，越之墨雖然年幼，皇室一族血脈中流淌的那股剽悍勇武的勁兒卻被他完美地繼承了下來。雖練習時間不長，但對馬匹駕馭頗有心得，騎在馬背上時像模像樣，操作行動也乾淨俐落，甚至已經能順利做出彎腰低至與馬背齊平，然後反手揮杆，這種對於初學者難度頗高的馬球動作。當他從馬背上直起身後，周圍的侍從們都鼓掌高聲叫起好來，拍馬屁之心路人皆知，但這位虎頭虎腦的小皇子所展露出來的天賦的確讓周圍人感到高興。

聽著一片讚賞聲，越之墨理所當然覺得自己十分厲害，難免有些得意。小孩子心性難掩，得意勁兒上來後想著要顯擺，便一臉囂張地朝場外喊了一句：「怎麼樣，比你厲害多了吧？」

就是這句再平常不過的孩子話，惹下了麻煩。

兩人從小一起長大玩耍，雖不是親兄妹，但感情很好。對於小孩子來說，這種親密感情的直接體現方式就是：拌嘴、鬥氣，相互不服氣。

林素問在場外的圍欄邊百無聊賴地坐著，有一搭沒一搭地和身旁一匹毛色雪白的西域純血馬說著話。她有些落寞，原本以為找到一個新的好玩之處，但看著越之墨騎在馬上，和其他侍從在場內拿著球杆揮來揮去，也看不出什麼名堂，與越之墨吹噓的大相逕庭，覺得自己被越之墨騙

❸ 意指招搖、炫耀。

了。若不是跟前的馬兒長得好看又很溫馴，她可能早就不耐煩地先回去了。

素問的性子許是繼承了父親英武的一面多些，打小便是大大咧咧的簡單直爽，這種簡單直爽主要表現在她欺負越之墨的過程裡，能動手的基本不動口。越之墨之所以還跟她玩，是因為有一點林素問很上道，她基本不會在背後告狀。

聽到越之墨的那句話後，林素問騰地從圍欄上站了起來，順勢直接就跳到那匹大白馬上。周圍的隨從見此情形有些怔住，沒能反應過來，待片刻後回過神來，才紛紛翻過圍欄想要牽住那匹馬。沒想到林素問跳到馬上後，見大白馬並沒動彈，本能地揮手在馬屁股上使勁拍了下去。這匹西域純血馬在她一拍之下，瞬間由懶洋洋的溫馴狀態切換成狂飆狀態，身邊的侍從們還沒來得及抓住馬韁，就見到一道白光閃過，白馬已經載著小素問衝了出去。

白馬猛然奔出的一瞬間，林素問就已經完全被這突如其來的加速給嚇蒙了，根本不敢睜開眼，只聽到耳邊風聲呼呼，身體本能地緊緊伏在馬背上，雙手使勁抓住馬兒鬃毛。

隨口一句話就闖下大禍的越之墨看見這場景，呆滯地坐在馬背上，手中的馬球杆還舉在半空中。

白馬還在繼續飛奔，林素問恍惚間聽見有人在說話，但這聲音彷彿是從很遙遠的地方傳來的，聽不真切。接著又有鼓聲響起，開始時很輕，很快就清晰起來，接著鼓點聲越來越近，直到在自己身邊響起，這才分辨出是馬蹄的聲音。然後一個很好聽的男子聲音在耳邊響起，簡單地說了兩個字：「鬆手。」

林素問因為害怕，雙手一直緊緊抓住鬃毛，此刻聽到如此冷靜的聲音，心中頓時升起一股從未有過的安全感，如此危險時刻，竟乖乖地將手鬆開。緊接著覺得背上一緊，身子就脫離了那匹白馬，被人抱了起來。

這人顯然控馬之術十分高明，身下的馬兒速度很快緩了下來，片刻後已經安穩地停住。直到感覺到馬兒四蹄完全立在原地，林素問才彷若從夢中驚醒一般，茫然地睜開眼睛，發現自己正被一個陌生男人抱在懷裡。視線再往上移，卻看不清那人的眉目，只見嘴角正微微抿著，從林素問的角度看過去，也不知他是在微笑還是不滿地撇嘴。

似乎是感受到林素問好奇的眼光，那人略微低了低頭看了她一眼，明明是隨意的目光，卻讓小小的林素問覺得自己有如那春天陽光下在草地上打了個滾兒的兔子，又溫暖又歡喜。明明曉得自己應該道個謝，卻不知為何說不出口，只覺得躺在這人的懷裡好舒服。又想到自己剛剛的一時衝動，差點惹下大麻煩，這事兒可千萬不能讓父皇曉得，不然肯定再也沒機會跑出宮來玩了。至於越之墨，哼，回頭再找他算帳好了。想到這裡，林素問將小腦袋往他的懷裡蹭了蹭。這男人的眼裡卻流露出長輩對不懂事晚輩的關心又無奈的神情。

此時越之墨已經緩過神來，帶著人騎馬趕了過來，見林素問毫髮無損，先是長長出了一口氣，然後歪著頭問道：「素問，你嚇傻了沒有？」

林素問怒道：「你才傻了。」說著扭過頭去吐了吐舌頭。一回頭才發現自己還在這個救了自己的男人懷裡，有些不好意思地掙扎著想要從他懷裡出來。那人也不說話，只是順勢把她放在地上，臉上沒有什麼表情，視線淡淡掃過這兩孩子。

林素問抬起頭仔細打量了下眼前這人，卻是從未見過的臉，也不管那麼多，一抬手對身邊趕過來的隨從們吩咐道：「賞。」

一旁的越之墨倒是非常贊同這個決定，眼前這人救下林素問，無疑將一個彌天大禍消弭於無形，此刻他還有些後怕，要是林素問今天真受了傷，自己不知道要受到何等的懲罰，於是非常配合地連連點頭：「賞賞賞，給我重重地賞！」

那人聽到要被重賞後的反應卻很平淡，眉頭有些微微皺起，先是看了看越之墨，然後淡淡地轉向林素問，語氣有些冷淡，帶著不滿說道：「我救了你，你應當說謝謝，而不是賞。」那天的馬球場一望無際的芳草碧連天，陽光曬得人暖暖和和的，他的話讓林素問怔了怔，又怔了怔。

林素問自然算不上性格頑劣，離恃寵妄為也差得遠，只是從小身處深宮又得萬般寵愛，哪有對旁人說謝的習慣。本來被救後還覺得這個人長得周正好看，滿順眼的，打賞打賞來表達一下謝意，沒想到這人就擺出一副教訓的面孔，毫不領情，林素問的心裡著實有些不大爽快。

越之墨和她從小一起玩，早有默契，見她小嘴一嘟，就是要發飆的前兆，當即跳下馬來，上前一步擺出一副嚴肅面孔：「你可知你剛剛救下的是何人？」小孩子總喜歡模仿大人的成熟做派，不過他身為皇子，這句話說出來，也頗有幾分威嚴。

沒想到那人壓根兒就沒有搭理越之墨，眉頭蹙起，走到林素問面前，半蹲下身，平視她的眼睛，有些失望地嚴厲說道：「看樣子這些年你被寵得有些過分，太過驕縱了些。」

一旁完全被忽略的越之墨有些生氣，畢竟敢不把他放在眼裡的，除了皇上之外，也就只有林素問了。父皇自不必說了，林素問嘛，自己反正早就接受這個現實，也懶得去管了。但眼前這個來路不明的傢伙，憑什麼敢這樣對自己？想到這裡越之墨心裡更覺得不爽，於是上前就要與他理論。林素問卻從背後將他拉住，低聲道：「別衝動，這人估計也不好惹。」說完想了想，又加了一句：「我們倆也打不過他。」

越之墨疑惑地看了看周圍，發現那些隨從侍衛們都低頭彎腰在一旁恭敬待命。而這種恭敬不光是對自己和林素問，似乎也包括了眼前這個陌生的男子。看來林素問說得對，真要打起來，估計也沒人會幫自己。當即站在那裡進退不得，尷尬得很。

那男人聽到兩個孩童的對話，面色稍緩，嘴角翹起，無奈地笑了笑。然後也不再說什麼，只是微微搖了搖頭，就這樣負手轉身離開了。林素問好奇地看著他的背影，挪不了視線，問隨從道：「這人是誰？」

年邁的舒嬤嬤垂手走上前，語氣中帶著一絲激動：「稟公主，這正是當年將您送進宮來的葉宗師啊。」

葉宗師，葉一城。

武可開宗立派，文能敬為國師，這就是普通華夏人對宗師這一稱號的理解。它不是華夏國的官職，更像是一個譽銜，代表著華夏最頂尖人物的風采。只有那些有機會站在更高一些位置的人，才能明白這個稱號代表著什麼。它既不是祖傳世襲，也不是師徒傳承，而且具有唯一性。不同於那些虛職，能擁有這個稱號的人，全都是那種留下無數傳說的人物，他們的舉止對於王朝的興衰都有著巨大的影響，即便是皇帝也會對他們尊崇有加。

葉一城是華夏國歷史上最年輕的宗師，也是最入世的宗師，不但心懷天下，還甘願為百姓蒼生不停奔波。關於他的故事，林素問從小就聽了很多，可最喜歡聽的，還是葉宗師親自將襁褓中的自己連夜送進皇宮的故事。她深知自己的一生十分平淡無奇，但是唯獨這件事情，讓她平凡的生活顯得十分傳奇。葉宗師是個傳奇，而被他送進宮的自己，或多或少也終於和傳奇沾了邊。

轉眼七年過去，林素問從有記憶起就聽著關於葉宗師的故事。聽得多了，也總是心裡唸叨著這個葉宗師，她曾無數次幻想過葉宗師的模樣，根據別人口中講述的他的那些事蹟，她在腦海中勾勒出的形象總是飄忽不定，時而是個威風凜凜的彪形大漢，時而是個白髮蒼蒼的年邁老者，時而是個浪蕩不羈的江湖俠客……萬萬沒想到，如今他竟然會以這樣的方式出現在自己面前。為什麼他看起來那麼年輕，又那麼讓人想要親近？此時林素問已經忘記自己被教訓的不爽了，滿腦子都是與葉一城第一次見面的感受，總結起來就是太有風度了！對，就連板著臉教訓自己也是那麼有風度！

越之墨則一臉的不以為然，在他看來，林素問的表現簡直太丟他的臉了。前一刻被人訓得那麼慘，這一刻聽到「葉宗師」三個字就露出花癡一般的表情。人家明明都走得沒影了，還流著口水在那兒發呆呢。

八歲的越之墨得出了受用終身的兩個結論：

第一，女人都是豬隊友。

第二，長得好看就是有用，完全沒道理可講。

一邊是悟出了人生真諦的越之墨，另一邊是追悔不及的林素問，追悔自己剛剛從馬上摔下來風度全無，實在太醜太醜。越想越覺得懊惱的林素問對一邊的嬤嬤說道：「回宮！趕緊回宮！」

越之墨抬頭看了看，發現天色尚早，疑惑地問道：「難得溜出來玩，幹嘛那麼早回去？」

林素問翻了個白眼，甩出四個字：「換件衣裳！」說罷丟下他，在隨從的簇擁下匆匆離去。

越之墨撓撓頭，琢磨了一會兒其中的因果關係，發現毫無關聯，最後才想起，今天晚上的確有場盛宴。

2

葉宗師這次從邊關回來，是因為同鄰國曠日持久的談判終於塵埃落定，帶著巨大的勝利而歸。雖說歸根結底一切外交成果都是用戰場上的血汗澆灌出來的，但葉宗師這次力排眾議，選擇以談代戰，前後耗費數載時光，消耗無數心力，帶回了這份哪怕激進的軍方也無可挑剔的議定協約。

正值中秋，當天晚上為慶祝華夏版圖又多納入一塊新地，更是為了給葉宗師接風，宮中賜宴群臣，筵席設在天元殿旁的百荷園前。眾多朝廷英才、有功將士都有幸列席，半個廣場幾乎坐滿了，天元殿前燈火通明。

林素問便是在這中秋之宴上一夜成名的，而這段成名的過往，列入了長大後誰提跟誰不客氣的歷史裡。

馬球場的意外相見，喚醒了林素問作為一個女子的愛美之心，她三步併作兩步地回宮，吩咐舒嬤嬤道：「把我最漂亮的裙子和最漂亮的首飾，還有最……不不，總之把最漂亮的東西都取出來給我。」之後整個下午都一個人躲在屋子裡既興奮又期待地忙碌著。

華燈初上，皇上皇后御駕親臨，天元殿前早已落座的群臣跪拜之後，緊跟在越之墨身後出場的林素問剛一亮相，就惹得皇后忍不住掩鼻輕笑起來。

今晚她穿著一件紅色暗紋錦緞華服，右手戴著暗綠翡翠鐲，左手卻戴著雕花金絲鏤空鐲，脖子上一塊亮銀色的長命鎖，因為據舒嬤嬤說這是葉宗師送給她的周歲賀禮，費了不少力氣才從箱子底下翻出來的，腰上繫了一根金絲蛇紋腰帶，不過明顯有些大，勉強鬆鬆垮垮地繫著才保持著沒有墜下而已。林素問的頭髮原本並不夠長，卻偏偏花了不少心思學成年女子做了個高高的髮髻，上面插著一支紅珊瑚簪子，又插了一支通體晶瑩溫潤的白玉簪子，還有一支形如梅枝的黃金步搖，以黃金為枝，紅寶石為梅花。這幾樣東西無不精緻華貴，即使放在皇宮裡也算得上是珍品了，只是被她一股腦稀裡糊塗地插在頭上，遠遠看上去倒像是個賣糖葫蘆的。

在座的群臣雖然覺得有趣，礙於她是皇帝最疼愛的公主，都盡力忍著不笑出聲來。越之墨卻沒這顧忌，喃喃自語道：「下午的時候嚇傻了？」

旁邊的皇上聽見了，扭頭問道：「墨兒，你知道？」

越之墨嚇了一跳，心想下午帶素問去馬球場這麼危險的地兒玩的事情，若是被父皇知道，自己定會受罰，只得含含糊糊地說道：「她經常做些兒臣不懂的事情，兒臣也不曉得她腦子裡想什麼。」皇上聽了後，若有所思，然後覺得越之墨說的也是事實，也不再追問。越之墨這才長出了一口氣。

在越之墨心內惴惴的同時，林素問內心的感受是前所未有的好。她耳朵上戴著一對碩大的夜明珠耳墜，耳垂都被扯得有些發紅，加上髮髻上亂七八糟地插了那麼多簪子，所以只能正著頭平視前方慢慢走著。一路前行走來，原本從未留意過旁人是否關注自己的林素問，此刻眼睛餘光看見所有人的目光都聚集在自己身上，其間夾雜著細微的驚歎與議論聲，她篤定大家是被自己的美貌所驚，這種感覺著實良好。

可是即使再努力昂首挺胸，但裙襬太長，中途不免踉蹌了幾下，林素問還是咬牙堅持走到皇上面前，恭敬行禮完畢起身後，她終於忍不住轉頭看了看周圍，並且迅速瞄到了坐在不遠處的葉宗師。讓她感到高興的是，葉宗師此刻也正在看著自己，眼神中竟有些訝然之色。林素問再一次得意地篤定，自己這一番精心的裝扮實在太成功了，於是矜持地向葉一城點頭，不料此刻的頭顱太重，這一個小小的動作，那支黃金梅花步搖竟然「啪嗒」一聲落在了面前的几案上，一直端著的林素問這一刻臉色騰地發燙起來。

可旁人卻沒有發現林素問已經窘得面紅耳赤，因為這個小姑娘今晚胭脂塗了滿臉。皇上只是覺得今晚小公主有些與眾不同，笑著打趣道：「素問，小臉上怎麼塗得和小花貓一樣啊？」

越之墨實在忍不住，捂著肚子笑個不停，添油加醋道：「父皇啊，這不太像花貓，倒有些像是戲臺上常見的妖精。」

按常理面對越之墨這樣的挑釁，就算有皇上在旁，林素問多半也是毫不留情地加以反駁，然後對越之墨進行諷刺挖苦再窮追猛打，可她今日竟然只是眼角動了動，不發一言。

林素問眼角的確動了動，因為她瞥見葉宗師已經收起訝色，面色平緩地執盞喝茶，似乎剛剛一瞥過後就根本沒有再留意了。

意識到這一點後，林素問忽然覺得意興闌珊。一陣從未有過的情緒從心底湧起，既有些像看見去年冬雪消融時的遺憾，又有些像每年拜祭自己從沒見過面的爹娘時的委屈；既有秋末寒風初起時的那種微寒讓人覺得畏縮，又似乎和下午在馬背上狂奔時的茫然無措有些類似。

小小的女孩也說不出這股複雜滋味究竟是怎麼回事，只覺得心裡憋屈，也不說話，眼睛一眨一眨又一眨，兩顆眼淚珠子就掉了下來，這一開了頭就再停不下來，乾脆就在皇上面前嗚嗚哭了起來。

林素問這一哭，讓越之墨的笑容僵在了臉上，他深深地感覺到今天實在太倒楣了，隨口說出的兩句話，竟然都惹怒了林素問。他突然醒悟到，父皇可以調笑小公主，自己是沒資格的。

今天林素問有些古怪，嗚嗚哭了幾聲，就在皇后的勸慰下請安後退下休息了。好在沒有牽連到自己，越之墨總算暗暗地鬆了一口氣，心想如果她這樣不正常下去倒也挺好，不過轉念一想，又好像少了些什麼。

待林素問回到寢宮，舒嬤嬤動作麻利地給林素問拆下身上的裝扮，又是心疼又是覺得好笑，嘴裡忍不住不停叨唸著：

「小祖宗，這件紅色錦緞倒是漂亮，不過冬天穿才合適，現在套著就顯得大了些。」

「這左手的雕花鐲子可有些沉，公主你平常裡可不愛戴呢。」

「這胭紅塗得……伺月，讓你準備的熱水快端上來，我給公主好好擦擦……」

林素問一反平日的活潑好動，就這麼呆呆地坐在銅鏡前，任舒嬤嬤給自己仔細梳妝。看著鏡子裡的自己重新露出那張露著稚氣的清麗臉龐，她好希望自己能一夜長大。

不過她體內那種奇怪的情緒還沒有完全消散，讓她有些心煩意亂，忽然轉頭對舒嬤嬤說道：「我餓了。」

舒嬤嬤知道她今天在宴會上出了糗，什麼東西都沒吃就哭著回來了，連忙道：「公主想吃什麼？」

「酒釀圓子。」林素問喃喃，又補充道：「桂花酒釀圓子。」

侍女連忙退下準備，不一會兒又跑來，說是今夜的酒釀圓子都給群臣賞月時候用了，要不要吃點別的。

林素問嘴巴一扁，覺得今日諸事不順，難道連酒釀圓子都吃不成？於是鐵了心地一定要吃碗酒釀圓子，也不想為難宮人，提了裙子，站起身徑直向外走去，口中唸唸有詞：「那我就去賞個月，總能給我吃碗酒釀圓子了吧。」說完也不管眾人詫異的目光，快步走了出去，留下舒嬤嬤和身旁侍女們面面相覷。

一輪圓月掛在天上，消去了這些日子以來的暑氣。這次邊疆談判的結果讓朝廷上下都揚眉吐氣，皇上難得如此高興，筵席之後特意安排了宮中舞姬表演，天元殿燈火通明，熱鬧非凡。

但慶功宴的主角，此時卻沒有在殿中與眾人共飲，而是獨自坐在百荷園中一個僻靜的角落。這裡挨著天元殿，卻是一片幽靜，和喧鬧的酒宴相比，別有一番洞天。一座小巧精緻的涼亭築於百荷園內的湖旁。葉一城的面前精緻的點心絲毫未動，只是不時端起茶杯輕輕小飲一口，直到壺中茶水逐漸變涼，飲完最後一小杯冷茶後，葉一城歎了口氣，輕聲道：「出來吧。站了那麼久，不覺得累嗎？」

隱藏在湖畔樹後的林素問這才知道，儘管葉宗師一直沒回過頭，卻一早就曉得了，可他竟然不早些讓自己出來，害自己白白餓著站了這麼久。想到這裡，她一邊從樹後出來，一邊憤憤地踢了踢地上的樹葉，走向亭中。

她終究還是沒有去筵席，畢竟今天氣氛有些尷尬，走到天元殿外，腳步一轉，便來到了這裡，沒有想到葉宗師也獨自一人在亭內賞花賞月。

林素問一步步挪進亭子，也不知說什麼，乾脆低著頭把玩著手指頭站在葉一城身側。葉一城也沒有說話，淡定自若地坐著。湖邊若有似無的微風吹過，帶著荷花的淡淡香氣。林素問聞著空氣中的花香，覺得勢必要找些話題，緩解此刻的氣氛，使勁吸了吸鼻子道：「平日白天總來這裡玩，怎麼不覺得這般好聞？」

葉一城也沒回頭，耐心解釋道：「白日只見花美，色奪其香。」

什麼白，什麼色，林素問似懂非懂，又不好意思問，便裝作很懂地點了點頭，又「哦」了一聲。這一切落在葉一城眼裡，他便收住了要向七歲小姑娘解釋剛剛那話的意思的下半句，嘴角微微翹起，含笑打量著她。

林素問感受到葉一城的目光，想起之前自己那身華服已經換下，此刻的衣裳雖然合身，可是顏色太淺，頭髮隨意披在肩頭，太過簡單。她心裡有些侷促，覺得自己這樣肯定不夠漂亮。

葉一城似乎曉得她的心思，輕聲道：「你這年紀，歲數就是最好的裝扮。」

林素問覺得葉宗師說的每一個字她都懂，可是連起來，卻一個字也不明白了，但是就這口氣來說，應該不是壞話。於是她微微地鬆了一口氣，覺得此刻的葉一城比起下午教訓自己和越之墨時的樣子，要溫和許多，心底裡生出了親近之意。又想著葉一城在馬球場教訓自己的話，她有些不大好意思地扭了扭腳尖，半晌吐出了兩個字：「謝謝。」

這是公主林素問生平第一次對旁人說謝，葉一城安然受之，唯一的表現就是點了點頭，示意接受了她的道謝。

見葉宗師點頭，林素問反而又有些不好意思起來，撓了撓頭，剛要說話，肚子卻不爭氣地發出了「咕咕」的聲音，雖然不大，可在此刻幽靜的環境裡聽起來格外清晰。她抬頭見葉一城眼睛一彎，內心悔恨不已，只覺得自己十分丟臉。

葉一城一側身，端起石桌上綠竹托盤內的小碗，遞給林素問。林素問聞到一股子香氣，這才想起來自己不顧嬤嬤的阻止出來的目的。看著眼前的一碗桂花酒釀小湯圓，心都要飄起來了。她接過溫熱的小碗，想著該如何表達謝意呢？就使勁吃吧！於是她一鼓作氣以風捲殘雲之氣勢，將這碗桂花酒釀小湯圓吃得底朝天，末了，還像小貓一樣舔了舔碗，才戀戀不捨地將碗遞了回去。葉宗師順勢接了過來，將碗擱了回去。林素問舔了舔嘴巴，剛要表達一下謝意，葉一城低下頭見到她膝蓋上蹭著的灰，一邊自然而然地俯身幫她撣了撣，一邊帶著責怪的口吻道：「小姑娘，要有小姑娘的樣子。」

林素問只覺得一片溫暖，抬頭見那胖嘟嘟的月亮十分討喜。她似乎感受到大片的荷花綻放的聲音，空氣中流淌著好聽的樂曲，整個人都要飄起來了。

是了，她是很多人的小公主，皇上、皇后、後宮妃嬪、越之墨、皇宮大臣……但是只有葉宗師稱呼自己小姑娘。小姑娘，呵，多麼美妙的稱呼。

她曾無數次想像過和葉宗師的相處，而如今這個自己從未見過的人就真真切切地坐在身邊了，那樣風度翩翩，那樣溫和可親。

這個華夏國開國以來最年輕的大宗師，按年歲將近三十了，雖然面容清俊看起來不過二十出頭，但舉手投足間的沉穩和波瀾不驚的眼神，無疑是經歷了無數風浪才能歷練出來的。

林素問腦中翻騰起許多關於葉宗師的傳說。遠赴敵國千里刺殺叛徒，邊疆數十萬敵軍壓境下隻身赴會談判，率三百輕騎就奔馳西南邊陲，就地組織敗軍殘將，兩年內平息三省叛亂……以及，七年前那個雨夜，溫柔地將一個女嬰送入皇宮。

從前聽到那些傳說，只覺得葉宗師武功蓋世，是個集智慧與颯爽於一身的傳奇人物。此刻小小的林素問卻忽然意識到，少年就成名的葉宗師做下這麼多驚天動地的事情，得有多麼辛苦啊！廣陵殿的絲竹聲伴隨著喧鬧隱隱傳來，而本該成為場上主角的葉宗師此時只是靜靜地坐在亭中。她突然發現自己太不懂事了，越想越揪心，眼淚珠子汪在眼眶裡，泫然欲泣。她此時筆直地站著，比坐著的葉一城稍微矮一些，表情的變化被葉一城盡收眼底。葉一城微微一頓，伸手將她抱起，放在自己的膝上，一改下午教訓的樣子，帶著無盡的溫柔問道：「怎麼一副要哭的模樣？」

林素問被這樣一抱，又被這樣一問，抽了兩下鼻子，眼淚珠子就落了下來。她趕緊擦了擦，可是心中自責之意更濃了，索性回身一把抱住了葉一城的脖子，下巴擱在他的肩窩裡，抽泣地說道：「宗師，你那麼餓，還要把桂花酒釀小圓子讓給我吃……嗚嗚，你怎麼那麼笨。」說著愈發傷心起來，為了自己的笨，也為了葉宗師的笨，其實自己只是餓了那麼一點點，自己什麼時候不能吃？怎麼宗師給自己吃，自己就一股腦兒地都吃光了呢？自己著實不差這一頓啊，而宗師就不一樣了，他趕來這裡，之前風餐露宿，這會兒躲開人群想吃一碗最好吃的桂花酒釀小圓子，卻沒有吃著，真是……太笨了，一時間諸多情緒湧上心頭，卻是語無倫次說不得。

葉一城聽見林素問的話，有些哭笑不得，將她從膝上放了下來，擦了擦她的眼淚道：「好了，不要哭了，你若是還沒有吃飽，再讓廚房給你做些。」

林素問覺得自己在葉宗師面前哭有些失態，揉了揉眼睛，有些不好意思地笑了：「我不餓了，你還餓嗎？我讓他們給你再做些，你喜歡吃什麼？再晚都可以做的……」說著她的目光落在了葉宗師的膝蓋上，邊說邊伸出小手，在他的膝蓋上畫了畫圈圈，她很想再坐回他的膝蓋上去，摟著他的脖子同他說話。

葉一城卻攏了攏她的肩膀，正色道：「既然你也不小了，以後就不能再這麼放任了，要開始學規矩了。」

林素問停止了小動作，一臉茫然地看著眼前的葉宗師，他這話到底是什麼意思？

3

林素問對越之墨每次要上御書房時露出的表情印象很深刻。好幾次兩人正玩得開心，隨從們請他去學堂，生龍活虎的越之墨頓時蔫下來，然後耷拉著腦袋，一臉不情願地走向宮內書房。林素問也曾好奇地悄悄躲在書房的窗外踮腳張望，裡面只有一個花白鬍子老頭在講著一些自己聽不懂的東西，越之墨坐在那裡要麼是愁眉苦臉，要麼是神遊天外一臉茫然。小小的林素問便篤定地想：連越之墨這樣調皮搗蛋活蹦亂跳的人進去，都會頓時沒有了精力，變得愁苦起來，學堂可真不是個好地方。

是以當得知「學規矩」的直觀表現就是要讓自己也去上學堂時，林素問的小臉立刻苦了起來。看樣子自己不去是不行了，但依仗著葉宗師對自己的寵愛，想必討價還價一下也還是可以的吧……

越之墨得知自己能和林素問一起去長安學院讀書的消息時，表情著實精采，按捺不住內心的激動，開心地把林素問一把抱起，在原地轉了好幾個圈。

越之墨之所以如此興奮也不是沒有道理，在宮內讀書，不但規矩眾多，而且請來的老師都是名儒大賢式的人物。這些老頭學問當然是沒的說的，問題是他們都性格古板、迂腐得要死，講的課規矩保守，毫無趣味性可言。一個老師對一個學生的點對點授課，根本是連打盹的機會都沒有。最讓人不省心[4]的是，這些老頭會事無巨細地將自己的表現告訴父皇。有次裝病不想上課，被拆穿後在文華殿跪了整整一個晚上。從此之後，別說裝病，就連遲到都不敢。每次步入御書房時，就更加臉色愁苦、腿腳沉重了。

同樣是上學，長安書院相比之下可就好玩多了。雖然書院依然是規矩繁多，只有達官貴人之後才能進入長安學院，可這些在越之墨看來，比起自己這些年的處境，根本不值一提，最讓越之墨開心的是裡面都是些年紀相仿的學子，越之墨也有不少相熟的玩伴在其中讀書，到底只是八九歲的孩童，只要人多一些，總是比獨自一人好玩得多。這些年越之墨雖然羨慕那些能入書院就讀的人，卻連向父皇請求的念頭都沒有過。畢竟他身分特殊，皇子入學，尤其像越之墨這樣可能會成為太子的皇子入學讀書，在書院歷史上還沒有過先例。越之墨萬萬沒想到自己這次倒是沾了林素問的光，才有了這麼一個意外驚喜。

作為越之墨眼中的「功臣」，林素問壓根兒沒把精力放在越之墨身上。自從她曉得自己要去念書，心情十分沉重，對葉宗師心存敬重，自然不敢違背，於是去皇后跟前哭了一宿。皇上皇后商量後，覺得她一人在書院讀書的確有些不放心，於是乾脆讓越之墨也去，一來兩人有個照應，二來越之墨特意還寫了人生第一封奏摺，表明自己去長安書院的堅定心意，同時還立下保證要奮發圖強，好生學習之類，皇后認為這調皮兒子總算是開了竅，這樣一來也算得上一件好事。

作為史無前例的女弟子，林素問自然沒有料想到這件事有什麼開創性或者歷史性，她覺得葉宗師既然執意如此，為了討他開心，那就只能硬著頭皮去了。

但這樣的一個安排，讓知道些內幕的人咋舌不已，大家覺得收養烈士遺孤的事情雖然罕見，但也是師出有名，本以為好吃好喝地養著就已是皇家恩德，可沒想到不但皇上用心眷顧，連心中

❹ 意指令人擔心。

自有丘壑的葉宗師竟然也如此關心這個小丫頭，如此看來這個林素問的未來恐怕不只是個小公主這樣簡單了。

當事人一個是為了討宗師喜歡，一個是為了防止她過於驕縱，這兩個目的自然是沒有人相信的了。

入學的頭天夜裡，皇上皇后特意召見了林素問和越之墨。

林素問坐在皇上懷裡，撇撇嘴撒嬌道：「入學後，素問見到父皇的時候恐怕就要少得多了。」說著眨著眼睛，扁著嘴巴，一副委屈的模樣。皇上見她小小模樣，說的話那樣暖人心，心中自然不捨，摸摸她的頭安慰道：「葉宗師的提議也是有道理的，你雖是女子，上學開智也不是什麼壞事。父皇平日裡忙於處理朝政，你一個人悶在宮中，終究不如和同齡人多多接觸來得更好。」

皇后也接過話，安慰道：「每天有馬車接送，下了學趕緊回來就好。」一轉頭看見垂手恭立一旁的越之墨，正色道：「之墨，允你入學院，先生們也不會圍著你一個人，你的學問切不可耽誤。」

皇上一邊抱著林素問，一邊補充了一句道：「冬日大考若是考評不佳，你也就別去了，留在宮裡頭，讓先生一對一地教你。」

越之墨心頭一緊，暗自發苦，哪裡敢表現出來，連忙點頭應下，可再一瞧林素問，此刻正扯著皇上的鬍子瞎胡鬧，聽見皇上的話，停了停手中的動作，好奇地問道：「冬日那個什麼考是什麼？」

皇上皇后連忙安撫道：「那些你只是走走過場，不用較真。」

越之墨瞪大眼睛露出不可思議的目光，又怕長輩再叨叨自己，趕緊隱去，心想這也是情理之中，自己什麼時候和林素問享受過一樣的待遇了？

被叮囑完畢後，兩個小兒在路上並排走著，剛剛緊張的氣氛一掃而光，一起憧憬著即將到來的學院生活。

林素問有些擔憂地問道：「墨墨，你原本在宮裡念書雖然悶了點，可也沒人同你比。長安書院的那些考試，若是你被別人比下來了……」

越之墨雖然嫉妒林素問不用考試，一聽這話，心中十分感動：「沒什麼關係，頂多辛苦一些，好好念書便是。畢竟我貴為皇子，天……天將降大任……」

林素問沒好氣地白了他一眼道：「我的意思是你一向腦袋不靈光，考得差了，可是丟盡了皇家的顏面，萬一父皇母后一生氣，也不讓我念了，你可擔待得起？」

……

「墨墨，」林素問對越之墨的反應毫不在意，似乎忽然想到什麼開心的事，又興奮地問道：「學院有哪些咱們認識的人？」

提到這個話題越之墨也高興起來，扳起手指頭數著：「李侍郎家的老三、趙老將軍的大孫子，還有王家的雙胞胎……不過他們好像都比我們大不少。對了，聽說長安書院每年都會收一批新弟子，劉尚書家的小兒子劉同今年也會去！」因為劉尚書的關係，劉家嫡長子劉同也經常來宮中玩，和林素問、越之墨也算得上是髮小。林素問認識的小夥伴統共就那麼幾個，聽到有相熟的人，自然很開心，蹦蹦跳跳地說道：「那可就好玩了！」

越之墨雖然只比林素問年長一歲，卻時常覺得自己比她大很多，看見林素問聽到劉同也去，表現出手舞足蹈的模樣，心裡十分不舒服，立刻擺出一副不以為然的模樣，「哼」了一聲：「我們去長安書院是念書做學問的，不是跟什麼劉同劉不同玩耍的，你可要弄清楚。」

林素問轉過小臉，認真地回答道：「可是父皇母后說了，我就是去和同齡人相處接觸的，不是做什麼學問的。」

…………

林素問沒覺著越之墨的情緒哪裡不對，想起來什麼似的，道：「長安書院送來的書袋你收到了嗎？」

越之墨點點頭。

林素問接著道：「我準備了一些明兒上學要帶的東西，你準備了嗎？」

越之墨眼睛一亮道：「你都準備了些什麼？」

林素問先從舒嬤嬤那裡翻出一塊玫瑰酥，這是從西域請來的御廚特地精心製作的，臨走時皇上特別賜了一小盒給林素問，自然是沒有越之墨的份兒的。她接著說道：「父皇給了我新的文房四寶，母后給了我八寶朱砂印泥。哦哦，陳妃給了我一只青瓷鏤空杯，正好學堂上喝茶用。對了對了，容妃娘娘給了我一只新的荷包，她想得可真是周到，裡面還放了兩張銀票，咦，這銀票是做什麼的呀……」

林素問扳著手指頭絮絮叨叨地數著長輩們給她上學的禮物，完全沒有注意到越之墨臉上的笑容從有到無，臉色越來越沉。在林素問說到「舒嬤嬤怕學院的凳子太硬，還給我連夜趕製了一個綢緞墊子，明兒我給你瞧瞧」時，越之墨終於爆發，發出一聲長長的哀號：「為什麼這些我都沒有？！」

皇子的極度鬱悶與公主的無限開心，這便是長安書院歷史上首度皇子與公主一同入學前夜的主旋律了。

第二日一早，林素問換上了白底黑色包邊的書院院服，剪裁合身的嶄新衣服襯得小素問可愛中帶著一絲英氣。特地前來相送的皇上看了笑逐顏開，隨手又將自己腰間的佩玉賞賜給了她，林素問樂呵呵地繫在腰間轉了個圈兒。一同前來送行的皇后也不禁笑著鼓勵道：「素問哪，以後考試只要不是最後一名，母后都有獎勵。」

林素問開心地挎上舒嬤嬤遞來的書袋，又向父皇母后告別，最後坐上裝飾華麗的馬車向學院駛去。

一旁的越之墨雖然早已接受了種種差別待遇，此刻依然有些憤憤不平。他乘坐的這輛馬車比起林素問那輛要低調許多，雖質地用料均是上乘，但外表看上去十分樸素，除了仔細查看才能看到車輪上印有小小的皇家圖騰外，其他地方與普通官宦子弟家的並無異樣。用皇上的話來說，既是求學，就要有個求學的樣子。

馬車一路直行到了長安書院門口，比起肅靜的皇宮大院，這裡顯然更熱鬧一些。門口已經圍了不少沒事兒做，自發前來圍觀的百姓，不少婦人手裡還拎著菜籃子。

林素問挑起簾子一角，往外頭瞧了瞧，被人群驚了一驚。她定了定神再望向門口，只見兩扇墨玉大門緊緊閉著，不遠處有秩序地停著馬車，書院門口已經有不少穿著院服等待的子弟。

林素問跳下車，夾著書包走向書院門口，好奇地打量著自己未來的同窗們。越之墨的馬車緊跟著也到了，可他下了車卻故意站得離林素問有些遠，一副和她不熟的模樣。

林素問懶得搭理他，眼前的一切都讓她十分新鮮，好奇地眨著眼睛打量周圍的人，而周圍的人也都好奇地打量著她，一時間場面十分安靜。

林素問性格大大咧咧，並不在意眾人的目光，跟旁邊一個模樣文弱的男孩子搭起話來：「我叫林素問，你叫什麼？」

那男孩子聽見她的名字，微微吃驚，旋即行了個禮道：「在下歐陽子卿，長樂公主安。」身邊的孩子們見歐陽子卿行禮，也紛紛行禮，看來家長們早有關照。

林素問「嘿嘿」笑了笑，隨手一揮，豪氣雲天道：「父皇說我在這裡和大家一樣，都是求學問的弟子，不是什麼公主，我有玫瑰酥，大家一起吃！」說罷示意舒嬤嬤趕緊遞上食盒，一干學子面面相覷，也不敢上前。林素問自己拿了一個，又主動拿過一個遞給歐陽子卿。歐陽子卿先是愣了愣，隨後還是接了過來，點點頭表示謝意，最終咬了一口，臉上頓時眉開眼笑，露出孩子最原始的天真面目道：「好好吃，我就喜歡吃甜食。」眾人聽聞，紛紛上前，舒嬤嬤慈眉善目地將玫瑰酥分給一大早就站在這裡等著開學的孩子們吃。越之墨仍舊放不下面子，筆直地站在一旁。

公主入學一事大家都已知曉，而皇子入學的消息則被刻意地低調處理。再加上他身旁的馬車太過大眾，也沒有什麼親隨跟從的陣仗，因此孩子們的重點自然不會在皇子身上，無意中就將他一人冷落在一旁。越之墨心裡發苦，因為他也很想分一塊糕點來吃，卻實在磨不開面子上前。

眾人吃得正歡，墨玉大門緩緩地打開一半，裡面走出來一個面容消瘦、神情冷峻的中年男子，看上去極為嚴肅，但一走路便見他腿腳有些異樣。站在林素問邊上的歐陽子卿輕輕對她道：「這人便是這兒的督察，姓趙。大夥兒私下裡都稱呼他趙跛子，凶得很，我哥哥以前也被他訓斥過。」一塊玫瑰酥結下的友誼果然有用，這就開始給她透露學院裡的有用資訊了，林素問點點頭，對他投去了感激的神色。

趙督察一臉嚴肅，不苟言笑地沉聲道：「時候快到了，諸位學子準備入學。諸位的家裡人，都散了。」林素問趕緊將剩下的玫瑰酥塞進嘴巴裡，匆忙地擦了擦手，將帕子遞給了舒嬤嬤。舒嬤嬤便隨著其他僕人們退回到了馬車邊上。其他學子們周圍也都是這樣，隨從僕人忙著給小主人們整理衣服，遞上書袋，生怕有個閃失。

這樣的情形趙督察似乎已經司空見慣，也不催促，等僕人們都退乾淨了，才緩緩說道：「開學之前，我說兩句。」

弟子們好奇又緊張地仰頭瞧著他，趙督察面色嚴肅，神態裡頓時多了幾分凶悍：「從明日起，你們的家僕只能將你們送到文遊街的路口，你們須自己走過來，風雨無阻，不得例外。一年後，若是騎乘課過關的弟子，便可自己騎馬來上學……」

這條規矩還沒講完，周圍的學子們便悄悄議論開了。

「嘿嘿，我早就會騎馬了，騎馬課肯定不成問題。」

「我爹去年給我弄了匹好馬，我以為我今年就能騎馬上學呢。」

終於，一直悶聲不說話的越之墨被這個話題搔到了癢處，得意地對旁邊的人說道：「騎馬有什麼，我現在都會打馬球了，你們會不會？」話音剛落，趙督察的聲音傳來——

「那個誰，不要說話！懂不懂規矩？」趙督察指了指越之墨的方向。越之墨雖然之前在御書房也經常被先生勸導過，但從未在大庭廣眾之下被如此訓斥。見眾人都齊刷刷地回頭看向自己，越之墨大為尷尬，憋紅了臉不再說話。

趙督察這才滿意地接著道：「院服、院帽、書包都需要帶齊，不許穿奇裝異服，頭髮不許弄得花裡胡哨像個娘們兒……」眾人發出哄笑，林素問雖然不懂他們的笑點在哪裡，卻也跟著嘿嘿傻笑著。

「衣服要保持乾淨，書院內不許高聲嚷嚷，不許追逐打鬧，都聽明白了嗎？」

眾弟子三三兩兩地發出了回應，諸如「嗯」「哦」「嗯哪」。趙督察怒目圓瞪，吼道：「聽明白沒有？」

「聽明白了！」果然是傳說中的趙督察，平常除了親娘老子，哪有人敢對這些高門子弟這樣凶？不過這麼一吼，眾學子們都被震住了，趕緊齊聲恭敬回答。

「我知道，你們能來這裡，家裡背景都很了不得。但是這裡最不缺的就是家世背景。所以，你們在我眼裡，都是一樣的，小子們，聽見了嗎？」

弟子們顯然被這「小子們」三個字給震撼住了，平日裡在家都是寶貝，即使被訓斥也都是雷聲大雨點小，看趙督察不苟言笑的威嚴模樣，也都規矩了起來，收了聲不再言笑。

時辰一到，墨玉大門便緩緩開啟。長安書院雖地處鬧市，但那門打開後映入眼簾的竹海幽徑，顯然別有一番書香幽遠的味道。

趙督察此時又言簡意賅地發話：「排好隊，兩人一排，站齊了。」

人群便窸窸窣窣地調整了一下，林素問往邊上一看，便瞅見了越之墨正站在旁邊。兩人對視了一眼，又都別過臉去，一起隨著隊伍緩緩移動。林素問沒走幾步感覺袖子動了動，低頭一看，正是越之墨扯了扯她的袖子，他看上去有些不好意思，聲音不大卻有些內疚道：「我想過了，你是妹妹，以後我要多照顧你，和你賭氣，是我的不對，對不起。」林素問「嗯」了一聲，悄悄拉住了他的手。感覺到她小手的溫暖，越之墨臉上的陰霾頓時散去，樂呵呵地悄聲道：「那個先生比從前教我的先生凶多了，該不會打人吧？」

林素問便低聲將之前聽說的關於趙督察的逸事一股腦兒地告訴了越之墨。越之墨吃驚之餘，覺得林素問短短時間內竟然能知道這麼多，不由得對她的好人緣表示十分讚賞。

長安書院有一種樹，在其他地方都不曾見過，明明是參天的喬木，卻開滿了藍紫色花朵，格外與眾不同。這種樹立在石徑的兩邊，枝繁葉茂，如同一道道藍紫色的拱門。趙督察給新生們介紹說這樹叫作藍花楹，只有長安書院才有，是書院的一大特色，語氣中頗為自豪，連聲音似乎都溫柔了一些。

林素問牽著越之墨，睜著大眼睛，一邊打量著書院內的景色，一邊慢慢隨著隊伍向前走去。因為起得早，此時雲靄才緩緩退去，上午的陽光透過雲邊露了出來，照在這些藍花楹形成的藍紫色拱門上，猶如仙境，讓人不由得心情分外愉悅。而在小徑那頭，一個藏藍色的身影筆直地站著，長髮隨風輕輕飄起，一手負在腰後，遠遠望去，猶如站在藍花楹之巔。

林素問抬著頭，目光便死死地定格在了這個方向——她頭一回明白心花怒放的意思便是此時此刻。那個身影雖然遠在小徑盡頭處的禮堂臺階之上，只能勉強看得見模糊的人影，但她仍然一眼就認了出來那是誰。

葉一城。她的葉宗師。

4

一路前行，但隊伍行進得並不快，想到離葉一城所在的地方越來越近，林素問的腳步輕快得幾乎能飛起來。她嘴角控制不住地高高翹起，眉眼間寫著神采飛揚，甚至喉嚨裡忍不住哼起歌兒來。一旁的越之墨帶著狐疑的目光看著林素問的表現，實在忍不住道：「上個學堂你至於嗎？」林素問也不生氣，只是轉過身對他吐了吐舌頭，歪歪頭一副「有本事你咬我」的模樣。

「不要講話，那個誰！」趙督察的這一聲吼，將林素問從自己的世界裡拉了回來，她差點撞上隊伍前面的人，這才發現大家都用好奇和同情的眼神看著自己和越之墨，茫然地環顧四周，發現越之墨正滿臉通紅，但目光假裝鎮定地望向別處。

見他這副傻樣，林素問忍不住笑了起來。越之墨臉色有些難看，剛準備說什麼，趙督察的吼聲再度傳來：「你們兩個出列！」

林素問看了看越之墨，又看了看趙督察，目光天真懵懂：「我嗎？」

趙督察面色很難看，點了點頭。

越之墨眼見入學第一天剛進門就遇到了麻煩，心裡暗暗歎了一口氣。他年紀不大，倒是很講義氣，主動上前一步，將林素問半擋在自己的身後，毫不示弱地昂起頭和趙督察對視著。笑話，他可以打趣林素問，可旁人是不行的，當然，儘管一般來說他都扮演了一個受氣包的角色，可是再怎麼說他也是個爺們兒！旁邊的人見情形不對，紛紛下意識地向旁邊退去，氣氛一下子凝重起來。

眼看趙督察的面色越來越難看，沉得要滴下水來，不是沒有碰到過新生中個把性子頑劣的，可是敢和自己這樣正面抗衡的小刺頭，還是頭一回遇見。越之墨昂首挺胸，一副凜然就義的模樣。

林素問想起往日裡越之墨一旦發起瘋來的樣子，趕忙使勁拉了拉他的手，輕聲勸道：「若是入院頭一天我們就被趕回去，皇家顏面何存？」然後自己先向前一步，拱手賠禮道：「趙督察，都是我倆的錯，我們以後不隨便講話啦！」說罷擠擠眼睛，歪頭笑了笑。從前她做錯事情，總是擺出一副這樣的神態，父皇也就做做樣子說兩句得了，今天她自然而然地故技重演。

可一邊的趙督察顯然不吃這一套，語氣更加激烈嚴肅道：「擠眉弄眼，成何體統！出列，給我出列！」

越之墨咂咂嘴，責怪地看了一眼林素問，隨即高昂著頭出列，搶過林素問的話頭道：「她不是跟你都道歉了嗎？還不行嗎？」林素問向來是不吃眼前虧的主兒，從來不把顏面看得多重要，她趕緊道：「哎呀，是我不對，趙督察我道歉道得不夠誠懇，現在我再正式地道歉好不好？」說罷依舊笑了笑。

趙督察氣得鬍子有些哆嗦，怒道：「油嘴滑舌，你們倆，給我快速跑到那裡去！」說罷指了指小徑的盡頭，也就是葉一城正站著的方向，又提高音量道：「現在，立刻，馬上……給我跑！」

越之墨和林素問對視了一眼，便明白了對方的心思，越之墨剛剛的無奈已經蕩然無存，取而代之的是一閃而過的壞笑。他先跑了兩步，然後轉身對身後的林素問道：「快快，來追我啊！」

林素問和越之墨在宮裡頭閒暇時分也會玩你追我我追你的遊戲，聽見越之墨這麼說，林素問二話不說撒丫子狂奔起來，嘴裡還故意大聲嚷嚷道：「我來啦我來啦。」

身後的趙督察和其他新入門的弟子都一臉震驚地站在原處，眼睜睜地看著兩人把體罰變成了嬉鬧，直至他們遠去，也沒有反應過來。

學院佔地頗大，無論是佈局還是院內景致都相當精緻，小徑一路斜緩向上，盡頭是院中最高的地方。兩人一路追趕嬉鬧，經過了古色古香的藏書樓，經過沒有一顆釘子的拱月橋，一路往上，不知不覺已經行至書院的最高處，回頭能看見其餘弟子們還在行走途中。

待二人到了禮堂跟前，越之墨一路疾跑隱隱有些出汗，站在簷下揮著手搧風。林素問焦急地環視四周，並沒有見到那個熟悉的身影，微微有些失落。回頭望去，長長的道路兩旁上空開著大片的藍花楹。此刻站得高了，更能看得仔細，愈發喜歡這花的顏色，真是藍到人的心裡去了，和碧藍的天空相映，宛若畫卷。她額頭沁著汗珠，臉部輪廓在陽光下顯出細細透明的絨毛，粉嫩得像個娃娃，噢，她本身就是個娃娃。她在看著景色，自己也成了景色，這幅畫面落在越之墨的眼裡，小男孩臉上也露出了溫柔的神色。

學院的禮堂位於三丈祥雲陽紋臺基之上，十餘丈筆直青磚路盡頭，九脊頂三層殿，簷下懸著銅鈴，抬頭可見牌匾上的三個字——賢往堂。等到眾人都到齊了，趙督察安排了眾弟子先進去入座，單獨留下林素問和越之墨，待到沒有人的時候才道：「知道我讓你們跑過來是什麼意思嗎？」

越之墨和林素問面面相覷，隨後越之墨又將林素問攔在了身後，抬頭道：「是我讓她來追我的，你有什麼衝我來！」

林素問覺得越之墨真是太夠意思了，走到越之墨前頭，對趙督察道：「不，有什麼衝我來，是我自願追他的。」

趙督察的眼裡寫滿了不可思議和無可奈何。他雖然嚴肅古板，但一般收拾的都是學院那些搗蛋鬼，面對這兩個說不上是憨傻還是天真的小孩子，還真發不起脾氣來。他咽了咽口水，從鼻子裡狠狠呼了一口氣道：「我跟你們講，這個是懲罰，不是讓你們脫離隊伍自己玩耍的，是很嚴肅的事情。」說著說著又覺得惱火，提高了音量道：「在學院裡追逐打鬧，成何體統！下次再這樣，要你倆好看！」

待林素問和越之墨跨過高高的門檻，弟子們已然就座，後排的位置都被佔了去，林素問與越之墨只能坐在第二排，因為第一排無人入座，所以他們視線頗為開闊，堂內的正上方三層臺階之上有個木質高臺鋪著紅毯，入院典禮正是在這裡舉行的。

不一會兒便有五位穿著藏青色長袍的先生魚貫而入，最後進來的正是葉一城，穿著與先生們一樣的教師長袍，只是腰間多了塊玉佩。於是其他先生的長相皆被忽略，林素問的眼光死死地落在葉宗師的身上。雖然葉一城從頭至尾未看過她一眼，可她仍舊激動地咬著嘴唇，小手緊緊握成拳。

越之墨見她神色如此緊張，胳膊肘碰了碰她的胳膊，輕鬆說道：「那麼緊張幹嘛？熟人啊。」全然忘記了這位熟人與他倆的初次見面似乎並不大愉快。

林素問的眼神落在空蕩蕩的臺子上，目不斜視，格外認真。先生們都坐在早就準備好的一排黃梨木雕松的椅子上，臺下的學子們也不敢發出一丁點兒聲音，只等著有人發話。低頭正用茶蓋撇著杯中浮茶的葉一城忽然抬起頭，目光準確地落在了林素問的座位上。林素問和他的眼神一碰，立馬將背挺得直直的，同時迅速偏過頭仰起看向屋內的橫樑，格外認真地研究起橫樑上的花紋來。

趙督察首先走到了臺上講話，中氣十足，整個大堂都被震得嗡嗡作響：「我先來給諸位介紹下教你們課程的先生們……」經過一番介紹，學子們總算對院內的老師有了一個大概的認識。

臺上的幾位先生中，長著山羊鬍子的是教詩詞的胡先生；那個肚子太大而看不見腳尖，長得圓滾滾卻十分面善的先生，是教算學的陶先生；手中旁若無人地把玩著黑白棋子的高個子先生，是教圍棋的魏先生……而這位身材魁梧的趙督察，果然是教騎術、箭術等課程的先生，難怪脾氣火爆。

最後介紹到葉一城時，趙督察的語氣也有些激動：「葉宗師心繫華夏年輕一代，為了百姓們多年奔波，如今重回長安，特意來到我們長安書院，會暫時擔任院長的職務，是你們這些臭小子的天大福氣！」

聽到這裡，林素問的心猛然怦怦跳了兩下。她忍不住再次看向臺上的葉一城，他依然面色沉靜地坐在那裡，沒有再往她這個方向看。她心中隱隱有些歡喜，葉宗師重回長安，還來書院擔任院長，不會是因為自己吧？這個念頭一升起，心裡頓時覺得既得意又滿足，於是嘴角忍不住彎了起來。

趙督察雖然看起來一副武夫模樣，但講起書院規矩、歌頌學院偉大成就，敲打在座學生要老實聽話，以及談起從學院畢業的大人物，口若懸河、滔滔不絕，看樣子每年講一次早已爛熟於心，可臺下的弟子，大都昏昏欲睡，好不容易才結束。

接著便是那位胡先生來做弟子入門講話，林素問此刻肚子已經有些餓，卻不得不打起精神，做出一副認真聆聽的樣子。胡先生雖然精通詩詞，卻沒有一副文人的孱弱模樣，他一開口便擲地有聲：「歡迎眾位弟子進入長安書院，長安書院辦學久遠，從開朝時便在，多次承蒙皇室恩典，為了讓諸位有最好的學習環境，各項設施無不是重金打造，環境不比你們在家的時候差，為了什麼？為了讓你們見見世面，知道什麼是好東西。就像喝茶一樣，一開始就讓你們喝上等的好茶，也許你們不知道為什麼好，好在哪裡，但是一喝到劣質的茶水，就會立即分辨出來，長安書院的教學就是最上乘的教學。所有的教書先生，在他們的領域都有自己的一席之地，鄙人不才，只不過在翰林院大學士的位置上做了二十年而已，其他的先生更不用多說，大家以後會慢慢了解。」

這些話配上胡先生抑揚頓挫的聲調，讓在座的弟子都倒吸了一口氣，那些本來聽得有些累了、坐得歪七扭八的學子，也都下意識規規矩矩地挺直了腰板。

「進入長安書院以後，你們記著，無論你以前是做什麼的，父母親是何人，祖上有多少榮耀，到了這裡，你只有一個身分——長安書院的弟子。你們能坐在這裡，或者你們的祖上有豐功偉績，又或者你們父輩剛立過舉世聞名之功，再或者有些天賦……但到了這裡都一樣！把你們在家裡的懶散性子都給我收起來，長安書院最不缺的是後臺，最不怕的也是後臺！」

胡先生說著猛一拍桌子，大家都嚇了一跳。越之墨一反常態，頗有領悟地點了點頭。林素問幾乎要為胡先生的演講起立鼓掌叫好了，雖然他後半段的話和趙督察初見弟子們的時候表達的是一個意思，可是胡先生的深入淺出和抑揚頓挫，十分具有感染力。林素問滿臉的興奮，衝著一邊的越之墨擠了擠眼睛，意思是「你雖然在這裡後臺最硬，這下也沒用了吧」。越之墨瞪了她一眼，又朝臺上努努嘴，本是表達「再亂看小心被趙督察罵」的意思，林素問一想葉宗師也在上面，可一定要好好表現，挺直了腰桿筆挺挺地坐著。

胡先生的發言在弟子們又敬又怕又震驚的眼神中結束。接下來便是陶先生、魏先生等一路講下來，雖然各位先生的演講各有特色，或故事講得好，或言語風趣，但眾學子畢竟都有些坐不住了，只是礙於師長的威勢，勉強老實地待著，目光渙散。終於，趙督察滿含尊敬的聲音再一次響起：「最後，請我們的葉宗師，哦不，葉院長，來和大家說說話。」

大部分學子經過長達兩個時辰的開學典禮，已經餓得不行，但眼前可是平常只在傳聞中聽說過的葉宗師啊，不由得都打起最後的精神仔細聆聽。

林素問的眼神中更是不加掩飾地充滿了崇拜和期待。她想葉宗師會對弟子們說些什麼呢？是像胡先生那樣，講一兩個自己親身經歷的故事？不對不對，以他的冷峻性子，多半不屑於講述自己那些所謂的豐功偉績。

此時已近正午，太陽早已高高升起，透過高高的直棱窗將陽光灑進了禮堂，弟子們的身上浮著陽光和窗櫺的影子。葉一城站在陰影和陽光之間，撣了撣衣袖，從容不迫地走上高臺，只是靜靜地站在那裡，便有一股卓然出眾的瀟灑。

他看了看諸位弟子，嘴角露出一抹淡淡的笑意道：「日上三竿，思源軒內已備好午膳，諸位弟子，用膳去吧。」

眾弟子愣了一會兒，隨即便炸開了鍋，在一片歡呼聲中湧出了禮堂。

臺下的林素問捂著叫喚了許久的肚子熱淚盈眶，腦中只有一種感覺：宗師講話太有水準了！

5

在宮裡時還沒覺得，到了書院，林素問才深深感覺到父皇對自己實在是太好了。雖說進入書院後便不論家世身分，人人平等，但這個前無來者的長安書院第一個女弟子的身分，還是給自己帶來不少便利。譬如眼前這間單獨的書屋，便是趙督察親自帶她前來，並告之這是專門給她配置的用來休息的地方。

跟著沾光的越之墨心情大好，手裡拿著油紙包著的兩個包子，一邊打量著書屋內的裝潢，一邊說道：「素素，思源軒的肉餡包子怎麼就這麼好吃呢？」說著直勾勾地看著包子道：「我拿了兩個帶回去做晚飯，一個肉餡的，一個芝麻餡的。你喜歡吃哪種餡的？」

林素問坐在榻上，一臉洩氣，表情看上去非常不開心，和眉飛色舞的越之墨形成了鮮明的對比。她頭也懶得回，慢悠悠地說道：「墨墨，你看課程安排了嗎？」

越之墨才懶得理會所謂的課程安排，將包子包嚴實了，放回書袋裡。

林素問重重地歎了口氣，再次認真地看起手中那冊薄薄的小冊子。這是書院的課程安排，她吃完飯就興奮地翻開，但翻來覆去看了無數遍，卻還是沒有找到葉宗師授課的排程，不由得嘟起了嘴：「怎麼沒有琴藝課？不是說好葉宗師要教我們學琴的嗎？」

越之墨依然沉浸在學院思源軒包子的美味中，答非所問道：「素素啊，你覺得我們央求父皇將思源軒做包子的廚子請進宮中如何？」

林素問滿腦子都是為什麼課程安排上沒有琴藝課，煩躁地丟下手中的小冊子，從榻上跳下來，來來回回踱著步，自言自語道：「不是說長安書院開朝時就有了嗎？怎麼這麼大一個書院，院長也不教書，這算不算誆騙我們？墨墨，你說我們要不要去父皇面前告狀？」

越之墨坐在榻上，認真回答道：「我想了想，將思源軒的膳食師傅請入宮中這事兒，終究是不合規矩啊。」說完想到什麼，他興奮地繼續說道：「眼下，最好是我們以後在院裡吃了晚飯再回宮，你看這樣如何？」

兩個人都沉浸在自己的小世界裡，你一言我一句，卻都沒認真聽對方在講什麼，完全是在自說自話。林素問憂愁地想了想，又輕聲安慰自己：「也許葉宗師臨時才入院，所以課程上還沒來得及安排？嗯，多半如此！」心裡做了斷定後，她右手握成拳往左手心裡敲了敲，篤定地說道。

越之墨從榻上起來，撣了撣褶皺的衣服，搖了搖頭道：「也不曉得書院裡備不備晚膳。我得趕緊去問問，晚膳有沒有包子。」說著就往外頭走去，「我有事先出去，晚上就不和你一路走了。明兒你記得早些起來，別再讓我等，磨磨蹭蹭像個娘們兒似的。」

越之墨對新鮮環境的好奇遠遠大過林素問，雖然出宮一天還沒到，但言談舉止之間已經和早上判若兩人，急切想要融入學院生活的那股子勁頭，和揣著小心思的林素問完全不同。

而正在思考琴藝課到底存在不存在這個重大問題的林素問，絲毫沒有感受到越之墨的興致勃勃，隨意衝他擺擺手道：「反正明兒一定要去問個清楚的。」

越之墨出門前，點了點腦袋肯定道：「對對對，必須問清楚。」

林素問在屋裡悶頭想了一會兒，越來越生氣，乾脆出了屋子。一出屋子，便看到迎面走來一個熟悉的身影，她的眼睛頓時亮了起來，三步併作兩步迎了上去。

葉一城老遠就看見林素問小跑著過來，駐足看她，也不急著說話。待到林素問站定，她想了想，板著小臉道：「你們長安書院，太偷懶了。」

葉一城「嗯」了一聲，好奇地低頭看她，聽她繼續說。

「你身為院長，怎麼不教課？聽聞宗師特別會彈琴，怎麼不教我們？」說罷小腳狠狠地蹭了蹭地，畫出一道道痕跡。

葉一城雙手負在身後，聽她說完，才緩緩開口道：「這長安書院可是你們的？」

林素問微微一愣，覺得他說得對，點了點頭：「那葉……葉……葉宗師，你什麼時候教我呀？」語氣裡濃濃的失望之情怎麼都遮掩不住。她就這樣垂頭站著，越想越委屈，伸腳胡亂踢著面前的小石子，嘴裡賭氣咕噥了一句，「這樣偷懶，還是個宗師哩。」

葉一城被她這話逗樂了，抬手撫了撫她的頭頂，道：「我自然會教你。」話語雖平平淡淡，林素問卻能聽出語氣間的溫柔，被他摸著頭頂也很是受用，頓時開心起來，猛地抬起頭，自然而然地拽住葉一城的手，隨後又放開他的其他幾根手指，握著他的食指，捏了捏道：「那我們可就說好啦。」葉一城笑了笑，點點頭。這下林素問心底放下了一塊大石頭，露出可愛的笑臉，行了個弟子禮道：「下午還有胡先生的課，葉宗師，我先告辭了。」說完揮揮手，蹦蹦跳跳地走掉了。

見她開心離去的背影，葉一城一向平靜疏離的面容卻有了一絲鬆動，眉頭微微蹙起，彷佛正在思索什麼難辦的事情，看向林素問的眼神中也露出幾分愧疚的神情。他從懷裡拿出一封信，再次認真地看了看，終究還是歎了口氣，似乎做了什麼決定，才將信放入懷中。

也許是因為心情好，這種多人同堂聽講的形式也頗為新鮮，所以第一次進課堂的林素問表現得頗為不錯。教詩詞的胡先生雖然年紀挺大，但並不像宮裡那些先生那麼死板，不但旁徵博引，非常好玩，講話也頗為風趣。一堂課下來林素問興致盎然，只是坐在旁邊的越之墨不知是不愛詩詞歌賦還是中午包子吃得太多，坐在那裡昏昏欲睡，打了好幾次盹兒。

第二天，林素問依然沒有得到葉宗師會給他們上課的消息。不光如此，接下來的三天，林素問找遍學院，也沒能找到葉宗師，這讓她心裡漸漸不安起來。

終於，第四天早上，在書院門口等候的時候，她聽見一旁的學子們似乎有人在議論著關於葉宗師的話題：

「邊境又鬧了起來，你爹是不是又要出征了？」

「應該不會，我倒是情願你說的是真的，我爹昨天還把我揍了一頓……聽說這次又是葉宗師去交涉。」

「宗師還真是辛苦啊。我娘親說我出生那一年，廣陵發水，葉宗師去了那兒後三天三夜沒有睡覺……」

「唉，本來以為我們運氣好，原本葉宗師奔波多年，準備在長安多住上一陣，還能做他的弟子，沒想到這還沒開課就又走了。」

…………

林素問透過同窗們你一言我一語的描述，終於得出了一個確切的結論——葉宗師跑了！

再一次跨過學院高高的門檻，走在長安書院特有的藍花楹下，她習慣性地抬頭望向書院最高處禮堂的方向。那裡空空如也，只剩陽光，沒有那個她仰慕的瀟灑身影，她憂傷地意識到：葉宗師果然跑了，而且連招呼都沒有和自己打一個，跑得倒是挺利索……

這個事實讓林素問小小的心靈有些受傷，她耷拉著腦袋，昨天還覺得有趣好玩的書院，今天怎麼就忽然變得那麼空了呢？

下學後回到自己的寢宮，林素問一邊吃著甜點，一邊樂顛顛地想著該做點什麼才好。找越之墨玩嗎？不行不行，越之墨這個時候應該在苦兮兮地做著今天課堂上安排的功課，林素問就不用了。因為一塊玫瑰酥結緣的同伴歐陽子卿，在她甜甜地叫了一聲「子卿哥哥」後，毅然挑起了為她寫一份功課的重任。想到自己不用為每天的功課困擾，小公主連吃了兩碗燕窩。這時候舒嬤嬤滿臉笑容地托著一本書走了過來。

「我現在不想看書，都看了一天了。」林素問嘟起嘴對舒嬤嬤撒嬌。

舒嬤嬤不以為然，神神秘秘地把書遞過來：「真不看？這可是葉宗師特意留給公主的……」

林素問猛地抬頭，眼睛瞪得大大的，連嘴角上還沾著的湯水都來不及擦，急不可待地從舒嬤嬤手中一把搶過那本薄薄的書，書頁已經有些發黃，看樣子是本極為珍貴的書了。不過書皮上卻沒有字跡，翻開來看才發現是一本琴譜。在空白處有不少字跡，是端正漂亮的小楷，寫的都是一些關於指法技巧的心得之類。

雖然完全看不懂這些琴譜，但林素問還是仔仔細細地翻了一遍，將那些注釋的小字都讀完了，這才意猶未盡地放下書，滿懷期待地看著舒嬤嬤：「宗師沒有留下其他什麼嗎？」

舒嬤嬤搖了搖頭。

林素問想了想，低下頭又把琴譜從頭到尾翻了一遍，還是看不懂，洩氣道：「這是什麼玩意兒呀，不能吃不能用的。」

舒嬤嬤慈善地開解道：「公主前幾天不是還說書院裡沒有人教琴嗎？這會兒有了琴譜，公主倒是可以自己練習練習。」

林素問晃了晃小腳，背著小手走了幾個來回。腦中閃過前兩天和葉宗師見面時的場景，那時候他是怎麼說的來著？

「我會教你的。」

就這幾個字，她這幾天在心底已經唸了幾百遍。時而生出些埋怨，他終究還是說話不算話的；時而又覺得驚喜，因為這話明擺著他只教自己一個。即使有國事需要奔赴千里，但臨走前宗師還是沒有忘記和自己的約定，看著琴譜上那些嶄新的小楷批點，定是他臨行前加上的。雖然沒能當面親手教導自己，這樣到底也算是教了自己。

罷了，就算你教了我吧，林素問心裡頭大度地想。隨即又下定決心，一定要好好練琴，等到再見葉宗師的時候，讓他眼前一亮！想到這裡又「嘿嘿」地傻笑起來。

那麼接下來……林素問摸了摸自己的小臉蛋，轉頭問道：「嬤嬤，我最近瘦了沒有？」

舒嬤嬤愣了愣，還是仔細瞧了瞧，然後搖搖頭道：「書院的伙食似乎正合公主和皇子的胃口，不但沒有瘦，反而胖了一圈。」

林素問歎了一口氣，自言自語道：「瘦了看起來會更可憐一些……罷了罷了，反正只要是我這張臉，父皇也總是喜歡的。」說罷顛兒顛兒地就往皇上的宮殿跑去。

終於見到了處理完一天公務的皇上，林素問沒有像往常那樣撲進他懷裡，而是恭敬地請了安，然後怯生生面帶愁容地站在旁邊。皇上才知道小傢伙等了自己大半個時辰，連忙心疼地將她抱在膝上，輕聲問道：「小素問怎麼一臉不開心？是在書院被人欺負了？」

以往每到這種時候，她只要一撒嬌，皇上便會忙不迭地給她想要的。但今天林素問卻一本正經地板著小臉，從皇上的膝蓋上跳了下來，行了個大禮。這一番動作搞得皇上有些摸不著頭腦，不知她唱的是哪一齣。

林素問直起身來，正色道：「小女今年已有七歲，卻一事無成，人生有些堪憂。在學院開蒙後深感羞愧，痛定思痛後決定開始學琴，請父皇恩准。」說完用誠懇的目光望向皇上。

皇帝顯然被她的「七歲」「一事無成」「痛定思痛」這樣的措辭逗得直樂。也不去管她學琴的理由是什麼，爽朗笑道：「好好，素問既然想學琴，父皇就讓你用最好的琴。不過天下彈琴最好的葉宗師出遠門去辦國事了。沒關係，父皇會讓宮廷裡最好的樂師教你。」

林素問並沒有問最好的琴是什麼琴，而是問道：「那……葉宗師什麼時候回來？」

皇帝摸了摸她的頭：「少則三年，多則五年，反正也就三五年吧。」

林素問低下頭「哦」了一聲，開始在心裡盤算著這三年、五年究竟是多長呢？

她回想起五年前的自己……卻什麼也沒有想起來。那三年前呢？三年前她似乎和越之墨打過一次架？這樣想來三年似乎也沒有多長時間吧，如此說來，那麼五年也就比三年多一點點而已。想到這裡，她的心情又愉快起來。

林素問回到寢宮的時候，跟在身後的舒嬤嬤抱著一架古琴小心翼翼地跟著。終於寫完功課，跑來找她玩的越之墨看著這把九霄環佩的七弦琴目瞪口呆。伏羲氏紅木製成，銀絲琴弦、黃金片徽、駝色系紅虎睛珠璣流蘇，比林素問見多識廣的越之墨顯然知道這把琴的價值，咽了咽口水道：「你是怎麼要來的，是以死相逼嗎？」

林素問翻著葉宗師留下的琴譜，頭也不抬地回答道：「我和父皇說要學琴，父皇就賜了我這把琴。」越之墨湊到她邊上想看看她在看什麼，看得那麼認真。林素問瞥見他過來，身子一側將琴譜收入懷中，擺擺手，驕傲地道：「我會是這個世上彈琴最好聽的人！」

6

春去秋來，長安書院裡的藍花楹開了落，落了開。

每一年林素問看見藍色的花骨朵從樹上慢慢綻放的時候，都會在樹下站一會兒，仰著頭癡癡地想：也許等到明年它再開的時候，葉宗師就能回來了。可以說小素問人生裡出現的第一個盼頭，就是期待葉宗師的再度歸來。

不過在這漫長的等待過程裡，她著實沒有閒著，甚至可以說是相當忙。進入長安書院，無疑打開了新世界的大門，雖然對於乏味的算術、法理、武器理論等這些課程，她始終提不起什麼興趣，起初還嚴格要求自己努力地聽講，可避免不了眼皮子一會兒就開始打架了，在先生枯燥的講解中總是不聽使喚地伏在書桌上昏睡過去。先生們對學院開辦以來的第一位女弟子頗為寬容，只要不出格，這種打打瞌睡、請人代寫作業的事情，通常都睜一隻眼閉一隻眼放過去了。林素問又是個嘴甜的主兒，所以學院上下，除了油鹽不進[5]的趙督察外，其餘先生對她都十分喜愛。

只是讓林素問覺得有些奇怪的是，偶爾睡到一半起來，總是發現越之墨消失在課堂之上。威逼利誘之下，越之墨終於和盤托出真相：他經常會和小兄弟劉同兩人出去玩。

在越之墨興奮的講解之下，林素問著實被震撼了，原本她以為宮外的精采世界，就是一個長安書院而已。聽完越之墨口沫橫飛的描述，她才曉得長安書院之外還有一個更廣大的世界，裡面的很多東西只是聽聽都讓她心醉神迷：酸甜好吃的冰糖葫蘆、可以吃也可以玩的精緻糖人……最後越之墨講了一段今天在繁蒼樓聽見的故事，特別表示今天他和劉同好不容易趕上了莊九先生的場子，雖然坐的不是什麼好位置，但是人生已無憾。

林素問完全被外頭的世界震撼了，說什麼也要讓越之墨下回帶上自己。保守秘密最好的方式便是成為同盟，兩人從小便熟知這一點。

第二天她果然跟著越之墨一起翻牆出去，雖然第一次做這種事心裡很驚慌，但「出去見見世面」的念頭隨即佔了上風。

這一見世面，便回不了頭了。林素問每天晚上煩惱的都是「明天翻牆出去吃什麼好吃的呢」以及「去哪弄點銀子回來才能買到最好的票」這樣的問題，並在認真的思索中幸福地進入夢鄉。

雖然貪玩，但她的功課卻從來沒有少交過一次。歐陽子卿是書院中的佼佼者，不但舉止得體、做事大氣，各門課業均是名列前茅，自然蹺課什麼的與他是沒有半分干係的。可是偏偏每次林素問可憐兮兮地捂著肚子對他道一聲「子卿哥哥，我頭疼」，分明是毫無誠意的拙劣謊言，他卻總是微笑著應承下來，再幫她做一份當晚的作業。

當然，在學院裡的這種幸福生活，並非總是一帆風順，最大的絆腳石還是趙督察。關於趙督察的跛腳問題，一直流傳著各種傳說——

據劉同的說法，趙督察早年也是個不良少年，和人打架戰無不勝，能從城中打到城南不帶喘氣兒的。結果有一次被人埋伏，打折了腿，結果從此修身養性，之後被葉宗師安排在了長安書院裡。

這種說法有一些道理，因為趙督察負責教大家騎馬射擊，雖然腳跛，但無論騎術還是箭術都

❺ 意指頑固不化。

很高超，很容易讓人聯想起少年時他的威猛，也許真和趙督察早年勇闖江湖身經百戰的經歷分不開。只是劉同一向不太靠譜，再加上有人質疑說為什麼在城裡打架還會騎馬射箭？所以這種說法大部分人是將信將疑。

而從歐陽子卿那裡流傳出來的版本，是從他大哥當年同窗的哥哥那裡得知的：長安城有一家抱月樓，抱月樓的鍋貼非常好吃，但是賣的時間恰好是上課的時間，冷了也不好吃，於是弟子們便總是蹺課翻牆出去吃。由於太不低調，有一次課堂上只剩下了一個弟子，氣得趙督察直接衝到了抱月樓去抓弟子。弟子們見他來了自然是一哄而散，將抱月樓搞得雞飛狗跳。抱月樓的掌櫃的也不是好惹的，和趙督察一番口角之下，便氣得喊上人一起將趙督察打了一頓，卻沒想到失手將趙督察打成了跛子。

這種說法倒是有很多人相信。主要還是因為趙督察的脾氣暴躁大家都親身體會過，屬於那種能動手不願意動口的類型。大部分學子這幾年沒少被他折磨，稍有不慎便是跑步、紮馬步等各種體罰。另外一個原因則是趙督察雖然年紀不小，但是性格著實有點愣，和鍋貼店老闆打起來這種事他有相當大的可能會做出來。為什麼長安學院的學子們都怕他？就是因為他不畏權貴——也可能是權貴太多，如果畏懼權勢那就啥也做不了了。一干學子在他面前不敢造次的很大一部分原因是他們其實挺服氣的。即使面對皇子公主，趙督察依然很凶。

越之墨和劉同足夠小心，盡挑那些好說話的先生的課逃，趙督察的課可是一節都沒有落下。但負責學校風紀的趙督察還是很快發現了兩人的違紀行為，先是普通的招數，沒想到罰站、罰抄書、寫檢討三板斧下來收效甚微，這兩人好了傷疤就忘了疼，過不了幾天就又故技重施。趙督察就拿出了撒手鐧——通知家裡。

劉同的父親劉尚書很快得知消息，也不知是將兒子如何收拾了一番，總之第二天渾身都是皮鞭印的劉同是徹底被打服了，再也不敢蹺課了。

越之墨卻倖免於難。畢竟趙督察只是院裡一個普通老師，想要告狀到皇上面前，還是程序繁冗，即使最終到了皇上耳邊，越之墨的過錯也被層層削弱，變成了無傷大雅的小事。只是他難免有些悶悶不樂，畢竟缺少了劉同這個得力夥伴，再想蹺課就比較困難，一個人出去玩似乎也沒有那麼開心了。

好在還有林素問。這兩個青梅竹馬的新蹺課搭檔飛快地建立起默契，互相打掩護更是得心應手，十分默契，兩人在書院蹺課史上堪稱黃金搭檔。

起初林素問並沒有被列入重點盯防的名單裡，趙督察一心只盯著越之墨，當劉同老老實實地安分下來之後，越之墨又一次缺席了自修課。在課堂窗外巡查的趙督察經驗豐富地徑直前往後門花園處的矮牆蹲守。

到了下學時分，矮牆邊緣上忽然出現了一隻用力攀爬的小手，隨後露出了學院學子的制式帽子。但這頂帽子就停在了半空中，似乎過了很久，按兵不動的趙督察仰頭看著，直到脖頸都痠了，終於另一隻手艱難地攀上了院牆，接著一個人影猛然翻了過來。似乎沒有掌握好平衡，翻牆過來的時候腳踏空了，直接摔到了牆邊的草地上，在地上滾了兩圈，恰好滾到了趙督察的腳下。

翻牆而來的傢伙摸到了一雙腳，頓時愣住，顫巍巍地抬起頭來，帽子歪斜著擋住了半邊臉，正是小公主林素問。她抬起頭就看見趙督察扠著腰似笑非笑地看著自己，臉上一副「你們這就是自投羅網」的得意表情。

正在這時，牆外傳來一個埋怨的聲音：「真是笨死了，每次翻牆都這樣笨手笨腳，看我的！」

做了這麼久的黃金搭檔，自然也培養出了一些患難與共的義氣，林素問早就不再是那個會輕易出賣隊友的小女孩了，她來不及對趙督察賠笑認錯，迅速轉頭衝著牆那邊大喊道：「越之墨快跑啊，趙督察抓人呢！」

月上中天，林素問和越之墨並排站在空曠的馬球場中央，分別紮著馬步，手中高高舉起一張弓，弓弦拉得半開，卻正是最費力的姿勢。如果不知情的人經過，一定會讚歎長安學院果然學風昌盛，時已入夜，還有學子如此刻苦地加練。

夜風陣陣，氣溫已頗為涼爽，可兩人滿頭大汗，即使整條手臂已痠疼得失去知覺，也不敢將手放下。清風飄過馬球場，揚起了地上些許風沙，使得這情景頗有些悲壯的味道。

「你說你讓我逃吧，幹嘛要大喊我的名字？這不是告訴所有人牆外頭的人是我嗎？」越之墨眼睛餘光瞟見場邊的趙督察正背對自己，悲哀而又無奈地說道。他手中這張弓可比林素問的要大得多，拉起來簡直費力一倍還要多，此時手臂已經微微顫抖。明明下午都逃脫了，沒想到還是被逮了回來，心中真是憤懣。

林素問原本沉浸在自己為了掩護隊友的悲壯中，被越之墨這樣一說，張大嘴巴說不出半個字。

以上基本就是林素問目前在書院學習的真實狀態了。所有的人都會覺得皇上讓素問公主就讀學院，只是為了讓她不至於在宮裡悶得慌而已。沒有誰會真的認為她會努力學習，況且也沒有這個必要。不光是學院裡的先生們，趙督察、歐陽子卿，甚至越之墨也是這樣認為的。

只是他們不知道，無論白天玩得多累，晚上回到寢宮後，林素問都會認認真真地彈至少一個時辰的琴。

這五年來，如果說林素問做過什麼正經事的話，那麼毫無疑問就是學琴了。

宮廷資歷最老的琴師都不得不承認，小公主在這方面極有天賦。而比天賦更讓他讚歎的，是她很能吃苦。外人看來只要有天賦，上手幾天就能彈奏出美妙的音樂，其實這種想法極為荒謬。基礎的指法練習極其枯燥，所需要的耐心常常會蓋過起初的興趣，讓人很想放棄。

林素問的琴藝長進得不算快，但很穩。葉宗師留給她的琴譜，第一頁上就開宗明義記下自己的心得，那就是基礎一定要穩。不要急於練習那些高深的指法，前三年只有反覆把基礎指法這些最基本的功課做扎實，才能在後期有更多進步的空間。

幹其他的事兒只有一炷香熱情的林素問，卻唯獨每天都空出足夠的時間來練習枯燥的基本功。越之墨起初來找她玩時，見到她端坐在琴桌前有模有樣的認真架勢，還會饒有興趣地聽上一會兒，但總也聽不到成調的曲子，就聽著她反覆地彈奏著單個的音符，還絲毫沒有厭煩的樣子。久而久之，以後他再來串門時，總會挑她沒有練琴的時候，用越之墨的話來說：「彈了這麼久的琴，從來就沒聽到她彈出一首曲子，真是蠢得驚天動地……」

長安書院的藍花楹依然每年春天開花，秋天花落。林素問依然關注著明年的花期，起初很是興奮和期待，後來也就習慣了。花開的時候升起一絲小小的期待，花落的時候湧起一份淡淡的失望。墨玉大門一次又一次緩緩開啟，一屆又一屆的新弟子站在大門前，忐忑而興奮地期待著書院裡的新生活。而轉眼之間，林素問也從小師妹，成了學子中的小師姐。

每天清晨，林素問與越之墨從停馬車的地方往書院方向走去的時候，總免不了鬥上幾句嘴，兩人鬥嘴到最後，免不了動手動腳。越之墨已不再像小時候那般較真，每每看見林素問被說得急了又氣又惱的模樣，總忍不住打趣幾句，輕輕一閃便能躲過她的拳頭，然後夾著書袋做著鬼臉故意道：「追上我就給你揍，有本事來啊。」林素問便總會腦子一熱咬牙追上去。

上學的路上有同窗經過，看見這樣的情形也見怪不怪，紛紛叫好：「素問使勁跑呀！」

「越之墨你又逗你妹！」

「追上他別手軟！」

…………

開心地追著越之墨的林素問沒有注意到，那棟掛著「賢往堂」牌匾、位於整個書院最高點的禮堂門外，站著一位歸人。此刻他看著在藍花楹垂落的花朵下奔跑打鬧的兩個人，一向沉靜的臉上也浮起淺淺的微笑。

抬頭望了望天，他也不禁有些感慨，畢竟轉瞬之間已經過去了五年。

長安城，好久不見。

7

林素問得知葉一城回來的消息的過程，十分……簡單乾脆。她與越之墨下學後一邊向馬車停著的地方走去，一邊討論著今天晚上的作業分工，對於林素問頭痛的與數字打交道的功課，林素問便讓越之墨代勞，作為交換，她會抄寫一些沒有什麼營養的詩詞歌賦。兩人正低頭商量著，一抬頭便見著舒嬤嬤對一個人行了禮，並說些什麼，面色謙遜而恭敬。這兩人便停了停好奇地望著那人的背影，舒嬤嬤餘光見著這兩位又行了禮，這人便側身往後看來。林素問見他緩緩轉過身來，看見他的眉目，一時間笑得有些齜牙咧嘴，她覺得滿世界的藍花楹都開了，那種粉藍色是她的世界裡最美的顏色，他回來了，他回來了……她踮了踮腳尖，努力想合上雙唇表現出風輕雲淡些，卻發現笑得合不攏嘴原來是此等光景。

「葉宗師你也不認得了？跟看見鍋貼似的！」越之墨看她的眼光裡寫滿了取笑，隨後他老老實實地向葉一城彎腰行禮道：「葉宗師安。」

歲月似乎沒有在葉一城臉上留下痕跡，他同五年前沒有區別，他的表情也是一如既往地沒有表情，對越之墨點了點頭道：「皇子安。」他目光平緩地移向了一邊的林素問，林素問在與他目光對視的一剎那，突然舉起書袋擋著臉，扭向另一邊，快步走向馬車內，末了探出半個腦袋對舒嬤嬤道：「舒嬤嬤，今兒天氣真好啊……我們快回去快回去……」說罷坐進車內，可車子紋絲未動。等了一會兒，越之墨進來了奇怪地看了看林素問，坐穩後，車子依舊紋絲未動。車簾再次被掀開，葉一城彎腰進來，舒嬤嬤在車外道：「葉宗師要和皇子、公主一道回宮去。」林素問聽聞此話，趕緊背過身去，將頭探出窗外，不管一路如何顛簸，她堅持著硬是沒有將頭收回來。

到了宮內，直至葉一城下車，林素問捂著脖子從車內下來，臉上的表情充分說明了她一路的堅持。越之墨見她歪著脖子的模樣，豎起大拇指佩服地說道：「素問，我敬你是條漢子。」

林素問罕見地沒有抬槓，急匆匆地拉著舒嬤嬤往殿內走。她一路腳步匆匆，從見到葉宗師那一刻起，她腦海中只有一個念頭：我才不要穿著院服見到他！想到小時候為了引起葉一城的注意，她將所有自認為好看的東西都穿戴在了身上，那一幕像是一場噩夢，林素問只要一不小心想起來，都恨不得回到過去給那個時候的自己兩個大耳光。

在殿內不斷換著衣服的林素問，又停下了手中的活兒，走到了書案邊，取出一張暗紅灑金的竹製帖子，認認真真地寫上「請葉宗師斧正琴藝」的字，小心地吹乾了墨跡，才合上遞給舒嬤嬤。

撫琴的地點是在五年前的花園涼亭，侍從早已打掃乾淨佈置妥當。穿著一襲粉藍色的長衫、髮髻上只用一朵藍花楹點綴的林素問，滿意地看著銅鏡中的自己，見舒嬤嬤送完帖子回來，問道：「葉宗師在嗎？有沒有親手交給他？他怎麼說？有沒有拒絕？拒絕的話你有沒有按照我們講好的求求他……」

舒嬤嬤慈愛地笑道：「老奴親手交到了葉宗師手裡，葉宗師沒有說不來，也沒有說來，只說了『知道了』三個字。」

林素問聽聞這話面露喜色，拍了拍舒嬤嬤的手背，篤定地說道：「一切盡在我的掌控中。」說罷吩咐侍從不用跟隨，她隻身一人哼著曲兒顛兒顛兒地往花園裡頭去了，生怕遲到了，雖然她曉得那裡還沒有人等她。

她覺得他會來，如果不來他會一口回絕，既然他會來，那就不枉費自己沐浴選衣服盤頭髮。幽靜小路盡頭的涼亭裡已佈置好了琴桌琴凳，擱著那把上好的琴，桌首放著一只小香爐，燃著沉香。林素問滿意地打量著這一切，隨後端坐在涼亭內，等著她的葉宗師，自認為這才是五年一別後的初次見面。

月亮升到頂空，彎彎的樣子十分可人，林素問死死地看著小徑盡頭，累了就揉揉眼睛跺跺腳，心裡想著他一定會來一定會來，到時候自己可一定要落落大方，不能將重逢的喜悅顯露在臉上才好。她一邊叮囑著自己一邊聽著秋蟬叫喚，心裡又喜悅又期待。直到她看到小徑那頭出現了一個熟悉的身影，她的呼吸變得緊張起來，原來最長的等待竟是今晚。

葉一城破夜色而來，一手拿著灑金帖一手負在身後。花園本是能工巧匠設計而成的，所培育的花草樹木也都是上等的，本是宮中最美的風景之一，此時此刻皆淪為他的陪襯。

林素問使勁平復心跳的加速，直到葉一城走到眼前，她才站了起來，強忍著發麻的腿，屈膝行禮，道了一聲「葉宗師安」。

能接受華夏國唯一的小公主行禮的葉一城，似乎並未覺得哪裡不妥。他低頭又瞅了一眼手裡的帖子，然後示意林素問該幹嘛幹嘛。林素問想著自己這五年來，在長安書院裡雖然沒有認真學習，可這琴真是日夜苦練，此刻她躍躍欲試地坐到了琴凳上，從袖子裡緩緩地伸出手，剛剛放在琴弦上，不想葉一城率先發話了：「這是什麼？」

「香，沉香，上好的沉香。」林素問忙不迭地補充道。華夏重茶道，也重琴藝，撫琴時候的講究頗多，今天林素問嚴格按照所有講究來擺設，一切目的都是在葉一城面前展現出自己最好的一面。

「這是什麼？」葉一城轉了個方向，看著桌邊的一套青釉茶具，明知故問道。

「茶，新茶，西湖的龍井……」

「這琴……」葉一城皺著眉頭指了指琴。

這是皇帝賜予的最好的琴，她想向他顯擺她是多麼用心地在練琴，但葉一城的臉上竟是惱怒。林素問不解地看著他，眨了眨眼睛，隨後想著許是他旅途勞累，都沒有歇腳就來赴約，心情一定不大好，於是她趕緊笑著想表達感謝。

「琴的精髓不在於這些講究與擺設，懂琴之人，隨地而坐也可彈出動聽的曲目，若只曉得擺弄這些花裡胡哨的東西，則連皮毛都沒有學到。」他的語速不快，一張嚴肅正經的臉吐出這些話的時候，讓林素問的笑容僵在了臉上，眼睜睜地看著他背過身去，不疾不徐地離開了涼亭。她練了五年的琴，還沒來得及彈，甚至連琴弦都沒來得及碰，就已經結束了。

林素問看著他的背影，心中酸得厲害，噘著嘴巴，淚珠子在眼眶裡直打轉。周圍的花朵正在開放，她覺得連花都在笑話自己。她低頭看著陪伴自己五年的琴，輕輕碰了碰，然後輕輕閉上了眼睛，淚珠子便不斷往下落了。一個剔指，她彈出了五年來為葉宗師準備的曲子。也罷，他不在就不在吧，他不聽就不聽吧，這些只是皮毛，自然入不了他的耳的，待自己再練練吧。可心裡頭明明有些不甘心，她只是見過他幾面，卻懷念了這麼久，她崇拜著他，仰望著他，可天下仰望他的人那麼多，怎麼會缺她一個呢？她熟悉的指法，她熟悉的曲目，在她的指尖緩緩地流淌開來。

那一刻，花園裡是極靜的，皎潔的月色灑在這座涼亭上，一行白鷺劃開夜幕。一個男子走在曲徑上，聽見這樣的琴聲，驀地收住了腳步，他不可思議地轉過身去，從他的視線已經看不見涼亭了，可視線中的花枝樹木並沒有阻礙他對這首曲子的欣賞。他就這樣隨意地站著，晚風吹起他的衣角，也吹起了他嘴角的弧度。琴聲幽靜，卻充滿著生機，那是一種能撫平旅途顛沛流離的聲音，他從未聽過。原來，天賦，是老天給一個人最好的恩賜。

那晚之後，林素問雖然受到了不小的打擊，卻越挫越勇起來，她甚至蹺課去練琴，她的生活裡只剩下了練琴、練琴、練琴……她倔強地想，只要她練得夠好，宗師總會被琴聲打動，多看她幾眼。她不曉得從什麼時候開始，知道葉宗師心懷天下，自然是沒有閒工夫看自己的，所以為了能讓他抽空看一眼自己，讓自己在他的心裡與眾不同些，她願意付出任何代價。

8

林素問很快就得到了和葉宗師獨處的機會，這機會來得十分突然。

每三個月便有一次弟子們的聚餐，會挑選一個天氣晴朗的傍晚，先生與弟子們同坐一席，暢談近日的課程、政事、民生等，總之就是大家找話題侃侃而談，本意是促進師生之間的交流，也為大家暢談國事提供場所。可先生畢竟是先生，弟子們雖然會發言，並不會像預想中的那樣熱烈，遠不如弟子們私下裡討論的內容豐富、觀點犀利，於是這樣的聚餐，就變成了真正的聚餐。

久而久之，林素問便耐不住這千篇一律的聚餐的乏味，總是吃到一半便夥同越之墨找個藉口溜出去吃長安城裡的小吃。

這日她又故伎重演，和配合默契的越之墨順利溜出了書院。先前典當了越之墨的一枚玉佩後，林素問便體會到「發了」是何種感受，每次出手頗為大方，直至如今手頭仍舊闊綽。兩人吃了林素問最愛的鍋貼，又去繁蒼樓捧了莊先生的場子，因為兩人去晚了，只能買到末等的位置，儘管如此，他們還是用盡全力地為莊先生賣力叫好。返回時去陳小五店裡吃了兩碗澆頭最貴的麵，其間越之墨還喝了兩口酒，林素問吃了些酒釀小圓子。待兩人拍拍肚子滿意而歸時，林素問想起書袋還在書院裡頭，不帶著書袋回去不好交差，於是讓越之墨在外頭等她，走正門擔心遇到散席的先生，就輕車熟路地翻牆而入。

那夜月朗星稀，一雙白皙的小手死死扒著牆，慢慢地牆上探出了一張因為太過用力憋紅的小臉，隨後好不容易露出半個身子，笨拙地翻過牆，小心翼翼地找到了一處落腳的石頭，然後在地上站穩後，她一轉頭，見樹下有個人影似乎將自己翻牆的全過程收入了眼底，冷不丁地叫了一聲。待看清那樹下的人影，林素問腿有些發軟，捂著嘴巴又叫了一聲：「葉宗師？」

花影斑駁，葉一城坐在樹下的石桌旁，那上頭擱著一只茶盞和一盞燈，他握著半卷書，直至林素問叫了兩聲，他亦坐如磐石，打量了一番林素問，隨後又將視線落回到了書上。

林素問站定後，恨不能變成這花園裡的任何一件東西，想到不久前他還說自己只懂皮毛，這回翻牆恐怕就是不學無術的活生生寫照了。她努力想在他面前表現得好一些再好一些，可總是不能如願，這讓她焦急得很。林素問看葉宗師並無任何反應，心想莫非他沒有看見自己？如此一來那是最好的了，她情不自禁「嘿嘿」笑了兩聲，然後往園子的出口走去。

「出去了？」葉一城的目光沒有移開手中的書，卻在林素問正要與他擦肩而過的時候問道。

林素問一哆嗦，心想葉宗師回來該不會像趙督察那樣執行院法吧，擔心之際她低下了頭，兩手纏繞了一番又放下，膽怯地衝葉宗師的側臉點了點頭：「嗯。」

葉一城擱下手中的半卷書，彎下腰替她撣了撣膝蓋上的灰塵，道：「小姑娘，要有小姑娘的樣子。」這話與五年前一模一樣，這動作與五年前別無二致，好像他從未離開過自己。雖是夜晚，林素問卻覺得頭頂的藍花楹在這一刻悉數開放，繁星滿天，她的嘴角顫顫地笑了起來，筆直地站著卻回味著膝上的餘溫。她沒有像小時候那樣與他逞強爭論，她想葉宗師或許對自己是有些不同的，可下一刻葉一城皺起眉頭問道：「你喝了什麼？」

林素問暗罵了一聲越之墨千不該萬不該帶自己去吃那碗酒釀，恐怕身上還沾了些越之墨的酒氣。林素問沒有注意到葉一城眼中一閃而過的戲謔，心虛地點了點頭，又「嗯」了一聲，想了想又趕緊解釋道：「就喝了點酒釀。」

「酒釀？」葉一城輕笑了一聲，很快收起了笑容，直起身來，轉身之際留下兩個字：「出息！」

林素問站在樹下，回味著這兩個字，不得不感慨宗師總是如此別具一格，然後，然後竟無語凝噎了……

葉一城見她呆滯的模樣，嘴角的弧度一閃而過，從桌上的半卷書裡抽出幾張紙，道：「我這裡有一份弟子們的成績單，這幾年的都在這兒，包括你的。」

前一刻的林素問腿軟得很，這一刻的林素問腿像是被灌了鉛，分毫挪動不了，她今兒總算體會到什麼是百轉千迴，什麼是晴天霹靂了。林素問雖然腳動不了，可嘴角生生抽了抽，這幾年她除了學琴之外，書院裡的課程她都沒有上全過，可惜書院裡並不考琴藝。書院的考試成績按甲、乙、丙、丁四個等級依次遞減，若是某一年裡得到兩個丁，便不能升級。林素問的成績單自然是慘不忍睹的，每年都是以好險好險的姿態低空劃過。而葉一城此刻手裡的成績單上字跡清晰地寫著：

騎射的成績是丙，先生給予的評價是：手腳靈活，眼神不好。

詩詞的成績是丙，先生給予的評價是：考試太差，與日常作業判若兩人。

……

雖然這些年林素問的成績不是很突出，但是也的確沒有拿過倒數第一，所以皇后以及其他妃嬪們都覺得素問這些年在功課上吃了不少苦頭，能和男子們同讀一所學院，競爭該是何等的激烈呀。林素問起初還會有些不好意思，但是越到後來越發覺得自己或許的確吃了不少苦，面對差強人意的成績她也不曾感覺有什麼虧欠。

但是在葉宗師面前，她還是不好意思起來，臉皮發燙，腦海中只想著到底是要為自己辯解幾句譬如「也不是最差的」，還是索性破罐子破摔譬如「是啊我琴彈不好書也念不好就是個小廢物」……

葉一城破天荒地先說了話：「以後下學我會教你學琴。」

「學……學什麼？」林素問有些不可思議地抽了一口冷氣問道。

「琴。」葉一城補充道，言簡意賅。

林素問覺得幸福來得著實太突然，砸得腦袋有些暈乎乎的。她一貫想得很開，不管這是葉宗師出於何種動機提出的，總之她有了和葉宗師相處的機會，這不正是自己夢寐以求的嗎？她不可置信地補充問了一句：「是只教我嗎？」

葉一城側臉看她，反問道：「為師很閒？」

林素問本能地擺手又搖頭，誠懇又著急地辯解道：「不不不，不閒，全天下的人都閒你也不能閒啊。」答完了才歪頭不好意思地笑了笑。

就在林素問沉浸在突如其來的幸福中的時候，越之墨在牆外左等右等也不見她回來，怕她被先生逮著，慌忙衝進學院裡頭去，結果正好遇到了歐陽子卿。

歐陽子卿年幼時候性子就十分沉穩，如今長大了更是內斂成熟，儼然是師弟們眼中的榜樣，更是先生們都交口稱讚的優等生。越之墨的性格開朗健談，喜歡結交朋友，如今雖然是師兄了，又有著皇子的身分，可依舊和學院的子弟們打成一片，常常一呼百應，但這兩人似乎一直不大對盤。

尤其是這兩年，兩人之間的敵對狀態愈發明顯了起來。

今夜越之墨摸到了書院裡，沒見著林素問，心裡琢磨著她是不是走錯路了，於是又急忙返回，在馬車停放處，竟然見到了在自家馬車前徬徨的歐陽子卿。越之墨心中不爽，知道他定是在等林素問，給她次日的作業，雖然自己沒工夫幫林素問做作業，但這並不妨礙越之墨不喜歡別人幫林素問做作業，暗地裡冷笑一聲。

兩人月下一見，互相面無表情地行了禮，默契地各自別過臉去。越之墨問舒嬤嬤道：「素問回來了沒？」得知林素問並不在這裡，他心煩意亂地本想再折回去找她，心想她該不會翻牆摔斷了腿吧。瞥見一邊露出疑惑和關心目光的歐陽子卿，氣不打一處來，沒好氣地說道：「你總幫她做作業，你知道這是……」越之墨想了半天，才想好後半句道：「害她嗎？」

歐陽子卿微微一笑，並不急著回答他，反而問道：「你總帶著她出去，違反院規，可知道這是害她？」

越之墨沒料到對方真的會和自己槓上了，問世間能和自己抬槓的也就林素問一個人，豈容他人挑釁？越之墨上前兩步，儘量克制住自己的情緒：「害她也好，對她好也好，自小素問都是願意跟著我的。」他刻意強調了「自小」兩個字。

歐陽子卿眼光一閃，旋即又恢復了以往的鎮定，佯裝疑惑道：「哦？她如今長大了，有了判斷後，就如你所說不管是害還是不害，她也總是情願的。」

兩人正交鋒之際，林素問披著白色的月光，臉色緋紅地回來了，如果仔細看，便能發現她腳步有些顛，可這兩人正在氣頭上，自然是沒有發現這些細節的。

「子卿哥哥？」林素問主動招呼道，歐陽子卿見林素問走來先是同自己打招呼，稍顯得意地看了一眼越之墨。林素問此刻還被巨大的幸福籠罩著，也未曾發覺兩人間的異樣，接著道：「你是給我送作……那個的嗎？」雖然歐陽子卿幫她做功課的事情早已經不是秘密，但林素問卻一直認為這是個天衣無縫的計謀，自以為是地格外謹慎。

歐陽子卿淺淺一笑，從書袋裡取出一遝宣紙，遞了過去。

林素問今夜十分動情，想到自己等了葉宗師這麼些年，歐陽子卿就幫自己寫了這麼些年的作業，這兄弟情可謂是「隨風潛入夜，潤物細無聲」，就從口袋裡摸摸索索半天，取出了一個香囊，遞給歐陽子卿道：「這香囊裡是上好的沉香，你若寫得累了，可以聞聞它解乏。」這是後宮某位妃嬪聽說公主常常學到深夜，特意託人送來的，林素問其實並不喜歡香料，只是覺得這香囊可愛，便帶著了，恰逢她此刻心情舒暢，便送了歐陽子卿，覺得有來有往，他給自己寫作業才能長遠。

萬萬沒想到，這樣的一個舉動，讓氣氛發生了奇妙的變化。

歐陽子卿顯然也被幸福砸暈了頭腦，愣在那裡，竟然忘記接過來。越之墨起初見林素問先跟歐陽子卿打招呼而不是自己有些鬱悶，又聽著林素問絮絮叨叨和歐陽子卿說話，心中怒火熊熊燃燒。毫不知情的林素問用送香囊的方式給這把火搧了一把風，越之墨終於爆發了，怒道：「年紀輕輕好吃懶做！被一點點好處就哄得團團轉，這學你上了有什麼用？不如把你關在宮裡，也不至於這樣沒有見識。」這話說得有些語無倫次，有些顛三倒四，但是要表達的意思，就只有一個——越之墨很生氣。

林素問被越之墨這通沒頭沒腦的訓罵，弄得反倒清醒了一些，這清醒並不是覺得自己做錯了，而是你越之墨憑什麼罵我？月光下的林素問臉色也不似之前紅潤，有些清冷，不服氣地反問道：「怎麼就是沒有見識了？我倒問問你，除了子卿哥哥之外有誰給我做過五年的功課？你可找到第二個人來？這是一點點好處嗎？這是情誼，你懂不懂？哼，你自然是不懂的，我看是你自己得不到，就眼紅我吧？」林素問在抬槓上從來沒有輸過，這次也不例外。

從幸福和害羞中清醒過來的歐陽子卿，又被林素問這番話感動得無以復加，遂往林素問面前站了一步，擋住了她的半個身子，衝著越之墨道：「你看不慣我，衝著我來就好，不要和小姑娘計較。」

從前林素問被人欺負，打抱不平的都是越之墨，站出半個身子擋住林素問的也是越之墨，如今他眼睜睜地看見歐陽子卿做著只有自己才有特權做的事情，心中五味雜陳，腦海中一片混亂，撩起袖子就要上前理論。

林素問躥了出來，擋住了歐陽子卿，她琢磨著，若是越之墨和自己打起來，再怎麼著也不會下死手，打傷了自己還能借此不用上課，有更多的時間去找葉宗師。若是越之墨和歐陽子卿打起來，那可是兩人都要下死手的了，歐陽子卿若是被打傷得養個十天半月，那功課誰來幫自己寫？若是越之墨被打傷了，沒法偷溜出去玩，說不定還要幫他寫作業。於是林素問非常熱血地張開雙臂道：「墨墨，你有什麼衝我來，不要傷及無辜。」

越之墨氣得眼角直跳，聲音都有些哆嗦：「歐陽子卿，我絕不會放過你！」

三人劍拔弩張之際，由遠及近的馬蹄聲停在了這偌大的空地上，人影被月光投在地上拉得很是修長，馬背上的人一手握著韁繩，聲音從這三人的頭頂上空傳來：「怎麼還不回去？」

葉一城返回長安城十分低調，並未像五年前那樣設宴款待大臣們，若不是這次遇到他，大家也並不曉得他回來。所以這兩人抬頭見到葉宗師先是一愣，這一愣便讓火藥味十足的氣氛冷卻了下來，隨即兩人行了弟子禮問安，垂手立在一旁，便不再說話。沒有行禮的林素問仰頭望著葉宗師，他的身影正好映在月亮之下，原來平常無奇的月亮竟然生得這般好看，怎麼自己從未發現過？

葉一城頷首算是行了師長禮，目光又落回林素問身上，又問了一句道：「怎麼你也還不回去？」目光落在旁邊兩位男弟子身上，微微蹙眉。

林素問緊張地咽了咽口水，生怕歐陽子卿幫自己寫功課的事情露餡，正要解釋，歐陽子卿卻上前一步答道：「回葉宗師，素問妹妹——」

話音未落，一邊的越之墨幾乎暴跳如雷，斥道：「怎麼就是你妹妹了？誰允許你叫的妹妹？」

葉一城的目光只在這兩人身上一掃，歐陽子卿和越之墨兩人又槓上了。林素問仰頭看他的姿勢始終如一，葉一城衝著林素問伸出手道：「罷了，來，我送你回去。」這話聲音不大，那兩人也未覺得不妥，又繼續抬起槓來。可這話對於林素問來說卻如同一記驚雷，她仰頭望著他挺得筆直的身板，眨了眨眼睛，模樣將信將疑。葉一城的手心往上又動了動：「不用為師送你回去？」

林素問一聽這話醒悟過來，急匆匆地上前一步，一把抓住葉一城遞來的手，口中只道：「用，用，怎麼不用！」話說著，便覺得被葉一城一使勁拉上了馬背。

歐陽子卿和越之墨終於停了下來，見這兩人一馬離去，終於放下了所有包袱，旋即又爭吵起來，這一次兩人吵得倒是頗為痛快，全然不顧已經離開的林素問和葉一城。

坐在葉宗師馬上的林素問，覺得今天恐怕就是傳說中的黃道吉日了。她的頭頂能清晰地感受到葉宗師的呼吸。小時候她對他是敬仰、是崇拜，是一種親切的小孩子式的喜歡，但是如今她自覺已經長大，那種親切逐漸被吸引代替。她不覺得世上有誰能代替得了他，放眼天下，葉宗師只有一個，唯一的一個，正是這唯一的一個人啊，他竟然要送自己回去，自己正不偏不倚地在他懷裡，如果這是五年來等待的饋贈，這真是物有所值。

9

林素問的練琴生涯從這天起才拉開了序幕，她的指法功底十分扎實，讓葉一城頗為意外，這扎實背後付出的努力，對懂琴的葉一城來說自然是心知肚明的。所以一個用心教，一個用心學，一般月上中天的時候葉一城才會離去，而林素問殿裡的燈常常到三更才會熄。

無獨有偶，越之墨殿裡的燈也是到了三更之後才會熄，因為他實在是睡不著。只要躺在榻上，他腦海中總是會浮現出歐陽子卿的那張臉，想到那張沉穩白皙的臉，就覺得煩死了，每到此時他只好從榻上坐起來，在房裡踱步到半夜。他愈發覺得這樣下去不是個辦法，必須得找個法子了斷個乾淨。

自打林素問跟葉一城學琴以來，她早晨去書院的路上，總是耷拉著小腦袋，而越之墨也閉著眼睛，小身子隨著車子的顛簸晃晃悠悠，兩個人都閉目坐在車中，像是民間流行的不倒翁，頗為有趣。好在這段時間裡，兩人各有所忙，誰都沒閒工夫搭理誰。

讓林素問更忙的是，她將迎來人生第一次的國民亮相。這件在外人看來光鮮亮麗她自己卻覺得苦不堪言的機會，是這麼來的。

華夏和魏國一直處於打打停停的狀態，兩國勢均力敵，可誰都不服誰。魏國國君突然暴斃，國內一片混亂，各種傳言相應而生，魏國皇家唯一的血脈繼承人是位公主，這位公主卻不急著登基奪權，反而開始走訪列國，第一站便欽定了華夏。諸國一時間也都開始揣測她的意圖，可揣測歸揣測，接待還是要接待的。但這樣一來，接待的規格就得考量考量了。

華夏皇上接待？顯然不合規矩。讓皇后接待，原本也算勉強可以，可皇后回娘家探親了，一月之內趕不回來。讓皇子越之墨接待？男女之間本就有別，更何況魏國的公主雖然已有二十多歲，可尚未出閣，這顯然不大妥當。葉一城倒是德高望重，在魏國的聲譽也極高，可畢竟是大臣，身分上還是不合規矩。想來想去，皇上決定辛苦小素問出馬，葉一城作陪，這樣一來兩全其美。

葉一城教完今夜的琴課後，舒嬤嬤呈上了林素問早就囑照好的桂花酒釀小圓子，兩人對坐同食，雖無言語，但這卻是林素問十分享受的時光。她素來吃東西速度很慢，越之墨曾說她吃東西的樣子像個兔子，但是葉宗師似乎並不介意，雖然每次都在她之前吃完，可都會等她吃完了，才起身離開。

已是深秋，外頭的院子裡落了一地的葉子，月光將這一地的殘葉演繹得更淒清了一些。林素問吃完，想照往常一樣送葉宗師出門。葉一城卻沒急著離開，而是倒了一杯茶，慢悠悠地向林素問說起了魏國公主來訪的事兒。

林素問聽完便擺手道：「不成，我哪有那個閒工夫。」

葉一城似乎早有預料，反倒放下平常嚴肅的樣子，半哄道：「你若不去，我便隻身一人去……」

林素問倏地醒悟過來，那魏國來的是個公主，而葉宗師乃本國一寶，若他一個人去，按照他的能力獨當一面自然沒有問題，可萬一被魏國的公主看中了，可如何是好？於是接著葉宗師的話茬兒道：「宗師你一個人去，未免太孤單了些，那些煩瑣的禮節，怕你悶得慌，我若在旁，還有個消遣的玩伴不是？我便勉為其難與你一起好了，不用謝的，這是晚輩應該做的，不知道我需要做些什麼呢？」她一股腦兒地全都說了，說完還覺得自己說得倍兒棒，因為這意味著又多了一個和葉宗師相處的機會。

葉一城的眼角聚起笑意，嘴角輕彎，道：「那些禮節程序自有禮部和你交代，至於晚宴上的致辭，你現在倒是可以打打草稿。」說完用有些打趣的意思補充道：「為師聽說，你這些年的成績之所以沒有最差，很大部分的原因是平時的作業都是優等，考試的成績即使再差，一平均也不至於墊底。」葉宗師今晚似乎心情不錯，說話也多了些，末了又來了一句：「考試難免發揮得不好，平時的功課卻是真本事，所以發言什麼的，想必是難不倒你的。」

林素問木訥地點了點頭，只覺得今兒夜宵吃多了，肚子脹脹的，挪動不了分毫。

而越之墨此刻正在自己殿裡見一個人，這個人不是旁人，正是劉尚書之子劉同，他的同窗。兩人坐在花園裡的石桌旁，長得都十分俊俏，往那裡一坐，便是一道風景。

越之墨起身又坐下，反覆好幾次，才講完了那天與歐陽子卿的衝突。劉同端著茶盞正要往嘴裡送，可聽得太入神，手腕便一直懸著，等到越之墨好容易說完，他「啪」的一聲放下茶盞，怒不可遏道：「這歐陽子卿文縐縐的，一看就不是什麼坦蕩的人，只曉得用這些伎倆來接近林素問，真……不是君子所為！」儼然一副兄弟被欺負也就是欺負到他頭上的架勢，「之墨，你意下如何？要不我們乾脆與他決一死戰好了！」

越之墨眉頭一鎖：「決一死戰？」點了點頭，「好，這個主意好。怎麼個死戰法？」說罷兩人陷入了長時間的思考中。打架？這被趙督察抓住可是要嚴懲的，而自己又是發起人，這無異於還未傷敵，就自損了一千。比文？顯然不好，那是歐陽子卿最擅長的項目，據說他十歲那年已經能將經、史、子、集倒背如流了。比武？這也不大好，自己的騎射方面都是優等，以己之長攻人之短，雖是戰術，但是著實不大君子，贏了也沒啥臉面。

夜風吹起地上枯黃的落葉，在兩人的沉默中，秋天的蕭瑟來得更緊了些。

終於劉同站了起來，一拍大腿道：「何必同他講什麼君子道義，不如直接……」說罷用手橫了橫脖子，見越之墨一驚，忙擺手解釋道：「不是要他性命，我們不如給他的馬餵點巴豆，他和你是第一批取得騎馬上學資格的人，你忘記了？哦，你平常是和林素問坐馬車來的，恐怕忘記了。我們這樣做，不留痕跡，能給他點教訓，讓他遠離林素問！」

越之墨感激地拍了拍劉同的肩膀，連連點頭，心中感慨恐怕兄弟情不過如此了。兩人又商量了一番如何購買巴豆，如何攜帶巴豆，如何潛入馬廄不被人發現等細節，臨了，劉同抬頭看看月亮拱手告辭道：「我得走了，我騙我娘親來你這裡做功課，結果這麼晚了，回去娘親定罵死我。」越之墨深有感觸地點點頭，又被劉同的義氣再次打動，與他往殿門外走去。劉同感慨道：「林素問是你的，這是不爭的事實，其實只要林素問也喜歡你，管他歐陽子卿還是誰，能奈你何？」

原本十分和諧的氣氛一下子冷卻了下來，越之墨腦門上突然滲出了一層汗珠，回答道：「這事兒和林素問沒有關係，純粹就是，就是爭一口氣……」

劉同似乎沒有聽進去，繼續自顧自地說道：「畢竟兄弟妻不可欺，雖然你與歐陽子卿不似你我這般親近，但也是同窗，他打林素問的主意，換我我也是要生氣的。」

越之墨不知道是如何送走劉同的，劉同離開時與他說的一番話，讓他心底裡的某一扇門突然打開了，裡面的光線刺得他睜不開眼，可又讓很多事情有了合理的解釋，十分通透起來，這樣的通透讓他情不自禁地臉紅心跳，一開始有些恍惚，想起來要否認的時候劉同已經走了。他索性坐在殿前的臺階上，任憑秋風吹他的臉頰，絲毫感覺不到涼意。不一會兒，他又直起身來，吩咐下人不用跟著，隻身一人前往林素問的宮殿。

他也不曉得自己為什麼要在這個時候去林素問的殿裡，或許她早就已經睡下了。到了林素問的宮殿外頭，他欣喜地發現裡頭還亮著燈，窗戶只有半扇開著，可以看見林素問在琴桌前坐著。他沒有再向前，原地站著，那琴聲從房內傳來，平穩、悠然，美得不像是林素問彈的。他突然意識到，窗戶裡的那個姑娘，披散著長髮，穿著紅色的衣衫，真的，已經長大了。他對她的感情，似乎是找不到盡頭的，所以未曾發覺，今夜得到劉同的提點他才恍然大悟，既然已經明瞭，他便不打算像從前那樣渾渾噩噩地和她相處了。

越之墨站在院落裡，聽她彈了許久的曲子也沒有上前一步，然後轉了腳跟，回到自己的寢宮裡，睡了這些日子以來最舒坦的一覺。

林素問第二天起來聽舒嬤嬤說昨夜越之墨在自己的院子裡站了好一會兒的事情，琢磨著他莫非是要半夜帶自己出宮去玩？那膽子也真的大得過分了些。等坐上馬車前，見從前總蹭自己馬車的越之墨騎了一匹馬，一如既往地打趣道：「墨墨，你這樣還真有些人五人六的呢。」

今天越之墨聽見林素問稱呼自己「墨墨」，有些心跳加速，自然而然地忽略了後半句，反常地沒有抬槓，輕輕咳嗽了一聲道：「那個，昨夜，你彈琴彈得不錯。」

林素問沒有在公開場合彈過琴，頭一個表揚自己的人便是越之墨，她有些激動地走到越之墨邊上，拍了拍他的手背道：「有眼光，哈哈，有眼光！」越之墨卻倏地將手縮進了袖子裡，敷衍地「嗯」了一聲便策馬而去了。林素問這才注意到他的反常，看著他的背影，詫異地對舒嬤嬤道：「這小子病了嗎？」說罷她搖搖頭，鑽進車內，開始想和葉宗師接待魏國公主的事情。

10

關於魏國公主的傳聞，林素問是在先生宣佈了長安書院的弟子要參加這次外交活動後，從大家的議論中得知的。

原本林素問對那位公主並無多大好奇，她也是公主，想著自己也不過如此，便覺得公主們除了年紀不一樣外，其他的都一個樣吧？可不聽不知道，聽了便犯愁起來。傳聞中這位魏國公主有著極其不平凡的經歷，她的親生母親是歌姬出身，入宮後憑藉自己的本事坐上了皇后之位，而且自打她母親入宮，後宮中便再無子嗣繁衍。更奇妙的是，已經成年的皇子竟然在垂釣時失足溺死，整個後宮只有那位魏國公主舜華獨一個。皇后努力想要再懷上龍種，得償所願地還真就懷上了，沒想到在生產的時候大人小孩一個都沒有保住，皇帝抑鬱成疾，不想突然就沒了。

這位舜華公主，是位頗傳奇的主兒，周遊了列國，最擅長的便是琴藝，據說這琴藝與華夏國的葉宗師同出一個師門，說起來還是師兄妹的關係。更讓人覺得意味深長的是，這位舜華公主比葉宗師小了幾歲，依舊沒有婚配，傳言她長得漂亮心思縝密，見過的人都說與葉一城是天造地設的一雙……

前一天還在為能和葉宗師出入外交場合激動不已的林素問，在聽見這些四面八方的消息之後，有些震驚，過了好久才緩過神來，安慰自己道：傳言都是不可信的。她抬頭仰望藍花楹，繁花已經落盡，透過枝椏可以看見被分割的秋天的天空，湛藍湛藍的。她的目光緩緩移到了禮堂的方向，看見了一個熟悉的身影，那個身影似乎也在仰頭望著天。她突然覺得自己與葉宗師是那樣親近，有著無法言傳的暖意，她笑了笑，輕輕踮了踮腳，好像將那些流言傳說通通都抖摟開去，有什麼比眼看著他，和他同看一片天空更美好的事情呢？

這樣美好的感受並沒有持續太久，隨著魏國公主來訪的日子臨近，林素問被禮部折騰得不輕，幾乎也不怎麼去上課了，那些繁冗的禮節程序讓她格外懷念在長安書院的日子，儘管老先生講起課來是那麼沉悶，可自己也有個瞌睡打盹的時候，現在這麼多人對自己一個，一點兒懶都偷不得。所以每天夕陽西下，她總是腰瘦背疼地往自己的宮裡頭走，那長長的身影落在地上，更添了幾分淒清。

不過這些日子越之墨的表現十分溫暖人心，越之墨下學後也不再和劉同出去玩兒了，而是早早地回到宮裡，在禮部門口駕著馬車等林素問出來，貼心地放下腳蹬，扶著她坐進馬車，放下簾子前總會變著花樣地拿出一些民間的點心。林素問因為太累了起初並沒有覺得哪裡不對，反而甘之如飴。直到林素問拿到了一份發言稿，那稿子上寫著她在接待當天需要發言的內容，她有些震驚地發現詞彙之拗口、修辭之華麗……更可恨的是司禮大人說：「聽聞公主在長安書院中，詩詞的功課寫得不是一般的好，這些對公主來講定非難事。」林素問覺得司禮大人的嘴臉比趙督察還要可怕。她捏著寫滿祝詞的摺子，含著淚，委屈地咬了一口越之墨遞來的玫瑰酥，剛剛咽下去便「哇」的一聲哭了出來，想到自己總不能坦白那些功課都不是自己寫的，又背不下來這麼一大篇嘮嘮叨叨的東西，越哭越傷心，越哭越憋屈。越之墨原本正注視著夕陽下林素問美麗的側臉，見她瞬間嚎啕的樣子，手忙腳亂不知如何是好，只是連聲問：「怎麼了怎麼了這是？司禮那老頭子欺負你了？哎呀怎麼了怎麼了這是……」

林素問抽了抽鼻子，舉起那張寫滿了字的宣紙，斷斷續續地道：「沒……沒法背啊……你看……」說罷，將稿子塞進了越之墨的手中，將頭扭向一邊繼續啜泣著。她深深明白這是逃不了的，可是這次的功課太難了。

越之墨拿起來看了看，生氣地扔在了一邊，叫屈道：「這些東西華而不實，用來做甚？」林素問和越之墨並肩坐在宮前的臺階上，托著下巴都在生著氣，晚風拂面，空氣中滿是哀傷。「要不我和父皇說說，別去接待什麼公主？」又搖了搖頭自我否定道，「不成，父皇從來不搭理我的，你去求都未必有用別說我了。」歎了一口氣，又道：「要不那天你就裝病吧？」又深深歎了一口氣，「茲事體大，恐怕不容我們偷懶，苦了你了。」

林素問對越之墨此刻表現出的憂傷和苦悶，十分感動，覺得這些年的交情真感人，感激地看著越之墨道：「事關國體，怎能丟臉？我不過是哭一哭發洩發洩罷了，你我也不是小孩子的年紀了，總歸要分得清的。」她沒有說出心底裡一直給自己堅持鼓勵的原因——這回葉宗師恐怕全得靠自己，自己能在他面前展現一下，再也不能出錯了。

越之墨被林素問罕見的清醒理智與成熟懂事給震驚了，震驚之餘覺得林素問愈發可愛動人，拍了拍她的肩膀道：「等到忙完這段日子，我請你去繁蒼樓聽書吃酒！」

林素問淚眼婆娑地點了點頭，拎著稿子往自己宮裡去了，一進門便看見了葉宗師，因為身體無比疲憊，所以笑裡充滿了疲憊，葉一城忍不住問道：「你這是去禮部砌磚蓋房了嗎？累得不輕。」

林素問接過舒嬤嬤貼心的茶水，歎了一口氣道：「這些你是不懂的，太累人了。」許是特別累了，她竟然沒有注意到葉一城眼光中掠過的笑意，捶了捶胳膊和小腿道：「我會好好練，你那天不用緊張，到時候有我！」

葉一城微微一笑，點頭道了個「好」字，隨即指了指一邊的琴道：「今天教你一種新的指法，有些難，你要不要先吃飯？」

林素問揉了揉咕嚕嚕叫喚的肚子，認真思考了一下：就目前而言，在學業水準和琴藝造詣上，可能很難達到出類拔萃的水準，可話說勤能補拙，如今肚子雖然餓得厲害，但正是在葉宗師面前表現的好時機啊。於是，林素問衝著葉宗師使勁地點了兩下頭道：「還是學琴要緊，雖然我——」

「好了，那便開始吧，你坐過來。」葉一城顯然不知道林素問心裡的小算盤，一如既往地說道。

林素問揉了揉肚子弱弱地「哦」了一聲，走到了他的身旁，仔仔細細地看著他的指法，一恍神，卻被葉宗師的手指吸引了。他乾淨白皙的手指看起來那樣有力，指節在用力時有些微微發白，此時正是掌燈時分，外頭陸續亮起來的光，像是星星落在了庭院中，也落在了眼下的琴弦上。突然這手指停了停，隨後葉宗師的聲音在耳邊響起：「剛剛我說的，怕是你一個字也沒有聽進去。」林素問才猛然從走神中驚醒，如今她雖然已經長大了，可要看身側的葉一城，側臉時還得仰起頭來，她驀地問了一句心裡想了很久的問題：「宗師你喜歡什麼樣的姑娘？」問完這個問題，她又想起魏國公主與他是舊相識的事情，補充了一句道：「聽說魏國公主是個很漂亮的姑娘，宗師你究竟喜歡什麼樣的姑娘呀？」

葉一城低頭故意逗她一般：「我是不喜歡醜八怪的。」

林素問肯定地點了點頭，覺得葉宗師回答得很坦誠，於是又問道：「葉宗師，你覺得我美嗎？」她鼓足勇氣，仰著臉覺得自己問得很真誠。

半開的窗戶外頭，樹葉都已經落盡，燈火一片倒也不冷清。葉一城沒有立即回話，兩人都側臉望著對方，空氣中有些東西動了動，又停了停，最終葉一城輕輕咳嗽了一聲，打破了這尷尬：「你一個小姑娘——」

林素問對葉一城的感覺向來是複雜的，但有一種感情始終貫穿著這些年，那便是崇拜。她努力地想要做得好一些再好一些，這樣便可以離他近一些再近一些，但是唯獨他今天的這句話觸動她內心不可碰的一處。從前他教訓林素問小姑娘要有小姑娘的樣子云云，她覺得沒有什麼不妥，畢竟那時候的林素問的確是個小姑娘，可是這個「小」字回憶起來愈發硌得慌。她從琴凳上突然站起，嘴唇有些發顫，激動地打斷了葉宗師的話：「我怎麼就是小姑娘了？我不是小姑娘！我很大了，很大了你知道嗎？」說罷一跺腳，她便走出了屋子，賭氣地坐在庭院裡的石凳上。

葉宗師沒有來一問究竟，依舊坐在琴旁。林素問甚至見他嘴角浮了浮，隨即他便輕輕地撥動了琴弦。他教林素問指法和曲子，示範的時候，會彈一小段，林素問從未聽他彈過一整首的曲子，傳聞中他的琴藝是華夏一絕，自成一派，可是罕少有人聽過。但在這個清月懸於天空的秋夜裡，那些旋律流淌到了庭院裡，流淌到了她的心裡，那是隨意撫出來的曲子，卻比她練習過的任何一支名曲都要動聽。這種動聽是無法言說的美，似溪水潺潺，似鮮花朵朵，似春風陣陣。她看著窗內的葉宗師，頭一次大大方方地看著他，宗師坐在自己屋裡頭，這幅畫面竟是這般渾然天成。她瞇著眼睛，歪著小腦袋，剛剛的氣憤早已煙消雲散了，她想以後如果宗師每天都能彈琴給自己聽，而自己再也不用稱他為宗師了該多好呀。

不稱呼葉宗師為宗師的人踏著長安城的初雪翩然而至，魏國的使團人數竟有三千，空前的規模，前去城門迎接的人是林素問。

林素問乘著朱紅色的翟車❻，飾以金翠，車身被黑紅二色的帷幔包住，五匹赤馬在雪中格外醒目，到了城門口，前方的帷幔被隨從悉心捲起。今日初雪，皇后特意關照舒嬤嬤讓她多穿一些，雖然有外交任務，可也不能凍著。於是林素問裏得裡三層外三層，外頭還披著白貂斗篷，越之墨送行的時候，見她端坐在車內的模樣，忍不住笑道「你就像個包子」，被林素問狠狠瞪了一眼才忍住笑。

此時雪下得正緊，城外早已經是白茫茫的一片，將士們的盔甲上都積著一層雪花，林素問探頭望了望外頭，不遠處立著一塊石碑，石碑上有八個大字「長治久安，天下大同」，凹進去的部分也都積著雪。林素問又坐了回去，看著遠方，除了落光了葉子的樹幹外，就是漫天的雪。她忍不住又傾身向前，從斗篷裡費力地伸出手，接著天空中飄下的雪花，離開懷中小銅爐的手，更覺得雪花冰冷晶瑩，觸到指尖的一剎那她欣喜地笑了笑，這些天集訓的勞累在這一瞬一掃而空。她又歡喜地坐了下來，心裡盤算著，等到這茬兒完了，就趕緊回長安書院去，這雪不能白下，可以喊上同窗們痛痛快快地打個雪仗。想得正歡，遠方終於有了動靜。人馬由點變成線，不一會兒就駛到了林素問的前方，在舒嬤嬤的攙扶下，林素問下了翟車。

令人意想不到的是前來的主角魏國公主，竟然是一身戎裝騎在馬上，她從馬上跳下來，對林素問帥氣地拱了拱手，林素問按照練習好的禮儀，和對方行禮，並說了諸如「有朋自遠方來，不亦說乎」的開場白。兩人走了一遍過場後，林素問才有空打量起這位傳說中的公主。她的年紀比自己大一些，傳聞說她比葉宗師小了幾歲看來不假，眉宇間有著獨當一面的英氣和果敢，對比之下林素問裏著貂絨斗篷的樣子更顯天真稚嫩。

「趕路有些累，坐你的翟車去可方便？」舜華率先說了一句不在禮儀程序內的話。

林素問一直被越之墨的「講義氣」薰陶著，大方地點點頭道：「好，請！」

待兩人坐到車內，舜華似乎對她的翟車很感興趣，不加掩飾地打量了幾個來回，道：「看來華夏皇帝寵愛你的傳聞是真的。」

林素問聽見有人說起父皇，衝著她認真地點點頭：「我父皇對我可是很好的，墨墨有的我都有，我有的墨墨可不一定有。」

「墨墨？」舜華的嘴角噙起一絲意味深長的笑容，「哦，那位與你青梅竹馬的皇子越之墨吧？看來你們感情很好的傳聞也是真的。」她的個頭比林素問高一些，看著林素問的時候，頗有一副獵人注視著獵物的架勢。

林素問顯然沒有覺察到彼此之間的氣場差異，認真回答道：「他的確與我是從小一起長大的，我們的感情也挺好的。」她從斗篷內取出小銅爐，遞給舜華道：「這個也是出門前他送我的，你拿去暖暖手吧，還熱著。」

舜華怔了怔，有些生疏地接過小銅爐，道了聲謝，隨後兩人便一齊沉默了，耳邊只留下隨從們踏碎積雪的步伐聲。終於在臨近皇宮的時候，舜華問了這樣一句話：「我師兄怎麼沒有來？」

華夏國一人之下萬人之上、眾人都尊稱「宗師」的葉一城，在她口中是那樣親近的「我師兄」，林素問心裡有些酸，反問道：「不知舜華公主的師兄是？」

舜華笑了笑，有些不可置信地說道：「我與葉一城同門了五年，魏國上下都是曉得的，華夏難道連這樣的關係都不曉得？」

❻后妃乘坐以雉羽為飾的車子。

從見面到剛剛的氣氛都維持得恰到好處，這樣的對話終於打破了這種平衡，林素問聽見她說到五年的同門，心裡酸得厲害，挺了挺腰板，回道：「華夏上下都曉得葉宗師與我的師徒關係。」

「師徒？」舜華的聲音亮了亮，「師徒呀。」她笑了笑，輕輕拍了拍林素問的肩膀道：「我師兄在長安書院任教，我也是聽說了的，原來你也是其中之一。」

對方顯然是有備而來的，而林素問對她的了解僅僅局限於傳聞，偏過頭去不打算再吭聲。

舜華似乎沒有就此罷手的意思，側過身來頗有些神秘地說道：「你可知道我和你師父當年的事情？」

林素問嘴巴抿得緊緊的，坐得格外端正，沒有搭理她。第一眼見到這位舜華公主的時候，林素問對她還有一分好感，覺得這冰天雪地騎馬而來的也是條漢子，可是這一上車怎麼就變了一個人似的？想到這裡便沒有之前那麼生氣了，專心地想著她為何轉變如此之快。

待翟車停住了，隨從們捲起了厚重的帷幔，林素問一眼便看見了車外頭的葉宗師和越之墨。按禮應是林素問先行下車，不想她剛一起身，舜華已經搶先一步，幾乎是跳下了車，對著葉一城行了個禮，甜甜地道了一聲：「師兄，好久不見。」林素問走下翟車之際聽見葉一城回了一句：「近來可好？」她腳下便踩了個空，絆到斗篷上，差點跪了下來，幸好被舒嬤嬤一把托住，不想都落在了越之墨的眼裡。越之墨哈哈一笑，走上前來對林素問道：「怎麼看你怎麼像個包子，哈哈哈。」

林素問今天為了禦寒的確穿得臃腫了一些，這些日子後宮嬪妃們聽說她在禮部受了苦，變著花樣地送吃的給她補身子，不想補得有些過頭，所以臉蛋有些肉肉的。林素問也不是沒意識到這點，伸手揉了揉臉蛋，不想葉宗師走了過來，越之墨又對葉宗師說道：「宗師，我說她今天像個包子吧，你看像不像？」

林素問抬眼看見清瘦高挑的舜華，使勁揉了揉臉頰，一邊感慨自己的確有些肉，以後可不能吃這麼多了，一邊埋怨越之墨怎麼反覆說著這話，不想走到跟前的葉宗師低頭看了看她，回頭對越之墨點了點頭道：「像。」

林素問只覺得腳下一軟，立刻就感受到了舜華笑吟吟的目光，林素問覺得自己此刻就是一只涼透了的包子。儘管葉一城俯身給她撣了撣斗篷上的積雪，她還是覺得大家在用看包子一樣的眼神看著她。

11

第二天就舉行了接待的慶典，從前的這種外事活動，因為林素問只是旁觀者並無什麼感慨，這次她切身處地地參與了一回，卻將酸甜苦辣悉數嚐了個遍。

那是大雪紛飛的午後，將士們按照禮部的安排皆已經排列成數個方陣，整齊劃一的形象在雪中頗有氣勢。林素問綰起了垂雲髮髻，佩戴了一朵紅色的牡丹，這個季節本沒有牡丹，林素問頭上的這朵是工匠們用金銀絲線製作而成，若不近看是看不出真假的，連花蕊都栩栩如生。她又換上了工匠們花費數月時間趕製的禮服，明黃色為主調的禮服下襬便有十尺之長，上面鳥獸成雙，花團錦簇，富麗堂皇。

當林素問雙手交錯放於腹部前，出現在天元殿外的時候，臺基邊的將士們都已挺直腰板收緊手中長槍，向她致敬。林素問腳下的積雪雖已清理乾淨，可紛揚的雪花還在落著，給腳下的石板路鋪上了一層晶瑩的地毯。她的紅唇在雪天中格外醒目，她的氣場足夠撐起這樣的壯麗，眾人心中的小公主，似乎藉著這樣的形式宣告了她的成長。

一路前行，直至三丈龍鳳臺基之下，她看見了身著黛色廣袖禮服的葉宗師，雪花落在他的眉眼上又迅速消融。

漫天大雪中，葉一城目視著林素問一步步朝自己走來，這個小姑娘真的就像她自己著急的時候所說——長大了，出落得傾國傾城。他從前希望她永遠不要長大才好，如今看見她的模樣，卻希望她能長得再快一些。只一會兒，林素問走到了葉一城的面前，葉一城的眼波轉了轉，他衝著走來的林素問微微一笑，隨即抬起手，從廣袖中露出的手心朝上出現在了林素問面前。

林素問有些緊張地回以一笑，接著伸出手放在了他的手心裡，隨後葉一城領著林素問邁上了雕有走獸的臺階。林素問只覺他的掌心乾燥又溫暖，那種從指尖傳來的溫度能抵禦此刻的寒冷，讓她的緊張消弭於無形，她很想側一側臉看看葉宗師，他難得穿得這麼正經，這樣……好看，她也想問問他自己穿得這樣正經好不好看？分明是她自己指尖輕顫，卻以為是葉一城緊張，於是開口打趣道：「下回能有這樣的萬眾矚目，該是我成親的時候了。」她自己輕輕地笑了一下，目光瞥見葉一城面無表情，才覺得這個笑話不大好笑，便悻悻地閉上了嘴。

「背好了嗎？」葉一城聲音不大，只能讓一邊的林素問聽得清。

葉一城的發聲讓林素問身子微微一顫，她沒想到在這樣的場合下，葉宗師居然會和自己說話，葉宗師果然是葉宗師，真是什麼事都幹得出來。她壓低了聲音回道：「差……差不多了。」說罷被他握住的指尖忍不住動了動。

葉一城目視前方，繼續領著她拾級而上，低沉而有力的聲音響起：「等一會兒，我說一句，你說一句。」不等林素問反應過來，他的聲音再次響起，「你不用害怕，我與你同在；你不用慌亂，我必守護你，扶持你。我是你的宗師。」語畢，已行至頂端，他的手輕輕鬆開，林素問的手指頭在這一刻失去了溫度，可她的心裡卻有著無以名狀的安穩。

林素問轉身看向遠方，葉一城退後了半步，很快，葉一城的聲音在她身後響了起來：「本國華夏，見遠方來客，不亦樂乎。」

林素問微微一笑，隨即說道：「本國華夏，見遠方來客，不亦樂乎。」她的聲音帶著這個年紀的稚嫩，帶著皇家的風範，她的表情在這一刻神聖不可褻瀆。

這是一場冰天雪地中的外交見面，這是一場借著外交各懷心思的會晤，這是一場讓萬人見證了公主素問的成長禮。她於萬人之上，他在她身後，一臉的雲淡風輕，目光卻只落在她的背影上。

冗長的見面禮終於結束，華夏國在殿內設了筵席。開席後不久，皇上皇后款款而來，一行人會晤後，魏國公主便被安排到了林素問的身旁入座。精心打扮的舜華看著林素問的目光總帶著打趣的笑意，終於省去了繁文縟節，她也放鬆了一些，揉了揉太陽穴對林素問低聲道：「你非皇室親生，卻來迎接血統純正的本公主，難怪你如此慎重緊張。」

林素問下意識地看了看不遠處的葉宗師，他正與皇上說著話，顯然不知這裡的事情。林素問瞥了一眼這個越來越不討喜的女人道：「我慎重是因為這樣的典禮，並非你，況且宗師在我的身後，我又有什麼好緊張的呢？」頓了頓，又想起她的第一句「非皇室親生」的話，忍不住笑了笑，她不是沒有聽說過這些話，平靜地道：「我的生父為國捐軀，生母出身名門，養父養母是華夏皇上皇后，對於血統的純正上你理解得有些偏差，我並不吃驚。」說罷她直起身來，對舒嬤嬤道：「是時候回去更衣了。」素問不再理會她，只想著忍到她走了便好了。

在林素問整理好裙襬，對皇上皇后行了禮轉身之際，聽見了魏國公主的聲音：「本公主出訪列國，第一站便是華夏，不為別的，只為求親。」

林素問側著的身子凝住了，她不可思議地又回味了下這番話，隨後想想有些痛心：越之墨年紀與自己一般大小，娶了這個公主未免太慘了。

舜華的聲音再一次響起：「父皇離世後，並無男嗣，待本公主歸國後便繼承皇位，所以與本公主結親者，也會做魏國的國王。」她看了一眼林素問，帶著一如既往的笑意，又將目光移至殿上，挑了挑眉毛道：「舜華與華夏國葉宗師，有同門情誼，兩人都未婚配，也都有治國之才，若結兩人之好，可保邊境百年平安。陛下，您說呢？」

殿下一片安靜，連絲竹之聲都停止了，筵席的賓客都將目光集中在了這兩人的身上。林素問終於動了動，轉向殿上葉宗師的方向，她仰頭望著一如既往高高在上的他，恍惚中葉宗師也看了她一眼，隨即目光輕輕離去，帶著微笑道：「承蒙師妹有心，你是魏國公主，理當由對方提親才是……」話音未落，殿下的人們忍不住竊竊私語起來，更有人發出了笑聲。

林素問只覺得殿外的寒風都吹進了自己的身體裡，凍僵了一般麻木起來，她僵硬地轉身，腦中都是雪花紛揚。這一刻她感受到從未有過的巨大孤獨，她孤獨地走在金碧輝煌的大殿內，走在寒冬飄雪的臺階上，走在三千將士讓出來的道路中，而那殿堂、臺階和將士們，都將孤獨投還於她。她來的路上與他並肩而行，無懼風雪，一轉眼，她孤身一人走在回去的雪地裡。她覺得葉宗師離自己越來越遠、越來越遠了，可葉宗師的話還在耳畔：「你不用害怕，我與你同在；你不用慌亂，我必守護你，扶持你。我是你的宗師。」她突然停住了腳步，突然醒悟到，他所做的這一切都是因為他是自己的宗師，她不曾享有過什麼特權，換作誰他都會如此，這份情誼給的是他的徒弟，而不是自己，師徒情誼而已。原來，她同葉宗師，從來沒有走近過，又談何走遠呢？這一刻她突然明白，患得患失的情愫，原來是愛啊。她的人生裡第一次意識到愛，是發現對方並不愛自己的時候。

隆重的接待儀式結束的當天晚上，失魂落魄的林素問迎來了另一個噩耗——明天就要去書院裡上課。帶來這個噩耗的自然是越之墨，只是他說這話的時候不像往常帶著幾分不懷好意，而是有些欣欣然的喜悅，他說：「明兒我還是坐你的車去學堂，這些天實在太冷了，我心疼我那馬兒，倒不是非要蹭你的車，只是父皇說我的吃穿用度能節省就得節省，所以我想著你的車子……」

之前越之墨蹭自己的馬車從未如此解釋過，今兒絮絮叨叨了一堆。林素問「哦」了一聲，並未覺得異常，歎了一口氣道：「好久沒有吃思源軒的包子了。」兩人就思源軒內的包子新品種交流了一番。

越之墨離開之際，又轉過頭來，像是鼓起了很大的勇氣道：「哎，素問，別說，你今兒還挺好看的。」

林素問被他這話誇得笑了起來，想想還是和越之墨這樣的兄弟情來得痛快，不用患得患失，笑道：「快凍死了。今年的雪下得好大呢。」說罷捧著小銅爐走到了窗前，與越之墨並肩望著外頭還在下的雪。

越之墨點點頭，夜空中的雪落在了簷下的長廊上，他轉頭看了看林素問，近在咫尺的她讓他覺得格外溫暖，隨即他不好意思地撓了撓頭道：「好啦，等你到了長安書院，我們一起打雪仗。」

林素問的目光裡閃過狡黠的光：「我送你出門呀。」

越之墨一愣，隨即開心又感動地點了點頭，兩人一前一後邁出門去。直到庭院外的大門處，兩人又絮叨了幾句同窗們的近況，談得有些歡，都沒有注意到不遠處葉一城的身影，葉一城卻注意到了這兩個小鬼，隨即停住了腳步。越之墨跺了跺腳道：「天兒太冷了，你快回去吧，銅爐還熱嗎？」說著便探出手來碰了碰林素問雙手捧著的小銅爐，這小銅爐用杭綢包裹著，遠處看與她的衣服混為一體，感受到銅爐的溫度，越之墨這才放了心。林素問帶著一絲強忍著的壞笑，從袖子裡抬起手來衝他擺擺手，遠遠瞧著就像兩人拉完手告別一般。越之墨走了幾步，回頭看見林素問還站在遠處，又折了回來，拍了拍林素問肩膀上的雪花，關心道：「好了，快回去吧，送君千里，終有一別。」

林素問故作正經道：「墨墨，我看你走。」

越之墨突然眼眶一熱，生怕人瞧見，連忙轉身，聲音有不易察覺的顫動：「好吧。」

不遠處的葉一城看見兩人依依惜別的情景，歎了一口氣，轉身而去。

越之墨走了約莫十步遠，林素問突然蹲下了身子，將小銅爐放在一邊，兩隻小手迅速在地上扒拉出一堆雪，一邊捏著雪球，一邊快走了兩步，待雪球捏好，右手高高抬起，全身後仰，將全身之力集中在了右手上，咬牙丟擲了出去。那雪球不偏不倚地砸中了越之墨的後腦勺兒，越之墨悶哼了一聲轉過頭來，林素問哈哈大笑地轉身往房內飛奔而去，連之前放在地上的小銅爐也忘記撿了。

林素問回歸長安書院的當天，受到了大家的熱情接待，不少同窗投其所好帶了些零嘴給她，又對她昨日的表現表示了各種讚美——

「別說，有模有樣的嘿！」

「素問，你那個發言詞背得不錯啊，先生們都誇你，可見你只是考試發揮得不好，平日裡的功課都是自己寫的。」

「你那衣服真不錯，我妹妹嘟囔了一夜。」

……

聽見這些讚美之詞，越之墨臉上樂開了花，比聽見誇自己還開心，謙虛著道：「哪裡哪裡……」惹得林素問疑惑不解地看了他好幾眼。

倒是歐陽子卿對林素問的見面語別具一格：「素問妹妹，這些日子消瘦了一些。」

越之墨哼了一聲別過臉去，不屑地道：「眼瞎了吧。」

林素問不滿道：「我也覺得我瘦了，怎麼著？」

……

日子似乎又恢復成了往日的模樣，思源軒的包子一如既往的好吃，趙督察也是一如既往的凶悍，落光了葉子的藍花楹樹幹上堆滿了積雪，掛著冰凌成了晶瑩剔透的拱門。葉宗師沒有再在學院裡出現過。

林素問刻意地迴避著關於葉宗師的任何話題，自打魏國公主來了之後，他們的琴藝課也停止了。林素問伏在案前，看著下得不停歇的大雪，心想這雪若是不停，魏國公主更有理由留在這裡了，她心裡酸酸的很是不爽，換了個面繼續伏著。她又突然有些悲觀起來，自己和葉宗師的聯繫原來僅僅就是琴藝課，沒有了琴藝課，他們之間竟然沒了來往。想到這裡，她又走到琴桌前，繼續練習起複雜又枯燥的指法，練著練著便聽見庭院裡有動靜，那是她再熟悉不過的腳步聲。林素問驀地停下手中的動作，忘記披上斗篷，便打開門迫不及待地衝了出去。

他踏著漫天飛雪，執著三十六骨的紙傘站在庭院裡，身上帶著光，見屋裡匆匆出來的人，停住了腳步，眉頭皺了皺：「回屋去。」

林素問摸不著頭腦，怎麼好端端的又不大高興的樣子，她有些賭氣似的站在門口廊下動也不動。

葉一城走到廊下，收了傘，見林素問還是不動，聲音裡帶著些許催促：「讓你進去，怎麼不聽話？」

林素問心中被「聽話」二字攪得不大平靜，抬腳便往屋裡頭走，邊走邊道：「聽話？我是你的寵物嗎？」不等身後葉一城答話，她又絮叨開了，「你還教不教我練琴了？三天打魚兩天曬網成何體統呢？不就是魏國公主來了嗎？我泱泱華夏哪年不來幾個王公貴族，說到底，恐怕是這個公主長得漂亮罷了，可漂亮又怎麼樣呢？我也漂亮啊，我也是公主呀……」她終於意識到自己詞不達意地滔滔不絕是多麼——丟人，終於閉上了嘴巴，有些怯怯地看著葉一城，想著自己剛剛在簷下不過站了一會兒，他就不高興，如今說了這麼多怕是要被嫌棄死。

葉一城卻沒有顯露出什麼不滿和不高興，反倒是舒心地笑了笑，掃了一圈屋內，往榻上坐了去，信手拈起一只茶盞道：「我今兒來是和你告別的。」

林素問吃驚地走到榻前，反應過來後，拉了拉葉宗師的衣袖道：「剛剛的話，我是……我是吃飽撐著了才口不擇言的，並非責怪宗師，我只是埋怨自己學藝不精，有些惱，並不是說葉宗師你……我錯了，素問錯了……你別走。」最後三個字便是她的心意。

葉一城柔和的目光掃過她，微微一笑，拍了拍身邊的榻，林素問便坐到了他對面。他前所未有地耐心道：「你的父皇在宮內，宮外的事情，總需要人去做，所以我便是要常年跑來跑去的。」

林素問傾身抓住他的臂膀道：「我不喜歡你跑來跑去，我想你每晚都來教我練琴。」

葉一城眼角微微瞇起，有著少有的溫柔，他很自然地問道：「你們很怕趙督察嗎？」

林素問沒有意識到這是他在轉移話題，很認真地點了點頭：「是啊，他不畏權貴的，懲罰起我們來，一著比一著狠。」說到這兒，她突然想起來什麼，問道：「對了，宗師，聽說他是被你安排到長安書院的，你知道他是為什麼跛了嗎？」

葉一城找了個舒坦的姿勢單手支著下巴躺著，笑道：「你們啊，總是喜歡打趣趙督察的腿腳不便。趙督察當年是我麾下的一員將領，在戰場上為了掩護我，幫我擋了一劍，受了傷，落下了殘疾。」說著葉一城的語氣中帶著當年的滄桑，歎了一口氣道：「總要有人不要命，才能換來你們今天的嬉戲打鬧。」

林素問「噢」了一聲，似懂非懂地點了點頭，覺得趙督察也不像從前那麼討厭了，她學著葉一城的樣子，蜷在了榻上的另一邊，兩人像面對面的兩只調羹。林素問有些擔心地繼續道：「那你這些年在外頭，能吃上好吃的嗎？睡得好嗎？有沒有挨人家的欺負？」

葉一城的身世頗為複雜，關於他的傳聞也總是若隱若現地浮現，總之這些年他的確是一個人，雖然放眼整個華夏他的地位無人能及，但總是居無定所，他似乎早已經習慣了似的。被林素問這樣一問，葉一城竟生出了些許心酸，苦笑著抬手摸了摸她散落開來的長髮道：「剛剛在外頭，凍著了沒有？」說罷取過一邊的毯子給她蓋上。

林素問搖了搖頭，將毯子往下巴下掖了掖，眨了眨眼睛，繼續問道：「在書院裡做一個院長不好嗎？我看你也不用上課，掛個名，還有思源軒的包子吃。」

葉一城點點頭道：「做那樣一個院長自然好，可總有些事情比做這個院長更重要。」

林素問想不出有什麼更重要的事情，有些心不在焉地點了點頭，又道：「宗師，這些年……你心裡有沒有什麼放不下的美好？」

葉一城眼睛裡含著笑意：「你呢？」

林素問探在毯子外頭的小腦袋歪了歪，看了看眼前的人，閃過不好意思的笑容，連連否定道：「不……沒有的。」為了掩飾內心的狂跳，她反問道：「宗師，你喜歡那個……舜華嗎？」

問題問完，在空氣中打了個轉兒飛走了。葉宗師並沒有回答她，他眼裡的笑意似乎更濃了，他說：「哦？我聽說你與歐陽子卿和越之墨的關係都很不錯。」

林素問半挺起身子，一邊搖晃腦袋一邊想要伸出手來搖一搖表示否定，可毯子被葉宗師剛剛裹得頗為結實，於是她便一個人扭來扭去，掙扎了一會兒只好放棄，小臉已經通紅：「我跟他們是兄弟，出門在外，靠的就是兄弟。」她還想拍拍胸脯，但是手臂被毯子捲著只好作罷。

「好了，快睡吧。」葉一城垂眸，拍了拍她身上的毯子。

像是受了魔力一般，林素問不再折騰，乖巧地躺著，可眼睛還是眨巴眨巴地看著葉一城，剛剛的費力掙扎終於讓她的小手找到了一條縫，伸了出來，摸摸索索地靠近葉一城的手指頭，拉了拉道：「你不要嫁到魏國去哦，不要去做什麼魏國的女婿。」

葉一城點點頭，沒有抽回被她握著的那根手指頭，衝她笑了笑。

林素問覺得今晚好像做夢一般，她有一種衝動對他告白，只有兩人的光景，又這般暖和，最難得的是葉宗師竟然有這樣好的耐心，和自己說了這麼些話，所謂趁熱打鐵，她終於咽了咽口水，眨了兩下眼睛，下唇還有些顫抖：「我……我覺得我自己很不錯……宗師你……不如喜歡我，也挺……挺好……」說到這裡她已經死死地閉上了眼睛，想著宗師出手打自己一頓自己也不能睜眼，嘴巴裡還嘟囔著，「跟了我，思源軒的包子、繁蒼樓的說書、抱月樓的鍋貼都是有的，宗……宗……宗師你考慮考慮……」她攥著毯子的手心裡全是汗珠，脊背上也直冒汗，她想著死也不睜眼，就當是場夢，想到這裡她突然覺得很釋然，是啊，她有勇氣對高高在上的葉宗師告白，人生還有什麼遺憾呢？她林素問什麼做不出來？想到這裡她的思緒又開始飄向了遠方，如果明天思源軒的包子特別好吃，要不要給葉宗師帶一個呢？她沒有想過葉宗師的回應，就在自己已經收不回來的思緒裡，沉沉地睡去了，嘴角還掛著笑，仔細看還能發現一絲晶瑩的口水。

葉一城給熟睡的林素問掖了掖毯子，撐著傘往自己的住處走去，誰也沒有料到，這天夜裡來找他的人接二連三。

似乎並不意外，宮門口站著魏國公主舜華，她見到葉一城回來了，迎了上來道：「我不願在裡頭等你，想要早一刻見到你，這份誠意能否讓你陪我走一走？」

葉一城看了看她，點了點頭。兩人一同走在了雪地上。

「那日之後便沒有再見過了，師兄到底是忙得很，還是躲著我？」

葉一城腳下的積雪發出了破碎的聲音，在這樣的黑夜裡尤為清晰，他答了一句話，卻並不是針對這個問題：「我不會向魏國提親，不會娶你。」

舜華站定，冷冷一笑：「所以那日在殿上你只是為了照顧師妹的顏面了？」

葉一城點頭：「你理解得很對。」

「我對師兄的情誼，並非一朝一夕，我對你的感情，並非因為我此刻正處於低谷，想找一個依靠，我對師兄你的心意，蒼天可證，日月可鑑……」

葉一城看著她，眼睛裡並未流露出愧疚和憐惜，反而有些無奈：「可我並不喜歡你。」

「那你這些年，獨身一人，難道真的沒有遇到讓你心動的人嗎？」舜華握著葉一城執傘的手，語氣中有些激動。

「這與你又有什麼干係呢？」葉一城歎了一口氣，轉過身去，淡淡道：「你並未處於低谷，你在魏國佈下的網，該收了吧？」

舜華微微一愣，隨即笑道：「師兄與我真是心有靈犀呢。」

葉一城發出了一聲冷哼：「舜華，這些年在魏國你也不易，只是這次下手有些狠。」

舜華眼裡露出不屑的目光：「我狠？我母后的出身一直被眾人詬病，父皇懦弱，母后嫌棄我是個女子，我可曾感受過一絲父慈母愛的溫暖？你說我下手狠？人活著，首先得為了生存啊。我想活，有錯嗎？」

葉一城輕輕搖了搖頭：「若當年你留在師父身邊，也不致如此。」

舜華冷笑了一聲，似乎被這話刺激到了什麼：「當年？當年我想追隨你，是你拒絕了我。如今又嫌棄我下手狠？那我問你，若我現在重回師門，你可願意娶我？」

「不願。」葉一城聲音不大，答得卻很快。

舜華被這樣簡單直接的回答噎著了，她冷冷地笑了一聲：「師兄這些年，身邊並未出現過旁的女子，是對女子不動心還是就對師妹我不動心？」

葉一城捏了捏眉心，顯得有些疲倦：「對你不動心。」說罷一副「你非要逼我這樣說」的表情。

舜華氣極反笑：「好好，我倒想看看師兄以後娶個什麼樣的女子。」

葉一城轉過身子，往自己的住處走去，經過舜華的時候突然說道：「你是魏國公主，我是華夏國師，以後你就隨著眾人叫我一聲『葉宗師』吧。」

舜華不可思議地眨了眨眼睛，看著葉一城的背影，隨後追了上去，幾近歇斯底里地叫道：「我們同門整整五年，你竟然可以……」

葉一城停下腳步，面色中流露出一絲厭惡道：「師父死得蹊蹺，就算與你毫無干係，你當年的見死不救，也葬送了我們的同門情誼，還用我再說下去嗎？」

舜華站定在雪中，內心的震驚寫滿臉上：「你一早就知道，你一早就知道？」

葉一城背對著舜華站著：「若有一天，華夏與魏國兵戎相見，我們都不需因為從前認得而手下留情。」他冷笑了一聲，「舜華，你若問我喜歡什麼樣的女子，我想只有兩個字——乾淨。心思乾淨的姑娘總是配得到對方喜歡的，所以，即使沒有師父的死，你我也是沒有夫妻緣分的。」

舜華的眼淚唰唰地落了下來，她喃喃自語道：「我不夠乾淨？我倒要看看哪個女子能比我乾淨？」

葉一城沒有回頭，徑直走向了自己的宮裡。夜色如墨，雪花紛紛擾擾，同樣的時刻，有人氣急敗壞，有人酣睡入夢，有人恩斷義絕……也有人目睹了這兩人的畫面，這個人便是越之墨，他雖然聽不見這兩人說什麼，卻看見了他們把手的遠景，又怕被發現，所以乾脆先到了葉一城的宮裡等他。

他今夜來，的確是有事情。關於林素問的事情，他在想明白了之後，又硌硬起了歐陽子卿，好友劉同的思想頗為簡單直接，常常提出「打一頓」的方案，他迫切需要找一個明白事理的人來開導自己，想來想去，葉宗師最合適不過。這時候的越之墨儼然不再是當年馬球場上不知深淺的小皇子了，比起只曉得在早上嘰嘰歪歪的那些大臣們，對葉宗師這樣心懷天下德高望重的人，他顯然更為敬重。且葉宗師與父皇十分親密，私下的時候也不拘泥於君臣禮節，潛意識裡早覺得他是自己人，生出親近之意也是在所難免的。

見到葉一城回來，越之墨畢恭畢敬地行完禮，開門見山道：「宗師，我有一件事情，十分苦惱，望宗師開解。」

葉一城見越之墨的確是十分苦惱的模樣，心裡笑了笑，一本正經地點了點頭。這一點頭，便迎來了越之墨的滔滔不絕，從當年入學的時候歐陽子卿對林素問的種種「圖謀」，一股腦兒地說到了歐陽子卿關心林素問消瘦的事情，其間喝了兩壺茶，末了不忘補充一句：「宗師，你倒是說說，素問哪裡瘦了，分明是胖了一圈的。」

葉一城點頭承認：「的確是胖了的。」

越之墨聽葉宗師也肯定了自己的觀點，更加覺得葉宗師是自己人，激動道：「宗師你也這樣覺得是不是？所以那個歐陽子卿表面一副文質彬彬的模樣，其實暗地裡肯定在打我們素問的主意。」這話說完，葉一城和越之墨同時點了點頭。「宗師，你說我要怎麼樣才能鬥得過歐陽子卿？」

葉一城想了想道：「你確定林素問喜歡你嗎？」

越之墨凜然一驚，似乎他從來沒有思考過這個問題，被葉宗師這麼一問才想起來，隨後他又撓撓頭道：「不管了，總之不能讓歐陽子卿得手。」

葉一城點點頭：「這樣的話，為師覺得你多慮了。」

越之墨恍然大悟，心想明年一畢業，歐陽子卿與林素問哪裡有什麼時間再見呢，拍了拍腦門道：「宗師你說得對。宗師我這就告辭了！」說罷他歡天喜地地踏雪而去。

葉一城經歷了這樣一個跌宕起伏的夜晚後，又一次離開了長安城，一別便是三年。

12

這三年裡發生了不少事情，皇上皇后相繼離世，越之墨登基，華夏邊疆戰亂不斷……林素問給葉一城寫了三年的信，事無巨細，她都會寫信告訴葉宗師，諸如畢業典禮上弟子們最放不下的竟然是趙督察，思源軒的包子又增加了幾個新品種，越之墨當了皇帝威脅自己要聽他話不然就不讓她出宮玩，自己每日練琴自覺琴技已經出神入化只等宗師回來……

葉一城罕少回信給林素問，通常林素問去了七八封才會得到他篇幅不長的一封回信，雖然字數不多，但是每一封林素問都能來來回回看上很久。這三年裡，林素問最難以忘懷的是自己及笄[7]那天，葉宗師託人送了她一串瑪瑙手串，她一直戴在手腕上，睡覺沐浴也不捨得摘下。

這三年裡，她也從當年懵懂調皮的少女，出落成了能偶爾幫越之墨分擔些外交國事的公主，用越之墨的話來說：「你怎麼也是個公主，整日白吃白喝叫我這個做皇帝的在外人面前怎麼抬得起頭來。」林素問雖然想反駁，但是覺得說得也有些道理。因此每逢外交祭祀等重大活動，林素問也盡心盡力，譬如她的琴藝，在宴請群臣的時候總會露上那麼一手。令她不解的是，越之墨後來讓她不用再彈了，言辭間還扯上了歐陽子卿，她這才發現這些年越之墨和歐陽子卿倒是較上勁了。如今歐陽子卿在長安書院任教，成了書院歷史上最年輕的先生，倒也符合他的才華。

有次中秋，皇家宴請了群臣，林素問換了身衣服回來，便看見了板著臉的歐陽子卿，平日裡

[7] 古代女子年滿十五歲束髮加笄，表示成年。

歐陽子卿待人彬彬有禮，禮貌性的微笑是他的標誌之一，可見此刻他定是生了挺大的氣。自打從長安書院畢業後，林素問便罕少再與昔日同窗相見了，此刻並無他事，便走上前去，道了一聲「子卿哥哥」。

兩人便交談開來，說起歐陽子卿之前臉上的鬱色，才曉得原來席間就邊疆的問題，他和越之墨爭執了起來，氣不過便先行告退了。林素問安慰了幾句，見幫不上什麼忙，便岔開話題有一搭沒一搭地問道：「子卿哥哥到了婚配年紀，家中可有給你物色相配的人兒？」

歐陽子卿的臉像燒起來一般通紅，囁嚅道：「未曾，素問妹妹……噢，不，長樂公主，公主殿下，微臣正是為國出力的時候……」

林素問心想提到婚配連個堂堂七尺男兒都害臊起來，心裡暗笑，面色卻一本正經：「子卿哥哥，為國出力是好事，但是有了小家也不是壞事，自畢業後，子卿哥哥可曾遇到心動的女子？」

歐陽子卿先是一愣，接著有些緊張，隨後趕緊道：「畢業前我便有心上之人了，只是……彼此差別有些大，所以這些年想先努力做出一番事業來。」

林素問心中有些感動，感慨時光飛逝，當年入學的場景似乎就在昨日，今天的同窗竟已如此成熟懂事又有擔當了，兩人又閒談了幾句，這才分別。

林素問與歐陽子卿的見面很快就傳到了越之墨的耳朵裡，宴會結束後，越之墨帶著滿身的疲憊來到林素問的宮殿裡，有些不悅地問道：「你與那個歐陽子卿有什麼說不完的話，說了小半個時辰？」

從琴桌旁起身的林素問喝了一口水，不滿地瞥了一眼越之墨道：「我怎麼聽得不大明白？」

越之墨怒氣十足地從椅子上站了起來：「我是要你少和歐陽子卿來往！」

林素問見他這副模樣氣得不輕，走到他面前道：「我說你沒事少操心我和我的兄弟，倒是你自己，也一把年紀了，是時候物色物色對象了，別以為父皇走了就沒人管你。」

這話像是戳中了越之墨的死穴，他突然噤了聲，半晌乾咳了一下道：「我的事情，你懂什麼？」

林素問被氣得發笑：「我不懂，那你倒是先說說我哪裡不懂了？」

越之墨嘔著一口氣，似乎今日不把林素問說明白了不甘休，他又咳了咳：「素素，我只問你一句，你可懂得什麼是愛情？」

林素問被他這樣一問，腦海中自然而然浮現出了葉宗師的身影，隨即臉頰便發燙，生怕被越之墨發現，佯裝鎮定地看了他一眼道：「那……那你說來我領教領教。」

越之墨見她臉色起了變化，心中暗喜，道：「婚姻自古以來都是為了綿延子嗣，這本是不錯的，但是婚姻的本質應當是愛情的延續，兩人結合是為了愛情，跨越種種因素，不畏艱難，將種種的不可能變成可能。為了兩情相悅，我可以付出一切，你呢？」

林素問見越之墨認真的模樣，再聽他的這番話，心中琢磨了一下，覺得十分有道理，想起自己和葉宗師，雖然年紀相差得大了一些，師徒名分也擺在那裡，可是為了愛情，只要不是傷天害理，有什麼不可以逾越的呢？她笑了笑，點點頭道：「你說得一點都沒有錯！」

「剩下的，你自己好好想一想，有什麼想法，來找我。」越之墨眨了眨眼睛，故作鎮靜地負手身後，踱步出了門。

林素問起初想著越之墨的話，結合了自己和葉宗師，想著等葉宗師回來了，她便正兒八經地和他表白一次，然後就賴上他吧。不知怎的，腦海中突然出現了歐陽子卿的話——畢業之前已有心上人、差別有些大、等做出一番事業……然後她有些不可思議地轉身望向越之墨離開的方向，越之墨的話猶在耳邊——愛情的延續、不是為了綿延子嗣、不畏艱難、付出一切……她深深吸了一口氣，捂著胸口，扶著椅子慢慢坐了下來，可心口總是起伏不定，垂著頭，她回想起這些年書院裡的種種，直怪自己竟然如此遲鈍，沒有早點發現！

該怎麼辦呢？寫信給葉宗師嗎？不可不可，途中萬一出了差池，這樁事情便是昭告天下了。她起身來回踱步，她也曉得有斷袖之風，可是萬萬沒有想到這種事情發生在了自己親人的身上，雖然自己見多識廣，且包容能力強，加上這兩人還是自己的至親好友……一時間她竟沒有了主意。

於是林素問閉門整整半個月，誰也不見，直到聽說了葉宗師要回長安的消息。那日秋高氣爽，越之墨見她好久不露面，有些擔心，便來看看她，竟連門都沒進去。越之墨只好隔著門道：「我曉得那天的話，是我說得重了……素素，你開個門，我有話同你講……你不理我沒有關係，有什麼氣的我們先記著，葉宗師就要回來了，一會兒都到城外了，你這樣……」

門倏地被打開了，林素問驚詫地問道：「宗師要回來了，怎麼不派人告訴我？」

越之墨往後退了退，見她氣色挺紅潤，放了心，又道：「不是派人來見你，你不見嗎？」

林素問懶得再與他爭執，接著問：「葉宗師這會兒到哪裡了？」

「還有半個時辰就到城外了，你收拾收拾，準備去宮外迎接……」

越之墨話音未落，林素問已經吩咐舒嬤嬤道：「舒嬤嬤，將我白色的騎馬裝拿來……我這些日子是不是胖了？快來幫我梳個墮馬髻……」越之墨看著忙碌起來的眾人，轉身慢慢往自己的宮殿走去，他突然覺得哪裡不對，可又說不上來。

林素問換上了白色的騎馬裝，披上了火紅色的披風，英姿颯爽地策馬出宮，她一路歡欣雀躍，雖然葉宗師好久不回信了，但是她有好多話想和他說，也有好多東西想和他分享。她手腕上的瑪瑙紅得璀璨，她臉上的笑容迎風綻放，意氣風發，滿滿的都是青春的味道。她趕到城門外的時候，夕陽正落，火紅一片染在她的身上，她握著馬鞭，昂首挺胸地騎在馬上，不一會兒便等到了她要等的人。

這一次她沒有急急地衝上去，反倒有些不好意思，這時候才後悔自己性子太急，還沒有懊悔完，那張日思夜想的臉便到了她的面前。他眼裡有滄桑有風雨，似乎少了一些相見的興奮，她素來明白是自己一頭熱，如今見他這般平靜，心裡微微有些失落，但重逢的喜悅一瞬間便又蓋了過去。她握著馬鞭的手拂了拂髮，看了看天邊的火燒雲，對葉一城道：「宗師，真巧啊，我來城外看雲，你看，那是雲……」說罷朝著雲的方向努努嘴。

葉一城順著她的方向望去，一本正經地「哦」了一聲：「嗯，那是雲。」語畢，那天邊的火燒雲也染上了林素問的臉頰。

越之墨在見到葉一城與林素問並肩騎馬而來的時候，突然醒悟。原來林素問這些年並非裝瘋賣傻，也並不是顧左右而言他，只是她喜歡的人不是自己，而是這位葉宗師。儘管如此，他還是打算找葉宗師談一談。

但是先和葉一城談一談的人，是林素問。她在庭院的石桌前擺放好了茶具，晚風習習。葉一城翩然而至，熟練地煮水沏茶，令一旁的林素問看花了眼，她覺得葉宗師做什麼都是這樣風度翩翩，做什麼都是這樣有模有樣，實乃人中龍鳳。葉一城沏好茶，分了她一杯，緩緩道：「這次回來，教教你茶藝？」

「好！」林素問點頭如搗蒜。等到茶喝得差不多了，林素問將不久前自己對越之墨和歐陽子卿的推論，告訴了葉一城，不想葉一城一口茶沒有咽下，嗆得咳嗽起來，林素問趕緊上前拍了拍他的背。這一幕剛好落在了越之墨的眼裡，這位面若冠玉的少年見到這樣的情形，竟生生紅了眼眶。

林素問抬頭見到越之墨還像往常一樣與他招呼，只是葉一城與越之墨目光相碰之時，卻多了幾分尷尬。

葉一城與越之墨這幾天沒有任何的私下交流，這種異常的現象林素問自然沒有發現，她美滋滋地學著茶道，練習著那些知名或不知名的曲子。她覺得他回來了真好，她想著一定要找個天時地利人和的時候向葉宗師正兒八經地表白一次。

想找一個天時地利人和時機的人不只林素問一個，越之墨在三天後和葉一城以及一品官員的筵席後，對葉一城道：「杭州送來了今年的龍井，朕想著葉宗師愛茶，便留了一些。」

葉一城自然明白他的意思，順著道：「多謝皇上……」

越之墨緊接著道：「朕聽說宗師泡得一手好茶，想向宗師請教一二。」

葉一城點頭，兩人尋了一處僻靜的地兒坐下。那園子裡到處開著花，越之墨打發走了宮人們，眼下只有兩人，他笑了笑道：「宗師，您的身世父皇臨終前與我交代了。」

葉一城微微點頭，苦笑了一聲：「所以大哥臨走之時，我不能回來，是希望你能順利登基。」

越之墨明白葉一城的苦心，朝中大局未穩，葉一城的身世本來有諸多傳言，如果父皇駕崩之際他回了朝，不免有些人借著他的名義搞出什麼亂子。好在這兩人接觸不多，卻默契得很：「宗師這些年在外頭，為國為民，小侄都記在心上。」

葉一城搖了搖頭：「你若為了抬一抬我的顏面，叫聲宗師已經很好了，以後私下裡也不可有其他稱呼。」說著寬慰地笑了笑，「君臣有別。」

越之墨點點頭，兩人又不再說話，看似專心地品著茶，待他鼓足勇氣，準備抬頭之際，葉一城率先發了話：「這次回來，有件事情想告之於你。」

越之墨只覺得心裡咯噔了一下，本能地點了點頭。

「素問已經長大，我想帶她離開這裡。」葉一城擱下茶盞，露出抱歉的神色，「為師很——」

「好！」越之墨打斷了他，只說了這麼一個字。葉一城看向他的目光有些吃驚，怎麼也沒有料到他會這樣順利地答應。越之墨偏過頭來看著他，聲音裡有些哽咽：「宗師，朕想一個人待一待。」

一個人待在花園裡的越之墨將臉埋在雙手之間，從未有過的孤獨席捲了他的全身，他明白林素問心有所屬，他更明白葉一城能提出這樣的要求是做了多少的思考衡量，他們的師徒名分，他們的年齡距離……太多太多阻礙橫在他們之間，難道自己也要成為橫在他們之中的阻礙嗎？

先皇曾經教過越之墨一個道理，那便是願賭服輸。他的臉在掌心間盡情表現著痛苦的神色，他是一國之君，他要喜怒不形於色，他要經得起挫折，他要經得起失去……但不知從什麼時候起，那個丫頭已經成了自己的一部分，融入了血液裡，他要怎麼捨去她呢？他腦海中浮現出林素問見著葉一城歡喜的樣子，他就在這樣的笑容裡成長蛻變，他的青梅心裡沒有他，願賭服輸，願賭服輸罷了。他想起身回去，放下捂著臉的雙手，漫天的黑色將這天地間塞得滿滿的，他轉身看了看四周，那些隨從們聽話地還在遠處守著，不曾來打攪他。他走了兩步，卻發現腿腳如灌滿了沉重的鉛，他索性坐在地上，抓起手邊的一顆石子，投擲向遠方。他突然想起他們在長安書院裡鬧騰的日子，他一早就規劃好了和她以後的日子，他本想等她今年的生辰，給她一個萬人矚目的婚禮，他一直把她當作自己的小公主，而不是全天下的公主，他的人生裡從來沒有想像過缺少她是什麼樣子。但是這一切的一切，都是他的一廂情願罷了……他無可奈何，他心力交瘁，他痛不欲生，他突然哭了起來，素素就要離開自己了，素素就要沒有了，素素……他講不出祝福，他來不及祝福，此刻除了壓抑地痛哭外，他什麼也不想做，他什麼也做不來。在這漆黑的夜晚，遠處宮燈亮了一片，他哭得像個小孩，無人知曉，無人心疼。

同樣的夜晚，林素問聽見了人生最不可思議的問題，葉一城問她：「你想過換個地方生活嗎？」

林素問認真地想了想後問他：「其他地方與這裡有什麼不同？」

葉一城也認真地想了想，誠懇地回答道：「我一直在。」

「那好，我願意的。」林素問仰起頭來衝他點了點頭，隨後又低下頭，自然地說道：「我做夢也是想與宗師你一道的。」說罷歡喜地笑了笑，她本以為這樣的表白會生出什麼枝節，沒想到卻是這樣順利，順利得讓她除了歡喜還是歡喜。

葉一城俯身下來，他的氣息越來越逼近，隨後維持在了一定的距離裡不再變換，半晌，林素問感覺到肩膀被輕輕拍了一下，葉一城道：「那你等我。」

夜色如墨，濃得化也化不開。

林素問得知魏國和華夏爭端再起的時候，已經是數九寒冬了。林素問抱著暖爐看著窗外的大雪紛飛，又想起那晚葉宗師與她說的話，她怎麼也想不明白，為什麼問完了那些話之後，就像什麼也沒有發生過一般，葉一城再也沒有提及類似的話。不過這段日子，他倒是很閒，和林素問彈琴、喝喝茶，甚至還帶她去了幾趟宮外。雖然他一如既往的沉默寡言，但是林素問卻覺得他心情好的時候可真不錯，同時期待著上元燈節那天宗師心情也能如此之好。

越之墨踏雪而來，他的毛皮大氅上已經積了一層雪，他說：「魏國要讓我們割三座城池，這一次的戰事小不了，南方又有了蟲災，有些棘手。」

越之墨倒是來得越來越少了，偶有幾次去民間玩，百姓們都誇獎這位年輕又勤奮的帝王，林素問見他眉頭有憂色，關心道：「我能做什麼？」

越之墨目光看向別處，有些遲疑道：「葉宗師可能又要出去一趟了，我想著，你可以在家裡等等，等他處理好了，再回來接你，你們再出去，這樣安穩一些……」

林素問沒有領會到他的言下之意，只是聽見「葉宗師」三個字她就莫名興奮起來，她說：「這麼說葉宗師這次要帶我一起去嗎？」

越之墨沒有答話，他想起前不久和葉一城商量好的計畫，找一個恰當的時機葉一城帶走林素問，過一段時間以林素問突發疾病宣告天下，還給兩人自由身，避免了許多不必要的周折。原本他們離宮時間定在了上元燈節的第二天，但現在看來，似乎要提早一些了。越之墨看著林素問笑吟吟的側臉，想起她父親也是戰死沙場的將領，那些將士浴血奮戰的目的，就是為了能讓和她一樣的少女們露出如此乾淨天真的笑容吧，而他治理國家，傾盡心思為的也是百姓臉上舒展的笑容。他努力讓自己釋然一些，碰了碰林素問的衣袖輕輕道：「宮裡可有什麼喜歡的東西，可以一併帶出去。」

林素問環視了一圈，目光落在了琴上，這是先皇當年賞賜的，還讓越之墨嫉妒得不輕，她指著琴道：「你不是喜歡我這把琴很久了嗎，借你玩玩。」說罷又道：「宮裡沒有什麼放不下的，要說放不下的，還是思源軒的包子，我們也好久沒有回去過了，你還記得那裡的藍花楹嗎？那種藍色的花，我再也沒在別處見過。等我回來，我們去吃包子，見見趙督察，說到趙督察，你說他見到你會不會和當年一樣凶悍？哈哈哈……」

林素問並不曉得這是一次不必回來的出行，她滿心歡喜地以為是和葉宗師一起的一趟旅行。

林素問和葉一城起程的那天，動靜很小，她被要求女扮男裝時還以為是好玩，同時為了旅途方便，並未多想。前來送行的人只有越之墨和舒嬤嬤，林素問對舒嬤嬤道：「嬤嬤，我帶好吃的回來給你吃啊。」

越之墨笑了笑打趣道：「有我的嗎？」

林素問調皮地翻了翻眼睛：「看看銀子夠不夠咯，你那塊玉佩我看著倒是不錯，說不定……」越之墨沒有像從前一樣與她抬槓，反而大方地解下腰帶上繫著的玉佩扔了過去，林素問隔空接過，笑道，「多謝啦！」

「宗師，照顧好她。」越之墨說完掉轉馬頭便離去了。

林素問覺得有些奇怪，衝著越之墨的背影喊道：「墨墨，再見啦。」

漫天的大雪，林素問看見他沒有轉身，頭也不回地揮了揮手。
林素問聳了聳肩，衝著葉一城道：「宗師，我們走吧。」
長安城，從此一別便是永遠。

13

林素問作為一個一直被保護得很好、從沒有經歷過風雨的公主，出了長安城後，一路到了災區，看見的一切，可謂觸目驚心。每個人的一生中，總有一段時間或者一件事情，促成成熟的質變，她活了十五年，頭一回長大就是在這樣的途中。葉一城很少有時間陪她，她心裡總覺得有哪裡不大對勁，但是這樣的不對勁轉瞬就被民生疾苦帶來的震撼掩蓋了過去，她也學著去災區幫忙搭把手。她總是女扮男裝，幾乎沒有人能認得她是誰，以為只是葉宗師身邊的一個俊俏小跟班。

認識葉一城的人似乎很多，他們親切地稱呼他宗師，他可以揹著傷口化膿的病人找大夫，他可以給年邁的老嫗餵食，他可以給幼童去取樹枝上的紙鳶……他的眼裡沒有高低貴賤之分，一路走來詮釋著「眾生平等」四個字。林素問更覺得葉宗師可敬可佩可愛。

偶爾葉一城會有空陪她在外頭坐坐，他滿身的疲憊，卻打起精神陪她說話聊天。林素問會和他說起長安書院的日子，最常說的便是那片藍花楹：「那種藍在哪兒都找不到呢，等我們這次回去，喊上越之墨去思源軒吃包子吧？不知道能不能趕上藍花楹的花期。」

葉一城微笑地看著她，某種感情似乎就這樣平平淡淡地來了，沒有什麼驚心動魄，他十分享受這樣的感情。他問她：「素問，你很喜歡長安，很喜歡藍花楹嗎？」

林素問點頭：「喜歡啊，長安很熱鬧的，你待的時間少，所以不能完全體會。」

葉一城若有所思地點點頭，他素來漂泊慣了，總想著能有安靜的一處安頓下來，而這個小姑娘人生才剛剛開始，嚮往熱鬧繁華也是難免的。他這一刻突然有些猶豫，帶著她去那樣僻靜的地方她會覺得孤單嗎？不過孤單又如何呢？總有自己陪著她。

「我們什麼時候回去，宗師？」林素問抬起小臉又問。

葉一城愣了愣，摸了摸她的頭安撫道：「你很想回去嗎？」

「想啊，那是我的家呀。」林素問自然而然地說道。

葉一城笑了笑道：「知道了。等蟲災結束了，我們便回長安城。」既然她不願意隱姓埋名，那便堂堂正正地公佈於眾好了，他原本想安安靜靜地帶她走，看來如今需要改變計畫了。

蟲災結束的時候，葉一城接到了越之墨的八百里加急，信函中說邊疆戰事刻不容緩，魏國如今肆意妄為，似乎有些不為人知的秘密，而且如今魏國皇帝還是葉一城的老熟人。葉一城看了信後，對林素問道：「素問，我要去邊疆一趟，你先回宮等我便好。」

林素問想起每次和葉宗師的分別都要隔上三五年，這回說什麼也不願意，於是葉一城只好捎上了林素問，一同前去邊疆。那時候他便想好不再隱瞞林素問的身分，他的小姑娘是個公主，有什麼可隱瞞的？

天元一一二九年，初秋。

百姓們沒有觀賞秋景，名士們亦沒有品蟹賞菊，此刻國土之上滿眼皆是遷徙逃亡的民眾。

華夏與魏國，是中原勢均力敵的兩個國家。兩國突然在邊境開戰，紛爭不止，於是，只能派出使者在邊境交界的長林山會晤。

這是一場曠日持久的談判，連續三日還未果，兩國陳重兵於邊境，戰事一觸即發。華夏兵營卻突發瘟疫，死傷極大。猝不及防之下，華夏只得重啟和議一事。和談的地點是兩國邊境長林山腳下的銀杏林子中。

林素問不清楚為什麼這次兩國和談，她會被魏國國君欽點列席。葉一城得知後，對林素問道：「你平日裡只能待在營中，若要見客，必有為師陪你去，切不可一人行動。」林素問覺得他有些小瞧自己，可想著也說不過他，便點點頭。

從治災的地方到如今，林素問心裡頭終於疏通了一個問題，她想問問他心裡有沒有自己，又或者是如何說服越之墨帶自己出來這麼遠且這麼久？這些年，只知道偷空出去玩的林素問，曾經聽見民間的說書先生，這樣評價葉一城——葉宗師心中裝著的是天下蒼生。

天下蒼生塞滿了葉一城的世界，從前她不明白，她看見皇城腳下的百姓安居樂業，這些百姓固然重要，為何小小的一個自己，葉一城都不能放進心裡去？這一路遠行，她目之所及、耳之所聞，終於使她甘心了，是了，宗師的世界裡沒有自己的位置是對的。這天下比自己，更需要葉宗師吧。每每想到這裡，她的心頭又湧起對自己的肯定：自己的眼光可真真不是一般的好。轉瞬一想，若是葉宗師的世界裡裝不下自己一丁點兒，那就用自己的全部世界來裝下他也不錯。

據說邊境現在的形勢對華夏極其不利，突如其來的瘟疫，讓談判的官員們焦頭爛額。自打在談判的地點落腳後，林素問再沒見過葉一城，她想派人傳口信給葉一城，可想到他在探望受傷的將士們，自己不能再添亂了。她每天除了去銀杏林子散散步和給遠在皇宮的越之墨寫信外，便無所事事，只等著看兩國相見的時候自己能派上什麼用場。

這日午後，林素問換上了莊重的廣袖禮服，梳好髮髻，乖乖坐在營帳裡等著葉一城帶自己去談判。來人卻是另一位官員，解釋道：「殿下，宗師還在趕過來的途中，吩咐屬下先為您引路。」林素問凝重地點點頭，起身上車。一路顛簸前行，她挑起車內的簾子，看著滿目的銀杏葉子，煞是燦爛。

這些時日，她對魏國國君欽點要見自己一面的事情，作了許多推論，想到了葉宗師之前的關照，又想到越之墨與自己告別時的異樣，這一刻她突然醒悟了。如今最大的可能就是——和親。

她曾聽說過魏國的皇室中有不少男子尚未婚配，兩國交鋒，若是和親，這是投入成本最低、回報最高的事情。林素問閉了閉眼睛，想到了這一路走來她心裡覺得異樣的地方，幽幽地歎了一口氣，從手腕上褪下了一串紅瑪瑙手串，用白綢手絹包好，輕輕擱在了案上。

這串紅如血的瑪瑙手串，是葉一城送她的唯一一件東西，她一直都戴著。若是真的要和親，不管對方高低胖瘦，不管對方是否喜歡自己，她都要放下自己的兒女私情。若是嫁去魏國，葉一城便是她不能念想的人，她再也念想不起了。這手串留著只是徒增傷感和不切實際的念想，還是留在這裡吧。

林素問在隨從的攙扶下下了馬車，身後是華夏麾下三百軍士，他們已經停住了腳步，看見林素問下車，半跪行禮，雙手交錯舉過頭頂，動作整齊劃一，道：「長樂公主安！」

林素問轉身看著將士們，她很少有這樣規模的出行，因為出行的機會著實太少。想到自己即將離開故土，只要和華夏有關的一切，此刻都無比親切。她對著將士們輕輕抬手，道：「諸位辛苦了，請起。」她轉身，華服及地，旖旎的身影使得銀杏林子裡突然有了生氣。

此刻眼前便是魏國一方，魏國三百將士數排而立，手握長槍身穿青色盔甲，不苟言笑。他們的正中坐著一位華貴的女子，那女子正在喝茶，端著青瓷的杯子喝完放在一邊的紅木托內，將視線緩緩回轉，落在了走過來的林素問身上，眼睛微微瞇了瞇，像是剛醒的貓。

「這是魏國國君。」隨從在林素問耳邊輕輕道。

林素問的眼神透露出微微的訝異，側臉衝隨從撇了撇嘴巴，心道：原來是位故人，看來這三年，她並沒有閒著。她正色而去，走近了微微屈膝行了禮，道：「魏國君安。」

「長樂公主？」魏國君抬起手正了正髮髻上的珠串，問道，她的舉止神態和當年別無二致。

「是。」林素問恭敬地答道，心想她當了個女皇帝倒也像模像樣，想起同樣是帝王的越之墨為了一塊桂花糕還要跟自己發脾氣，真是天壤之別，心中恨鐵不成鋼地歎了一口氣，感慨華夏還好有葉宗師這樣的棟樑。

魏國君的嘴角勾起一抹意味深長的微笑，又打量了一番林素問，清了清嗓子道：「傳聞你的琴聲是華夏一絕，今兒倒是想聽一聽。」說著輕輕一抬手，魏國侍從便捧著一尾琴站了出來。

兩國交戰，雖是和談，卻是千鈞一髮地較真。魏國君王要見的是華夏公主，史官看來足見魏國的誠意，但在魏國國君提出了這樣的要求後，林素問身後的將士們皺起了眉頭，紛紛握緊了手中的佩刀。

華夏國唯一的公主，在兩國和談之初要為魏國國君彈琴？這是下馬威，更是對公主的羞辱，公主的顏面便是華夏的顏面，是再清楚不過的道理。

林素問自然明白這些道理，可若是能讓這戰事化解，別說是彈琴，跳一跳舞說兩段樂子，她也是願意的。面子這東西，向來是給別人看的，沒有裡子，充著胖子徒增笑耳，一旦有了裡子，這面子也就不那麼重要了。「傳聞向來不足為信。」林素問直起了身子。

魏國國君的眼神裡透露著有意思的神色，並未生氣，笑道：「不過一曲而已，公主未免太小家子氣了。」魏國將士的臉上浮現出一絲輕蔑的笑。

林素問身後的侍從握緊了拳頭，魏國君從一開始就咄咄逼人，哪裡是來和談的，分明是來火上澆油的。

林素問卻未生氣，相反，她還點了點頭，不置可否地說道：「魏國君所言極是，我從小生長在皇宮裡，這般年紀了，這是出門最遠的一回，難免小家子氣，請魏國君別和我一般見識。」隨從鬆了一口氣。

魏國君蹙眉若有所思了片刻，又道：「我差點忘記了，你只是被皇室收養，並沒有純正的血統。」魏國軍士的臉上流露的笑容更輕蔑了。

華夏有忍耐不住的戰士，手已落在了隨身的刀柄上。林素問歪了歪腦袋，又搖了搖頭道：「素問是長安人，流的是華夏的血，很純正。」不同於當年那次見面的尖銳交談，這一次的林素問顯然要淡定許多。

魏國君抬眼瞧了瞧她，目光又收了回去，端起侍從手上的茶杯，用茶蓋浮了浮茶面，不緊不慢道：「看來葉師兄說的是假話了，他說這世上唯有長樂公主得到他的琴藝真傳。」

林素問被這「葉師兄」三個字酸了酸，這些年來她竟然還未改口。想起從前自己與葉宗師提到這位，他總是不願回應，讓林素問心裡硌硬了許久，沒想到這些年來兩人似乎藕斷絲連，林素問心中暗罵了一句「真討厭」。

「這次見你，不為別的，是為了兩國的戰事。」魏國君起初的幾句激她的話，都被她輕輕化解，她不再像當年那般喜怒外露，她的雲淡風輕裡有著葉一城的影子，越是這樣魏國君心裡頭越不舒坦。

林素問回過神來，不疾不徐道：「是了，琴聲什麼的都不打緊，戰事才要緊。」

魏國君嘴角的冷笑漸濃，道：「琴聲怎麼就不打緊了？」她想起了那一夜，她月下見葉一城，問他：「我知道你心裡的那個人是誰，她沒有皇室的血統，比你小了二十二歲，她什麼都不會，哪裡比得過我？」

「她會彈琴。」清冷的月色下，葉一城淡淡道。

「我也會彈琴！」她不服氣地說道。

「她的琴是我手把手教的。」

「可我們的琴藝，出自同門，有什麼區別？」她反問，帶著驕傲、帶著不甘、帶著醋意。

「素問的琴聲，是天下最乾淨的聲音。」葉一城轉身定定瞧著她，「出了師門，如今你我，早無同門情誼，只有各自的天下蒼生，你要戰，那便戰。」說完他拂袖而去，不曾回頭，戀戀不捨的從來只有她自己。

最乾淨的聲音？這六個字，在她腦海中盤旋，像是尖銳的刀子落在了她的心頭。她有天下無雙的琴譜，她會世間罕見的指法，她曾寒冬酷暑也不停歇地練習，難道她的琴聲不夠動聽不夠高雅不夠打動他？她不服氣。

魏國君直起身來，走到林素問的身邊。太陽漸偏，山林的盡頭有一個男人，騎著白馬往這裡趕來。

「我今兒準備了兩件東西，一個是你剛見著的琴，另一個……」她輕一抬手，侍從頷首捧出了一只靈巧的三耳酒樽，「這裡頭裝著我辛苦求來的酒，這酒有個神奇的地方，喝下它的人，一炷香後，可以忘卻自己最心愛的人。世間的煩惱，不都是『情』字嗎？所以它的名字叫忘憂，本想贈給葉師兄，他沒有來，真是可惜了。本想聽你彈過琴，看他喝完酒，便送上我的第三份禮物，魏國大夫們治療時下瘟疫的方子。」

林素問明白了，她與魏國女王之間的共同點便是都傾慕著葉宗師，顯而易見的是葉一城並未垂青於魏國君。想到這裡她舒了一口氣，又想到對方千辛萬苦約自己來，真的只是為了彈一首曲子嗎？林素問的目光又落回到了那隨從捧著的琴上。

「這酒我來喝，這琴我來彈，那你還會給我方子嗎？」林素問誠懇地問她。

魏國君一怔，帶著玩味的笑容打量著她，道：「自然可以。」說著她招了招手，那捧琴的侍從走上前來，她揭開了琴旗，一把伏羲五弦琴映入眼簾，她扯下一根頭髮，在眾人不解的目光中，將髮絲放在了琴弦上，轉瞬，髮絲斷成兩截，落在了銀杏葉子上。「還彈嗎？」魏國君微笑地問道。

林素問直直地看著琴，舒了一口氣，原來她並不需要和親，遠離故土。

「公主，請三思。」

「公主，我們不怕打仗。」

「公主，御醫們已經在研究方子了，相信很快就能研究出來……」

……

林素問側身看了看臉上寫滿關心的將士們，輕輕笑了笑，抬頭看了看直入空中的銀杏樹，那樹林的遠處，騎馬的男子更近了些，但她自然是看不見的。

「彈。」林素問的聲音裡，沒有負氣，沒有膽怯，她走到了那侍從托著的酒樽前，雙手捧起。

「喝了便會忘記你的心上人，你捨得？」魏國君笑道。

林素問沒有答話，仰頭便喝盡了樽中酒，嘴角噙著苦笑，搖了搖頭：「小女子忘卻心上人，是挺痛苦的，但是一個公主，忘卻一個心上人，裝下天下百姓，不是應該的嗎？我自小錦衣玉食，受皇家恩澤，百姓眷顧，如今到了回報他們的時候，與兒女私情無關，與我的血統身分有關。」林素問掃了一眼周遭的林子，挑了一塊平實的石面走去，盤腿而坐，整理好裙襬，抬起頭，衝不遠處的隨從道：「拿琴來。」

兩軍戰士不再言語，魏國的戰士們臉上原本嘲弄不屑的表情都已不見，屏氣凝神；華夏的戰士眼中滿是感動敬畏，他們直著身子，目光都落在坐在那塊石頭上的人身上。

葉宗師下月生辰，林素問原本準備了這首曲子送給他，大戰在即，這位忙得腳不沾地的宗師，恐怕也不會過什麼生辰了。此刻他不在場，雖然林素問覺得他的心上人心上是沒有自己的，但是他們有著同樣的天下蒼生，在自己還最後記得他的時候，彈一彈琴，算是她愛情的絕唱吧，想來頗為悲壯。

她的琴是葉一城手把手教的，其中最獨特的指法叫作「指走偏鋒」。不同於尋常琴者彈琴時用指甲的正中觸碰琴弦，她的指法恰恰是用指甲右側的三分之一處觸碰琴弦，這本不是什麼難事，珍貴的是一整首曲子，每一個音都保持這樣精準的力度，因此她的琴聲是華夏一絕。

在彈出第一個音的時候，指尖傳來的痛遠比她想像的要厲害。她不能停下來，瘟疫肆虐，最耗不起時間的是百姓，她的臉色雖然平靜，但是額頭滲出密密麻麻的汗珠。

林中的鳥兒也不再叫喚了，秋蟬都已經噤聲，她的琴聲瀰漫在簌簌落下的銀杏葉子中。林子遠處越來越近的騎馬的男子似乎也聽見了，他仰起頭看了看四周，高揚起了馬鞭，加快了前行的速度。

她的指甲開始裂縫，琴弦上出現了一層血珠，十指連心，寸寸是血。

魏國君將茶杯擱了回去，她仔細瞅著林素問的表情，努力聽著林素問的琴聲，她怎麼也不明白，琴聲可以歡樂可以悲傷，乾淨到底是什麼？直到林素問彈至此，她依舊沒法體會，乾淨……是個什麼東西？華夏戰士的眼中泛上了一層水霧，男子們抿著唇努力不讓自己發出聲音，跟著林素問的舒嬤嬤彎下腰去，半跪在了地上，老淚縱橫……

林素問只覺得鑽心地疼痛，指尖發麻，在這首曲子需要以「輪指」來達到最精采的部分的時候，她咬著下唇努力不讓自己因為疼痛發出聲音。一隻小鹿探出了腦袋，瞧了瞧四周，然後輕輕走到了林素問的身邊，喉嚨裡發出了「嗚嗚」的聲音，慢慢地靠近，隨後坐了下來，將頭擱在了她的裙襬上。

陽光漸斜，如火的光的盡頭，提劍而來的男子，無比驚訝地看著此時的情形，隊伍中有人認出了他來，輕聲道：「葉宗師……」

士兵們緩緩地讓出了一條道讓他前行，他的目光落在了林素問滿是鮮血的手指上，目光中盡是心疼和憐惜，他叫了一聲：「素問……」

林素問眼裡只有琴弦，這輪指的角度和次數沒有絲毫偏差，琴聲幽靜。在收尾的最後一個音裡，她如釋重負地頓了頓，來不及抬起頭來，便閉上眼睛跌落了下去，那雙手鮮血淋漓，在銀杏葉子的襯托下，顯得格外鮮豔。

14

葉一城趕到的時候，舜華正走到昏死過去的林素問面前，彎腰下去，用手探著林素問的鼻息，看見有影子淹沒自己，她猛地抬起頭，看見了面前的葉一城，叫了一聲：「師兄。」

葉一城低頭看了看林素問，瞬間抽出劍來，不等舜華反應過來，那劍已經刺中了她的胸口，舜華不可置信地低頭看著胸口汩汩流出的血，又叫了一聲：「師兄？」

「這一劍，不為師門，不為你的父母，也不為兩國恩怨，只為我自己。」他眉毛輕挑，看著她身後拔劍指向自己的士兵們，沒有絲毫退縮地繼續道：「將方子交出來。」

舜華冷笑著握著劍刃，對葉一城道：「你不想救一救她嗎？你甘願將時間都耗費在這裡嗎？方子我不會給你的，沒有你，沒有愛情，我至少還有萬里的江山。」

「方子已經研製出來了。」

舜華回以決絕的冷笑：「我曉得你，不殺女人和孩子。」

葉一城用力一刺，迎上舜華驚恐的眼睛，一字一頓道：「殺人要償命的。」林素問是自己的女人，也是自己的孩子，他從來都曉得。劍從她胸口抽出來的時候，魏國女王跪倒在地上，她看著葉一城的眼睛沒有閉上。

葉一城彎腰抱起林素問，對一邊的將軍道：「將軍，是我的疏忽，擒賊先擒王，一早能明白，便不會如此。」

將軍單膝跪下：「末將不敢。」

「剩下的，就交給將軍了。」這位任何時候都神采奕奕的宗師，在這一刻突然老去，他的精氣神一下子被抽空，他抱著林素問走向林子盡頭，身後是悲慟的廝殺聲，他緊緊地抱著懷裡的小公主，說：「走，我帶你回家。」

葉一城看著懷裡的林素問，她好像只是睡著了一般，彷彿隨時會醒來對他說些俏皮的話。他想起那年外頭下著大雪，他與她坐在榻上，她躲在毯子裡同自己表白，那時候他總覺得她太小，不明白愛是什麼。但是他離開後，卻決定若她長大了，心意還是如此，他便要娶了她。做那個決定的時候，並沒有什麼掙扎糾結，他似乎明白每個人的出生，都為等待另一個人，既然等到了，還管什麼其他？

他想起他曾經站在禮堂門口，看見還是個小不點的她奔跑在藍花楹下；他想起她在思源軒大口大口吃著包子的模樣；他想起她翻牆時笨拙的模樣……真好啊，這樣的姑娘喜歡自己，從頭至尾只喜歡自己，但是自己卻把她弄丟了……

他曾許諾帶她回家，風風光光地娶她，可是她是有些笨的，怕是她到死都不曉得自己的心意，可說到底，都是自己不好，明明曉得她是這麼笨的姑娘，還不早些和她說個明白。他與她相處的日子其實並不多，扒拉著手指頭數統共就那麼幾段日子，可是他明白，她這一走，所有的悲歡都已化為灰燼，這世間的任何一條路，他再也不能與她同行……葉一城抬頭仰望那銀杏的天空，他不信天下之大，找不到一個法子救她，他願傾其所有，換她重生。

越之墨娶妻生子，兢兢業業地治理著家國天下，邊疆逐漸安寧，他每日忙到三更才睡，通宵達旦更是稀鬆平常。他似乎有使不完的力氣，從體恤民情到批閱奏摺，他從未偷懶過。起初百姓們說皇帝年輕身體就是好，可十年如一日的勤勤懇懇，百姓們感慨這真是個不要命的皇帝喲。

他曾經瘋狂地找過葉一城和林素問，在尋找的過程裡，他發現了父皇當年那些不為人知的一面，有些東西不能見光，便得有信得過的人去處理，除掉明面上不方便處理的人：被門生利用捲入了謀反中的蘇丞相；何、南兩家結親，勢力增強後被派去邊疆的何凌蒼；洛陽富商富可敵國，輕易挑起他們的內鬥，借刀除去那位不聽話的繼承人……在尋找葉一城和林素問下落的過程中，他意外地發現了葉一城當初為何屢次離宮，起初知道真相，他厭惡葉一城道貌岸然這些年，如此腹黑，後來他才明白，葉宗師不過是做了父親的影子罷了，但是這些年他自己一個人，真真印證了孤家寡人的稱呼。後來，他不再找了，他想葉一城是那樣了不起的人物，定能找到醫治她的法子，既然沒有音信，那便是最好的音信。他努力地忘記這件事，忘記葉一城，忘記他曾經有過這樣一個異父異母的妹妹，忘記他的童年曾有過的那些色彩。他覺得忙起來就是好，天下之大，值得自己操心的事情多了去了。

那年中秋，他的小女兒在蹦蹦跳跳地玩耍，他罕有地坐在花園裡和後宮妃嬪們賞月。妃嬪們都曉得皇上不是個悲春傷秋的人，從不多愁善感，他平靜地坐著，仰頭看天上的圓月。快樂的小女兒撲倒在他膝蓋前，他低頭一看，輕輕笑了笑，流露出少有的長輩的慈祥，竟將她抱在了膝上。小女兒並不怕他，摸著他的鬍子道：「父皇，你吃的可是桂花酒釀小圓子？」

越之墨微微一愣，側臉看到石桌上放著一碗熱氣騰騰的甜點，正是桂花酒釀小圓子。他端起來，舀了一勺，輕輕吹了吹，遞到她的嘴邊，小女兒便喜笑顏開地舔了舔，隨即露出格外滿意的笑容，嗷嗚一口含在了嘴裡，輕輕地嚼著。越之墨突然有些心酸，他輕輕將她放下，一邊的妃嬪早已嚇得不行，連忙抱過孩子：「是臣妾未教導好孩子。」

越之墨並不理會她，他雖然嘴角含笑看著小女兒，但是眼睛裡卻流淌著無盡的哀傷。

小女兒並未發覺，不知道從哪兒摸出了一塊酥餅，掙脫了大人的懷抱，走到越之墨面前道：「父皇父皇，可好吃的玫瑰酥，給你，和你換桂花酒釀小圓子。」

他眼眸裡的哀傷聚集到了一處，濃得化不開看不透，他將手中的那只琉璃碗遞給了小女兒，隨後沙啞的聲音從喉嚨裡傳出：「下去吧。」

眾人趕緊退下，這花園裡一下子便安靜了起來。百花齊放，一輪皓月，他坐在這裡，想起了十年前，得知葉宗師要帶走林素問的那個夜晚，他爽快地說「好」，是因為他怕下一刻自己會變卦。多麼熟悉的夜晚，明明相隔了十年，卻好像就在昨天，他索性盤腿坐在地上。他努力勤奮地掌管江山十年，為的是對得起姓氏對得起百姓對得起自己，但是他心底裡的原因，他再明白不過，他要讓自己忙碌到沒有力氣去回憶那個小丫頭，他把有關她的回憶都藏在了記憶深處的盒子裡，死死扣住。

但是這一刻，小女兒的兩句話，竟然擊潰了他多年的防線，那個小丫頭從小盒子裡蹦了出來，佈滿了他記憶的每一個角落，她追著自己奔跑在了藍花楹下的書院裡，她在書院內大喊「越之墨快跑啊，趙督察抓人呢」，她一襲白衣走在天元殿裡，她捧著銅爐笑吟吟地看著自己……他從來不曾忘記過她，素素，素素，素素，素素，你在哪裡呀……

他將臉埋進手心裡，嗚嗚地哭了起來，頭髮被風吹散，他肩膀輕輕地聳動，隔了整整十年的痛哭，終於到來，他哭得傷心，他哭得撕心裂肺，他哭得不能自已，他悲慟地想：長夜裡哭的人裡，素素你知不知道，我仍舊是最想你的那一個啊……

一輪明月孤零零地掛在天上，一點也不繁華。

四周的花叢樹枝悉數退去，面前竟然是一間客棧，月光下見著它的牌匾上寫著四個大字——慈悲客棧。

15

茶臺前面坐著寂靜無聲的我們，茶臺上的那朵曼陀羅花終於開放，夢中的那個人說，當茶臺花開放，我便可以知道自己的前世今生，從而離開這裡。前世已在這裡呈現完畢，可是我依舊沒有半點記憶。雖然沒有一點記憶，可是我心裡是歡喜的，因為一直以來葉一城心心念念的那個小姑娘是我。原本我想盡辦法擺正自己與他的關係，如今想來真是虛驚一場。

我有些擔心地看著葉一城道：「唉，雖然我傾國傾城，但終究是個鬼，你與一個美豔的女鬼相處這麼久，怕不怕？」說罷吐了吐舌頭，晃了晃腦袋。我想起越之墨剛剛來到這裡的時候，我還誤會葉一城叫我素問的目的，如今回想他跟我說的那句「素問，是我的心上人」，真是美得不像話。

葉一城嘴角輕挑：「你和豔這個字，是不沾邊的。」我歪了歪頭。

越之墨衝我笑了笑，我又看了看葉一城，最後將目光收回落在手中握著的杯子中。越之墨對我的心意，我從前因為太沉浸在自己的世界裡，而忽略了他，如今他千辛萬苦地來到了這裡，於情於理我也不能不照顧他的感受。已褪去青澀、舉手投足間不似當年幼稚的越之墨，衝我們笑了笑，他眉眼比過去要穩重許多，這些年他一個人走過，想必很是辛苦吧，我忍不住伸出手去想要摸一摸他，半晌，懸著的手還是收了回來。越之墨的眼神裡欣喜的光暗淡了下去，他伸手在我眼前晃了晃道：「你還是沒有想起來嗎？」

我哭笑不得地打掉他的手：「我只是不記得了，又不是瞎了！」

葉一城伸手摸了摸我的頭頂道：「他可以帶你離開這裡，回到長安城，那裡有你喜歡的東西，思源軒的包子，皇宮的玫瑰酥，長安書院的藍花楹……」他頓了頓，聲音裡有些歡喜又有些悲傷，「丫頭，你不是心心念念想離開這裡嗎？你看，帶你走的人來了。」

這一句話說完，我們三個都不再說話了。從慈悲客棧裡換取一個機會，誰都知道要付出什麼，以命換命的方式真是又殘忍又慈悲。我笑著問越之墨：「我若回去，有誰會用命來換我這一世繁華呢？」

越之墨愣了愣沒有直面我的問題，反笑道：「我一直羨慕你這命，真是好。」

我有些不可思議地看著越之墨，心中的推測漸漸肯定，他能找到這裡，他能坐在我對面，他能展現我們三個人的過往，願意以命抵命的人，不是他，又會是誰呢？那些茶臺裡展現的過往，我雖不能回憶起來，卻是感同身受。人在愛情裡，眼界似乎就特別窄，窄到只能看見自己的心上人，旁人再明顯的舉動也視而不見。

我已曉得前世，所謂今生，在遇見葉一城後，又一次重蹈前世覆轍，我仍舊是愛上了他，不問過去不問將來。而越之墨，永永遠遠只是親如兄弟的存在，用他的命，換我重生？我不捨得，也沒資格。「墨墨，華夏的江山，華夏的百姓，沒有了宗師，但慶幸有你，人這一生，總有些不想做卻必須做的事，父皇生前稱它為責任，這十年你做得不錯，為了我，放棄皇位並沒有什麼，可是你的臣民呢？」

越之墨有些疑惑地看著我，又有些疑惑地望了望葉一城道：「宗師，你……沒有告訴她？」

葉一城輕輕搖了搖頭道：「有什麼好說的？」

我望著葉一城，這個能讓我集喜怒哀樂於一身的人，正坐在我的身邊，陪伴著我度過了數個波瀾不驚的夜晚，到底隱瞞了我什麼？

「你不是不曉得她笨得厲害。」越之墨說道。

葉一城把玩著茶盞，對著茶盞道：「你可以回到過去……」

不知道對我還是對越之墨說的，我從他手中奪過茶盞，問道：「那你呢？」

「我留在這裡。」葉一城沒有看我。

我抬頭看了看越之墨：「我已經死了，人生本就該結束了，只是他在這裡陪我實在屈才，要出去的人應該是──葉一城才是。」

葉一城笑了笑，搖了搖頭，對我道：「你曾經說，你離開了之後，把慈悲客棧留給我，免得我孤單，如今，竟然捨不得了？」

若我曉得從前心愛的人，也愛著我，又找到了這裡，我怎麼會一門心思只想走呢？我沒好氣地對葉一城道：「我為什麼要給你？誰說要說話算話了？我……我就不！」說著忍不住掉下眼淚來。

越之墨見我哭，笑得有些悲愴道：「我願意用命換你復生，所以我能帶你走，可是誰用命換他的？」

這話在我腦海中盤旋了三圈，我聽見簷下的風鈴聲，我聽見有鳥兒飛過天空，我聽見小泥爐上火焰跳動的聲音。

我不可思議地緩緩轉向葉一城道：「原來你竟……和我一樣？是個……鬼？」

葉一城的笑容裡帶著無奈：「前一刻你問我怕不怕你是一個鬼，如今我與你是同類，你竟膽怯了起來？」

「不可能……怎麼會，你也和我一樣？我……我……」我滿腦子的疑問卻什麼也問不出來。

「在這裡見到你的時候，我便曉得自己沒有猜錯。你找到了那位術士，向他討了一杯茶，以命抵命。」越之墨自己又倒了一杯茶，對我道，見我不明所以的樣子，補充道：「所以你沒法記得過去，因為過去裡，他已經沒有了。」

我不可置信地看著葉一城，如果按照我店裡的規矩，只要有人願意抵命，那麼對方可以重新來過，可是為何我一直待在慈悲客棧裡？而且一直是一個……鬼？

葉一城輕描淡寫地補充道：「你的推論不錯，我的確找到了那位術士，他的本事與你這裡的不同，便是能凝聚已故之人的靈魂，前去求願的人，只需要付出一點代價就可以。」

「那你付出的代價是什麼？」

「飲下那一杯茶，用我餘生的陽壽，換你靈魂重塑。如果能再有人願意付出生命，那你還能復生，如果不能，我便是你的同類，陪著你，你也不會寂寞。」葉一城說這話的語氣，就同我講起劉婆鬆餅很好吃的語氣一樣。

所以，越之墨說他只能待在這裡，並不是誆我，因為他將他的命用來塑一個虛無的我。

我看著葉一城，學著他處變不驚的口氣道：「你以為我真的那麼笨嗎？我從前處心積慮為的就是能和你待在一起，如今機會就在眼下，我還會放過？」又對著越之墨說：「我不會離開這裡的，你從前總愛把好東西給我，如今，這件好東西，我是不會要的。」

越之墨冷笑一聲，喝了一口水道：「我就是來看看你，你以為是真的要換命給你嗎？我乃一國之君，一國之君你曉不曉得？好得很，要什麼沒有？你好好待著就行，我走了。」他擱下茶杯，嘟囔了一句：「笨死了！」

這個與我從小一起長大的男人，該放下時就放下，真不愧是一國之君，我的敬佩之情突然升起。「那你下回什麼時候來啊？」我衝著他的背影喊道。葉一城的手輕輕地搭上了我的肩膀，我抬頭衝他笑了笑。

平安鎮開始下霧了，霧靄沉沉似乎要將一切吞沒，越之墨走向那片迷霧中，輕聲道：「下輩子唄！」他轉身，擺了擺手，走得很瀟灑。

宮

慈悲客棧

作者 連三月
總編輯 莊宜勳
主編 鍾靈
出版者 春天出版國際文化有限公司
地址 台北市信義路四段458號3樓
電話 02-7718-0898
傳真 02-7718-2388
E－mail frank.spring@msa.hinet.net
網址 http://www.bookspring.com.tw
部落格 http://blog.pixnet.net/bookspring
郵政帳號 19705538
戶名 春天出版國際文化有限公司
法律顧問 蕭顯忠律師事務所
出版日期 二〇一八年三月初版
二〇一九年一月初版三刷
定價 330元

本書中文繁體版由四川一覽文化傳播廣告有限公司代理，
經成都萬有圖書有限公司授權出版
本書封面設計及文案由天津磨鐵圖書有限公司授權使用

總經銷 楨德圖書事業有限公司
地址 新北市新店區寶興路45巷6弄6號5樓
電話 02-8919-3186
傳真 02-8914-5524
香港總代理 一代匯集
地址 九龍旺角塘尾道64號 龍駒企業大廈10 B&D室
電話 852-2783-8102
傳真 852-2396-0050

版權所有．翻印必究
本書如有缺頁破損，敬請寄回更換，謝謝。

ISBN 978-957-9609-01-2 Printed in Taiwan

國家圖書館出版品預行編目(CIP)資料

慈悲客棧 / 連三月著. -- 初版. -- 臺北市 : 春天出版國際, 2018.03
面； 公分. -- (宮)
ISBN 978-957-9609-01-2(平裝)

857.7 106021179